Ivy Compton-Burnett
Diener
und Bediente
Roman
Aus dem Englischen
übersetzt von
Peter Marginter
Klett-Cotta

I »Raucht das Feuer?« sagte Horace Lamb.

»Es scheint so, mein Guter.«

»Ich will nicht wissen, was es scheint. Ich habe gefragt, ob das Feuer raucht.«

»Der Schluß vom Schein auf ein Sein gilt nicht als zwingend«, meinte sein Vetter. »Aber wir haben wohl nichts Besseres.«

Horace bewegte sich weiter in den Raum. Er schien seine Umgebung nicht zur Kenntnis zu nehmen.

»Guten Morgen«, sagte er. Es hörte sich beschäftigt an. Als sein Blick sich wieder geradeaus richtete, wechselte auch die Stimme ihren Klang. »Das Feuer scheint in der Tat zu rauchen.«

»Es befindet sich im Stadium der Rauchentwicklung. Was sonst sollte es also tun?«

»Hast du mich wirklich nicht verstanden?«

»Doch, doch, mein Guter. Es gibt ein wenig Rauch ab. Das läßt sich nicht leugnen.«

Horace steckte die Hände in die Taschen und erzeugte mit den Lippen ein beiläufiges Geräusch. Er war ein Mann in mittleren Jahren, von durchschnittlicher Statur, mit schmalen, faltigen Wangen, hellen, kalten Augen und regelmäßigen, aber unterschiedlich ausgeprägten Gesichtszügen, der an seinem Gegenüber vorbeizublicken pflegte, mit seinen Gedanken offensichtlich anderswo. Solcherart strafte er die Menschen dafür, daß sie ihm in einem Maß, das nicht ungesühnt bleiben durfte, auf die Nerven gingen.

»Hat dieses Feuer geraucht, Bullivant?«

»Rauchen wäre zu viel gesagt, Sir.« Der Butler verschloß sich dem Tatbestand. »Lediglich eine Reaktion auf den böigen Morgen. Periodische Ballungen, je nach Windeinfall.«

»Wird alles voll Ruß sein?«

»Nur ein Hauch, Sir. Nicht erwähnenswert.« Bullivants Blick wich Horace aus, während er sich zum Gehen anschickte.

Bullivant war fülligeren Leibes als die beiden Herren und

wirkte in jeder Hinsicht bedeutend. Er hatte schlaffe Wangen, schwere, ihrem Gewicht nachgebende Lider, kräftige, fleischige Hände, die sich geschickt, flink und präzis zu bewegen wußten, eine von ihrer Umgebung kaum abgehobene Nase und einen breiten Wulst, der Kinn und Nacken ohne klare Trennung verband. Die kleinen, ruhigen, nußbraunen Augen umfingen den Gehilfen, und aus der resignierten, fast sogar amüsierten Ergebenheit seiner Miene sprach die Bereitschaft, jeden Wink seines Herrn aufzufangen.

Mortimer Lamb mochte Bullivant; George, sein Untergebener, verabscheute und fürchtete ihn; Horace fürchtete ihn nur – solange ihm nicht die Nerven durchgingen: dann fürchtete Horace weder Tod noch Teufel.

George war ein linkischer, ungeschlachter Bursche, dessen Kleidung noch an einen anstelligen Jungen erinnerte. Er hatte einen schlurrenden Gang, war schreckhaft und vermied, den Leuten in die Augen zu schauen, brachte es aber zuwege, nett auszusehen, und damit zwangsläufig zu einer tragikomischen Figur. Unter Bullivants Augen führte er jede Bewegung zweimal aus, als könnte die doppelte Anstrengung seinen Eifer beweisen. Jener verfolgte ihn dennoch mit seinem Blick, bis George sich schließlich fluchtartig zu irgendeiner Verrichtung küchenwärts absetzte. Bullivants Haltung entspannte sich. Als ein Meister im bloßen Andeuten von Bewegungen seiner Gesichtsmuskeln wandte er sich mit der Spur eines Lächelns zu Horace.

»Man muß hinter ihnen her sein. Tun lassen. Nichts selbst tun. Ich habe immer gefunden, daß es leichter wäre, die Dinge selbst zu tun.«

»Warum tun Sie's dann nicht selbst?« erkühnte sich Mortimer.

Bullivant faßte ihn ins Auge. Horace schaute beiseite.

»Ich kann nicht verstehen, daß jemand es sich schwer machen will«, erläuterte Mortimer in bescheidenerem Ton.

»Wir müssen an die Zukunft denken, Sir. An die Zeit, die nach uns kommt«, sagte Bullivant, rächte sich durch den Einschluß Mortimers in diese Vorausschau und trat einen Schritt vor einem Rauchschwall zurück.

»Das habe ich nicht nötig. So etwas würde mir nicht einfallen.«

»Wir dürfen nicht meinen, daß das Leben mit uns aufhört, Sir, nur weil es für uns aufhört.«

»Sie werden doch nicht denken, daß ich Ihnen zumute, etwas selbst zu tun, Bullivant.«

»Muß dieser Schornstein gekehrt werden?« fragte Horace. Er war nicht einmal andeutungsweise bereit, seine eigenen Gedankengänge zu verlassen.

»Nein, Sir, nicht vor dem Frühling«, belehrte ihn Bullivant.

»Vielleicht könnte man das Feuer schon früher anzünden?« gab Mortimer zu erwägen, ohne seinen Vetter anzusehen.

»Bitte, Sir, auf einen Tag wie heute kommt ein Dutzend anderer, an denen der Schornstein so gut zieht wie —«, Bullivant brach ab, bevor der Vergleich gezogen war, und ging wieder auf Distanz.

»Irgend etwas muß den Abzug verstopft haben«, sagte Horace.

»Sollte das der Fall sein, Sir, so wäre nicht das Versäumnis eines Auftrags schuld«, erwiderte Bullivant im Hinblick auf seine jüngste Auseinandersetzung mit dem Schornsteinfeger, mit unbewegtem Gesicht dem nächsten Schwall standhaltend. »George, sag Mrs. Seldon, daß sie mit dem Frühstück zuwarten soll. Wir haben noch ein Problem zu klären.«

George führte den Auftrag aus und kehrte zurück. Bullivant deutete ihm wortlos, was er benötigte, als wäre ein ausdrücklicher Befehl unter seiner Würde und für George zu schwierig. Nach einer Sekunde gespannten Aufmerkens verschwand letzterer, um mit einer Stange wiederzukommen. Er machte sich daran, sie den Schornstein hinauf zu stoßen.

»Ist das Feuer zu heiß?« fragte Horace.

»Nein, Sir«, antwortete George in schlichter Wahrheitsliebe.

»Anscheinend entbehrt es der meisten seiner natürlichen Eigenschaften«, stellte Mortimer fest.

Horace beobachtete die Maßnahmen, als hätte er nichts gehört. George führte sie erfolglos aus, kam ohne Zutun des Feuers in Hitze und sah endlich zu Bullivant hinüber. Dieser faßte die Stange, gab ihr eine leichte, gezielte Drehung und bewirkte, daß ein toter Vogel in die Esse fiel. George glotzte, als sei er Zeuge eines Zauberkunststücks, und Bullivant drückte ihm, ohne ein Wort oder einen Blick zu verlieren, die Stange wieder in die Hand, machte aber mit einer mahnenden Geste auf die Rußspuren aufmerksam, die sie trug.

»Nun, dem Schornstein fehlt nichts«, sagte Horace, als freue er sich, daß sein Haus kein Vorwurf traf.

»Der Vogel ist eine Dohle«, sagte Mortimer. »Ein großer, schwarzer Vogel. Haben Sie ihn hineingesteckt, Bullivant?«

Tadel ob des Versäumnisses ausdrückend wies Bullivant George auf den Vogel hin und wandte sich, als jener diesen hinausgetragen hatte, würdevoll zu Mortimer.

»So fern, Sir, liegt mir jeder Zusammenhang mit der Anwesenheit dieses Federviehs, daß ich, als ich die Sache in die Hand nahm, der Folgen keineswegs sicher war. Ich hoffte nur, daß mein Eingreifen ein Ergebnis zeitigen würde.«

»Meine Frau verspätet sich«, sagte Horace. »Aber es ist ihr lieber, wenn wir nicht auf sie warten.«

»Das ist mir gewärtig, Sir«, erwiderte Bullivant. »Sie hat mich diesbezüglich angewiesen.«

Er begab sich zu einer Tür und kam wieder. Seine Miene verkündete, daß die Situation bewältigt sei. Als George mit den Schüsseln erschien, nahm er sie von ihm entgegen, stellte sie auf dem Buffet ab und richtete die Vorlegbestecke griffbereit aus, als ob Menschen, die an gute Bedienung gewöhnt waren, sonst im Zweifel sein könnten, wozu diese Geräte dienen sollten. Als Horace ausgeteilt hatte, deckte er die Schüsseln zu und rückte die Kaffeekanne in handliche Position.

»Die Damen haben nichts gegen ein kaltes Frühstück«, sagte Horace.

Bullivant hob mit Bezug auf die kulinarische Indifferenz der

Frau leicht die Achseln und deutete George, daß er eine Schüssel neben dem Feuer abstellen sollte. Bullivant behielt George, der vom Rauch behindert wurde, im Auge, damit er sich nichts anmerken ließe, und blickte finster, als dieser einigermaßen auffällig reagierte.

»Also war es nicht die Dohle«, sagte Mortimer. »Wir haben voreilig ein Wesen verurteilt, das sich nicht verteidigen konnte.«

»Ich glaube doch, Sir«, sagte Bullivant, mit leiser und sanfter Stimme, als wollte er die Affäre zwischen Mortimer und sich regeln. »Ein Klumpen Ruß hat sich gelöst und diese momentanen Folgen verursacht.«

»Nun, Schinken ist ja angeblich zum Räuchern da«, sagte Mortimer.

»Wie meinst du das? Wieso angeblich?« fragte Horace. »Wird er nicht geräuchert?«

»Jetzt wohl doch, mein Guter. Ich wollte nur ausdrücken, daß ein wenig Rauch nicht schaden kann.«

»Nimmst du Kaffee?« fragte sein Vetter.

»Warum? Gibt es auch Tee?«

»Nein. Ich habe gefragt, ob du Kaffee nimmst.«

»Muß ich wohl, nicht wahr?«

»Wie meinst du das? Mußt du? Du mußt nicht.«

»Natürlich muß ich. Ich muß zum Frühstück entweder Kaffee oder Tee nehmen.«

»Es wird nicht mehr zur Wahl gestellt, Sir«, hielt Bullivant leichthin, aber nachdrücklich fest.

»Also nimmst du Kaffee?« fragte Horace.

»Ja, ja, ich muß ja, mein Guter. So sei's denn.«

Bullivant schritt in einem weiten Bogen zu Mortimers Platz und stellte die Tasse in Reichweite. Mortimers hektisches Umrühren war ihm vertraut.

»Seit vierundfünfzig Jahren lebe ich in diesem Haus«, sagte Mortimer. »Vierundfünfzig Jahre sind es heute. 1838 wurde ich geboren.«

»Soll das heißen, daß du heute Geburtstag hast?« fragte Horace.

»Nein, nein, das nicht, mein Guter. Nur, daß ich vor vierundfünfzig Jahren in diesem Haus geboren wurde.«

»Alles Gute«, sagte Horace.

»Darf ich auch gratulieren, Sir?« sagte Bullivant. Der Ton hielt sich auf subtile Weise zwischen Kühnheit und Vertraulichkeit.

»Vielen Dank. Es ist ungewöhnlich, daß jemand alle Lebenserfahrungen innerhalb derselben vier Wände macht. Draußen habe ich wirklich nie etwas erlebt. Ich kann mir nicht vorstellen, daß mir irgend etwas anderswo geschieht – daß mir überhaupt irgend etwas geschieht. Nicht daß ich mich beschwere; ich mag es nicht, wenn etwas geschieht, jedenfalls mag ich es nicht besonders. Ich bin es zufrieden, wenn ich am Leben anderer Menschen teilnehme. Oder gar nicht am Leben teilnehme. Mir ist alles recht.«

Mortimer Lamb war von untersetztem Körperbau, mit einem Vollmondgesicht, abgerundeten, nahezu abgeschliffenen Zügen, einem beweglichen, beinahe fröhlichen Mund und dunklen, freundlichen, tiefliegenden Augen, in denen ein Funken Humor und wenig Hoffnung glimmte. Möglicherweise – wenn er sich etwas so Kostspieliges einfallen lassen hätte – wäre er frustriert gewesen, weil er keinen Beruf hatte. Er schlug seine Zeit tot, indem er Horace im Haus half – oder vielmehr einen Teil seiner Zeit: Mit dem Rest tat er gar nichts. Was ihn vor allem bewegte, war ein starkes Gefühl für seinen Vetter, das er offen zeigte, und ein noch stärkeres Gefühl für die Frau seines Vetters, das er – wohl oder übel – nicht so offen zeigte.

»Auch ich bin hier im Dorf geboren, Sir«, sagte Bullivant. »Und auch ich habe den besseren Teil meines Lebens unter diesem Dach verbracht.«

»Und wo bist du geboren, George?« fragte Mortimer.

»In – in der Anstalt – im Armenhaus, Sir«, antwortete George, erschreckt aufschauend, und warf angesichts der somit eingetretenen Katastrophe einen ebensolchen Blick zu Bullivant.

»Ja, aber wo?« fragte Mortimer, als ob es darauf ankäme.

»Im hiesigen Armenhaus, Sir.«

»Und dort bist du aufgewachsen?« fragte Mortimer, während Bullivant mit einem Achselzucken zu verstehen gab, daß Georges Vergangenheit zu ihm paßte.

»Ja, Sir, bis ich alt genug für eine Arbeit war.«

»Und bist du dort unglücklich gewesen? Ich meine: Warst du glücklich?«

»Nein, Sir. Ja, Sir. Nicht unglücklich«, erwiderte George und veranlaßte Bullivants Achsel zu neuerlichem Zucken ob dieser erwartungsgemäßen Reaktion.

»Also nicht wie Oliver Twist?« sagte Mortimer.

»Nein, Sir. Nicht oft, Sir«, erwiderte George, dem diese Frage offenbar geläufig war. »Nur daß es nicht wie in einer Familie war, Sir.«

»Und habt ihr dort Unterricht gehabt?«

»Wir waren in der Dorfschule, Sir. Mit den anderen Jungen.«

»Und dort ist es dir gut gegangen?«

»Irgendwie hat man uns verachtet, Sir«, sagte George, den Sachverhalt schlicht zusammenfassend.

Bullivant schaute zu George, beließ es aber dabei, als müsse dieser selbst wissen, wo er aufzuhören habe.

»Was hinter uns liegt, sieht man uns nicht an«, sagte Horace.

Wiederum schaute Bullivant zu George, diesmal mit dem Gefühl, daß man darüber unterschiedlicher Meinung sein könnte.

»Es liegt ganz bei dir«, sagte Horace. »Du bist uns kein Geständnis schuldig.«

»Ich habe nie etwas verheimlicht, Sir«, sagte George und veranlaßte Bullivant, ob des unangemessen emotionellen Untertons die Stirn zu runzeln.

»Aus welchem Grund wolltest du Diener werden?« fragte Horace.

»Man hat mich als Hausbursch verdingt, Sir, weil eine Stelle frei war, und dann bleibt man eben dabei.«

»Bereust du es?« fragte Mortimer.

»Nein-nein, Sir«, versicherte George mit einem Blick auf Bullivant, der eine Herabwürdigung des Berufsstands nicht geduldet hätte.

»Dann bist du hier nirgends zuhause?« sagte Mortimer.

»Nein, ich bin überhaupt nirgends zuhause, Sir.«

»Er hat hier Leute, zu denen er gehen kann, Sir«, sagte Bullivant, um kein übertriebenes Mitgefühl aufkommen zu lassen. »Man hat den Burschen nett behandelt. Er kann sich nicht beklagen.«

»Die Damen sind auf der Treppe«, sagte Horace, als sei es jedenfalls nicht George, dessen Privatleben zur Debatte stehe.

Bullivant deutete heftig auf den Kamin. George eilte, dem Blick seines Herrn folgend, nahm die Schüssel und stellte sie auf das Buffet. Bullivant selbst trat vor und rückte einen Stuhl.

»Guten Morgen«, wünschte eine ziemlich tiefe Stimme, als die Dame des Hauses erschien und den Platz gegenüber Horace einnahm. Die Wortlosigkeit ihrer Begegnung wies sie als verheiratetes Paar aus. »Es gibt keine Entschuldigung für mein Zuspätkommen. Obwohl ich es mir einbilde, ist der Morgen für mich nicht feuchter und kälter als für andere Menschen.«

»Für uns schon«, sagte Mortimer. »Aber dir zuliebe haben wir es gern auf uns genommen.«

»Dieses Zimmer ist niemals feucht. In dieser Lage ist das gar nicht möglich«, sagte Horace, der seinem Stammsitz jene Vollkommenheit zuschrieb, die er an seiner Familie entbehrte. »Und ›kalt‹ ist übertrieben.«

»Was sonst soll man dazu sagen?« wollte seine Frau wissen, indem ihr Blick den großen, kahlen Raum ausmaß und sich schließlich auf den Kamin heftete.

»Ein kleines Mißgeschick mit dem Feuer, Madam«, sagte Bullivant leise, indem er sich zu ihr beugte.

Charlotte Lamb war eine kleine, dickliche Frau um die fünfzig, fast abstoßend in ihrer Reizlosigkeit. Ihr eisengraues Haar wirkte so drahtig, als hätte sie es nicht gekämmt, aber das war nicht immer so. Bei jedem anderen Träger hätten ihre Kleider als garantiert unverwüstlich gelten können. Sie hatte einen kräftigen Teint, nicht sehr ausgeprägte Gesichtszüge und Augen von einem leuchtenden, tiefen Blau, das nach Bedarf Zorn, Heiterkeit oder Erregung auszudrücken vermochte – und an Bedarf fehlte es nicht.

Horace hatte sie wegen ihres Geldes in der Hoffnung geheiratet, damit seinem heruntergekommenen Gut aufzuhelfen, sie ihn hingegen aus Liebe in der Hoffnung, sich selbst zu verwirklichen. Die Liebe war verwelkt, das Geld jedoch geblieben, so daß Horace, der freilich sein Dasein nicht mit solchem Optimismus betrachtete, dabei den Vorteil hatte.

Horace hatte ein Landgut und ein Herrenhaus geerbt, Mortimer nichts bis auf einen unverbrieften Anspruch auf Bett und Tisch. Horaces Vater, der Onkel und Vormund Mortimers, hatte den beiden jungen Männern auf seinem Totenbett versichert, daß er keine Schulden hinterlasse. Sie hatten damals ihre Genugtuung hierüber zum Ausdruck gebracht und später herausgefunden, daß seine Definition des Besitzstands zutraf. Mortimer nahm das ihm zugedachte Geld entgegen, ohne auch nur aus Höflichkeit den Dankbaren zu spielen. Es war genug, fand er, um keinen Groll zu nähren. Horace erfüllte der Besitz von Geld mit Scheu und Ehrfurcht, und im Hinblick auf seine Frau überstieg das nahezu sein Begriffsvermögen. Warum dieses Geld eigentlich Charlotte gehörte, war ein Rätsel, das er nie gelöst hatte, obwohl die Antwort einfach war: Sie stammte aus einer wohlhabenden Familie und war das einzige überlebende Kind. Er verfügte über ihre Einkünfte und legte sie auf seinen Namen an. Die Gleichgültigkeit, mit der sie dieser Gebarung zusah, sollte verbergen, daß sie nichts dagegen tun konnte. Sie hatte mit einem Protest so lange zugewartet, bis er nicht mehr vorstellbar war. Horace vertrat die Ansicht, daß das Sparen oder, genauer gesagt, das Vermeiden von Ausgaben dem Verdienen von Geld gleichkomme, und er hielt sich daran trotz heimlicher Gewissensbisse, die sein Leben überschatteten, aber seine Natur nicht zu korrigieren vermochten.

13

»Hat das Feuer geraucht?« fragte Charlotte ohne zu ahnen, was ihre Worte auslösten.

»Ja, aber nicht von selbst. Im Schornstein war eine Dohle«, sagte Mortimer.

»Eine was?«

»Eine Dohle. Bullivant hat sie herunter geholt.«

»Wieso hat er gewußt, daß sie dort war?« fragte eine weitere Stimme, als eine bejahrtere Dame das Zimmer betrat und nun belustigt und interessiert stehen blieb.

»Das Vorhandensein eines Hindernisses war offensichtlich, Madam«, erläuterte Bullivant, während er einen Stuhl zurechtrückte.

»War es eine tote Dohle?«

»Ja, sogar mehr als tot«, sagte Mortimer. »George hat getan, was zu tun war. Ich weiß nicht was.«

Bereit, die Darstellung des Sachverhalts zu ergänzen, holte George Luft.

»Nein, George, nein. Nicht vor den Damen«, sagte Bullivant mit beschwichtigender Geste.

»Und hat das Feuer dann aufgehört zu rauchen?« fragte Miss Lamb.

»Es hat sich schon daran gewöhnt gehabt«, erwiderte Mortimer. »Es hat nicht sofort davon abgelassen.«

»Ein wenig Ruß hat sich gelöst, Madam, und die nachfolgende Rauchentwicklung verursacht«, sagte Bullivant.

Emilia Lamb stand zu Horace und Mortimer im Verhältnis einer Tante. Auch sie hatte seit jeher im Haus gelebt. Sie war eine große, füllige Frau von fünfundsiebzig Jahren, mit einem ausdrucksstarken, charakteristischen Gesicht, geschwungenen Lippen, nicht zu übersehenden Händen und Füßen und jener Unsicherheit in der Kontrolle ihrer Bewegungen, die man an Menschen von außergewöhnlicher Größe beobachtet. Sie hatte das Aussehen einer nicht alltäglichen und ehrfurchtgebietenden Persönlichkeit, und da sie selbst sich mit den Augen der anderen sah, durfte sie einige Außergewöhnlichkeit für sich beanspruchen.

14

»Ein sehr kalter Tag«, sagte Charlotte und blickte abermals auf den Kamin. »Wo Rauch ist, heißt es, ist auch Feuer, aber das scheint nicht zuzutreffen.«

»Eine Dohle dürfte eher geeignet sein, Rauch zu erzeugen als Feuer«, meinte Mortimer.

»Warum war es eine Dohle und nicht ein anderer Vogel?« wollte Emilia wissen, das Haupt mit ihrem verhaltenen Lächeln neigend.

»Ich glaube, ein anderer Vogel hätte dazu nicht gereicht. Es hat sehr stark geraucht. Ein Spatz hätte da nicht genügt.«

»Anscheinend frühstücken wir immer später«, stellte Horace mit einem Blick auf die Uhr fest.

»Nein, wir frühstücken immer zur selben Zeit«, sagte Charlotte. »Schuld sind Emilia und ich. Acht Uhr kommt einem im Winter wie mitten in der Nacht vor.«

»Viele Menschen stehen früher auf.«

»Ja. Solche, die irgendeine Arbeit haben.«

»Wann stehen Sie auf, Bullivant?« fragte Mortimer.

»Nun ja, Sir –: Morgenstund hat Gold im Mund.«

»Und du, George?« fragte Mortimer.

»Nun ja, Sir, es ist hier nicht so schlimm, daß ich nicht vom Armenhaus her daran gewöhnt wäre.«

Horace blickte auf, als würde dieses Wort, das Georges Erfahrungen umschrieb, eine Erklärung fordern. George selbst, nach der Aufdeckung seines Geheimnisses erleichtert, lief geschäftig herum, den Blicken ausweichend.

»George ist hier im Ort geboren«, berichtete Mortimer. »Das Armenhaus steht am Marktplatz. Wir alle sind echte Ureinwohner.«

Man schwieg zunächst. Bullivant hatte das Gefühl, daß George die Ursache war, drückte ihm, weil sich das nicht gehörte, etwas in die Hand und schickte ihn mit einem Wink hinaus.

»Das also war der Beginn von Georges Karriere«, sagte Charlotte.

»Ja, Madam«, bestätigte Bullivant in einem zugleich bedauernden und beruhigenden Ton.

»Mir hat man davon nichts gesagt.«

»Nein, Madam. Ich vermutete, daß es dem Jungen aus Gründen, die man respektieren muß, peinlich gewesen wäre. Vor mir hat er es nicht verheimlicht.«

»Ich würde gern wissen, wie er sich mit dem Bewußtsein dieser Herkunft abgefunden hat«, sagte Emilia.

»Oh, Madam, es gibt Leute, die sich damit abfinden müssen.«

»Was ist mit seiner Mutter geschehen?« fragte Mortimer.

Horace blickte fragend.

»Nun, auch George mußte wohl von einer Frau geboren werden, mein Guter. Selbst in einer fortschrittlichen Anstalt.«

Bullivant stieß einen leichten, unwillkürlichen Schnauflaut aus und antwortete, als hätte sich derlei nie ereignet.

»Meines Wissens ist seine Mutter gestorben, als er noch ein Kind war, Sir.«

»Der arme George!« sagte Emilia.

»Nun ja, Madam, er hat nichts anderes gekannt.«

»Genau das habe ich gemeint.«

»Sehr wohl, Madam«, bestätigte Bullivant in Anerkennung ihrer Gefühle.

»Und was war mit dem Vater?« fragte Mortimer.

Bullivant schlug die Augen nieder und betätigte sich beim Tisch.

»Soweit also die Eltern«, sagte Mortimer, für Bullivants Ohren bestimmt – oder vielmehr für die Ohren der Damen, die Bullivant beobachtete. »Wenn George ein Problem hat, ist er es selbst.«

»George hat keine Probleme, Sir«, versicherte Bullivant, als wären Probleme über Georges Niveau.

»Warum haben Sie ihn aufgenommen?« fragte Horace.

»Der Bursche suchte eine bessere Stellung, Sir. Und ich war einem solchen Lehmklumpen nicht abhold. Man kann ihn nach eigenem Belieben kneten. Das ist besser, als jemanden zu haben, der schon alles weiß und nichts mehr lernen kann. Und ersteres läßt sich von George kaum behaupten.«

»Und Sie finden, daß er Form annimmt?«

»Oh, Sir, Form!« sagte Bullivant, hob die Achseln und blickte zu den Damen und senkte die Stimme. »Aber man muß auch bedenken, was wir an Lohn bekommen, Sir.«

»Immerhin nimmt er Ihnen die grobe Arbeit ab, nicht wahr?« sagte Mortimer.

»Ich biete ihm dazu Gelegenheit, soweit es möglich ist, Sir«, erwiderte Bullivant, indem er zur Illustration seines eigenen Status einiges Porzellan auf ein Tablett stapelte und auf einer Hand zur Tür trug.

»Es ist richtig, daß George schlecht bezahlt wird«, meinte Charlotte, »obwohl es nicht Bullivants Art ist, das gewissermaßen laut herauszusagen. Und George hat ständig unter diesem Armenhauskomplex zu leiden gehabt.«

»Wir haben von dem Armenhaus nichts gewußt«, sagte Horace.

»Bullivant hat es gewußt«, sagte Mortimer. »Aber er hat es bei sich behalten.«

»Bullivant können wir nicht fragen«, stellte Charlotte fest, »weil er selbst eher zu wenig kriegt. Natürlich wagen wir nicht, ihm zu wenig zu zahlen. Wir nützen nur die Schwachen aus.«

»Dem aber, der nicht hat, wird auch noch das wenige genommen«, zitierte Emilia.

»Nicht jeder würde einen Mann in Bullivants Jahren beschäftigen«, rechtfertigte sich Horace. »Ich kann mich an ihn erinnern, als er so alt wie George war. Damals war ich ein Kind. Er muß viel älter sein als ich.«

»Nach den Jahren, die er hier Diener war, ist er unfähig, anderswo zu dienen«, sagte Mortimer. »Das ergibt sich mit der Zeit von selbst. Bei mir ist es geradeso, obwohl ich hier keine so feste Position habe. Apropos Zeit: Dabei fällt mir ein, daß ich heute Geburtstag habe. Wenn etwas Geld übrig sein sollte, Charlotte, dann gib es – gib es keinem anderen.«

Bullivant, dessen Rückkehr das Gespräch unterbrochen hatte, ließ sich nichts anmerken, sondern widmete sich wieder seinen Pflichten. Das bedeutete nicht, daß er nichts gehört hatte, aber er interessierte sich nicht für die materielle Situation der Familie. Diese Fragen und ihre Regelung entzogen sich seinem Einfluß und berührten ihn daher nicht. Er wußte, daß Mortimer von seinen Verwandten abhängig war, aber er wußte nicht um die ungewöhnlichen Umstände, sondern sah darin eher eine besondere Spielart des Privatkapitalismus und hatte keine Vorstellung, inwiefern sie sich von anderen Spielarten unterschied.

»Mrs. Selden hätte gern noch am Vormittag mit Ihnen gesprochen, Madam«, sagte Bullivant zu Emilia.

»Ich komme wie immer in die Küche.«

»Es ist nett von dir, daß du Charlotte den Haushalt abnimmst«, sagte Horace.

»Das habe ich seit deiner Geburt und dem Tod deiner Mutter getan. Mit der Zeit wird es zur Gewohnheit.«

»Und von der Zeit bleibt nicht genug übrig, daß ich es mir zur Gewohnheit machen könnte«, sagte Charlotte. »Ich gebe auch zu, daß mir jede hausfrauliche Veranlagung fehlt. Mir kommt das so karg und öd und langweilig vor. Und wenn meine Kinder frieren und hungern müssen, will ich dafür nicht verantwortlich sein.«

»Uns allen geht es sehr gut«, versicherte Horace.

»Hungerleider werden nicht krank, heißt es.«

»Du hast einen Brief bekommen, der dir Sorge zu machen schien, Charlotte. Kann ich dir helfen?«

»Mein Vater spürt sein Alter und will, daß ich ihn besuche. Und er lebt am anderen Ende der Welt.«

»Hat er dich gebeten, daß du ihn besuchst?«

»Nein. Er schreibt, daß es meine Pflicht sei.«

Charlottes Vater hatte ihr Geld für den Unterhalt der Familie bestimmt, und der Schwiegersohn konnte daher seinen Anspruch nicht ignorieren.

18

»Ich würde dich hinbringen, wenn wir beide die Kinder allein lassen könnten.«

»Das gerade bricht mir das Herz – und gerade ich muß. So beißt sich die Katze in den Schwanz.«

»Wir alle werden unser Bestes tun«, sagte Emilie, die mit ernster Miene zugehört hatte. »Aber das ist keine gute Nachricht.«

»Bullivant! Werden Sie bis zum Abend brauchen, um das Tischtuch wegzunehmen?« sagte Horace.

Bullivant nahm das Tischtuch an den Ecken, damit die Krümel nicht herabfielen, und trug es zur Tür. Er anerkannte, daß seine Abwesenheit hin und wieder angebracht erschien.

»Wir dürfen uns nicht benehmen, als ob Bullivant keine Ohren hätte«, sagte Horace.

»Ich dachte, du gehst davon aus«, sagte Mortimer. »Aber er wird es dir diesmal nicht verübeln.«

»Seine Ohren sind so groß, daß es keinen Sinn hat, darauf Rücksicht zu nehmen«, sagte Charlotte.

»Also, ich verstehe wirklich nicht, warum man sich über mich hinwegsetzt, als wäre ich in meinem eigenen Haus ein Niemand«, sagte Horace, die Abwesenheit Bullivants auf eine Weise nützend, die seinen Wunsch nach ihr verständlich machte. »Gibt es Kinder, die einen besseren Vater haben? Habe ich sie auch nur einen Tag vergessen? Habe ich jemals Zeit oder Geld für mich beansprucht? Lasse ich mir jemals von dem Leben träumen, das ich haben könnte, wenn ich keine Familie hätte?«

»Warum hat nicht Bullivant dir das erklären dürfen, mein Guter?« erkundigte sich Mortimer. »Warum ist ausgerechnet er hinausgeschickt worden?«

»Warum soll ich nicht den Platz einnehmen, der mir gebührt?«

»Das ergibt sich, heißt es, ganz von selbst«, meinte Emilia.

»Eine sehr riskante Methode! Wenn du das ernst nimmst, kannst du alle vergraulen.«

»Stimmt«, sagte Mortimer. »Es ist offenbar gelungen.«

»Was ist mein Leben anderes als Selbstverleugnung?«

»Was sonst ist das Leben?« sagte Charlotte. »Wir alle schulden einander soviel, daß es nicht anders sein kann.«

Horaces durchdringender, fragender Blick ärgerte sie.

»Eine Frau ist kein Tier, das sich fürchtet, wenn man es anglotzt«, sagte sie.

Als Horace seine Augen abwandte, fielen sie auf den Kamin, und dabei überkamen ihn instinktivere Gefühle.

»Wie oft habe ich nicht schon verboten, einen solchen Scheiterhaufen aufzutürmen? Wieder und wieder habe ich gepredigt, daß das erst am Nachmittag sinnvoll ist! Nachgerade hängt es mir zum Hals heraus! Was für eine Verschwendung von Brennmaterial, das andere Menschen brauchen könnten! Rücksichtslos und ordinär! Es stinkt nach Protzerei. Nie hätte ich vermutet, daß jemand in diesem Haus so primitiv sein könnte. Wer hat das getan? Irgendwer muß es gewesen sein.«

»Zweifellos«, sagte Mortimer. »Du bist auf der rechten Spur.«

»Es war Bullivant«, sagte Emilia mit ernster Miene.

Horace ging zu der Klingel und drückte so lange, bis sich von draußen Schritte näherten.

»Wer hat eingeheizt, Bullivant?«

»Entweder George oder ich, Sir.«

»Aber wer von euch beiden war es?«

»Der Kamin hat uns heute morgen verschiedentlich beschäftigt, Sir. Ich könnte nicht mit Sicherheit sagen, wer der letzte war, der dabei Hand anlegte.«

»Man hat Sie beim Einheizen gesehen!« Horaces Stimme hatte einen sonoren Klang. »Miss Emilia kann es bezeugen.«

»Dann war ich es, Sir«, sagte Bullivant und drückte mit einer leichten Verbeugung zu Emilia seine Erkenntlichkeit aus.

»Aber was ist in Sie gefahren, sich derart über meine Wünsche hinwegzusetzen? Haben Sie mich nicht hundertmal sagen hören, daß am Morgen das Feuer klein zu sein hat? Was hat Sie veranlaßt, einen derartigen Meiler zu bauen?« Um den ursprünglichen Zustand zu demonstrieren, ergänzte ihn Horace um einige Kohlenstücke, die er vom Rost entfernt hatte.

»Die Damen haben sich über die Kälte beklagt, Sir, und da dachte ich mir, daß ich vielleicht aus übertriebener Sparsamkeit mit dem Anzünden zu lange gewartet habe. Und ich hoffte, dies durch ein wenig zusätzlichen Aufwand wett zu machen.«

»Ich dachte, Sie haben sich nicht an das Einheizen erinnert.«

»Man hat es mir in Erinnerung gerufen, Sir«, sagte Bullivant mit einer neuerlichen Verbeugung zu Emilia, die sie erwidert hätte, wenn sie so sicher wie er gewesen wäre, daß sie ihm einen Dienst erwiesen hatte.

»Aber das war kein Grund, so zu übertreiben.«

»Nein, Sir. Übertreiben ist vielleicht das richtige Wort. Andererseits hatten wir uns heute morgen mit sehr unterschiedlichen Problemen auseinanderzusetzen.«

»Deren eines in Gestalt einer Dohle auftrat«, sagte Emilia mit einem Lächeln, das zu ihrer Enttäuschung von Bullivant nicht erwidert wurde.

»Sehen Sie zu, daß so etwas nicht wieder passiert«, sagte Horace.

»Nein, Sir. Eine Wiederholung dieser Umstände ist nicht zu erwarten«, beruhigte ihn Bullivant, während er zur Tür ging.

»Du hast gegen deine Tante ausgesagt, mein Junge«, hielt Mortimer fest. »Und sie hat Bullivant verpetzt. Er ist besser ausgestiegen als ihr zwei.«

»Oh, er hat versucht, alles auf George abzuschieben, ein armes Waisenkind aus dem Armenhaus«, sagte Horace. »Sehr viel hat er uns nicht voraus.«

»Es war schlimm für George, als er sich zu seiner Herkunft bekannte«, sagte Mortimer. »Rührend, wie er zu dem Schluß kam, daß Ehrlichkeit am längsten währt.«

»Daß er damit auf dem Holzweg ist, kann er nicht früh genug lernen«, sagte Charlotte. »Besser für ihn, wenn er seine Armenhauserziehung vergißt.«

»Ehrlichkeit setzt nicht den Verzicht auf jede Zurückhaltung voraus«, sagte Horace.

»George denkt aber so«, sagte Emilia.

»Es gibt gewisse Details, die er besser für sich behalten sollte.«

»Man hat eine Frage an ihn gerichtet, und er hat sie wahrheitsgemäß beantwortet«, sagte Mortimer. »Natürlich wissen wir, daß wir nicht fragen sollten, nur ist die Begründung falsch. Ich habe ihn gefragt, wo er geboren ist.«

»Warum hast du das wissen wollen?« sagte Horace.

»Keine Ahnung. Wahrscheinlich wollte ich es gar nicht wissen. Aber Bullivant hat uns gesagt, wo er geboren ist, und darauf habe ich gesagt, wo ich geboren bin. Ich weiß nicht, ob sich jemand dafür interessiert hat. George hat nichts gesagt, und deshalb habe ich ihn gefragt. Vermutlich wollte ich ihm nur zu verstehen geben, daß auch er ein Mensch ist wie wir. Und darauf mußte der arme Junge gestehen, daß das nicht der Fall ist. Rührend, wie stolz er auf sein Bekenntnis war.«

»Wer hat damit angefangen, den Leuten weiszumachen, daß sie Menschen sind wie wir?« sagte Charlotte. »Das geht immer daneben.«

»Es läßt sich schwer wieder abstellen«, sagte Emilia.

»Wenn sich erst der Reiz der Neuheit abgenützt hat, wird es für uns nicht mehr so interessant sein«, vermutete Mortimer. »Es war eine so originelle Idee.«

»Wie unnatürlich es ist, beweisen die Folgen«, meinte Charlotte.

»Ich frage mich, ob George uns als Menschen betrachtet«, sagte Emilia.

»Ich glaube schon«, sagte Mortimer. »Aber vermutlich wäre Bullivant dagegen.«

»Hast du wirklich vor, uns zu verlassen, Charlotte?« sagte Horace.

»Ich möchte meinen Vater besuchen. Das eine bedingt das andere.«

»Und wir können nichts tun«, sagte Mortimer. »Nur die Stunden zählen, bis du wieder bei uns bist.«

»Das wird ihr nicht viel helfen«, fand Horace.

22

»Vielleicht doch ein wenig, mein Guter. Es ist ein gutes Gefühl, wenn man jemandem fehlt.«

»Den Kindern sollten wir es besser erst kurz vor der Abreise sagen«, meinte Emilia.

»Sie sollten den Tatsachen ins Auge blicken«, fand Horace. »Das ist eine gesündere Vorbereitung auf ihre Zukunft.«

»Darauf gibt es keine Vorbereitung«, widersprach seine Frau. »Wir wissen von ihr zu wenig. Und es ist keine gute Gewohnheit, den Tatsachen ins Auge zu blicken. Das führt nur zu unnötigen Leiden.«

»Ereignisse werfen selten ihre Schatten voraus«, sagte Emilia. »In diesem Fall allerdings sehen wir das Ereignis greifbar vor uns. Vielleicht sollte man es ihnen sagen, solange es noch nicht zu nahe ist. Das wird ihnen den Schock ersparen.«

»Genauso ist es«, sagte Horace, als ob er nur daran gedacht hätte.

»Das waren aber nicht deine Worte«, stellte Charlotte fest.

»Nein, mein Guter, das waren sie nicht«, bestätigte auch Mortimer.

Horace stand auf und verließ, offenbar seinen Gedanken folgend, das Zimmer. Mit einem Blick auf die beiden Zurückbleibenden ging auch Emilia.

»Also verläßt du mich, Charlotte?« sagte Mortimer.

»Ich verlasse die Kinder und bin froh, daß du bei ihnen bleibst.«

»Ich werde für sie da sein, weil sie deine Kinder sind. Aber ich wollte, ich wäre auch dein Kind.«

»Das wünsche ich mir nicht. Ich habe genug Kinder. Ich frage mich oft, ob ich etwas falsch gemacht habe. Hätte ich sie besser ungeboren lassen sollen?«

»Bald wird es für sie anders. Deine Rückkehr muß der Wendepunkt werden. Wen wir länger zögern, vertun wir ihre und unsere Zeit. Wir müssen uns von Horace trennen und in Frieden zusammenleben. Wenn er es zuläßt, werden wir heiraten. Nach dieser Zäsur wird es für ihn einfacher sein, der Abschied wird es erleichtern. Wie wir doch auf ihn Bedacht nehmen! Findest du das nicht irgendwie edelmütig?«

»Soweit, wie es heißt, jeder Mensch eine Spur Edelmut besitzt.«

»Hat Horace nicht etwas Herzzerreißendes an sich? Vielleicht, weil er selbst sein schlimmster Feind ist. Angeblich weckt das Mitgefühle.«

»Der Haken ist nur«, sagte Charlotte, »daß die Betreffenden auch Feinde anderer Menschen sind, wenngleich nicht die schlimmsten.«

»Wird er ohne dein Geld das Haus halten können?«

»Er kann sich mit Bullivant und der Köchin in einen Winkel zurückziehen.«

»Wie in seinen Jugendjahren. Und natürlich wird er überall daheim sein, wo Bullivant ist. Trotzdem: Der arme Junge! Arm, aber doch auch mein leiblicher Vetter.«

Bullivant begab sich zurück in die Küche und nahm sein Gespräch mit der Köchin wieder auf. Die Köchin beaufsichtigte eben ihre Gehilfin, und dieses Geschäft beherrschte sie so gut wie Bullivant.

»Zu groß eingeheizt«, berichtete er und setzte sich so, daß er George im Auge behielt und solcherart seiner Pflicht auch über die vorhandene Distanz genügte. »Und der Herr voll unter Dampf, wenn Sie mich fragen.«

»Das scheint sich zu häufen«, meinte die Köchin. »Waren es Sie oder George?«

»Ich, Mrs. Selden: Wie ich auch offen zugegeben habe.«

Mrs. Selden war eigentlich eine Miss Selden, aber Bullivant gebrauchte die in großen Häusern übliche Anrede, zumal er das nüchterne »Köchin«, das sich auf die Funktion bezog, unschicklich fand. Der Köchin war es einerlei, und damit bewies sie ihre in sich begründete Würde.

»Mehr als ein Geständnis kann man nicht verlangen«, fand sie. »Das ist zugleich das Äußerste und das Geringste. Miriam! Bist du mit dem Kopf bei deiner Arbeit oder hörst du mir zu?«

24

Miriam, die sich letzterem hingegeben hatte, schreckte wie immer, wenn sie angesprochen wurde, auf und bezeugte die erzieherische Wirkung dieser Worte, indem sie fortan beides tat.

»Die Sache mit George und dem Armenhaus ist heute herausgekommen«, berichtete Bullivant, ein Bein über das andere schlagend. »Jetzt wissen es alle. Und wozu war das gut? Besser wäre es dort aufgehoben gewesen, wo ich es haben wollte: Im Dunkel des Vergessens.«

»Und wie ist es herausgekommen?« fragte die Köchin.

»Man redete über Geburtsorte, und da hat jeder das Seine beigetragen«, berichtete Bullivant ein wenig selbstgefällig. »Der Herr und Mr. Mortimer und ich haben den größten Teil unseres Lebens hier im Haus verbracht. Bei George verhält es sich, wie wir wissen, anders.«

»Und wie hat man es aufgenommen?«

»Äußerlich ließ man sich nichts anmerken, aber ich vermute, daß dies nur die tiefere Betroffenheit verdeckte. Allerdings – und das habe ich auch dem Herrn zu verstehen gegeben – können wir es uns bei diesen Löhnen nicht leisten, auf Tölpel von der Art, wie sie um Geld zu haben sind, zu verzichten.«

»Und wie hat George diese Feuerprobe bestanden?«

»So gut man es von ihm erwarten darf«, sagte Bullivant, wobei er, als der Name fiel, den Hals nach seinem Träger reckte. »Es war nicht der geeignete Anlaß, um schlummernde Talente in ihm zu wecken, falls er solche besitzen sollte. Aber er hat immerhin das Format gehabt, zur Wahrheit zu stehen.«

»Es spricht für ihn, daß er nicht in irgendeine erfundene Geschichte geflüchtet ist.«

»Nun ja, Mrs. Selden. Dazu wäre der Bursche wohl kaum fähig.«

»Miriam!« rief die Köchin. »Arbeitest du oder gönnst du dir eine Erholungspause?«

Miriam schreckte auf und machte sich wieder an ihre Arbeit.

»Ich nehme an, daß diese Geschichten über George dich zuhöchst interessieren«, sagte die Köchin mit einer Herablassung, die sich Miriam nicht erklären konnte.

»Du kennst von der Welt noch nicht viel, nicht wahr, Miriam?« vermutete Bullivant.

Miriam reagierte wie gewöhnlich, wenn Bullivant sie ansprach: Sie saß sekundenlang gelähmt da. Miriam war eine indolente Sechzehnjährige, bei der die Fülle, die oft mit diesem Alter einhergeht, sich zur Maßlosigkeit gesteigert hatte. Sie besaß ein rundes, rotes Gesicht, große, verschreckte Augen, runde, rote Arme, einen fast ständig halboffenen Mund, der gleichfalls als rund und rot gelten konnte, und eine dementsprechende Nase. Als Mortimer ihr auf der Treppe begegnet war, hatte er sie gefragt, ob sie glücklich sei: Daß ihre Antwort, sie wisse es nicht, den Sachverhalt traf, hatte er nicht geahnt. Ihr fehlten die Grundbegriffe für eine solche Beurteilung. Die Köchin behandelte sie nicht unfreundlich, und Bullivant war fast nett zu ihr, obwohl es ihm kaum aufgefallen wäre, hätte sie plötzlich ein anderes Gesicht getragen, und er auch gar nicht wußte, ob ihr etwas daran gelegen hätte. Die Köchin folgte ihrem Gewissen, Bullivant seinem Gefühl, wonach Miriam weiblichen Geschlechts und somit anders als George war.

Zwei Stubenmädchen, deren Pflichten sich auf die oberen Etagen beschränkten, rundeten den Haushalt ab. Sie hatten mit den übrigen nicht viel zu tun. Mit George und Miriam wollten sie nicht, mit Bullivant und der Köchin durften sie nicht verkehren.

»Haben auch Sie hier ihre Wurzeln, Mrs. Selden?« erkundigte sich Bullivant mit höflichem Interesse.

»Die Gegend, wo ich geboren bin, ist ein Teil der Grafschaft, aber gewissermaßen die Butterseite. So ärmlich wie hier sieht es dort nicht aus.«

Bullivant summte melodisch, bevor er weiterfragte: »Und du, Miriam?«

Miriam blieb stumm.

»Haben deine Eltern hier gelebt?« übersetzte ihr die Köchin.

»Ich weiß nicht«, sagte Miriam.

»Haben sie es gewußt?« fragte Bullivant lächelnd.

»Du mußt doch wissen, wo du geboren bist«, meinte die Köchin.

»Nein. Wie sie mich genommen haben, war ich ein halbes Jahr alt.«

»Wer hat dich genommen?«

»Die vom Waisenhaus. Sie haben mir mein Alter angesehen.«

»Das Waisenhaus vor der Stadt?« fragte Bullivant.

»Haben Sie nicht gewußt, daß Miriam aus solchen Verhältnissen kommt?« sagte die Köchin. »Kommt das nicht bei ihr heraus?«

»Erstaunlich! Dann sind wir also allesamt Landsleute«, hielt Bullivant fest. Immerhin verfügte er über einen Präzedenzfall, der ihm die Beurteilung des Sachverhalts erleichterte.

»Aber sie werden dir doch gesagt haben, wo du geboren bist«, vermutete die Köchin, die einen solchen Vorzug nicht genoß.

»Nein. Man hat mich gefunden.«

»Vor der Tür?« fragte Bullivant.

»Ja«, sagte Miriam.

»Wo vor der Tür?« fragte die Köchin.

»Vor der Waisenhaustür«, sagte Miriam, überrascht von dem Gedanken, daß vielleicht auch noch andere Möglichkeiten zur Wahl gestanden hätten.

»Aber deine Eltern müssen dir doch einen Namen gegeben haben.«

»Nein. Das ist der Name des kleinen Kinds gewesen, das gestorben ist. Und ich habe seinen Platz gekriegt.«

»Tz, tz, was für eine traurige Geschichte«, flötete Bullivant.

»Nun, ein Name ist so gut wie ein anderer«, meinte die Köchin. »Und was hast du für einen Familiennamen?«

»Sie kann doch keinen haben, Mrs. Selden«, wandte Bullivant halblaut ein.

»Doch, ich habe einen. Biggs. So hat das kleine Kind geheißen«, sagte Miriam.

»Miriam Biggs«, faßte Bullivant zusammen. Daß kein Grund

27

bestand, dem kleinen Kind zu gratulieren, war dabei herauszuhören. »Ich nehme an, du magst deinen Vornamen?«

»Nein.«

»Und warum magst du ihn nicht?« Bullivant hatte eher das Gefühl, daß er für seine Trägerin zu gut war. »Was für eine Art Namen hättest du lieber?«

»Einen Namen wie Rosi«, sagte Miriam. Es klang leidenschaftlich bewegt.

»Vielleicht würdest du auch gern Lili heißen?« schlug die Köchin vor.

Miriams Blick bestätigte die Vermutung.

»Worin bist du einer Rose oder einer Lilie ähnlich?«

Die Frage der Köchin bewirkte, daß sich etwas in Bullivant mimosenhaft zusammenzog.

Miriam fehlten die Worte zu erklären, daß schon die geringste Ähnlichkeit für sie erfreulich gewesen wäre.

Die Köchin, dadurch an die Bedeutsamkeit der äußeren Erscheinung gemahnt, trat vor einen Spiegel, um ihre Frisur zu glätten. Sie sah die kompakte, glänzende Stirn, die zu ihr aufstrebende Nase, den matten Teint und die klaren, schlauen, grauen Augen mit der gehobenen Stimmung, die eine solche Bestandsaufnahme bewirkt, als ob der Betreffende erleichtert wäre, daß alles noch vorhanden ist.

Was in Bullivants Augen aufblitzte, hätte man nur als hinterhältig bezeichnen können. Er spürte Lust, Mrs. Selden zu fragen, mit welcher Blume etwa sie zu vergleichen wäre, er nahm aber, wenn schon nicht aus der Überlegung, daß er selbst keineswegs blumenhaft war, aus Höflichkeit und aus Rücksicht auf ihre künftige Beziehung davon Abstand.

»Und im Waisenhaus warst du gesund und zufrieden?« fragte er.

»Ich bin immer gesund«, sagte Miriam. Der Unterton war etwas unerwartet.

»Das magst du nicht?«

»Nein, nicht sehr.«

28

»Und was hast du gegen Gesundheit?« fragte die Köchin.

»Ich bin nie krank gewesen«, sagte Miriam bedauernd.

»Nun, dazu kann ich dir nur sagen, daß das nicht wünschenswert ist«, belehrte die Köchin sie in einem Ton, als sei sie persönlich beleidigt worden. »Ich bin nur zu oft krank darniedergelegen und durchaus in der Lage, das zu bezeugen.«

»Ich wäre gern einmal richtig krank gewesen. Vielleicht würde ich dabei abnehmen und anders werden.«

»Und dann erholst du dich und nimmst wieder zu«, sagte Bullivant, als ob das Problem des Übergewichts oder seines Gegenteils nicht so groß wäre.

»Ich setze voraus, du wünscht dir nicht, daß eine Indisposition zu einem chronischen Leiden wird«, sagte die Köchin. »Als vollkommen bezeichnen würde ich die Rekonvaleszenz nicht einmal beim harmlosesten meiner Affekte. Es ist einmal mehr etwas, mit dem man sich abzufinden hat.«

»Und noch keinem hat es geschadet, wenn er ein wenig unterspickt war«, bemerkte Bullivant.

»Wir können nicht alle dürr sein«, meinte die Köchin, und in der Verallgemeinerung verbarg sich ihr Stolz, daß sie nicht zu jenen zählte.

»Wünsch es dir erst, wenn du mußt, Miriam«, riet ihr Bullivant.

»Es gibt Naturen, die nicht für Kankheiten anfällig sind«, teilte die Köchin fast drohend mit. »Sie lassen sich nicht anstecken.«

Miriam konnte dem nicht widersprechen.

»Und für mich ist ein braves, gesundes Mädchen ein erfreulicher Anblick«, sagte Bullivant, ohne Miriam damit zu trösten. Daß sie den Leuten dieses Vergnügen bereitete, hatte sie nicht zum ersten Mal gehört und herausgefunden, daß es weniger deren Meinung über sie als die Anforderungen erhöhte, die man an sie stellte.

»Erstaunlich, in welchem Maß die öffentliche Wohlfahrt in diesem Haus vertreten ist!« stellte die Köchin fest. »Damit habe ich vorher nie zu tun gehabt. Meine Familie war nicht überheblich, aber wir haben uns auf unsere Kreise beschränkt.«

»Unsere Löhne, Mrs. Selden, unsere Löhne!« Bullivant sagte es leise, weil es Miriam nicht hören sollte, und in der Tat entging es ihrer Aufmerksamkeit.

»Viel haben sie dir im Waisenhaus nicht beigebracht«, stellte die Köchin fest, als sie den Fortgang von Miriams Arbeit prüfte.

»Wir haben aus Büchern gelernt, bis wir sechzehn waren«, versuchte Miriam zu erklären.

»Und warst du eine vielversprechende Schülerin?« fragte Bullivant.

»Da hätte sie nicht eben viel gehalten«, meinte die Köchin.

»Nein, ich bin nicht gut weitergekommen«, gab Miriam mit einer gewissen Befriedigung zu.

»Was du jetzt zu tun hast, hat man dir allerdings so oft gesagt, daß du es wissen müßtest«, stellte die Köchin fest.

Die Methode hatte bei Miriam Erfolg gehabt. Sie verließ die Küche, um es zu tun.

»Daß ich so viele Mädchen angelernt habe, ist nicht die geringste Leistung, die ich mir gutschreibe«, sagte die Köchin.

»Dasselbe, Mrs. Selden, würde ich von uns beiden behaupten wollen.«

»Burschen sind nicht so schwierig.«

Bullivant schüttelte den Kopf und erhob sich, um das Gegenteil zu beweisen. Seine Fahndung nach George blieb zunächst erfolglos, denn dieser spähte plötzlich hinter der Tür hervor, sah die Köchin allein und blickte um sich, ob seine Augen ihn nicht trogen. Wie aufgewühlt er war, zeigte sich darin, daß er sich auf Bullivants Stuhl setzte, während die Köchin ihn abwartend, aber unvoreingenommen beobachtete. Sie war sich immer bewußt, daß George ein Mann und etwas anderes als Miriam war.

»Jetzt wissen es alle, Mrs. Selden.«

»Nun: Solang du dich nicht mit Lügen herauszuziehen versucht hast, gibt es keinen Grund für dich, den Kopf hängen zu lassen.«

»Einer war da, der wie ein Vater zu mir gesprochen hat, und das war Mr. Mortimer.«

»Harte Schale, weicher Kern: Das habe ich immer von ihm gesagt.«

»Aber die Art, wie der Herr mich angesehen hat, habe ich nicht gemocht.«

»Manchmal ist das Auge kälter als das Herz«, meinte die Köchin.

»Diese Sache wird immer in meinem Weg stehen, Mrs. Selden, und mich in meinem Fortkommen behindern.«

»Es könnte darauf einen negativen Einfluß haben. Aber du wirst darüber hinwegkommen«, sagte die Köchin, indem sie davon ausging, daß George mit seinem Aufstieg zufrieden sei.

»Wer in ein angesehenes Haus hineingeboren wird, kann von Glück reden.«

»Ich gebe zu, daß meine Leute ihrem guten Ruf zuliebe hungern würden«, sagte die Köchin.

»Manchmal fühle ich mich bei Ihnen wie bei einer Mutter, Mrs. Selden«, versicherte George, einer plötzlichen Regung folgend.

»Dann benimm dich wie ein Sohn und gib mir diese Gabeln herüber«, sagte die Köchin. So, fand sie, ließ sich dem Überschwang der Gefühle begegnen. »Wenn du jetzt Mr. Mortimer zum Vater und mich zur Mutter hast, dürften ja deine Waisenjahre zu Ende sein. Obwohl Mr. Mortimer und ich in den Augen der Welt und vielleicht auch sonst kein besonders gutes Paar abgeben würden. Die Kombination ist recht willkürlich.«

George war wohl kaum der Anlaß für den heiter befriedigten Unterton, der in den Worten der Köchin mitschwang. Der Eintritt Bullivants, dessen Blick sich ausdrucksstark auf George heftete, ersparte diesem eine Auseinandersetzung mit der Situation.

»Bist du die Gnädige oder Miss Emilia, daß du geruhst, den Vormittag im Lehnstuhl zu verbringen?«

George sprang auf und beeilte sich, in seine eigene Rolle zurückzuschlüpfen, während Bullivant ihm auf dem Thron folgte, ohne sich darüber zu verbreiten, welche der zwei Damen nun er darstellte.

George begab sich nebenan in eine Spülküche, wo Miriam beim Spülbecken werkte.

»Mach schon! Schau zu, daß du fertig wirst! Und laß mich nicht alles zweimal sagen, denn zu einer wie dir rede ich kein zweites Mal.«

Miriam begriff, daß sie sich sputen sollte, und sie beschleunigte ein wenig ihre Bewegungen.

»Und brauch nicht den ganzen Tag, bis du kapierst, was ich sage«, fuhr George fort zu bezeugen, wie recht er hatte, wenn er seine Herkunft bedauerte, »denn ich habe noch anderes zu tun und wichtigere Leute, die mir zuhören.«

Miriam nahm dies als Wiederholung der ersten Ermahnung und ließ sich nicht stören.

»Wer soll das sein, mit dem du da sprichst, George?« fragte jemand von der Tür her. Dort stand Bullivant, den Kopf im Nacken, so daß er auf George und Miriam herunterzuschauen schien.

»Miriam«, erwiderte George stolz in der Annahme, daß Bullivant jemand anderen vermutete.

»Und wann hast du gehört, daß der Herr oder Mr. Mortimer zu einer Frau in einem solchen Ton spricht?«

George versuchte, sich an das Benehmen seiner Dienstgeber zu erinnern, und wartete auf eine nähere Erläuterung.

»Miriam!« sprach Bullivant mit erhobener Stimme zu ihr: »Hättest du die Güte, dich tunlichst zu beeilen, so daß George deinen Platz am Spülbecken übernehmen kann? Er hat Pflichten, denen er sich widmen muß, sobald jene, die dir obliegen, erfüllt sind. Ich wäre dir sehr zu Dank verbunden, Miriam.«

Eine Pause trat ein, bis Miriam begriff, daß der Sinn dieser Rede mit dem übereinstimmte, was schon George gesagt hatte.

»Ich wünsche nicht, George, ein zweites Mal Zeuge so ungehobelten Betragens zu werden. Ungeachtet ihres Standes bleibt eine Frau immer eine Frau, wie das Beispiel unseres Herrn und Mr. Mortimer beweist. Es gibt Verhaltensweisen, die eines Mannes nicht würdig sind, und es ist nicht nötig, daß einer von uns, welcher Herkunft er auch sei, sich so tief erniedrigt. Ich überlasse es dir, Miriam dein Bedauern auszudrücken.«

Bullivant zog sich zurück; Miriam nahm wieder ihre Arbeit auf; George wahrte ein Schweigen, das von keinem reumütigen Wort gebrochen wurde.

»Jetzt bin ich fertig«, teilte Miriam mit, unberührt von einem so lebensfremden Intermezzo. »Jetzt kannst du ran.«

George nahm ihren Platz ein. Seine Lippen formten einen Satz, den er nicht aussprach: »Ich bin dir sehr verbunden, Miriam.«

Miriam stand daneben und tat, wie immer, wenn sie nicht zu etwas anderem angehalten war, nichts. George hingegen überkam eine seiner spontanen Regungen.

»Ich bin immer so grob, Miriam.«

»Es ist auch viel grobe Arbeit, die zu tun ist«, meinte Miriam, für die George seinen Platz in der Ordnung der Dinge zu haben schien.

»Ich würde gern etwas Höheres sein.«

»Wenn das jeder würde, gäbe es keinen mehr, der die grobe Arbeit tut«, stellte Miriam fest. Im Verkehr mit Gleichgestellten, zu denen sie George rechnete, war sie nicht so auf den Mund gefallen.

»Aber einer, der höhere Aufgaben hat, erwirbt sich nicht geringere Verdienste als ein anderer, der geringere Dienste tut. Möchtest du dich nicht verbessern?«

»Nein, nicht sehr«, meinte Miriam, die den Gipfel ihres Ehrgeizes in der Köchin verkörpert sah.

»Du könntest es, wenn du den Rechten heiratest«, meinte George auf der Suche nach einem Mittel der Beförderung, das keine an die Person gebundenen Qualitäten voraussetzt.

»Verheiratet möchte ich nicht sein. Ich bin lieber allein. Hier habe ich ein eigenes Zimmer.« Aus Miriams Worten war herauszuhören, daß sie kaum an ihr Glück glauben konnte. »Mit einer Kommode und mit einem Spiegel auf einem Tisch.«

»Und schaust du dich im Spiegel an?« Das war, als ob Bullivant die Frage gestellt hätte.

»Ich sehe mich darin. Das läßt sich nicht vermeiden.«

»Und du möchtest nicht etwas Besseres werden?« fragte George, als müßte ein solcher Anblick zwangsläufig das Streben nach Höherem bewirken.

»Ich wäre gern anders.«

»Aber doch nicht weiter unten?«

»Auf anständige Weise wäre das kaum möglich.«

»Ich bin nicht besser als du«, bekannte George mit veränderter Stimme. »Ich möchte weiterkommen im Leben, ohne zu wissen wohin – und obwohl ich weiß, daß es nichts bringt.«

»Du könntest werden wie Mr. Bullivant.«

»Ja, das muß mein Ziel sein. Aber ich habe es mir nicht gewünscht.«

»Du willst doch nicht wie der Herr oder wie Mr. Mortimer sein?« fragte Miriam, die Worte mehr hauchend als aussprechend.

»Nein, so hoch hinaus will ich nicht. Ich bin schon mit Geringerem zufrieden. Aber es gibt doch Zwischenstufen: Nicht daß man sich für ehrliche Arbeit zu schämen hätte«, schloß George nicht ohne Sarkasmus.

»Nicht wirklich schämen«, sagte Miriam, als sehe sie da doch eine gewisse Verwandtschaft der Begriffe.

»Dienstleute sind nicht schlechter als andere Menschen«, fügte George hinzu.

»Ja, aber andere Menschen wissen mehr. Und sie können sich auch besser ausdrücken und benehmen.«

»Auch besser denken«, sagte George. »Nimm etwa Mr. Mortimer und Bullivant, und was sie im Kopf haben. Ich weiß, was echt ist. Ich weiß, was nicht nur aufgesetzt ist. Auf Imitationen falle ich nicht herein.«

»Mehr wird aus uns nie werden«, meinte Miriam. »Ich möchte

auf meine Art etwas Gutes sein. Das wäre dann echt, selbst wenn es nicht viel ist.«

»So schlecht bist du nicht«, sagte George, indem er ihren Standpunkt in Betracht zog.

»Ich bin nicht so gut wie du«, stellte Miriam in aller Schlichtheit fest.

»Das sollte dich nicht anfechten.«

»Es ist nur, was ich darüber denke«, bestätigte Miriam aus der Erkenntnis, daß jeder Mensch einen Anlaß hat, wenn er denkt.

Bullivant kam zurück in die Küche. Seine Miene drückte aus, daß er ganz von einer wichtigen Sache in Anspruch genommen war, und wenn er auch keine Zeugen hatte, war die darauf verwandte Mühe nicht umsonst, denn er beobachtete sich selbst. Da er nicht sicher war, wie sie zu Miriams Anspruch auf ritterliche Behandlung stand, verriet er auch der Köchin nichts, und da sie ungern Fragen stellte und nicht der Notwendigkeit, es dennoch zu tun, vorgreifen wollte, schaute sie ihn nur an und sagte nichts.

Bullivant setzte sich und tat, als wollte er sich von dem Gedanken befreien, der ihn so beschäftigte.

»Ich bin keineswegs sicher, daß die Jungen jemals so weit kommen werden wie wir, Mrs. Selden.«

»Nun ja: Irgendeiner muß ja da sein, der Befehle ausführt.«

»Aber gerade dazu sind sie nicht fähig. Der Junge ist, wenn Sie mir glauben wollen, überfordert.«

»Sich für das Falsche zu schämen, ist typisch für junge Menschen.«

»Unter der Stufe, auf der sich George befindet, gibt es nicht viel. Und wenn er sich schämt, hat er dafür wohl auch seine persönlichen Gründe. Er muß sie nicht erst suchen.«

»Aber man kann ihm daraus keinen Vorwurf machen.«

»Ich bin der letzte, Mrs. Selden, der das wollte, wenn es sich um ein unverschuldetes Mißgeschick handelt. Worauf ich anspielte, ist aber etwas anderes.«

35

Die Köchin war ganz Ohr.

»Zwischen Ihnen und mir, Mrs. Selden, zwischen dem Herrn und der Gnädigen, zwischen jedem Mann und jeder Frau gibt es fundamentale Anstandsregeln, deren Verletzung ich nicht mitansehen möchte. Das stutze ich lieber gleich zurück, und ich werde sicher nicht anstehen, mich wegen der Mühe, die es mich kostet, zu beschweren.«

Die Köchin warf einen Blick auf Bullivant, wie er hingegossen ruhte, und wenn ihr dabei auf der Zunge lag, daß eine solche Verausgabung ihm wohl zuzumuten wäre, behielt sie es doch für sich.

»Wo ist das Mädchen jetzt?« fragte sie ungeachtet der Tatsache, daß Miriams Name bis dahin nicht gefallen war.

»Ich habe nicht so sehr an Miriam als insgesamt an das weibliche Geschlecht gedacht, Mrs. Selden.«

»Daß Miriam dazu zählt, kann sie allerdings noch nicht in vollem Ernst behaupten«, meinte die Köchin, besänftigt durch diese Ausklammerung persönlicher Gefühle. »Wir sollten besser nachsehen, was sie treiben. Wenn Sie Ihre Zeit gut genützt haben, heißt das nicht, daß das auch für die beiden gilt.«

Der Anblick, den Miriam und George boten, schien den Zweifel der Köchin zu bestätigen.

»Was veranlaßt dich, Miriam, zu der Vermutung, daß du George zu beaufsichtigen hättest?«

Miriam antwortete nicht auf diese Frage, freilich aus schierem Unvermögen, weil sie ihres Sinnes nicht sicher war.

»Und du, George: Welche Erklärung hast du dafür, daß du Miriam von ihren Pflichten abhältst?« fragte Bullivant.

»Und warum steckt hier jemand seine Nase in anderer Leute Angelegenheiten, statt vor der eigenen Tür zu kehren?« fragte George mit dem Blick auf Miriam und das Spülbecken.

»Wir haben angefangen zu reden«, sagte Miriam, als ob sie sich darüber erst jetzt klar würde.

»Und worüber ging eure Unterhaltung?« fragte die Köchin.

»Wir haben über unsere Zukunft gesprochen«, erwiderte George, als hätte er ein gutes Recht darauf.

»Und dürfen wir vielleicht mehr über eure Luftschlösser hören?«

»Wenn du den festen Boden nicht im Auge behältst, wird daraus nicht viel werden«, prophezeite Bullivant. »Du wirst auf deinen Ausgangspunkt zurückfallen –: Und das war, wie wir wissen, alles andere als ein Schloß.«

»Du machst jetzt weiter, Miriam, und bleibst mit dem Kopf bei deiner Arbeit«, befahl die Köchin. »Was soll's, wenn du dich als Lilie oder als Rose träumst? Das sind Zierpflanzen, nichts für den Hausgebrauch, und du hast ganz andere Aufgaben.«

Miriam ging ergeben ihres Weges.

Als die Köchin wieder in der Küche war, begann sie ein frommes Lied zu singen, voll selbstloser Inbrunst und mit dem vollen Wortlaut des sonst meist gekürzten Textes. Ihr Glaube gab dem Leben der Köchin Rückhalt und Spannung, an beidem litt sie keinen Mangel. Ihren Posten hatte sie angenommen, weil der Dienstvertrag nichts über die Formen der Religionsausübung enthielt. Charlotte schien nicht zu wissen, daß ihr ein Einfluß darauf zustand, und wenn Emilia auch nicht ganz so ahnungslos war, hatte sie doch auf die Durchsetzung verzichtet.

Bullivant fing an, mit mechanischen Bewegungen und alsbald sichtbarem Erfolg etwas vom Silber zu polieren. Hin und wieder stimmte er bei Strophen, deren Pflege ihr besonders angelegen war, in den Gesang der Köchin ein. Er war bedacht darauf, sie nicht zu übertönen, konnte allerdings seine Galanterie nur bescheiden entfalten.

II »Ein Feuer, um einen Ochsen zu braten! Wer hat das auf dem Gewissen?« schnaubte Horace, als er die Tür zum Kinderzimmer aufstieß. »Und an einem Tag, an dem andere Menschen überhaupt nicht heizen würden!«

»Es gibt arme Kinder, die kein Feuer haben können«, bestätigte der Jüngste mit einem prüfenden Blick auf den Vater.

»Und wer hat hier Wasser verkleckert?« fragte Horace mit tieferem Grollen.

Pause.

»Antwortet gefälligst!« rief der Vater und schlug auf den Tisch.

»Ich«, bekannte gelassen ein zweiter Junge.

»Und wie kommst du dazu, mit Wasser zu spielen? Du weißt genau, daß du es nicht darfst!«

»Ich habe ein wenig in eine Untertasse gefüllt, weil ich sehen wollte, ob es zu Eis friert.«

»Fällt dir nichts Gescheiteres ein? Wir sind hier nicht am Nordpol.«

»Dort war noch niemand. Aber bis zur Ostküste sind es nur fünfzig Meilen«, entgegnete der Junge, als wäre der Unterschied nicht so groß. »In der letzten Nacht ist das Wasser im Fenster gefroren.«

»Da war aber nicht geheizt.«

»Eis hat ein größeres Volumen als gewöhnliches Wasser«, sagte Marcus und stellte, ohne die Voraussetzungen für sein Experiment weiter zu erörtern, die Untertasse ans Fenster. Marcus war ein untersetzter, kräftiger Junge von elf Jahren mit einem großen Kopf, dunklem Haar, einem runden, unschuldigen Gesicht und großen, grünlichen Augen. Er trug einen alten Matrosenanzug, der auch allerhand persönliche Schätze barg und in seiner Schäbigkeit selbst das bei Jungen dieser Altersstufe Übliche übertraf. Aber Marcus schien sich dessen nicht bewußt zu sein.

»Warum sorgst du hier nicht für mehr Ordnung, Sarah?«

38

»Sie mögen nicht, wenn ich ihnen sage, was sie sollen, und sie tun nichts Schlimmes.«

»Mir scheint, sie tun überhaupt nichts. Herumsitzen und Nichtstun ist nie gut. Das habe ich dir schon hundertmal gesagt.«

Sarah ließ sich nicht auf einen Widerspruch ein. Sie war ein kleines, schmächtiges Mädchen von dreizehn Jahren und kindlichem Äußeren, mit strähnigem, dunklem Haar, dem ausdrucksarmen Profil ihrer Mutter, Emilias breitem, geschwungenem Mund und schönen, klaren, grauen Augen. Das abgewetzte Sonntagskleid, das ihr zum täglichen Gebrauch dienen mußte, schlotterte an Sarahs Körper, und ihre gestopften Strümpfe und geflickten Schuhe trug sie mit sichtlichem Widerwillen. Der Blick, den sie auf den Vater richtete, ließ die Möglichkeit offen, daß sie ihn nicht ausstehen konnte.

»Und warum ist das Fräulein nicht bei euch?«

»Sie ist vor einer Weile hinausgegangen. Ich weiß nicht, wohin oder warum«, erwiderte Sarah, die nächsten Fragen vorwegnehmend.

»Wohin oder warum! Wohin oder warum!« sang ein zwölfjähriger Junge und hopste zu diesem Kehrreim auf und nieder.

»Benimm dich nicht wie ein Clown, Jasper! Du bist kein kleines Kind!« verwies ihm Horace, der für das Rollenspiel seines ältesten Sohnes nicht unempfänglich war.

Jasper machte gute Miene und blieb stehen. Mit den kurzen, schmutzigen Fingern suchte er in seinen Taschen nach Besitztümern, die es dort nicht in solcher Fülle gab wie bei seinem Bruder, denn der Anzug platzte auch so schon fast aus den Nähten. Jasper und Marcus waren aus ihren Kleidern herausgewachsen, aber etwas Neues hätte einige Obsorge verlangt und Kosten verursacht, war daher nicht zur Diskussion gestellt worden. Auch Jasper kümmerte sein nahezu klägliches Aussehen nicht. Die kleinen, hellen Augen suchten den Blick des Vaters, um dessen Stimmung festzustellen, und das schlichte, hübsche Gesicht war ungetrübt heiter.

»Warum sitzt du hier allein und liest, statt mit den anderen zu spielen, Tamasin?« fragte Horace.

»Lesen kann man nur allein«, erwiderte ein Mädchen von zehn Jahren, die Hände über das offene Buch gelegt. »Auch nichts tun kann man allein. Wir warten, daß die Zeit vergeht.«

»Wie kannst du so reden! Zeit ist das Kostbarste, was wir haben!«

»Es gibt doch viel davon, und anfangen kann man damit wenig. Wir wissen nicht, was wir mit ihr tun sollen.«

Tamasin wandte sich ihrem Vater zu und blickte ihn ruhig an. Sie wußte, daß die Augen, in die er sah, die Augen ihrer Mutter waren, und spürte, daß er sich ihrem Spruch zu unterwerfen hatte.

»Was liest du da?« fragte er mit dem Mißtrauen, das eine solche Frage enthält.

„Eine Geschichte, die ich auswendig weiß. Die Kälte lenkt mich sehr ab.«

»Kälte, Kälte, Kälte! Ich will nichts mehr von Kälte hören! Ich werde euch beibringen müssen, was Kälte bedeutet. Warum tollt ihr nicht, statt hier mieselsüchtig herumzusitzen? Ich mag das nicht sehen.«

Der Jüngste – ein siebenjähriger Junge und zugleich das einzige der Kinder, das ein Unterschied von mehr als einem Jahr von dem Nächstälteren der Geschwister trennte – rannte herbei, um sich an der Tollerei zu beteiligen. Er hatte die grauen Augen und vagen Züge Sarahs in Tamasins ovalem Gesicht und dazu jenen hilflosen, mitleidheischenden Ausdruck, der sich bei dem Nesthäkchen einer Familie so lange hält. Sarah hatte ihn abgelegt, als sie halb so alt gewesen war, Jasper und Tamasin hatten überhaupt nie so dreingeschaut, und Marcus tat es nur, wenn er krank oder in Bedrängnis war, nicht aber nun, als er zum Fenster ging, um zu sehen, ob die von ihm erwartete Verwandlung bereits stattgefunden hatte.

»Sei nicht so unvernünftig, Marcus«, sagte der Vater. »Wasser friert nicht in ein paar Minuten.«

»Manchmal muß es aber in weniger als einer Sekunde frieren. Das kannst du sehen, wenn die Tropfen von einem Dach fallen und dabei zu Eis frieren.«

»Aber das ist im Freien.«

Marcus sah auf das offene Fenster und wieder auf das Wasser, als ob es jeden Augenblick auf die gegebenen Umweltbedingungen reagieren könnte.

»Hier kommt Vetter Mortimer«, sagte Horace. »Er wird finden, daß ihr keine sehr anregende Familie seid. Nach allem, was man für euch getan hat, könntet ihr doch etwas mehr Frohsinn und Dankbarkeit zeigen. Ihr seid deprimierend.«

Sarah schaute sich nach Beweisen für die behaupteten Wohltaten um, registrierte Erbstücke aus den Kindertagen ihrer Vorfahren und wandte sich auf der Suche nach einem Beispiel gegenwärtiger Fürsorge zum Kamin.

»Wenn es das Feuer ist, wofür wir dankbar zu sein haben, war es klug, ein wenig kräftiger zu heizen«, bemerkte Tamasin. Ihre Befangenheit vor dem Vater drückte sich in der ihm angepaßten Redeweise aus.

»Ein Feuer ist nicht so selbstverständlich«, sagte er.

»Im Winter nimmt man es für selbstverständlich«, meinte Marcus.

»Oh, ein Feuer gehört nicht zu den Dingen, die sich jeder leisten kann«, belehrte ihn Horace, als gelte es, eine verkehrte Weltanschauung zu berichtigen.

»Traurig hört sich das an, mein Guter«, sagte Mortimer. »Und auch hartherzig. Ich weiß eigentlich nicht, warum ich hier bin, meine Lieben: Abgesehen davon, daß das Kinderzimmer der gemütlichste Teil des Hauses ist. Oder ist es die Küche?«

»In der Temperatur dürfte es einen Unterschied geben«, meinte Tamasin.

»Alle tun so, als würden sie frieren«, sagte Horace. »Allmählich klingt das eintönig.«

»Wir tun nicht so«, entgegnete Marcus. »Wenn wir nicht frieren würden, müßten wir nicht daran denken.«

»Stillgestanden, Kopf hoch! Hände an die Hosennaht! Marsch-marsch!« befahl Horace und klatschte in die Hände, wobei er die martialischen Worte mit einem hausväterlichen Klang versetzte. »So hält man sich warm. Das regt die Blutzirkulation an. Wozu nachheizen und ins Feuer glotzen? Da gibt es raschere und bessere Methoden.«

Die Kinder gehorchten ohne Widerspruch, und Horace hielt sie in Bewegung, bis Anzeichen von Ermüdung ihm die Mühe lohnten und sein Gewissen erleichterten.

»Nun, ist euch jetzt warm?«

»Ja, Vater.«

»Ist dir warm, Sarah?« fragte Horace, der nicht ganz sicher war, ob auch die älteste Tochter in den Chor eingestimmt hatte. »Wenn nicht, kannst du die Übungen allein weitermachen.«

»Dazu sind sie kaum angetan, mein Guter«, sagte Mortimer. »Das dürfte dir nicht entgangen sein.«

»Ich habe gesagt, daß mir warm ist, Vater.«

»Wer also hat dieses Feuer gemacht?« fragte Horace, als hätte er diese Frage nur bis zu einem geeigneten Zeitpunkt aufgeschoben. »Jetzt will ich die Wahrheit hören!«

»Sie haben es einstimmig beschlossen«, vermutete Mortimer. »Es kommt jedem zugut.«

»Ich war es«, bekannte Sarah nach kurzem Schweigen. »Das Zimmer war zu kalt für die Kinder.«

»Und offenbar zu kalt für eine gewisse junge Dame –: Nicht wahr, Sarah?«

»Es war für uns alle zu kalt«, sagte Marcus.

»Ich habe zu Sarah gesprochen, Marcus.«

»Ja, Vater, das Zimmer war zu kalt zum Sitzen.«

»Aber warum müßt ihr sitzen? Warum habt ihr nicht stehen, gehen, laufen können? Wie oft habe ich euch gesagt, daß körperliche Bewegung das Beste gegen verharztes und träges Blut ist? Ihr könnt doch aufstehen und euch bewegen. Hat dich jemand an deinem Stuhl festgebunden?«

»Nein, Vater«, bestätigte Sarah, ohne darauf einzugehen, daß es zu kalt gewesen war, um dagegen mit menschlicher Betrieb-samkeit anzukämpfen.

»Manchmal müssen die Leute ausruhen, und dann hält sie die Kälte an einem Ort fest«, meinte Jasper verallgemeinernd, als treffe dies nicht auf ihn zu.

»Habe ich zu dir gesprochen, Jasper?«

»Nein, aber er hat zu dir gesprochen«, schaltete sich Marcus ein. »Sprechen darf jeder.«

»Wenn du zu deinem Vater sprechen willst, kannst du warten, bis er zu dir spricht.«

»Aber angenommen, wir hätten dir etwas zu sagen?«

»Dann sag es!« sagte Horace mit erhobener Stimme. »Sag es! Sag es! Ich hindere dich nicht! Ich warte nur darauf, daß es dem Herrn beliebt. Was hast du mir so Wichtiges mitzuteilen? Ich bin ganz Ohr. Sag's doch! Sag's doch!«

Marcus schwieg.

»Also gibt es gar nichts«, stellte Horace fest.

»Niemand hat behauptet, daß es etwas gibt, mein Junge«, sagte Mortimer.

»Hat es etwas gegeben, Marcus?« fragte Horace.

»Nein«, flüsterte Marcus mit Tränen in den Augen.

Horace fand, daß eine Auseinandersetzung zu seinen Gunsten ausgegangen war, wenn der Gegner zu weinen begann, und da er es jedesmal bis zu diesem Punkt trieb, hatte er noch nie eine verbale Niederlage erlebt.

»So, Sarah: Steh auf und hol diesen Kohlebrocken aus dem Feuer. Nimm die Zange und leg ihn zurück in den Eimer. Er brennt noch nicht.«

»Vielleicht fängt er im Eimer zu brennen an«, sagte Jasper.

»Dann werden wir alle es warm haben«, sagte Tamasin.

Avery konnte sein Lachen nicht zurückhalten, fühlte aber den Blick seines Vaters auf sich und wußte, daß es nichts zu lachen gab.

Charlotte öffnete die Tür, erfaßte die Situation und trat ein, um sie zu bereinigen. Sie nahm Sarah die Zange ab, legte die

Kohle wieder ins Feuer, setzte sich daneben und hob die Tochter in ihren Schoß. Sarah schmiegte sich an sie und schaute in die Flammen, während Avery nach einem tiefen Atemzug um sich sah, als stünde er in einer anderen Welt.

»Hast du noch nie ein Feuer gesehen, Sarah?« fragte Horace.

»Selten ein so sehenswertes«, meinte seine Frau.

»Es ist draußen nicht kalt, und Kohle kostet Geld.«

»Ich finde es kalt, und Erkältungen kosten noch mehr.«

Charlotte winkte Marcus auf ihre andere Seite und legte den Arm um ihn und seine Schwester. Marcus und Sarah, fand sie, waren die ärmsten ihrer Kinder, und das war es auch, was ihr an den beiden so zu Herzen ging. Ob sie fröhlich oder erfolgreich waren, hatte für Charlotte eine geringere Bedeutung, und vielleicht war das auch richtig. Sie zeigten, daß sie sich in ihrer Gegenwart sicher fühlten. Avery ging näher ans Feuer und beugte sich über das Gitter.

»Ins Feuer starren! Darf man das?« sagte Horace.

»Nur ein paar Minuten. Bis ihm warm ist«, sagte Charlotte.

»Ins Feuer starren! Darf man das?« wiederholte Horace mit derselben Betonung.

»Nur ein paar Minuten. Bis ihm warm ist«, wiederholte auch Charlotte und lächelte dabei.

»Das ist ein gutes Zweierspiel«, meinte Jasper.

»Was willst du damit sagen?« fragte Horace.

»Ihr beide sagt zweimal dasselbe.«

»Ich wollte, das wäre nicht nötig«, sagte Horace und seufzte. »Es sollte nicht vorkommen. Ich möchte, daß Avery mir antwortet, Charlotte.«

»Diesmal habe ich für ihn geantwortet. Ich dachte, daß du zu mir sprichst.«

»Hast auch du das gedacht, Avery?«

»Ja. Du hast zu Mutter gesprochen«, bestätigte Avery leichthin.

»Wir werden festlegen müssen, daß jeder, der ohne Erlaubnis heizt, Strafe zahlen muß«, sagte Horace.

44

»Feuer war wesentlich am Fortschritt der Menschheit beteiligt«, bemerkte Mortimer. »Aber das ist offenbar überholt.«

»Wir wollen nicht noch mehr Geldstrafen einführen«, sagte Charlotte und sah auf eine Locke Sarahs, mit der ihre Finger spielten. »Wir messen zu vieles mit Geld.«

»Die meisten Dinge müssen bezahlt werden«, sagte Horace. »Kohle gehört jedenfalls dazu.«

»Obwohl sie davon ausgenommen sein sollte. Wärme sollte nichts kosten.«

»Viele Menschen können sich kein Feuer leisten. Das darf man nicht vergessen.«

»Warum erinnerst du uns so gern daran?« fragte Mortimer. »Willst du dir das Gefühl geben, daß man ihnen zumuten kann, die Kälte so zu ertragen, wie du es uns vormachst?«

»Wenn wir nicht bereit sind, etwas zu tun, sollten wir sie lieber vergessen«, meinte Charlotte. »Daran denken und nichts unternehmen macht keinen guten Eindruck.«

Tamasin lachte, und Jasper kam zu seiner Mutter.

»Und wir kriegen jede Woche unseren ganzen Sixpence? Auch Sarah?«

»Ja, ihr kriegt ihn. Und warum sollte einer von euch ausgenommen sein?«

»Sarah ist zu alt, um von den Konsequenzen ihrer Handlungen ausgenommen zu werden«, sagte Horace.

»Dann ist sie auch alt genug, das Geld dafür in die Hand zu bekommen.«

»Das ist eine versteckte Drohung«, stellte Mortimer fest. »Das interessiert mich. Drohungen im wirklichen Leben sind so selten versteckt.«

»Es ist kein Verbrechen, zwölf Monate älter zu sein als das nächste Kind«, sagte Charlotte, und ihre Augen blitzten. »Und sie wird auch nicht dafür bestraft werden. Das geschieht ohnedies viel zu oft.«

Tamasin saß mit dem Blick auf Mutter und Schwester. Sie nahm es hin, daß jemand ihr vorgezogen wurde, aber sie hatte

Mühe, daran zu glauben. Tamasin war bereits, wie sie auch als Erwachsene sein würde, während Marcus noch immer ein Kind war.

»Geben wir eigentlich die Kohlen, die wir sparen, den Leuten, die keine haben?« fragte Avery.

»Ich weiß nicht, was wir mit ihnen tun, mein liebes Kind«, sagte Mortimer. »Aber das würde man wohl nicht als Sparen bezeichnen können.«

»Dann müssen wir schon eine ganze Menge haben«, sagte Tamasin.

»Bist du dir bewußt, Charlotte, daß die Kinder jede Woche eine halbe Krone vergeuden werden?« sagte Horace.

»Ich war mir nur bewußt, daß sie das Geld ausgeben werden.«

»Und daß das im Jahr auf sechs Pfund und zehn Schilling kommt?«

»Es geht um Sixpence in der Woche, mein Guter«, sagte Mortimer. »Was hat das mit einem Jahr zu tun?«

»Was brauchen denn die Kinder, das soviel kosten würde?«

»Sie brauchen nicht viel, das dafür zu haben wäre«, sagte Charlotte.

»Für Dummheiten ist kein Geld da«, sagte Horace, »solange ich dazwischentreten kann.« Er machte eine entsprechende Bewegung, und Avery, der ihn beobachtete, kopierte ihn unwillkürlich.

»Mach das Buch zu, Tamasin, und komm her zu den anderen. Ich mag es nicht, wenn du dort sitzt und nur eine Bemerkung fallen läßt, wenn es dir beliebt.«

Tamasin kam zum Kamin und streckte die Hände nach dem Feuer, als ob sie sich damit einen lang gehegten Wunsch erfüllte.

»Warum machst du, daß Dinge, an denen nichts Böses ist, so klingen, als ob sie böse wären?« fragte Marcus.

»Geh von Mutters Knien herunter, Sarah«, sagte Horace, ohne seinen Sohn anzublicken. »Du bist zu schwer, um so lang auf ihr zu sitzen.«

Sarahs Mund wurde schmal. Sie rührte sich nicht.

»Hast du mich gehört, Sarah?«

Sarah blieb unbewegt.

»Ein Beweis für die Notwendigkeit von Geldstrafen«, stellte Horace fest und blickte um sich.

»Oder ein Beispiel für ihre Folgen«, sagte Charlotte.

»Ein Beispiel für die Folgen ihrer Aufhebung. Wir werden die Rute hervorholen müssen. Wenn wir die eine Methode nicht anwenden dürfen, müssen wir eine andere finden.«

»Mutter würde dir nicht erlauben, daß du uns schlägst«, sagte Marcus.

»Mir hat niemand zu befehlen.«

»Sie würde nicht zulassen, daß wir geschlagen werden.«

»So hört es sich besser an«, sagte Charlotte. »Über euch habe ich ja zu befehlen, nicht wahr?«

»Ja, Mutter hat über uns zu befehlen«, sagte Avery.

»Wer sein Kind liebt –«, sagte Horace und sah in die Runde.

»– züchtigt es«, führte Jasper nicht ohne Stolz den Satz zu Ende.

Charlotte hob Sarah von ihrem Knie, als wollte sie die Revolte nicht unterstützen. Sarah glitt herab und schmiegte sich an die Mutter.

»Laß die Mutter los, Sarah. Auch so bist du ihr eine Last.«

Sarah schien nicht gehört zu haben.

»Bist du taub, Sarah? Offensichtlich bist du taub«, sagte Horace, voll Verachtung für diese Schwäche. »Worüber lachst du, Jasper?«

»Wenn du jemanden taub nennst, kannst du nicht von ihm erwarten, daß er hört: Dann kannst du ihm auch keinen Vorwurf machen.«

»Oh! Das ist aber ein flauer Witz. Steh nicht mitten vor dem Feuer, Tamasin! Du hältst die Wärme von den anderen ab.«

»Wenn das Feuer zu groß ist, macht das nichts aus«, meinte Marcus.

»Das ist jetzt ein hübsches Feuer«, stellte Avery fest. »Aber es muß nicht so groß sein, wenn wir alle dicht dranbleiben.«

»Vielleicht sollte es eine Vorschrift geben, daß sich niemand davon entfernen darf«, meinte Tamasin. »Vielleicht würde das im Ergebnis mehr einsparen.«

»Wenn du keinen Grund hast, dich für das, was du sagst, zu schämen, Tamasin, dann sag es so, daß wir alle es hören.«

»Ich habe gesagt, daß es vielleicht billiger wäre, ein kleineres Feuer zu haben und nahe dran zu bleiben, Vater.«

Horace erwiderte nichts, denn im Herzen pflichtete er ihr bei.

»Kohle kann nicht so viel kosten«, sagte Jasper. »Bergarbeiter sind keine Leute, die viel verdienen.«

»Wieviel kostet Kohle, Vater?« fragte Tamasin.

Horace tat, als habe er nicht gehört.

»Ihr habt einen sehr seltsamen Begriff von Geld«, sagte er. »Ich weiß nicht, wie ihr dazu kommt.«

»Kinder werden mit großzügigen Begriffen geboren«, sagte Mortimer. »Sparsamkeit empfinden sie als kleinkariert und schäbig. Und mir scheint, das hat etwas für sich. Vielleicht habe ich das Herz eines Kindes: Sicher ist, daß ich aus Erfahrung sprechen kann.«

»Sie müssen lernen, daß Selbstsucht noch schäbiger ist. Diese Art von Großzügigkeit ist Luxus – und Luxus ist überhaupt das Allerschäbigste. Ausrotten muß man ihn – ausmerzen! Und dazu ist jede Methode recht.«

»Entsetzlich«, sagte Avery, den Blick auf Horace gerichtet.

»Was?« fragte Jasper.

»Was Vater gesagt hat«, sagte sein Bruder.

»Das Fräulein bringt den Tee«, teilte Charlotte mit. »So geht der Nachmittag dahin.«

»Stimmt«, sagte Horace. »Ich habe nicht gesehen, daß jemand etwas Vernünftiges getan hätte.«

Marcus blickte von seinem Vater zu Mortimer, als ob er bei ihnen dafür einen Anhaltspunkt suchen würde.

»Ja, mein liebes Kind, ich bin ein warnendes Beispiel«, sagte Mortimer, der die verbreitete Meinung teilte, daß Horace ein nützliches Leben führte. »Aber es heißt auch, daß ein

Wechsel in der Beschäftigung soviel wie Erholung ist: Also ist es mir verwehrt, mich so ausgiebig zu erholen wie andere Menschen.«

»Kannst du wieder hören, Sarah?« fragte Horace.

»Ja, Vater«, sagte Sarah, ohne vorher zu überlegen.

»Und was war der Grund, weshalb du nicht hören konntest?«

»Ich weiß es nicht, Vater.«

»Ich weiß es«, sagte Horace, indem er auf sie zutrat und seinen Zeigefinger vor ihrem Gesicht schüttelte. »Ich weiß es, Sarah! Aus Widerborstigkeit, Trotz, Mißmut und Ärger darüber, daß man an deiner Vollkommenheit zweifelt. Ich weiß es, und du wirst sehen, daß ich es weiß! Verstehst du mich?«

»Ja, Vater«, sagte Sarah und wich zurück.

Das Fräulein erfaßte die Situation, ließ aber nicht erkennen, daß sie sich ihrer bewußt war. Ihre Beobachtungsgabe war so geschärft, daß sie praktisch nicht mehr vorhanden war. Sie befahl den Kindern, sich für einen Imbiß zurechtzumachen. Sarah war dankbar für einen Vorwand, sich abzusetzen; Jasper blieb unauffällig zurück, denn seine Abneigung gegen Säuberungsmaßnahmen war unüberwindlich; auch Tamasin blieb: Instinktiv zog sie es vor, unter den Augen der Eltern zu sein.

»Du bist in einer merkwürdigen Laune, Charlotte«, sagte Horace.

»Ich gestatte mir eine durchaus natürliche Laune. Meine Kinder sollen wissen, wie ich bin, bevor ich sie verlasse.«

»Das Leben eines zivilisierten Menschen besteht in der Unterdrückung der Instinkte.«

»Könnte es nicht sein, daß alles Leben die Erfüllung der Instinkte ist?«

»Den Mutterinstinkt darf man sich selbst überlassen«, sagte Mortimer.

»Er muß sich der Zivilisation anpassen, wie alle Instinkte, die – jeder hat«, sagte Horace, indem er sich die Worte verbiß, die ihm auf der Zunge lagen.

Avery lief ins Zimmer, die Hände an seinem Anzug trockenwischend. Marcus, ebenso beschäftigt, folgte ihm. Sarah strebte zum Stuhl ihrer Mutter, der ihr Sicherheit versprach.

»Meine Hände sind sauber«, sagte Tamasin.

»Das ist anzunehmen«, sagte ihr Vater. »Sie haben auch nicht viel geleistet.«

Jasper betrachtete seine Hände, als würden sie ihn zu einer Tätigkeit anregen.

»Ich werde Buttertoast machen«, sagte er.

»Nein, nein, das ist nur eine Verschwendung von Butter«, protestierte Horace, lediglich von diesem Aspekt betroffen.

»Aber du darfst nicht übertreiben, Jasper«, sagte Charlotte, auf diese Weise ihre Zustimmung erteilend.

Horace stand auf und verließ das Zimmer, als ob sein weiteres Verbleiben sinnlos wäre. Mortimer hatte das Gefühl, daß er ihm folgen müsse. Das Fräulein blickte ihnen bar jeden Ausdrucks nach. Charlotte blieb auf ihrem Stuhl.

Das Fräulein war eine magere Frau von fünfundvierzig Jahren und aufrechter Haltung, mit kleinen, zu plötzlichen Tränen neigenden Augen, die ihren Kommentar zu dem, was sich ihnen bot, zurückzuhalten schienen, mit einem kantigen Kinn, einer langen, mit Worten nicht faßbaren Nase und einer Miene, die zugleich entschlossen und von Gefühlen bewegt war. Als Charakter war sie eher schätzens- als liebenswert, selbstgerecht und gerecht, kritisch und bereit zu verzeihen, bereit, über andere und sich selbst zu urteilen und entsprechend zu handeln. Die Kinder liebten sie wohl nicht sehr, aber sie genoß ihr Vertrauen und gab ihnen Sicherheit. Die Kinder fühlten, daß das Fräulein auf Gedeih und Verderb – auch wenn letzterer überwiegen mochte – zu ihnen gehörte.

»Wirst du jetzt immer gegen Vater sein?« fragte Marcus seine Mutter.

»Nur wenn ich der Ansicht bin, daß er etwas falsch macht. Er ist so lange schon sorgfältig mit meinem Geld umgegangen, daß er vergißt, daß ich ein wenig davon für meine Kinder ausgeben möchte. Mütter mögen das.«

50

»Es ist schon sehr gut, daß es dein Geld ist, nicht wahr?« fand Avery.

»Normalerweise gehört es dem Mann«, sagte Tamasin.

»Was machst du mit dem ersparten Geld?« wollte Marcus wissen.

»Es wird auf Mutters Namen angelegt«, sagte Sarah.

»Ich würde meinen, Vater behält es für sich«, sagte Jasper, ohne wirklich daran zu denken, daß Horace dies tatsächlich tat.

»Dann wird sich also einiges ändern?« sagte Marcus.

»Ja, ein wenig. Ich möchte, daß ihr mehr Abwechslung und Freiheit habt.«

Jasper ließ seinen Gefühlen freien Lauf und warf ein Stück Brot hoch.

»Du wirst noch sehr lange nicht sterben, nicht wahr, Mutter?« sagte er in der Hoffnung, daß die neue Situation eine sichere Grundlage haben werde.

»Nein, hoffentlich nicht. Ich glaube nicht, daß ihr ohne mich auskommen könntet.«

»Wie alt bist du?« fragte Marcus.

»Erst einundfünfzig.«

»Stell keine solchen Fragen, Marcus«, verwies ihm das Fräulein. Mehr als die Frage störte sie, daß er darauf eine Antwort erhalten hatte.

»Das ist sehr alt, nicht wahr?« sagte Avery.

»Nein, überhaupt nicht«, widersprach Sarah heftig.

»Fünfzig ist ein Großmutteralter«, sagte Jasper.

»Das ist es nicht. Eine Großmutter ist oft fünfundachtzig«, sagte Tamasin.

»Ihr armen kleinen Mädchen!« sagte Charlotte.

»Warum sind sie ärmer als die Jungen?« fragte Marcus.

»Ich glaube nicht, daß sie ärmer sind«, sagte Avery. »Jungen sind noch ärmer. Nein. Ich glaube, sie sind alle gleich arm.«

»Euer Teetisch sieht so hübsch aus, daß ich wirklich Lust hätte, mich zu euch zu setzen«, sagte Charlotte, als wäre das etwas

Unmögliches. Es überraschte auch niemand, daß sie zugleich zur Tür ging.

»Ihr habt ein ganzes Pfund Butter verbraucht«, sagte das Fräulein. »Ich weiß nicht, was euer Vater dazu sagen würde.«

»Das sollten Sie nachgerade wissen«, sagte Tamasin.

»Soll ich es Ihnen sagen?« fragte Marcus.

»Ich hätte gern ein wenig alten Kuchen«, sagte Jasper, die beiden Worten zu einem Begriff zusammenziehend, da das Alter des Kuchens eine Voraussetzung dafür war, daß die Kinder ihn bekamen.

»Wer traut sich hinunterzugehen und Vater darum zu bitten?« fragte Tamasin.

»Wir könnten Mutter bitten«, meinte Avery.

»Nein, nein, eure Mutter war heute schon lieb genug zu euch«, sagte das Fräulein. Sie wußte, was Charlotte auf sich nahm, um den Kindern solche Liebe zu beweisen.

»Ich gehe hinunter«, sagte Jasper. »Was er sagt, tut nicht weh.«

»Böse Worte machen keine blauen Flecken«, sagte Tamasin.

»Aber sie können andere Folgen haben«, sagte Sarah.

»Aber doch nicht bei Jasper! Es kommt vor, daß Vater uns etwas gibt, wenn er besonders wütend ist«, sagte Avery, erregt und laut. »Nicht wahr, Sarah?«

Jasper ging hinunter in das Eßzimmer, wo Horace und sein Vetter allein beisammen saßen. Der Salon wurde von den Damen benützt, und ein drittes Feuer in der Bibliothek hatte man nicht in Erwägung gezogen. Jasper trat zu seinem Vater und brachte seinen Wunsch ohne besondere Dringlichkeit vor.

»Gibt es vielleicht alten Kuchen, Vater?«

»Kuchen?« wiederholte Horace, über seine Brille blickend. »Wieso? Möchtest du Kuchen?«

»Ja, bitte, Vater. Wir hätten gern ein wenig.«

Horace ging zur Anrichte und holte ein Stück Kuchen hervor, das sich in dem gewünschten Zustand befand.

»Aber sonst bekommt ihr heute nichts mehr«, sagte er, als er es seinem Sohn aushändigte, und ließ dabei anklingen, daß Strenge eine Verpflichtung war, die sich nicht auf seine Mußestunden erstreckte.

»Oh nein, Vater. Danke«, sagte Jasper und zog, ohne zum Vorwand ein anderes Thema zu suchen, mit dem Kuchen ab, was Horace veranlaßte, Mortimer ob solcher Beschränktheit von Jaspers Absicht zuzulächeln.

»Mach die Tür hinter dir zu!« rief er ihm voll rauhbeinigem Großmut nach.

Jasper wurde von einem dankbaren Chor willkommen geheißen und setzte sich mit dem Lächeln eines bereitwilligen Wohltäters auf seinen Platz. Als das Fräulein den Kuchen aufteilte, blickte sie das Stück sehr genau an.

»Komm her, Jasper!«

Jasper ging unbefangen zu ihr.

»Ich habe mein Teil auf der Treppe abgeschnitten«, sagte er und wühlte mit undurchschaubarer Miene in seinen Taschen. »Der Rest ist für die anderen.«

Das Fräulein legte mit einem Schweigen, das mehr als Worte sagte, eine Schnitte auf den Tisch.

»Wie haben Sie das erraten, Fräulein?« fragte Tamasin.

»Der Kuchen ist nur für Gäste da: Aber an dem einen Ende war er frisch angeschnitten.«

»Jasper wollte zwei Schnitten haben«, stellte Avery fest, beeindruckt von Jaspers Kühnheit.

»Und fast hätte er sie gekriegt«, sagte Sarah.

Horace kam in das Zimmer, und da erst zeichnete sich in Jaspers Miene Beunruhigung ab. Es war schon vorgekommen, daß der Vater an einer Tür gehorcht hatte, bevor er sie öffnete. Aber ein Blick auf ihn beruhigte Jasper.

»Komme ich zurecht zur Raubtierfütterung? Oder verdrücken sie eben die letzten Krümel? Hat es geschmeckt, Kinder?«

»Ja, danke, Vater.«

»Hin und wieder wissen sie einen kleinen Leckerbissen zu schätzen«, bemerkte Horace lächelnd zu dem Fräulein.

»Aber Buttertoast und Kuchen kann man nicht jeden Tag haben.«

»Das haben wir nicht einmal jede Woche«, sagte Marcus.

»Aha! So etwas also kommt heraus, wenn man euch ein wenig verwöhnt! Ich muß dafür sorgen, daß es nicht wieder geschieht. Das Wohlleben schlägt euch offenbar an.«

Schweigen antwortete ihm.

»Hat auch das Fräulein von dem Kuchen gehabt?« fragte Horace. Er fühlte den Kitzel, der von einem schwachen Punkt ausgeht.

»Ich habe keinen haben wollen, Sir. Ich habe Butterbrot und Tee gehabt. Das ist für mich eine Mahlzeit«, sagte das Fräulein und zupfte Averys Kragen zurecht, als ob sie nicht einmal auf Butterbrot und Tee besonderen Wert legte. »Und der Kuchen hat nur für die Kinder gereicht.«

»Es war mehr als genug für alle da. Nie wäre mir eingefallen, daß es zu wenig sein könnte. Ich schäme mich für meine Kinder – vor allem für Sarah.«

»Warum vor allem für Sarah?« fragte Marcus.

»Das wirst du doch hoffentlich begreifen?«

»Ich begreife nicht, warum Sarah mehr damit zu tun hat als die anderen.«

»Ich werde dir nicht länger Rede und Antwort stehen, junger Mann«, sagte Horace und maß ihn mit einem kurzen Blick. »Wenn du älter wärst und ich deine Worte ernst nehmen müßte, würde ich es tun. Wohin gehst du, Sarah?«

»Zu Mutter in den Salon. Sie hat es mir erlaubt.«

»Ein schwieriges Kind, Fräulein«, seufzte Horace.

»Für mich nicht, Sir. Und sie kann sehr gut mit Avery umgehen.«

»Das heißt, daß er Ihnen nicht gehorcht?« unterstellte Horace und hob die Brauen.

»Sie geben mir viel zu tun, Sir, und ich kann nicht immer um sie sein.«

»Ich habe Sarah gern«, sagte Avery.

»Hast du nicht alle deine Geschwister gern?« sagte Horace.

»Nein«, erwiderte Avery, ihm in die Augen sehend. »Ich habe nur Sarah gern und ein bißchen auch Tamasin. Jasper und Marcus mag ich nicht. Ich habe nur nichts gegen sie. Und natürlich habe ich das Fräulein und Mutter und Tante Emilia gern.«

»Das dürfte mehr oder weniger auf dasselbe hinauslaufen«, meinte Horace, nachdem er registriert hatte, wer ausgelassen worden war.

»Nein, das ist verschieden«, widersprach Avery nach kurzem Überlegen.

»Warum willst du nicht, daß man Sarah gern hat?« fragte Marcus.

»Natürlich will ich das. Darum will ich sie dazu bringen, daß sie sich liebenswert benimmt.«

»Ich habe sie am liebsten von uns allen«, sagte Tamasin.

»Ich auch«, sagte Jasper.

Sarah, die von ihrer Mutter wieder heraufgeschickt worden war, bekam nasse Augen, als sie das hörte. Sie kehrte um und verschwand.

»Warum weint Sarah?« fragte Avery.

»Aus Rührung über das, was sie gehört hat«, sagte das Fräulein und blinzelte selbst.

»Was ist gerührt worden?«

»Ihr Herz«, erklärte das Fräulein.

»Es besteht kein Grund, ins Detail zu gehen«, sagte Horace scharf. »Es besteht kein Anlaß, sie zu bemitleiden, weil sie etwas Nettes über sich gehört hat.«

»Das geschieht ihr nicht oft«, sagte Avery.

»Wenn Menschen, die nicht daran gewöhnt sind, etwas Nettes hören, macht es sie weinen«, sagte Marcus.

Horace ging aus dem Zimmer, und gleich darauf kam Sarah zurück, als hätte sie draußen gewartet. Sie ging zum Kamin, setzte sich und schaute in das Feuer. Avery kam und setzte sich dicht daneben, als würde seine Nähe ihr wohltun.

Horace, auf seinem Abgang von Gewissensbissen ereilt, sah bei der Tür herein, als sei ihm noch etwas eingefallen.

»Beinahe hätte ich vergessen, daß ich auch noch etwas zu sagen habe.«

»Ich weiß. Wir bekommen einen Hauslehrer«, sagte Jasper.

»Woher weißt du das?« fragte Horace, dessen Laune schon umgeschlagen hatte.

»Ach, ich habe jemand davon reden gehört.«

»Und du hast es nicht weitergesagt?« fragte Horace. Es fiel ihm offenbar schwer, an eine solche Zurückhaltung zu glauben.

»Nein, Vater«, sagte Jasper.

Die anderen hätten gern gewußt, woher er seine Informationen bezog, und blickten ihren Bruder fragend an. Auch Avery, der in seinen Spielsachen kramte, ließ ihn nicht aus den Augen.

»Also hat es keiner von euch gewußt?« fragte Horace.

»Nein, Vater«, sagte Sarah.

»Ich habe nichts gewußt«, bekannte Avery wunschgemäß.

»Und du hast dich gar nicht dafür interessiert, Jasper?« wunderte sich Horace. Offenbar war das von ihm gutgeheißene Verhalten auch nicht nach seinem Geschmack.

»Ich war nicht sicher, ob ich mich nicht verhört hatte, Vater. Ich habe nicht gedacht, daß es wahr sein könnte. Und Mädchen haben keine Hauslehrer.«

»Nun, es ist wahr«, sagte Horace, als handle es sich um etwas Weltbewegendes, und blickte von einem Kind zum anderen. »Mag sein, daß Jasper etwas gehört hat, und es kommt wohl auch vor, daß Mädchen einen Hauslehrer haben. Und in diesem Haus werden Jungen und Mädchen demnächst einen Hauslehrer bekommen.«

»Für immer?« fragte Marcus.

»Jeden Tag?« fragte Tamasin.

»Werden die Stunden, die er uns gibt, schwieriger sein?« fragte Sarah.

»Alles sehr vernünftige Fragen«, stellte Horace beinahe wohlwollend fest. »Und die Antwort auf sie ist: Ja!«

»Ich werde ihn nicht haben?« erkundigte sich Avery in einem Ton, der eher nach Bestätigung als nach Aufklärung verlangte.
»Nein. Für dich ist Tante Emilia gut genug.«
»Warum nicht für uns alle?« fragte Jasper.
»Selbstverständlich wäre sie gut genug«, sagte Horace mißbilligend. »Aber sie hat das Gefühl, ihr wachst ihr über den Kopf – oder solltet ihr über den Kopf wachsen.«
»Wir sind ihr noch nicht über den Kopf gewachsen«, meinte Marcus.
»Das nehme ich auch nicht an, aber es ist üblich, daß Jungen von einem Mann unterrichtet werden.«
»Wir würden uns zu sehr von anderen Leuten unterscheiden«, meinte Jasper.
»Das wäre das Geringste. Aber es gibt Gründe, die für einen solchen Wechsel sprechen.«
»Wird es sehr viel kosten?« fragte Sarah, die an dringlichere Bedürfnisse dachte.
»Wenn es darum geht, ob jemand fähig ist, euch zu unterrichten, reden wir nicht von den Kosten.«
»Tante Emilia hat gar nichts gekostet«, sagte Marcus.
»Hast du gehört, was ich gesagt habe?« verwies ihn der Vater.
»Macht es der Hauslehrer nicht für Geld?« fragte Jasper.
»Man sollte meinen, daß er mit solchen Fähigkeiten etwas Besseres anzufangen weiß«, fand Tamasin.
»Eine Lehrerin wäre netter für sie«, sagte Avery.
»So etwas können wir euch nur bieten, wenn wir dafür Mühe und Geld aufwenden«, sagte Horace.
»Aber es ist Mutters Geld, nicht wahr?« sagte Avery.
»Wenn zwei Menschen zusammenleben, gehört ihnen alles gemeinsam.«
»Dann kannst auch du darüber verfügen.«
»Gut denn –: Jetzt könnt ihr die Nachricht mit eurem Kuchen und dem Toast verdauen.«
Als Horace gegangen war, zog sich Avery, den die Nachricht nicht betraf, von den anderen zurück.

»Ich bin neugierig, wo wir den Unterricht haben werden«, sagte Sarah und blickte sich im Zimmer um.

»Hier. Damit man nicht woanders zusätzlich heizen muß«, vermutete Tamasin.

»Euer Zimmer ist schöner als ihr denkt«, sagte das Fräulein. »Die alten Möbel werden wieder modern.«

»Und neue gibt es nicht«, sagte Tamasin. »Also brauchen wir uns darüber keine Sorgen machen.«

»Tante Emilia gibt uns hier ihre Stunden«, sagte Marcus.

»Tante Emilia gibt uns hier ihre Stunden«, wiederholte Avery, lief zu Sarah und spendete ihr mit diesen Worten Trost, bevor er sich wieder seinen eigenen Angelegenheiten widmete.

»Habt ihr hier eine Kerze?« fragte Marcus. »Ich würde eine Kerze brauchen.«

»Du kannst eine aus deinem Zimmer holen«, sagte das Fräulein. »Wenn du sie nicht vergeudest.«

»Sie wird schmelzen«, prophezeite Avery, als sein Bruder die Kerze dicht an das Feuer stellte. Das Fräulein beobachtete ihn mißtrauisch.

Marcus nahm die Kerze und knetete das Wachs, bis sich die Gestalt eines kleinen Mannes ergab.

»Und wo sind jetzt die Nadeln?« fragte Marcus. Um seine Lippen zuckte es. »Die werden nicht vergeudet. Sie dienen einem guten Zweck.«

Jasper begriff, daß ein praktisches Experiment bevorstand, und trat näher.

»Warum tust du das?« fragte Avery.

»Wenn du einen Alraun machst und Nadeln hineinstichst, spürt es der Mensch, den der Alraun darstellt.«

»Aber du weißt nicht, wer dein Alraun ist«, sagte Tamasin.

»Das ist Vater«, sagte Marcus, als sei das selbstverständlich.

»Nein, nein, das ist kein nettes Spiel«, wandte das Fräulein ein. »Da mag ich gar nicht zusehen.«

»Was ist ein Alraun?« wollte Avery von Sarah wissen.

»Eine Figur, so etwas wie eine Statue.«

»Vater spürt es nicht«, sagte Avery, den Blick auf den kleinen Mann gerichtet.

»Ein bißchen ähnlich ist er ihm wirklich«, fand Sarah mit ihrem zögernden Lächeln.

»Wenn du das Wachs eindrückst, wird er noch ähnlicher«, riet Tamasin.

»Jetzt ist er es«, stellte Avery ernst fest.

»Steck ihm Nadeln rund um den Kopf«, sagte Jasper und bückte sich, die Hände auf den Knien.

»Nicht ganz so viele Nadeln«, sagte Avery.

Ein Stubenmädchen sah zur Tür herein.

»Könnten Sie dem Herrn Ihre Salbe geben, Fräulein? Er spürt wieder seinen Rheumatismus, weil der Wind umgeschlagen hat.«

Das Fräulein erhob sich, ohne die Miene zu verziehen.

»Was ist Rheumatismus?« fragte Avery.

»Schmerzen in den Armen und Beinen«, antwortete Marcus, den Blick zu Boden gerichtet.

»Nein, nein! Armer Vater! Nimm sie heraus! Nimm sie heraus!« rief Avery.

»Nimm sie heraus, sonst fängt er zu schreien an«, sagte Sarah.

Marcus zog die Nadeln heraus, warf die Wachsfigur ins Feuer und sah zu, wie sie brannte.

»Ist es auch jetzt Vater?« fragte Avery seine Schwester.

»Nein, natürlich nicht. Es ist ein Klumpen von schmelzendem Wachs.«

»Die Kerze ist nicht umsonst vertan«, sagte Marcus. »Sie hat Großes vollbracht und stirbt den Tod eines Märtyrers.«

Das Fräulein kam zurück, und Avery lief zu ihr.

»Es ist nicht mehr Vater!«

»Er wird lebendig verbrannt«, sagte Jasper.

»Nein«, widersprach Avery und schüttelte weise sein Köpfchen. »Jetzt ist es nicht mehr Vater. Er war es nur für eine ganz kurze Weile. Es ist nur die Kerze, die den Tod eines Märtyrers stirbt.«

Zum Dinner erschien Horace wieder im Familienkreis. Man saß an dem einen Ende des langen Tisches auf vier Stühlen von den zwei Dutzend, die rundherum standen. Es gab Anlässe, zu denen sie alle benützt wurden, aber das kam, da solches mit einem großen Kaminfeuer, einherging, Porzellan und Silber hervorzuholen war und überdies in Vergessenheit geratene Zeremonien neu eingeübt werden mußten, eher selten vor. Horace bildete sich ein, daß es der Außenwelt verborgen blieb, wie sehr in seinem Haus geknausert wurde: Was nur beweist, in welchem Maß der Wunsch zum Vater des Gedankens werden kann. Die Kinder wußten, mit welchen Augen man die Lambs betrachtete, obwohl sie auf die Frage, woher sie es wußten, keine Antwort gehabt hätten. Charlotte fand, in diesem Punkt sei Unwissenheit ein Segen, und lieferte dafür den Kindern, die der nämlichen Regel mit der unbewußten Selbstverständlichkeit der Mutter folgten, einen der raren Rechtfertigungsgründe.

»Sechs Koteletts wären genug gewesen«, sagte Horace. »Sie wissen genau, daß wir nicht sieben essen. Ein kaltes Kotelett ist zu nichts zu gebrauchen. Das heißt, daß es jemand vom Personal aufessen wird.«

»Und das wäre keine zweckentsprechende Verwendung?« sagte Mortimer.

»Natürlich nicht, wenn es anderes für sie gibt. Es wird zu einem Leckerbissen, und das ist reine Verschwendung.«

»Nicht ganz so rein, nicht wahr?« meinte Emilia lächelnd.

»Vermutlich hat die Köchin gedacht, Emilia oder ich könnten ein zweites Kotelett essen«, sagte Charlotte. »Ein nicht völlig abwegiger Gedanke.«

»Ich wollte, sie würden nicht denken«, meinte Horace, der allerdings auch zu dem entgegengesetzten Standpunkt neigte. »Das Denken kann ihnen abgenommen werden.«

»Anderes hingegen nicht«, sagte Emilia. »Darin liegt ihre Stärke.«

»Ich werde mir das Kotelett nehmen«, sagte Charlotte, »und damit verhindern, daß es das befürchtete Ende nimmt.«

»Aber so wird es zu einem Brauch werden, ein überzähliges Kotelett aufzutragen«, sorgte sich Horace.

»So einfach läßt sich die Zukunft nicht beeinflussen. Ein einziges Kotelett wird kaum so viel bewirken. Sie werden nur denken, daß wir normalerweise nicht genug zu essen kriegen – und ich möchte behaupten, daß sie das auch früher schon gedacht haben.«

»Absurd«, widersprach Horace scharf. »Wir sind keine starken Esser. Warum sollten wir etwas auf dem Tisch haben wollen, das nur zum Anschauen ist?«

George erschien, um die Teller abzutragen, und warf einen Blick auf die leere Schüssel.

»George hat auf dieses Kotelett gespitzt«, stellte Horace mit grimmigem Scharfsinn fest.

»Du solltest nicht die Tragödien aufdecken, die sich unter der Oberfläche des Alltags verbergen«, sagte Charlotte. »Wir wollen doch vermeiden, daß George mich in Tränen aufgelöst findet, wenn er zurückkommt. Obwohl er nicht ahnen würde, daß ich sie seinetwegen vergieße.«

»Manchmal bist du kindisch, Charlotte. Du weißt, daß George genug zu essen hat.«

»Davon weiß ich nichts. Ich habe eher das gegenteilige Gefühl. Ich kann ihn nicht fragen, ob auch er so empfindet.«

»Der Haushalt ist nicht deine Domäne.«

»Nein, er ist finsterer Abgrund, den ich nicht auszuloten wage. Vielleicht rede ich darum so gern von ihm. Dinge, über die man redet, sind nur mehr halb so schrecklich.«

George kehrte mit einem Pudding zurück und bot ihn an, indem er seinen Kopf wie schützend darüberbeugte, als wollte er ihn vor seinem Schicksal bewahren. Was durchaus zutraf. Bullivant hatte seinen freien Abend, und die Gelegenheit war günstig. Auch Horaces Augen waren wachsam, aber er wußte es besser zu verbergen. Als der Pudding abgetragen war, stand er auf und ging rasch zu der Tür, die zur Küche führte. Vor einem Tisch im Korridor stand George und säbelte eben mit einer

61

Miene, die Jaspers Ausdruck in einer ähnlichen Situation vergleichbar, nur im Grad der damit verbundenen Emotionen gesteigert war, ein Stück von dem Pudding ab.

»Hat man dich dafür angestellt, George?« fragte eine Stimme, die George zunächst für die Stimme Gottes hielt, dann aber sofort mit einer Person identifizierte, vor der er sich noch mehr fürchtete.

»Nein. Nein, Sir.«

»Warum tust du es dann?«

»Weil das, was ich zu essen bekomme, so fad ist, daß ich dem Pudding nicht widerstehen konnte«, lag George auf der Zunge. Aber er behielt es bei sich.

»Geht dir irgend etwas ab?«

»Nein, Sir«, sagte George, indem er die Frage auf die Grundbedürfnisse menschlichen Lebens bezog.

»Wie alt bist du, George?«

»Achtzehn. Ich gehe auf neunzehn zu, Sir.«

»Wenn du dich so benimmst, werden wir dich nie wie einen erwachsenen Menschen behandeln können«, sagte Horace. Die Feststellung ließ auf die Angemessenheit solchen Benehmens schließen.

»Nein, Sir«, sagte George, dem jeder Entschuldigungsgrund recht war.

»Hast du dich nicht geschämt, einer solchen Versuchung nachzugeben?«

»Ja, Sir«, sagte George. Auch er sah ein, daß eine größere Sünde weniger Scham erfordern würde.

»Warum hast du ihr dann nicht widerstanden? Sie war doch bestimmt nicht zu groß für dich?«

»Nein, Sir«, sagte George. Er glaubte zu fühlen, daß das nicht der Fall gewesen sein könnte.

»Gut. Ich habe jetzt keine Zeit, mich mit dir zu befassen«, sagte Horace und ging, nicht ohne George auf künftige Weiterungen gefaßt zu machen, zurück in das Eßzimmer.

»Was, denkt ihr, hat George draußen im Korridor getan?«

»Das werden wir gleich erfahren«, sagte Emilia.

»Er hat sich an dem Pudding gütlich getan. Ein sehenswerter Anblick!«

»Ein Mensch in großer Bedrängnis«, sagte Mortimer. »Welch erhebendes Schauspiel!«

»Was mir wohl eingegeben hat, daß ich ihm folgte?« fragte sich Horace, erregt und neugierig.

»Ein gewisses Schuldbewußtsein in seinem Verhalten«, sagte Mortimer.

»Du hast es nicht bemerkt.«

»Nein, ich lebe an der Oberfläche.«

»Mir fiel der merkwürdige Blick auf, mit dem er den Pudding ansah.«

»Und da hast du auch ihn so angesehen, mein Junge.«

»Aber was war es, das mir an ihm aufgefallen ist?«

»George meint vielleicht, daß eine höhere Macht ihn lenkte. Teilst du auch diese Ansicht?«

»Eher etwas aus der Nabelzone«, sagte Charlotte. »Ein instinktives Gefühl, wie du es an seiner Stelle gehabt hättest.«

»Ich habe ihm erklärt, daß wir ihn nicht als Mann behandeln können, solang er sich wie ein Kind aufführt«, berichtete Horace in einem Ton, der offenbar herausstellen sollte, wie zurückhaltend er vorgegangen war.

»Vielleicht würde eine Lohnerhöhung den Anlaß zu einem solchen Verhalten beseitigen.«

»Was für ein Unsinn, Charlotte! Es war nicht sein Pudding.«

»Aber sein ihm gebührender Lohn? Was ist mit dem Pudding geschehen?«

»Er hat ihn in die Küche getragen. Unbegrapscht, hoffe ich«, sagte Horace, dem die Vorstellung unangenehm war, daß er der Berührung durch jene ausgesetzt sein könnte, die er zur Bereitung und Herbeischaffung der Familiennahrung bezahlte. »Anderswo würde man ihn vor Gericht stellen.«

»Nein, nicht wegen eines Stücks Pudding«, widersprach Emilia.

»Man würde lieber nicht preisgeben, daß er so etwas nötig hatte«, sagte Charlotte.

»Von Not ist keine Rede: Er hat Lust darauf gehabt«, berichtigte ihr Gatte.

»Nun, auch das spricht für sich selbst. Und Richter sind emotionellen Argumenten sehr zugänglich. Daher die langen Begründungen.«

»Beschränkt sich euer Mitgefühl wirklich auf Kinder und Dienstleute?«

»Es sind hilflose Geschöpfe«, sagte Emilia. »Andere brauchen es weniger.«

»Sie werden es euch nicht danken«, meinte Horace.

»Von Dienstleuten kann man schwerlich Dankbarkeit erwarten«, sagte Charlotte. »Es gibt keine grundlosen Gefühle.«

»Sie haben ein sicheres Dach über dem Kopf, gutes Essen und alle möglichen Annehmlichkeiten.«

»Das gebührt ihnen. Und mir scheint, daß irgendwie auch Pudding dazugehört.«

»Was hast du heute getan, Charlotte?« fragte Horace, als wäre das Thema Pudding damit erschöpft.

»Wie selten du mich das fragst! Und ausgerechnet heute mag ich es dir nicht sagen.«

»Ist es dir peinlich?«

»Vielleicht ein wenig.«

»Ich will dich zu keinem Geständnis zwingen.«

»Aber jetzt, da ich mich dazu bekannt habe, daß es mir peinlich ist, mußt du es wohl. Ich habe mein Testament abgeändert, und so etwas ist immer peinlich. Es bedeutet ja, daß man jemandem etwas nimmt.«

»Charlotte!« sagte Horace. »Muß ich mich für dich schämen?«

»Man schämt sich immer für andere, wenn diese sich nicht selbst schämen.«

»Ich bin nicht an den Geheimnissen anderer Leute interessiert.«

»Das kann ich dir nicht glauben. Ich möchte alle Geheimnisse wissen, und ich bin überzeugt, daß das ganz normal ist. Wenn Kinder jemanden herumkriegen wollen, sagen sie ihm, daß sie ihm ein Geheimnis verraten werden. Aber Geheimnisse, die man einem Anwalt anvertraut, eignen sich dazu nicht.«

»Auch nicht Geheimnisse, die man irgendeinem anderen Menschen anvertraut«, fand Emilia.

»Weiß es Emilia?« fragte Horace.

»Ja, aber sonst niemand.«

»Dann ist es kein Geheimnis«, fand Horace und unterstellte gewissermaßen, daß er somit ein Recht habe, es gelüftet zu sehen.

»Es gibt kein Geheimnis, von dem nicht irgendein anderer Mensch weiß. Nein, das stimmt nicht; selbstverständlich gibt es das.«

»Das hofft vermutlich jeder von uns«, meinte Emilia.

»Ich glaube, meine Frau will es mir eröffnen«, sagte Horace mit sanfter Stimme.

»Ich kann nicht«, sagte Charlotte. »Etwas sperrt sich in mir dagegen.«

»Ich bin nicht neugierig.«

»Nein, etwas anderes. Ein innerer Widerstand. Was du meinst, ist mir fremd. Und tatsächlich bringe ich es jetzt heraus: Ich habe mein Geld zwischen dir und den Kindern und Mortimer aufgeteilt, statt alles dir allein zu hinterlassen. Die Höhe der Anteile behalte ich allerdings für mich, das verlangt die natürliche Diskretion. Und in diesem Fall ganz besonders.«

Horace wollte entgegnen, daß sein Testament jeder lesen dürfe, bedachte aber, daß es nicht viel daran zu verbergen gegeben hätte. So hielt er nun Einkehr mit sich selbst, und das lief darauf hinaus, daß Sparsamkeit nun um so dringlicher geboten sei. Er hatte nie bezweifelt, daß er seine Frau überleben werde, obwohl er nach Alter und Geschlecht die geringeren Chancen hatte. Wenn er sie nicht überlebte, war jedes Sparen sinnlos, er hätte es überhaupt aufgeben können. Eben setzte er zu sprechen an, da brach eine andere Stimme das Schweigen.

»Bin ich dem jungen Herrn auf die Schliche gekommen! So also tunkst du mich ein, daß ich für dich gerüffelt werde!«

Das kam so unerwartet und klang zugleich so vertraut, daß man sich erhob und der Sache nachging: Der Anlaß fand sich in dem Korridor, der sich nachgerade zu einem Ort des Unheils entwickelte.

»Was ist denn hier los?« fragte Emilia.

»Was ist hier los, George?« fragte Charlotte.

»Was ist hier los, Avery?« fragte Horace.

»Ich würde auch gern wissen, was hier los ist«, sagte Mortimer.

»George, laß sofort Avery los!« sagte Charlotte.

»Ich hab's nicht getan! Ich hab überhaupt nichts getan!« plärrte ihr Sohn. »Überhaupt hat niemand nichts getan!«

Charlotte sah einen offenen Schrank, darin eine offene Bonbonniere, und konnte sich dem Tatbestand nicht verschließen.

»Die Buben sind es, die einen in Schwulitäten bringen«, sagte George. »Ich meine die jungen Herren, Madam: Sie stellen alles Mögliche an und tun so, als wüßten sie von nichts. Und dann heißt es, daß nur ich es gewesen sein kann.«

»Ich hab noch nie etwas genommen! Jasper ist es, der so was tut!« heulte Avery, in der Aufregung den brüderlichen Ehrenkodex vergessend. »Ich hab nur die Dose aufgemacht und hineingeschaut.«

»Was soll das?« fragte Horace.

»Es liegt auf der Hand, mein Guter«, sagte Mortimer. »Und ist recht banal.«

»Hol das Fräulein und Jasper, George!« befahl Horace.

»Nein, Jasper hat nichts getan«, rief Avery im Ton der Verzweiflung. »Ich habe nichts gesagt: Sag ihnen nicht, daß ich etwas gesagt habe!«

George zog triumphierend ab. Da er jeden, der ihm einen Tort antun konnte, als Gegner betrachtete und sich zur Wehr setzte, kam ihm nicht in den Sinn, daß Avery für ihn kein angemessener Gegner sein könnte. Horace und die Tante behielten Avery im Auge und versuchten, jeder auf seine Weise, heraus-

66

zufinden, was er wirklich dachte. Avery, ein Schrätlein in einem von Tamasin geerbten Bademantel, der weder seiner Größe noch seinem Geschlecht entsprach, blickte auf seine Mutter.

Jasper kam in einem Kostüm, das nur er trug, dennoch oder gerade deshalb aber seinen ursprünglichen Zuschnitt kaum mehr verriet. Das Fräulein folgte ihm mit besorgter und wachsamer Miene, als hätte sie viel zu sagen, sei aber entschlossen zu schweigen. Als letzter erschien Marcus als Gegenstück zu Avery in einem von Sarah übernommenen Mantel.

Jasper war nur darauf bedacht, sich aus der Geschichte herauszuhalten. Er empfand weder Groll gegen Avery noch Sympathie für die Großen. Er nahm die Dinge, wie sie kamen, und stellte sein Verhalten auf sie ein.

»Warum bist du hier?« fragte Horace, als erhebe er damit Anklage.

»Ich habe nichts getan«, ging Marcus darauf ein. »Ich wollte nur sagen, daß ihr Jasper nicht zu holen braucht. Er hat nichts mit dieser Sache zu tun.«

»Du möchtest, daß Avery allein zur Verantwortung gezogen wird?«

»Es betrifft niemand anderen als ihn«, erwiderte Marcus mit der Geduld eines Menschen, der einer argen Herausforderung standhält. »Es liegt an dir, was du unter Verantwortung verstehen willst. Du weißt ja, wie klein er noch ist.«

»Ihr könnt alle nach oben gehen«, entschied Horace nach einer kurzen Pause. »Für heute habe ich genug von euch. Du kannst auch gehen, George. Wir wollen dir nicht noch mehr unterstellen: Was du getan hast, genügt uns vollauf. Es wird dir einleuchten, wenn du dir vor Augen hältst, wie leicht es dir fiel, ein hilfloses Kind zu beschuldigen. Ich hätte dich nicht für so unreif gehalten.«

George begriff, daß er für unbestimmte Dauer nicht reif genug sein werde, eine Lohnerhöhung zu erhalten. Er verschwand in Richtung Küche und hatte nicht die Absicht, den Zwischenfall zur Sprache zu bringen. Das Schicksal wollte es anders. Seinen

Weg sperrte Bullivant, den am Betreten des Eßzimmers die seinem Privatleben vorbehaltene Kleidung gehindert hatte, die auf geheimnisvolle Weise seine wahre Natur zu enthüllen schien und bezweifeln ließ, ob seine Dienstgeber ihn jemals als den Menschen, der er war, gesehen hatten.

Er sperrte Georges Weg, hielt George mit seinem Blick fest, wiegte seinen Kopf, und aus seiner Miene sprach, daß er alles wußte. Wie er dazu gekommen war, sollte George, dem freilich nicht eingefallen wäre, daß Bullivant nichts wissen konnte, nie erfahren. George stand fluchtbereit da, die Hände abwehrend angehoben, mußte jedoch, da er sich weder zurück ins Eßzimmer noch an Bullivant vorbei wagte, sich in des Wortes buchstäblichem Sinn herausreden.

»Eben vorhin – dumme Sache – Avery – Korridorschrank«, stotterte er.

Beschleunigtes Wiegen des Kopfes sollte Bullivants Mißbilligung ob der Erwähnung Averys ausdrücken. Dann drehte Bullivant sich um, schüttelte noch einmal abschließend den Kopf und deutete George, ihm voran zur Küche zu gehen. George wußte, daß ihn dort das Weibervolk erwartete. Es gab für ihn kein Entrinnen. Am liebsten wäre er ohnmächtig hingesunken, glaubte sogar unter dem Druck der Gefühle damit rechnen zu dürfen, aber seine Füße trugen ihn weiter. Die Köchin und Miriam standen beim Tisch, und zum ersten Mal spürte George, daß er Miriam beneidete. Die Köchin wandte sich ihm zu, Miriam – ob aus Apathie oder Mitgefühl, blieb George verborgen und wurde von ihm auch nie weiter bedacht – verharrte unbewegt.

Bullivant stand noch immer da und schüttelte den Kopf, während die Köchin die weitere Entwicklung abwartete, und George fing instinktiv an, ziellos herumzutappen, um nicht unbeschäftigt zu erscheinen.

»Soll das bedeuten, daß wir uns pantomimisch verständigen wollen?« erkundigte sich die Köchin.

Bullivant erklärte sein Verhalten: »Worte werden hier nichts helfen, Mrs. Selden.«

»Aber ich sehe keinen Grund, daß wir wegen einer Sache, die uns nicht betrifft, zum Schweigen verurteilt sein sollen.«

»Haben Sie das Herz, es zu brechen, Mrs. Selden?«

»Nun, ich hoffe doch, daß nicht auch wir allen Mut und alle Zuversicht verlieren, nur weil einer – und keineswegs der, auf den es ankommt – sich zu einer unbedachten Handlung hat hinreißen lassen.«

»Das wahrlich nicht, Mrs. Selden. Und vielleicht ist gerade das unser eigentliches Problem. Diese infantilen Wünsche und Verlockungen, mit denen wir uns auseinanderzusetzen haben! Der Pudding, der eben abgetragen worden war! Hätten Sie das für möglich gehalten? Und George ein junger Mann von gezählten neunzehn Jahren!«

»Ich halte es für möglich, denn der Beweis steht auf dem Tisch. Und mit dem Messer! George muß doch bemerkt haben, daß ein Vorlegelöffel dabei war.«

»George kann Manieren nicht einmal nachahmen«, sagte Bullivant. »Diese Primitivität!«

»Noch schlimmer, wenn es nicht primitiv wäre«, verteidigte sich George. »Ich hab den Pudding gar nicht gegessen. Wirklich sehr primitiv.«

»Möchtest du nicht nachholen, was du versäumt hast?« fragte die Köchin und wies auf die Schüssel, die auf dem Tisch stand. »Wenn wir sehen, wie es dir schmeckt, können wir beurteilen, ob du den Lohn für deine Tat verdient hast.«

»Nein, Mrs. Selden«, trat Bullivant mit einer abwehrenden Handbewegung dazwischen. »Das ist nicht unser Niveau. Trifft denn uns die Verantwortung für dieses Debakel? Kann man es auf uns beziehen?«

»Nein. George ist unter einem Zwang gestanden, der keine Fragen erlaubt und ihm in dieser Weise auch bewußt ist. Es bringt nichts, wenn man etwas unterstellt, was nicht stimmt.«

»George! Weißt du, wie es jetzt um dich steht?« fragte Bullivant.

»Ja«, behauptete George, der die Begegnung mit Horace und

der Köchin überlebt hatte und meinte, daß dieses Problem nun unschwer zu bewältigen sein werde.

»Und mit dem Vorsatz, daß so etwas hinfort nie wieder vorkommen wird?« fragte die Köchin.

»Vielleicht, Mrs. Selden –«, fiel Bullivant ein und nahm mit einem Schwenken seiner Hand die Kompetenz für sich in Anspruch.

Die Köchin verstummte und machte ein Gesicht, als wollte sie nie wieder den Mund auftun.

»Hast du Mrs. Seldens Frage beantwortet, George?« fragte Bullivant. George war es nicht, dem der höfliche Ton galt.

»Nein.«

»Aber du würdest sie bejahen?«

»Ja.«

»Dann dürfen wir vielleicht den Mantel eines gnädigen Schweigens über die Affäre breiten. Worte könnten sie nur banalisieren. Ich werde Sie, Mrs. Selden, bitten, diese meine Entscheidung zu respektieren, und ich erwarte von Miriam, daß sie Ihrem Beispiel folgt.«

»Das Mädchen hat nichts für Tratsch und üble Nachrede übrig«, versicherte die Köchin. »Das war eine ganz überflüssige Bemerkung.«

»Gewiß doch. Sehr erfreulich. Ich vertraue darauf, Miriam«, sagte Bullivant und zog sich mit einem Lächeln hinter seine Zeitung zurück. »Der Herr wird über die Sache kein weiteres Wort verlieren. Und wie der Herr, so der Diener.«

Horace kehrte mit seinem Vetter in das Eßzimmer zurück, setzte sich, knackte Nüsse und bereitete sich, ohne die vorangegangene Szene zu erwähnen, schweigend auf die nächste vor. Er ließ sich weder von Averys hemmungslosem Plärren noch von Schritten beirren, die die Treppe herabkamen und vor dem Korridorschrank verhielten, obwohl der Zusammenhang leicht zu erraten war. Auch das Verebben von Averys Wehklage ging an Horace vorüber, und als Charlotte bei Tisch erschien, hatte er sich ganz in der Hand.

»Nüsse von dem Baum auf der Westwiese«, teilte er mit, als er ihr davon anbot.

»Die würden den Kindern schmecken«, sagte Charlotte. Zu spät erinnerte sie sich, daß das eine sehr unzeitige Feststellung war.

»Dann werden die Kinder sie sich holen«, sagte Horace mit dem Gefühl, daß er, da sein Vorsatz nun zunichte war, sich sinnlos bemüht habe.

»Ich weiß nicht, warum du das denkst.«

»Du weißt nicht warum?« fragte Horace und hob die Brauen. »Sie leben inmitten von so vielen verbotenen Dingen und rühren sie kaum jemals an.«

»Sie werden kaum jemals dabei ertappt. Mir war klar, daß George einiges zu erzählen gehabt hätte. Ich zog es vor, ihn nicht dazu herauszufordern«, sagte Horace, unterschätzte Vatergefühle vorgebend.

»Im Grund gibt es in diesem Haus nichts, was nicht auch ihnen gehört.«

»So sehen sie es vermutlich«, sagte Horace.

»Ich habe nicht gewußt, daß man es so sehen kann«, bemerkte Mortimer. »Und ich bin sicher, daß sie es nicht so sehen.«

»Man wird Hemmungen haben, ihnen irgend etwas zu geben«, ließ Horace verlauten, was er für sich daraus ableitete.

»Kommt Emilia nicht herunter?«

»Noch nicht. Sie liest Avery vor, bis er einschläft«, sagte Charlotte.

»Als Belohnung?«

»Nein, weil er es braucht. Er ist verängstigt.«

»Das möchte ich hoffen«, sagte der Vater.

»Dann hoffst du nicht vergebens«, teilte Emilia mit, als sie zum Tisch kam. »Er hat mir nicht zuhören können. Sie spielen jetzt mit ihm, und Sarah wird ihm später vorlesen.«

»Das heißt, daß alle für seine Unterhaltung sorgen müssen?«

»Notgedrungen. Er ist ganz eingeschüchtert.«

»Nicht von einem der hier Anwesenden«, sagte Horace. »Wir

haben kaum zu ihm gesprochen. Aber natürlich weiß ich nicht, was oben vorgegangen ist.«

»Doch. Ich nehme an, du weißt es«, widersprach die Tante.

»Es hat ihn erschreckt, als George sich auf ihn stürzte und ihn am Kragen packte«, sagte Charlotte.

»Hätte George ihm gratulieren sollen?« fragte ihr Gatte.

»Er hat gewußt, daß Avery ein siebenjähriges Kind ist und sich nicht anders als er selbst benommen hat.«

George, der eben zum Abtragen hereinkam, fing die letzten Worte auf und schloß daraus, daß man noch immer bei demselben Gesprächsthema war. Er fand daran nichts Außergewöhnliches.

Horace warf seiner Frau einen Blick zu, der sie zum Schweigen bringen sollte, aber das gewohnte Resultat hatte.

»George!« sagte sie. »Wenn die Kinder das nächste Mal Unfug treiben und du dazukommst, wirst du dich nicht einmischen! So etwas zu regeln ist meine Sache.«

»Nein, Madam. Ja, Madam«, sagte George, eilig die Teller stapelnd.

»Jungen sind nun einmal so. Du selbst hast gerade erst bewiesen, daß du nicht gescheiter bist.«

»Ja, Madam«, bekannte George mit einem heimlichen Blick zu Horace.

»Du wirst wohl nie erwachsen werden – was, George?« stellte letzterer beinahe versöhnlich fest, beurteilte damit aber Georges Aussichten noch pessimistischer, als es dieser erwartet hatte.

»Nun ja – eigentlich sollte ich hinaufgehen und mit Avery reden.«

»Nein, nein«, versuchte Charlotte ihn aufzuhalten. »Er hat schon genug gelitten.«

»Liebe Charlotte! Der Junge hat etwas angestellt: Er ist kein Märtyrer. Wir tun ihm nichts Gutes, wenn wir den Tatbestand für ihn verwirren. Ich muß zusehen, daß er mit klarem Kopf einschläft. Ich bin sein Vater, so wie du seine Mutter bist.«

»Nein, das ist eine zu gewagte Behauptung«, fand Emilia.

Horace ging hinaus, ohne darauf zu erwidern. Charlotte holte ihn ein, und so stiegen sie, keiner dem anderen den Vortritt gönnend, die Treppe hoch. Sarah saß auf Averys Bett und las – nicht aus Stilgefühl, sondern auf Wunsch ihres Bruders – aus dem Buch Hiob vor. Avery lag da wie ein Genesender, und sein Gesicht bewegte sich mit, wenn die Worte seine Erinnerung bestätigten. Tamasin blies Seifenblasen, die er mit lässiger Hand platzen ließ. Seine Brüder ergingen sich in Clownerien und waren sehr besorgt, ob er auch ja zusah und sich unterhielt.

»Es ist schon zu spät für diese Spiele«, sagte Horace. »Seid ihr wegen Avery noch nicht im Bett? Oder nützt ihr nur die Gelegenheit aus?«

»Er war ganz verängstigt«, sagte Charlotte. »Er hat Ablenkung gebraucht, damit er vergißt, was geschehen ist.«

»Das wird er hoffentlich nie.«

»Könnte er auch gar nicht«, sagte Marcus. »Mutter meinte nur für heute abend. Sie hat befürchtet, daß er davon träumt.«

»Ich hoffe, daß er davon träumt, daran denkt und sich auf jede Weise damit auseinandersetzt.«

Avery verkroch sich vor dem Blick des Vaters in die Kissen.

»Du hast doch keine Angst vor mir?« fragte Horace. Eine Frage, die selten gestellt wird, wenn dies nicht der Fall ist, und jedenfalls eine verneinende Antwort verlangt.

»Du weißt, daß er Angst vor dir hat«, sagte Marcus.

Horace ließ sich von Marcus nicht ablenken. Während er zur Tür ging, haftete sein Blick auf Avery.

»Ist Vater jetzt fort?« fragte Avery. »Ich mag nicht, daß er zu uns kommt. Immer ist er überall. Ich mag nicht, daß er ins Zimmer kommt, wo ich schlafe. Ich mag nicht denken, daß er mich im Dunkeln anschaut.«

»Er wird nicht wieder kommen«, versicherte Charlotte.

»Mutter wird Vater verbieten, daß er zu uns kommt!« bekräftigte Avery mit Nachdruck und blickte um sich.

»Wir dürfen nicht vergessen, was die Ursache gewesen ist«, erinnerte ihn die Mutter.

»Ich habe gesagt, daß ich es nie wieder tun werde.«

»Das sagt man immer«, meinte Jasper.

»Was sonst soll man sagen?« meinte Tamasin.

Avery brach in ein lautes, gekünsteltes Lachen aus.

»Pssst! Vater wird dich hören!« warnte Tamasin.

»Aber er kommt nicht herein«, sagte Avery und hörte so plötzlich, wie er damit angefangen hatte, zu lachen auf.

»Ich wollte, wir könnten immer so lange aufbleiben«, sagte Jasper.

»Mutter sagt, du darfst es«, lallte Avery, schon halb im Schlaf.

»Wenn er einmal eingeschlafen ist, wacht er nicht mehr auf«, sagte Marcus. »Außer er hat einen Traum.«

»Heute nacht wird er genug zu träumen haben«, prophezeite Sarah.

III »Guten Morgen!« wünschte Gideon Doubleday.

»Guten Morgen!« wünschten seine vier Schüler.

»Ist euch etwas Unangenehmes widerfahren?«

»Mutter ist fort«, sagte Marcus. »Das ist auch der Grund, weshalb Sie heute kommen sollten. Um uns auf andere Gedanken zu bringen.«

»Das Rezept hat nicht sofort gewirkt.«

Tamasin lachte leise auf, und Jasper ahmte sie nach.

»Immerhin habe ich nicht den Eindruck, daß euch das Lachen für immer vergangen ist.«

Sarah deutete an, daß dies nicht der Fall sei.

»Würde es euch auf andere Gedanken bringen, wenn wir ein wenig lesen?« erkundigte sich Gideon, indem er die vier aus seinen blassen, vorquellenden, bebrillten Augen ansah. »Hier habe ich ein paar Bücher zum Übersetzen aus dem Französischen, für jeden von uns eines.«

»Fünf Bücher!« rief Marcus und bewies damit, daß der Zweck bereits erfüllt war. »Wir haben immer nur ein einziges Buch gehabt.«

»Ist das nicht Zeitverschwendung?«

»Auf Zeit kommt es nicht an. Aber vielleicht ist das jetzt anders.«

Sarah warf ihrem Bruder einen warnenden Blick zu, den Gideon auffing, worauf sich sein Augenmerk auf die Kleider der Kinder richtete. Er unterdrückte die Anwandlung, gleich wieder wegzuschauen, und blickte weiter auf seine Schüler, als ob er nur sie sähe.

»Bisher hat euch also eure Großtante unterrichtet«, hielt er fest, während seine großen, blassen Hände die Bücher austeilten.

»Ja, aber wir sagen Tante zu ihr«, sagte Marcus. »Sie ist eigentlich Vaters Tante. Avery wird von ihr auch noch weiter unterrichtet. Sie hat immer ein einziges Buch für alle verwendet.«

»Und wird daher auch weiter nur ein einziges Buch brauchen«, fügte Sarah hinzu.

»Da werde ich kein rühmlicher Nachfolger für sie sein.«

»Fünf Bücher sind schon recht viel«, meinte Jasper. »Aber natürlich ist eines für Sie.«

»Ja, natürlich«, sagte Gideon, der angenommen hatte, daß die Bücher bis zum Ende des Semesters in Horaces Eigentum stehen würden und dann eines auf ihn übergehen sollte.

»Haben Sie die unseren zusammen mit dem Ihren bestellt?« fragte Marcus.

»Ja«, sagte Gideon, der sich erinnerte, eben dies getan zu haben. »Wenn ich jemanden bitte, daß er mir Bücher beschaffen soll, heißt es immer, daß genug im Haus seien. Was für Bücher das sind, ist den Leuten egal.«

Sarah lachte verständnisvoll.

»Haben Sie für sich selbst ein neues Buch gebraucht?« fragte Tamasin. »Haben Sie nicht das gleiche Buch schon mit anderen Schülern durchgearbeitet?«

»Doch, aber mein Exemplar war so zerlesen, daß ich ein neues brauchte.«

»Ein zerlesenes Buch ist so gut wie ein neues«, meinte Marcus tadelnd. »Man soll alle Dinge bis zu Ende verwenden.«

»Und was war mit Jaspers Gebetbuch, das aus dem Leim gegangen war, so daß er ein neues bekommen mußte?« erinnerte Sarah daran, daß Ersatzinvestitionen in der Familie nicht ganz unbekannt waren.

»Ich möchte wissen, warum Sie nicht ein Buch ausgewählt haben, das Sie schon hatten«, sagte Tamasin.

»Das ist ein guter Gedanke«, fand auch Gideon und zog ihn als Richtschnur für künftiges Verhalten in Betracht.

»Für einen Hauslehrer sind Sie recht alt«, stellte Marcus fest.

»Sind Hauslehrer nicht im allgemeinen jung?«

»Es gibt junge Männer, die als Hauslehrer anfangen und dann etwas anderes werden.«

»Dann sind Sie einer, der es nicht geschafft hat?« schloß Tamasin.

»So würde man es wohl nennen können. Als junger Mann habe ich mich zu sehr für mein Studium interessiert, und so kommt es, daß man ein Hauslehrer wird.«

»Wie alt sind Sie?« fragte Marcus.

»Einundvierzig.«

»Oh, noch ganz jung«, sagte Tamasin.

»Findet auch Ihre Frau, daß Sie ein Versager sind?« fragte Marcus.

»Ich bin nicht verheiratet. Ich lebe mit meiner Mutter und meiner Schwester. Wenn die beiden mich für einen Versager halten, verbergen sie es vor mir. Frauen sind so rücksichtsvoll.«

»Was machen Sie mit dem Geld, das Sie verdienen?« fragte Jasper. »Ohne Frau haben Sie auch keine Kinder, und Sie sehen nicht so aus, als ob Sie viel für sich selbst ausgeben würden.«

»Einen Teil bekommt meine Familie für den Haushalt, und das übrige lege ich zurück, um davon zu leben, wenn ich alt bin.«

»Ihr Haar ist schon grau«, stellte Marcus fest.

»Ja, aber das hat nichts mit meinem Alter zu tun. Es verleiht mir nur eine gewisse Würde.«

»Woher wissen Sie das?«

»Meine Mutter behauptet es.«

»Weiß Ihre Mutter alles?«

»Das weiß sie. Sie zweifelt nicht daran.«

»Sie antworten gern auf Fragen«, stellte Tamasin fest.

»Heute schon. Ihr müßt eure Neugier befriedigen, bevor ich Eure Aufmerksamkeit beanspruchen kann.«

»Warum sollten wir uns für Sie interessieren?« fragte Marcus.

»Das weiß ich nicht, aber offenbar tut ihr es. Sogar sehr.«

»Eigentlich sollten Sie sich für uns interessieren.«

»Nur für eure Studien. Und damit werde ich jetzt anfangen.«

»Geben Sie nur Unterricht oder arbeiten Sie auch noch etwas anderes?« fragte Sarah im höflichen Ton einer Erwachsenen.

»Unterricht wird immer als Nebenberuf angesehen. Ich schreibe an einem Buch mit Aufsätzen.«

»Oh, nicht ein wirkliches Buch?« fragte Tamasin.

»Nicht eines, das einen Anfang und ein Ende hat.«

»Das wäre schwieriger.«

»Ja, gewiß.«

»Braucht man lange für ein Buch mit Aufsätzen?«

»Nicht so sehr für das Buch, aber ich habe viel geschrieben, was mir am Herzen liegt. So viel, daß ich einiges wieder herausgestrichen habe. Und dann habe ich gefunden, daß es schade darum wäre, und ich habe es wieder hineingenommen. Und so geht es dahin.«

»Wie bei Penelope.«

»Ja, genauso.«

»Was für Aufsätze sind das?« fragte Tamasin.

»Das kann ich dir nicht sagen. Es hängt zu sehr mit dem zusammen, was mir am Herzen liegt. In solchen Fällen spricht man nicht gern darüber.«

»Weil es den Leuten peinlich wäre?«

»Ja, das ist der Grund. Ich hoffe, ihr werdet nicht vergessen, was ich euch jetzt sage.«

»Verdienen Sie viel Geld als Hauslehrer?« fragte Jasper.

»Nein, nicht viel.«

»Ist es nicht eine qualifizierte Arbeit?«

»Das ist, glaube ich, nicht das richtige Wort.«

»Zahlt Vater dafür so viel wie andere Leute?« fragte Marcus.

»Alle zahlen dasselbe«, sagte Gideon. Er bemühte sich zu verbergen, daß Horace versucht hatte, eben dies zu vermeiden, und las aus Sarahs Blick, daß es ihm nicht gelungen war.

»Du weißt, daß wir über diese Dinge nicht sprechen«, verwies sie ihren Bruder.

»Vater tut es auch, und er würde es nicht, wenn es unrecht wäre. Jedenfalls sollten wir das annehmen.«

»Man muß über alles sprechen«, sagte Gideon. »Wir selbst sind darauf gekommen. Und jetzt wollen wir mit der Arbeit beginnen. Fängst du an, Miss Sarah?«

Sarah las ein wenig unsicher, schlug sich aber ganz gut durch, Tamasin sicherer, aber mit geringerem Erfolg, und Gideon half ihnen weiter, indem er sie verbesserte.

»Und jetzt du, Marcus«, sagte er.

»Nein, jetzt kommt Master Jasper.«

Eine Pause trat ein.

Marcus hatte die von Gideon gegenüber seiner Schwester gebrauchte Anrede als Ausdruck der Anerkennung eines Standesunterschieds verstanden und daraus geschlossen, daß jemand, der im Haus beschäftigt wurde, solche Formen zu wahren hatte. So groß war seine Unwissenheit. Gideon durchschaute den Sachverhalt, wußte aber nicht, wie er sich nun benehmen sollte. Auch Sarah und Tamasin begriffen, die eine peinlich berührt, die andere belustigt. Gideon lächelte zu Tamasin, als würde er ihre Reaktion auf einen nur ihm und ihr bewußten Anlaß zurückführen. Marcus' Miene ließ plötzlich erkennen, daß auch er es mitgekriegt hatte.

»Nun, mach weiter, Jasper«, sagte Gideon.

»Seid guten Mutes, Master Jasper, und tut es dem Beispiel von Mistress Sarah gleich«, deklamierte Marcus. »Denn sie hat heutigen Tages ein Licht entzündet, das uns den Weg weisen wird.«

»Wo redet man so?« fragte Jasper.

»Bei John Foxe. Im Buch der Märtyrer.«

»Stimmt«, sagte Gideon. »Folge diesem guten Rat, Jasper.
Deine Schwester liest sehr gut.«
Marcus entspannte sich, seine geröteten Wangen wurden wieder blaß.

Jasper stützte seine Ellbogen auf das Buch, als ob er so seine
Aufmerksamkeit darauf fixieren könnte – in kluger Voraussicht, weil er sich leicht ablenken ließ, aber zugleich gab er
Schwachstellen preis, die kaum mehr dicht hielten.
»Was für Kleider wir tragen, ist unsere Sache«, stellte Sarah
fest. »Wir leben nach unseren eigenen Regeln.«
Marcus' Blick traf ihre Augen in komplizenhaftem Einverständnis.
Horace betrat das Zimmer und sah um sich.
»Du kommst daher wie eine Vogelscheuche«, sagte er zu
seinem Sohn. »Nun ja –: In eurem Alter seid ihr alle Reißteufel.«
Sarah lächelte Beifall. Es war ihr lieber, wenn man ihren Zustand für freiwillig hielt.
»Ihr lest also französisch«, registrierte Horace und schaute
auf die Bücher. »Lesen sie alle zugleich?«
»Nein, abwechselnd«, erwiderte Gideon. »Die anderen folgen
dem Text und hören zu, wenn ich etwas verbessere.«
»Gut, daß Sie sich ein Buch beschafft haben. Aber hätten Sie
nicht eines von den Kindern nehmen können?« fragte Horace,
der sich verpflichtet fühlte, den Grundsatz der Güterteilung zu
vertreten.
»Ich halte nie die Arbeit auf, weil der Nachschub fehlt.«
»Haben Sie Familie?« erkundigte sich Horace aus dem Gefühl,
daß dies unmöglich der Fall sein könnte.
»Nein, ich lebe bei meiner Mutter. Ich würde ihr gern einmal
meine Schüler zeigen.«
»Dann bringen Sie sie doch bei Gelegenheit zum Tee mit. In
Abwesenheit meiner Frau bin ich dankbar, wenn sich jemand für
die Kinder interessiert.«
Zum Erstaunen von Sarah, die ihren Vater beim Wort genom-

men sah, und auch zur Überraschung von Horace nahm Gideon die Einladung an.

»Ich hoffe, Sie haben es warm genug?« erkundigte sich Horace und sah zum Kamin hinüber, der zu Ehren Gideons wohlbestellt war.

»Hoffentlich vergesse ich nicht nachzuheizen«, sagte Gideon und stand auf.

»Mr. Doubleday ist in mehrfacher Hinsicht sein Geld wert«, murmelte Tamasin.

»Was hast du, Tamasin?« fragte Horace lächelnd.

»Nichts, Vater.«

»Immer die gleiche Antwort«, vermerkte Horace und wandte sein Lächeln zu Gideon.

»Ich bin es gewohnt, für Feuer zu sorgen«, sagte Gideon. »Daran soll es nicht fehlen.«

Horace vermochte ihm nur auf seine Weise zu widersprechen: »Meine Kinder sind nicht an starkes Heizen gewöhnt. Wir haben sie diesbezüglich zu einer gewissen Unabhängigkeit erzogen.«

»Ich werde es nicht ihnen überlassen. Ein Feuer darf man nicht anderen Leuten anvertrauen. Ich weiß, was dabei herauskommt.«

»Ich möchte, daß meine Kinder abgehärtet werden. Das stählt sie für die Zukunft.«

»Wie nur, wenn sie so klein und schwach sind? Ältere Menschen, die es besser aushalten würden, sind ebensowenig abgehärtet.«

»Ich schmeichle mir, daß ich ihnen ein Beispiel gebe.«

»Schmeichelei würde ich das nicht nennen. Und ich wünsche mir nicht, daß sie Ihrem Beispiel folgen. Ich kann Kinder nicht unterrichten, wenn sie frieren. Sie können nicht zwei Sachen zugleich im Kopf haben, und es wäre schade um meine Zeit und Mühe.«

»Ich hoffe aber doch, daß Sie sich heute nicht über sie beschweren können.«

»Gewiß nicht. Ihnen ist auch nicht kalt. Dagegen haben wir vorgesorgt.«

»Nun, ich will nicht Ihre Zeit und Ihre Mühe und Ihr Feuer und Ihre vielen Bücher verschwenden«, faßte Horace alles zusammen, was für eine Verschwendung in Betracht kam. »Sobald Sie Ihren Schülern gründlicher auf den Zahn gefühlt haben, werde ich mir anhören, wie Sie Ihre Kenntnisse beurteilen.«

Gideon beendete die Unterrichtsstunde und verabschiedete sich auf seine ruhige, friedliche Art, gegen die nichts aufkam, was ihn hätte stören können. Bei Jasper freilich brach es dann durch und richtete sich gegen den Nächstbesten.

»Master Marcus!« spottete er.

Marcus warf ihm einen Blick zu und fing an, die Bücher einzusammeln.

»Master Marcus!« spottete Jasper.

Marcus schlug Jasper mit der Faust ins Gesicht. Jasper wehrte ihn ab und begriff, daß es nun erst losging. Tamasin zog sich erschrocken zurück; Avery kam herein und rief nach dem Fräulein; Sarah versuchte die Kämpfenden zu trennen. Horace, der nach der Abfahrt seiner Frau ziellos im Haus herumwanderte, wurde von dem Lärm herbeigerufen.

»Brüder, die sich prügeln!« rief er, als ob dieser Verwandtschaftsgrad jeden Zwist ausschlösse. »Und Schwestern, die einer solchen Szene beiwohnen müssen!«

Die Opfer solcher Zumutung standen mit dem Blick zur Tür. Gideon hatte den Spektakel gehört und war besorgt zurückgekommen.

»Wer hat angefangen? Wer hat wen zuerst geschlagen?« fragte Horace, dem vor allem an einer exakten Schuldzuweisung gelegen war. »Hast du gesehen, wie es passiert ist, Sarah?«

»Erst hat Jasper Marcus geschlagen, und dann hat Marcus Jasper geschlagen«, antwortete Sarah. Der unbekümmerte Ton war für die Ohren des Lehrers bestimmt.

»Oh, einer wie der andere. Sechs auf ein halbes Dutzend«, sagte Horace, der, als er Gideon sah, Sarahs Beispiel folgte. »Großartig habt ihr euch bei Mr. Doubleday eingeführt.«

»Jasper hat etwas gesagt, um mich wütend zu machen«, verteidigte sich Marcus.

»Und hat es erreicht«, stellte Tamasin fest.

»Und was war das?« fragte Horace, noch immer ganz auf seiner Linie.

»Ich habe nur ›Master Marcus‹ zu ihm gesagt«, verteidigte sich Jasper.

Gideon zog sich geräuschlos zurück und schloß die Tür.

»Hoffentlich schämt ihr euch so, wie ich mich für euch schäme. Warum hast du deinen Bruder ärgern wollen, Jasper? Sag ihm, daß es dir leid tut.«

»Er soll mir nur versprechen, daß er es nie wieder sagen wird«, verlangte Marcus. »Weder zu mir noch zu wem anderen.«

»Oh, das ist alles?« sagte Jasper. »Das verspreche ich.«

Marcus' Miene hellte sich auf. Die Zukunft lag wieder hell vor ihm.

Als Gideon heimkam, erwarteten ihn Mutter und Schwester. Da sie dies als hinlängliche Beschäftigung betrachteten, hatten sie auch nicht daran gedacht, ihre Zeit mit etwas anderem auszufüllen. Routinegemäß trat Gideon zu seiner Mutter, um ihr einen Kuß zu geben.

»Na? Wie war die neue Familie?« sagte sie.

»Sehr neu. Die neueste, die mir bisher untergekommen ist.«

»Und sie haben auch dich so neu gefunden?«

»Vermutlich. Aber für sie wäre wohl vieles neu.«

»Sind sie so unbeleckt?«

»Im üblichen Sinn ja. Sie dürften eine ganz eigene Vorbildung haben.«

»Sehr altmodische Kinder, habe ich gehört. Und sie haben keinen Umgang mit anderen Menschen.«

»Sie haben mir ans Herz gerührt«, sagte Gideon. »Und ich ihnen, glaube ich. Sie waren sehr nett, was meine Stellung im Haus betrifft. Ich habe selten so taktvolle Schüler gehabt.«

»Warum bringst du es den anderen Schülern nicht bei?«

»Das wird nicht von mir erwartet. Ich muß ihnen als warnen-

des Beispiel dienen. Das macht den Unterricht nicht sehr überzeugend, denn es ist natürlich demütigend, ein Lohnempfänger
zu sein. Und Kinder nehmen sich wichtiger, als sie sind, wenn
so viele Dienstboten um sie herum wimmeln.«

»Ich stelle es mir sehr mühsam vor, in einem neuen Haus das
Eis aufzutauen«, sagte Magdalen Doubleday. Mit einer Selbstverständlichkeit, die keinen besonderen Dank erwartete, brachte
sie ihrem Bruder einen Imbiß.

»Danke, mein Schatz«, sagte er liebevoll.

Noch beiläufiger, da hier der Bedarf nicht so dringlich war,
brachte sie ein zweites Tablett zu ihrer Mutter.

Gertrude Doubleday war eine große, üppige Frau von acht-
undsechzig Jahren mit markanten Gesichtszügen und kleinen,
hellen und wachsamen Augen. Angeblich sah sie George Eliot
ähnlich, und obwohl ihr bewußt war, daß deren Äußeres nicht
eben vorteilhaft gewesen war, während sie an ihrer eigenen Person nichts auszusetzen hatte, war sie von dieser Ähnlichkeit angetan und sah es gern, daß ein Porträt an der Wand dafür zeugte.
Magdalen war Gertrude nachgeraten, hatte aber ein glatteres,
weniger ausdrucksvolles, ja sogar seltsam ausdrucksloses Gesicht. Mit achtunddreißig wirkte sie noch jugendlich, auch ihre
Stimme hatte einen jugendlichen Klang. Sie hatte Gertrudes
großzügige Körpermasse und bewegte sich mit einer charakteristischen sanften Schwerfälligkeit. Man ging davon aus, daß der
Dienst an der Familie ihr Leben ausfüllte, und da auch sie selbst
daran glaubte, blieb diese Illusion unangefochten. Sie und Gideon ermüdeten leicht und brauchten nicht viel, um sich die Zeit
zu vertreiben. Zwischen ihrer eigenen Zufriedenheit, der Ver-
wunderung anderer Menschen hierüber und der Ansicht ihrer
Mutter, daß dies durchaus wohlbegründet sei, gab es für sie keinen Widerspruch. Gertrudes Energie überrollte die beiden, und
sie nahmen sie hin wie irgendeine Naturkraft. Es hieß, daß sie
ihre Mutter liebten, und sie teilten oder übernahmen diese Meinung. Gertrude liebte ihre Kinder nicht weniger als andere Mütter, noch mehr allerdings sich selbst. Aus den Krisen, die zu ih-

rem Leben gehörten, bezog sie Stärke und Willenskraft. Sie war froh, daß ihr Sohn unverheiratet war, denn sie genoß seine Zuneigung und deren Anerkennung durch die Umgebung. Die Zuneigung ihrer Tochter schätzte sie geringer, aber dennoch beeinträchtigte die Tatsache, daß sie nichts gegen einen Mann für Magdalen gehabt hätte, sie nicht in ihrem selbstgefälligen Wissen, daß sie als einzige in der Familie über eine abgerundete Lebenserfahrung verfügte. Gertrude konnte es mit ihren Kindern aufnehmen. Nichts dämpfte ihre Lebensfreude. Mit dem, was ihr Sohn zum Haushalt beisteuerte, reichten ihre Mittel aus, materielle Sorgen spielten für sie keine Rolle. Sie pflegte zu sagen, daß sie dem Schicksal zu danken habe, und erlebte dieses Gefühl mit derselben Intensität wie andere, instinktivere Regungen.

»Sind es nette Kinder, Gideon?« erkundigte sich Magdalen.

»Ja, ich denke schon. Zwei Jungen und zwei Mädchen.«

»Sind es nicht drei Jungen?«

»Du dürftest recht haben, aber der Kleinste lernt mit seiner Tante.«

»Seiner Großtante, nicht wahr?«

»Was du alles weißt!« staunte Gideon.

»Stimmt es, daß sie so armselige Kleider tragen?« erkundigte sich Gertrude mit maliziösem Vergnügen.

»Ja, das stimmt. Obwohl mir das Gegenteil nicht aufgefallen wäre.«

»Warum sollte dir nicht auffallen, was anderen Menschen auffällt?«

»Oh, das ist nur eine Marotte.«

»Warum pflegst du nicht Marotten, die dir etwas einbringen?«

»Vielleicht bilde ich mir ein, daß sie mir etwas einbringt.«

»Einbildung bringt nichts Wirkliches. Das muß man besitzen.«

»Gut zu wissen, daß ich mir diese Mühe sparen kann.«

»Leute, die diese Kinder in der Kirche sehen, haben mir erzählt, daß ihre Kleider in einem ganz unglaublichen Zustand sind«, berichtete Gertrude. Ihr Glaube konnte nicht auf diesem festen Grund bauen. Sie war ungläubig, wenngleich mit religiöser Inbrunst.

»Sie sind alt und voll von Löchern. Auf jeden Fall alt – und irgendwo ist ein Loch gerissen, während ich dort war.«

»Man sollte annehmen, daß das Zeug zumindest geflickt wird«, sagte Magdalen.

»Geflickt wird es vermutlich. Das ist sogar mir aufgefallen.«

»Und wie ist das Haus?« fragte Gertrude.

»Präsentabel, aber nicht so gut zum Wohnen. Groß und hell und frostig, mit wenigen und pompösen Möbeln.«

»Wahrscheinlich wohnen wir bequemer«, meinte Gertrude und schaute im Zimmer um sich. »Ist Mr. Lamb so knickrig und schwierig, wie man von ihm behauptet?«

»Warum sagst du mir das erst jetzt? Er ist höchstselbst in Erscheinung getreten. Mrs. Lamb ist fortgefahren, und er hat gefunden, daß er ein paar Worte mit mir wechseln könnte.«

»Natürlich hat sich jemand an deinem ersten Tag gezeigt. Das ist nicht mehr als höflich.«

»Er hat dabei nur an sich gedacht«, berichtigte Gideon leichthin.

»Auch nicht schlecht, wenn dabei für die anderen abfällt, was ihnen gebührt. Ich habe nichts gegen einen Egoismus, der dazu führt, daß man andere Menschen höflich behandelt.«

»Egoismus gibt es zuhauf in bunter Mischung. Mir wären Leute lieber, denen er abgeht.«

»Sind auch die Kinder egoistisch?« fragte Magdalen lächelnd.

»Wie alle Kinder. Aber diese Kinder haben nicht erwartet, daß andere Menschen darauf Rücksicht nehmen.«

»Wie also hast du Mr. Lamb gefunden?« fragte Gertrude.

»Ein Mann wie ich. Oder doch nicht. Vermutlich würde er das auch von mir sagen. Oder nein – das bestimmt nicht.«

»Er wird schon gewußt haben, warum er dich ausgesucht hat. Ich stelle mir vor, daß er bei diesem Geschäft auch seine Hintergedanken gehabt hat. Du hast in der Nachbarschaft einen guten Ruf. In unserem Privatleben gibt es nichts, was wir verheimlichen müßten. Wir sind kein Risiko: Soviel darf ich wohl behaupten.«

»Ich würde gern die Kinder sehen«, sagte Magdalen.

»Dazu wirst du bald Gelegenheit haben«, eröffnete ihr Bruder. »Der Vater möchte uns demnächst zum Tee einladen.«

»Bist du dir klar, was du da sagst?« rief Gertrude, halb aufgeregt, halb mahnend, und richtete sich auf ihrem Stuhl auf. »Bist du sicher, was er gesagt hat – und wie er es gesagt hat? Und wen er einladen will? Und für welchen Tag? Was ist, wenn wir alle hingehen und dort feststellen, daß sie nur einen erwartet haben?«

»Das würden sie uns wohl kaum feststellen lassen, Mutter«, meinte Magdalen.

»Oh, dazu brauche ich sie nicht. Soweit reicht der weibliche Instinkt. Mir würde nicht viel von dem entgehen, was sich in ihren Köpfen tut.«

»Logischem Denken traue ich noch immer mehr zu als weiblichem Instinkt«, meinte Gideon.

»Wie wäre es, Mutter«, sagte Magdalen sanft und wohlgesetzt, »wenn wir Mr. Lamb und seinen Vetter zu uns einladen würden? Und es darauf ankommen ließen, wie es weitergeht?«

»Das ist ein sehr guter Vorschlag«, fand Gertrude. »Immerhin haben auch wir vier eigene Wände«, fügte sie, als sei das keineswegs selbstverständlich, hinzu. »Wir sind jederzeit bereit, Gäste zu empfangen. Ich werde Gideon ein Billet für Mr. Lamb mitgeben. Oder ich schreibe an seine Tante. Das wäre die korrektere Lösung.«

»Ja, an seine Tante«, stimmte ihr Magdalen zu.

»Die Tante werde ich nur sehen, wenn sie zu mir kommt, um über die Kinder zu sprechen. Soviel weiblichen Instinkt müßte sie allerdings besitzen. Aber sollen wir alle drei einladen?«

»Schwieriger wäre es, wenn wir einen ausließen«, meinte Gertrude, die Vorteile der Gastgeberrolle sachlich einschätzend. »Mit so einem Risiko wollen wir die Sache nicht von Anfang an belasten.«

»Möchtest du andere Leute dazu einladen?« erkundigte sich Magdalen.

»Nein, nicht beim ersten Mal. Nur die Lambs und wir. Ich glaube nicht, daß wir hier eine schlechte Ausgangsposition haben. Ich glaube nicht, daß wir uns deshalb Sorgen machen müssen. Nach allem, was ich über ihn gehört habe, könnte man das von Mr. Lamb nicht ohne weiteres behaupten.«

»Warum willst du diesen Mann kennenlernen?« fragte Gideon. Er wußte nicht, daß seine Mutter auf jeden Mann erpicht war, der nicht ihr Sohn sein konnte, und daß sie nichts dagegen hatte, auch junge Männer kennenzulernen.

»Ich will ihn nicht kennenlernen«, sagte Gertrude, die es selbst nicht anders wußte. »Ich bin nicht schuld, daß er der Vater deiner Schüler ist. Nur deshalb interessiert er mich. Und vielleicht ist es vorteilhaft für dich, wenn er sieht, wo du zuhause bist.«

»Er wird wohl nicht annehmen, daß ich unter einer Brücke schlafe.«

»Ich würde es nicht zu lange verzögern, Mutter«, sagte Magdalen. »Es ist besser, wenn wir gleich zu Anfang die Verbindung herstellen und nicht abwarten, bis Gideon sich allmählich dazu durchringt.«

»Ich kann Menschen zweimal die Woche sehen, ohne ihnen näher zu kommen«, bekannte ihr Bruder.

»Darauf mußt du dir nichts einbilden«, sagte Gertrude. »Was hält uns zurück? Wir brauchen keine Vorbereitungen. Wir benützen ja unser Haus nicht nur, wenn wir Gäste haben.«

»Soll das heißen, daß wir unbedingt Gäste haben wollen?« fragte Gideon. »Auf das scheint es mir herauszukommen.«

»Oh, du bist heute schlecht gelaunt: Wir nehmen das nicht zur Kenntnis. Du hast doch nicht Angst vor den Eltern deiner Schüler? So furchterregend waren sie gewiß nicht.«

»Mr. Lamb hat Angst vor sich selbst, und solche Menschen machen auch mir Angst. Da ist eben etwas, wovor man Angst haben muß.«

»Haben die Kinder Angst vor ihm?« fragte Magdalen.

»Sie sind unruhig, wenn er dabei ist. Sie haben nicht Angst, daß er ihnen etwas antun könnte.«

»Das will ich auch hoffen«, sagte Gertrude.

»Mr. Lambs Vetter gefällt mir«, sagte Magdalen. »In der Kirche habe ich ihn mir genau angesehen.«

»Der kleine Dicke, der immer um Mrs. Lamb herum ist?« sagte Gertrude auf ihre griffige Weise. »Mir kommt er vor wie ein großes, übertragenes Wickelkind.«

»Als Wickelkind kann er wohl nicht anders als übertragen aussehen«, meinte Gideon.

»Ich mag Männer mit Kindergesichtern«, bekannte Magdalen. »Oder mag ich überhaupt Gesichter, die etwas Kindliches haben?«

»Das heißt, Mr. Mortimers Gesicht gefällt dir«, stellte ihre Mutter anerkennend und zugleich mitleidig fest.

»Ich habe mich mehr auf Mrs. Lamb konzentriert«, sagte Gideon. »Ich lasse mich ungern in meiner Andacht stören.«

Gideon und Magdalen hatten keine religiöse Vorbildung: Die hatte das Haus nicht zu bieten gehabt. Wenngleich agnostisch erzogen, waren sie darin allerdings nicht so konsequent wie ihre Mutter. Magdalen mochte die kirchliche Liturgie, sie ging auch gern mit ihrem Bruder aus, und Gertrude fand nichts dabei, wenn sie selbst sich heraushielt.

»Stell dich bitte nicht an, als ob wir für eine Frau keine Augen hätten«, sagte sie. »Das kann man mir wirklich nicht vorwerfen. Und ich finde auch, daß diese Frau sehr bemerkenswert ist. Ja, sie hat ein gutes Gesicht, ein kraftvolles Gesicht, ein Gesicht, das durch Lebenserfahrung nur gewonnen hat.«

»Ich wüßte gern, ob sie davon ausgehen, daß sie als gänzlich Fremde zu uns kommen«, sagte Gideon.

»Sie wissen noch nicht einmal, daß sie zu uns kommen«, entgegnete Gertrude mit einem knappen Lachen, da sie eine solche Ehre keineswegs als selbstverständlich ansah.

Die Einladung wurde überbracht und angenommen: Der Ausflug würde die Zeit von Charlottes Abwesenheit auf willkom-

mene Weise unterbrechen, und es war auch nicht zu verschmä-
hen, wenn man etwas mehr über die privaten Verhältnisse des
Hauslehrers erfuhr.

Die Lambs verbrachten den Tag wie gewöhnlich, und die
Doubledays gaben es zumindest vor. Als sie sich im Salon zu-
sammenfanden, um die Gäste zu erwarten, erreichten diese Bemühungen ihren Siedepunkt.

»Ich habe gedacht, daß wir keine Umstände machen müssen«,
bemerkte Gideon und blickte um sich.

»Notwendig wäre es nicht gewesen«, erwiderte Gertrude beiläufig, aber mit befriedigtem Unterton.

»Not ist die Mutter der Wendigkeit«, sagte ihr Sohn.

Der Teetisch bot sich steif und prächtig dar, und dementsprechend hatten sich auch Gertrude und Magdalen ausstaffiert. Gertrude bewegte sich geistesabwesend und wie automatisch im
Raum, unansprechbar vor gespannter Erwartung.

»Sie verspäten sich, Mutter«, sagte Magdalen.

»So? Verspäten sich? Sie werden schon noch kommen. Wenn
nicht heute, dann an einem anderen Tag«, sagte Gertrude, als
wäre das ihr persönlich ganz gleichgültig.

»Da sind sie, Mutter!«

Gertrude trat zu ihrem Sekretär, nahm eine Feder zur Hand
und prüfte sie, während die Gäste hereinkamen, auf ihren Zustand, legte sie aber sofort beiseite, warf einen Unterstützung
heischenden Blick zu ihrem Sohn und ging den Lambs entgegen.
Sowie Gideon alle einander vorgestellt hatte, änderte sich Gertrudes Verhalten: Sie führte, als gäbe es nichts Dringlicheres,
Emilia zu einem Stuhl. Magdalen begrüßte jeden Gast mit sanfter Hand und sanften Worten und war um ihre Bequemlichkeit
besorgt.

Gertrude setzte sich und zupfte instinktiv ihr Kleid zurecht,
bevor sie es achtlos zwischen Stuhl und Teetisch zerknitterte.
Die Herren begannen zu plaudern, und Magdalen saß dabei, als
ob sie mitreden wollte, wartete aber nur ab, bis sie aufstehen
und den Tee servieren konnte.

»Ist das dort an der Wand eine Verwandte, Mrs. Doubleday?«
fragte Horace. »Das Gesicht kommt mir bekannt vor.«

»Es ist keine Verwandte. Ein Porträt von George Eliot«, teilte
Gertrude mit und überspielte die Anzüglichkeit ihrer Miene, indem sie Tee einschenkte. »Beziehungsweise eine Reproduktion
ihres bekanntesten Porträts.«

»Das erklärt, warum es mir so bekannt vorkam. Aber ist es
Ihnen nicht doch ähnlich?«

»Ja, so sagt man«, gab Gertrude zu und warf, während sie
eine Tasse weiterreichte, einen flüchtigen Blick auf das Bild.
»Oder ich bin es, die ihm ähnlich ist.«

»Eine ausgeprägte Ähnlichkeit«, fand Mortimer und wies, indem er von den Ärmeln auf dem Porträt zu den Ärmeln der Gastgeberin sah, darauf hin, daß die Ähnlichkeit auch die Ärmel einschloß.

»Ja, sie ist ausgeprägt«, bestätigte Gertrude ruhig.

»Es fällt sogar dir selbst auf. Nicht wahr, Mutter?« unterstrich
Magdalen.

»Ja, es fällt mir auf.«

»Hängt das Bild an der Wand, um diese Ähnlichkeit heraus-
zustellen?« fragte Gideon.

»Du weißt genau, daß es nur zufällig dort hängt«, verwies ihn
Gertrude.

»Ich würde nicht behaupten, daß die Ähnlichkeit für uns
schmeichelhaft ist.«

»Das würde ich mir auch verbitten«, pflichtete ihm Gertrude
bei. »George Eliot war eine reizlose Frau«.

»Aber ich könnte mir denken, daß die oberflächliche Ähnlichkeit doch durch gewisse innere Gemeinsamkeiten bewirkt sein
muß«, bemerkte Magdalen in einem Ton, der die Geläufigkeit
dieser Überlegung durchhören ließ.

»Ich weiß nicht, in welchem Maß das Gesicht als ein Spiegel
der Seele gelten kann«, entgegnete Gertrude leichthin.

»Sie haben festgestellt, daß Sie selbst die Ähnlichkeit sehen«, schaltete sich Emilia ein. »Wollen Sie damit sagen,

daß Sie an das Bild erinnert werden, wenn Sie sich im Spiegel sehen?«

»Wenn ich mein Haar bürste oder sonst etwas vor dem Spiegel tue, ist mir oft, als sähe ich sekundenlang das Bild. Und ich muß mir versichern, daß nur ich es bin.«

»Sich versichern, daß man keine Berühmtheit ist, muß sehr erhebend sein«, meinte Mortimer. »Vermutlich soll es das Gegenteil beweisen. Was wir uns versichern, ist niemals wahr.«

»Was meinen Sie damit?« fragte Gertrude.

»Zum Beispiel, daß andere Menschen ebenso wichtig seien wie wir, oder daß wir eines Tages alt sein werden.«

»Ich bin bereits alt. Das brauche ich mir nicht zu versichern«, sagte Gertrude und lachte kurz. »Und ich habe nie gefunden, daß ich wichtiger bin als andere Menschen.«

»Sie sind gewiß eine bedeutende Frau«, sagte Mortimer.

»Nein, das bin ich wahrlich nicht«, widersprach Gertrude und schüttelte den Kopf.

»Hat die Ähnlichkeit Sie nie auf den Gedanken gebracht, daß Sie in die Fußstapfen der Dame treten könnten?«

»Sie hatte eine andere Schuhnummer. Das war für mich nie eine Frage.«

»Nehmen Sie sehr Anteil an Ihren kleinen Neffen und Nichten, Mr. Lamb?« wandte sich Magdalen an Mortimer.

»Sie sind ein wesentlicher Teil meines Lebens.«

»Sie sind glücklich, einen alleinstehenden Onkel zu haben«, sagte Gertrude, die sich regelmäßig einschaltete, wenn Magdalen mit einem Mann sprach.

»Wenn ich in der Lage gewesen wäre, mir eine Frau zu leisten, stünde ich ihnen vielleicht nicht so nahe.«

»Das hat niemand sagen wollen.«

»Ich dachte, alle sagen es. Aber ich gehe davon aus, daß die Leute über mich reden. Das ist vielleicht ein Irrtum.«

»Das ist kein Irrtum«, sagte Gertrude in ihrer unverblümten Art. »Worüber sollen die Leute reden, wenn nicht über andere Leute? Wenn Sie meinen, Sie könnten sich jeden Sonntag in der

Kirche zeigen, ohne daß man über Sie redet, kennen Sie die Welt schlecht.«

»Das meinte ich nicht: Ich habe es eben gesagt. Aber ich bin froh, daß ich recht habe.«

Magdalen lachte.

»Sie hört gern zu, wenn andere Menschen nach ihrem Geschmack plaudern«, erklärte Gertrude.

»Sie sind nicht oft in der Kirche, Mrs. Doubleday?« erkundigte sich Horace.

»Nie«, erwiderte Gertrude schlicht. »Ich finde, daß etwas Substantielles dahinterstehen soll, wenn man sich öffentlich zu einer Religion bekennt. Ich habe es seit vielen Jahren nicht über mich gebracht, eine Kirche zu betreten.« Sie warf einen Blick auf das Porträt, als fände sie darin eine zusätzliche Bestätigung.

»Ihr Sohn und Ihre Tochter sind manchmal in der Kirche?«

»Ja, hin und wieder.«

»Sie treten für Freiheit im Denken und Handeln ein?« fragte Mortimer.

»Das hoffe ich«, bekräftigte Gertrude ernst. »Ich wollte, jeder hätte diese Freiheit. Und im Verhältnis zu meinen Kindern ist das für mich eine doppelte Verpflichtung.«

Eine Pause trat ein.

»Wie lange werden Sie Ihren Kindern zugleich Vater und Mutter sein müssen?« wandte sich Gertrude in sanftem Ton an Horace.

»Einige Monate, fürchte ich. Es wird nicht viel weniger werden. Meine Tante ist mir eine große Hilfe.«

»Komplimente in dieser Richtung habe ich auch schon von anderer Seite gehört«, sagte Gertrude mit dem Blick auf Emilia. »Mein Sohn war sehr beeindruckt von der soliden Vorbildung der Kleinen. Das hat gewiß viel Mühe und Geduld erfordert.«

»In meinen fortgeschrittenen Jahren war es eine anregende Beschäftigung«, sagte Emilia. »Und ich habe gewußt, wann es Zeit war, mein Amt niederzulegen.«

»Warum sind alte Menschen so stolz darauf, daß sie nicht jung sein wollen?« sagte Gideon zu Mortimer.

»Weil sie stark genug sind, um mit dem Alter fertig zu werden. Und ich finde, daß Ihre Mutter und meine Tante die einzigen sind, denen das gelingt.«

»Das finden sie auch selbst«, meinte Gideon.

Magdalen schüttelte den Kopf, erhob sich lächelnd und setzte sich zwischen die Männer, um sie an ihre Pflichten zu erinnern.

»Ich finde, daß die Weltgeschichte von den Erziehern der Jugend gemacht wird«, sagte Gertrude und sah um sich. »Sie wirken weiter in die Zukunft als alle anderen Menschen. Vielleicht wird ihre Arbeit von der Welt nicht so hoch eingeschätzt, aber ich bin stolz darauf, daß mein Sohn diese Laufbahn gewählt hat.«

»Was die Welt betrifft, bist du nicht sehr gerecht, Mutter«, sagte Magdalen. »Der Lehrberuf ist sehr angesehen.«

»Weihnachten wird diesmal für Sie ein befremdliches Fest werden«, sagte Gertrude zu Horace, ohne auf ihre Tochter zu achten.

»Oh ja. Das ist das richtige Wort dafür. Irgendwie unheimlich.«

»Und das paßt nicht zu dem gegebenen Anlaß. Heimliche Trauer mag sich einfügen – fügt sich, wie wir wissen, ein: Aber Unheimlichkeit ist hier fehl am Platz.«

»Wir müssen eben das Beste daraus machen.«

»Kann ich Ihnen vielleicht helfen, daß es zumindest leichter wird?« fragte Gertrude. Ihre Stimme klang noch sanfter, und ihre Hand wollte sich über Horaces Hand legen, verhielt aber auf halbem Weg. »Manchmal ist das gänzlich Fremde leichter zu ertragen als etwas Fremdes in der gewohnten Umgebung. Für mich und die Meinen würde es eine große Ehre und ein großes Vergnügen bedeuten, wenn das möglich wäre.«

»Sie sind zu gütig«, sagte Horace.

»Stimmt«, fand auch Gideon, halb zu sich selbst gesprochen.

»Es ist nur sehr wenig – fast nichts«, sagte Gertrude, da der erste Schritt einmal getan war, nun lauter.

»Wir würden die sein, die dabei gewinnen«, behauptete Magdalen.

»Und wenn Fremden daran liegt, soll es uns nur recht sein«, fügte Gideon aus dem Gefühl hinzu, daß er seine Mutter unterstützen müsse. »Obwohl ich keine Ahnung habe, um was es geht.«

»Was immer daraus wird«, präzisierte Gertrude. »Was immer unser Haus, unsere – wenn man schon davon reden will – unsere Gastfreundschaft und uns selbst betrifft. Wir stehen ganz zu Ihrer Verfügung.«

»Vielleicht könnten wir Sie zu dem Weihnachtsessen, das den Kleinen so viel bedeutet, in unser Haus bitten?« sagte Emilia aus dem Empfinden, daß ein Gegenangebot schicklich wäre. »Das würde viele von unseren Problemen lösen.«

»Sie meinen nicht, daß die andere Umgebung hier bei uns besser wäre? Zumindest in diesem Zusammenhang?«

»Wir können doch nicht zu acht über Sie hereinfallen.«

»Und warum nicht?« flötete Gertrude. »Im Vergleich wird es hier zwar viel enger sein als bei Ihnen, aber das ist nun einmal so. Trotzdem gibt es eine gewisse Elastizität. Wo ein Wille ist, ist auch ein Weg.«

»Ich sehe das nicht«, sagte Gideon. »Ein Tisch ist nicht elastisch.«

»Doch«, belehrte ihn seine Mutter. »Man kann einen zweiten Tisch dranschieben. Wir haben genug Mobiliar. Und Kindern ist es gleichgültig, wenn nicht alle Stühle zusammenpassen.«

»Nein, daran fehlt es nicht«, gab Gideon zu und warf einen träumerischen Blick um sich.

»So, wie wir ihn benützen, ist auch unser Tisch klein«, sagte Horace. »Aber wir sind es gewohnt, ihn nach Bedarf zu vergrößern, indem wir einen Zusatzteil in die Platte einfügen.«

»Das ist wahre Elastizität«, meinte Gideon. »Mit unserem Stückwerk können wir da nicht konkurrieren.«

»Nein, wir nehmen dankend an«, sagte Gertrude gelassen.

»Sie machen uns eine große Freude«, sagte Emilia.

»Ja, das wollen wir auch«, sagte Gertrude mit derselben Gelassenheit. »Zumal wir Ihnen ein Haus bieten wollten, auf dem kein Schatten lastet. Aber es soll uns recht sein, wenn wir uns auf andere Weise nützlich machen können.«

»Ich fürchte, wir sollten jetzt gehen«, sagte Horace. »Ich lasse ungern die Festung so lange ohne Kommandanten.«

»Ich kann so gut mit Ihnen fühlen«, versicherte Gertrude und hielt seine Hand fest. »Sie haben eine schwere Last zu tragen, eine schwere Verantwortung. Ich kann mir das gut vorstellen. Auch ich habe mein Bündel zu tragen gehabt.«

»Es ist schon leichter, wenn man seine Sorgen mit Freunden teilen kann«, sagte Horace.

»›Freunde‹ hat er gesagt, ganz selbstverständlich und ungezwungen«, berichtete Gertrude, als sie zu ihren Kindern zurückkehrte. »Offenbar hat er uns diese Rolle zugedacht. Nun –: Es sind interessante Menschen, eine Bereicherung unseres Alltags. Ich denke, sie haben verstanden, daß wir Ihnen helfen wollen.«

»So schwer war das nicht zu verstehen«, meinte Gideon.

»Meinst du, daß wir uns aufgedrängt haben, Mutter?« fragte Magdalen.

»Oh, ich glaube nicht, daß ich mit dem Angebot, ihnen über diese kritische Situation hinwegzuhelfen, zu weit gegangen bin. Was würde mit uns allen geschehen, wenn man schon davor Angst haben müßte?«

»Nichts«, meinte Gideon. »Aber jetzt geschieht etwas.«

»Oh, ich glaube doch, daß sie es ehrlich gemeint haben. Das sind keine Leute, die sich in die üblichen Ausreden flüchten. Sie sind ihrer selbst sicher genug, um darauf zu verzichten. Ich würde meinen, wir können davon ausgehen, daß wir sie beim Wort nehmen dürfen und daß sie das auch von uns erwarten.«

»Wer hat dir am besten gefallen, Mutter?« fragte Magdalen.

»Vermutlich Mr. Lamb. Er scheint mir ein Mann zu sein, den man leicht falsch beurteilt. Aus meiner Distanz habe auch ich ihn falsch beurteilt. In seinem Gesicht ist etwas Hintergründiges, fast Tragisches. Ich sehe ihm an, daß er Schweres erlebt hat. Ich glaube, er hat gespürt, daß ich ihn richtig einschätze.«

»Mir hat wahrscheinlich Mr. Mortimer besser gefallen.«

»Nun ja: Er ist ungezwungener, einfacher im Umgang. Er hat weniger erlebt – und das hat nichts mit dem Alter zu tun. Vielleicht ziehst du ihn deshalb instinktiv vor.«

»Und die alte Miss Lamb?« fragte Gideon.

»Ich mag es nicht, wenn man Menschen auf diese Weise als alt abtut, nur weil sie ihre besten Jahre hinter sich haben. Sie hat noch viele vor sich, und es gibt noch viel für sie zu tun. Was sie für diese Kinder getan hat, ist nur ein Beweis dafür. Ich finde, sie hat ein gutes, charaktervolles Gesicht. Es bestätigt meinen ersten Eindruck. Bei Mr. Lamb habe ich das Gefühl, daß ich ihm zuvor nicht gerecht geworden bin. Ich habe ihn voreilig nach dem beurteilt, was man mir zutrug. Ich denke, er hat gesehen, daß ich bereit war, mir meine eigene Meinung zu bilden.«

»Was sonst hätte er sehen sollen?« sagte Gideon.

»Du machst dich über alles lustig, aber damit sprichst du gegen dich selbst. Wer ständig den Spaßvogel spielt, ist nicht spaßig. Magdalen und ich verstehen es, je nach dem Anlaß ernst zu sein oder auch nicht. Im Ergebnis: Frauenwort ist wohlbedacht.«

»Ich möchte wissen, was sie über uns reden«, sagte Magdalen.

»Ich hätte keine Angst, es zu hören«, versicherte Gertrude, hochaufgerichtet und voll überlegener Würde, als stünde ihr dies tatsächlich bevor. »Ich gehe davon aus, daß es ohne Vorbehalt und im Geist der Freundschaft geschieht. Davor muß sich niemand fürchten.«

»Ein ungewöhnlicher Standpunkt«, fand ihr Sohn.

»Ich glaube nicht, daß Freunde schlecht voneinander reden. Wenn sie es tun, sind sie keine Freunde. So etwas entspräche weder meiner Erfahrung noch meinem eigenen Verhalten. Nein, meine Freunde können auf mich bauen – vorausgesetzt, daß wir zu Freunden geworden sind. Wenn ich jemanden nicht kenne, ist es anders.«

»So war es auch«, sagte Gideon.

»Ich glaube nicht, daß ich mich in Mortimer Lamb getäuscht hatte«, sagte Magdalen. »Ich glaube, daß die Meinung, die ich mir über ihn gebildet hatte, richtig war. Ich würde es einen fast jugendlichen Charme nennen.«

»Ja. Ja, ich weiß, was du meinst. Ich nehme für mich nicht in Anspruch, daß ich zu ihnen zähle, aber manche Menschen entwickeln keine harte Schale. Mir sieht man kaum noch an, wie ich einmal gewesen bin. Auch Mr. Lamb hat wenig Jugendliches an sich. In diesem Punkt sind die zwei Vettern durchaus verschieden, mehr als viele von uns.«

»Mir hat man vorgehalten, daß ich ein zu junges Gesicht und eine junge Stimme habe«, sagte Magdalen, ohne sich damit gegen diesen Vorwurf zu verteidigen.

»Nun, das hast du eben mit Mortimer Lamb gemein«, gestand ihr Gertrude beinahe bereitwillig zu.

»Sind sie zu Fuß nachhaus gegangen?« fragte Gideon.

»Ja«, bestätigte seine Mutter. »Ja. Den Wagen, mit dem sie gekommen sind, haben sie zurückgeschickt. Sie sind keine umständlichen Menschen. Möglicherweise hatten die Pferde für heute schon genug getan. Vielleicht besitzen sie nur ein einziges Paar. Sie würden das nicht überspielen.«

Wie ihre Gastgeberin annahm – und aus eben diesen Gründen –, gingen die Lambs zu Fuß.

»So werden wir also zum ersten Mal am Weihnachtstag Gäste haben«, sagte Mortimer.

»Charlotte ist zum ersten Mal nicht bei uns«, entgegnete Horace.

»Anscheinend brauchen wir einen Rechtfertigungsgrund«, sagte sein Vetter.

»Wenn das der Fall sein sollte, haben wir ihn«, sagte Emilia. »Und es bedarf dreier Leute, um Charlottes Platz auszufüllen.«

»Wir können nicht am Weihnachtstag eine Familie spalten«, meinte Horace. »Wir haben nur die Wahl gehabt, alle einzuladen oder keinen.«

»Sie waren bereit, uns zu acht zu nehmen«, erinnerte seine Tante.

»Bereit zu nehmen in jeder Beziehung«, sagte Mortimer. »Ich frage mich, ob es dir wirklich gelungen ist, uns davor zu bewahren.«

»Es war die einzig mögliche Lösung.«

»Ich mag den Lehrer recht gern«, sagte Mortimer. »Aber Respekt habe ich nicht vor ihm. Er hat Hemmungen, sich zu geben, wie er ist. Er verstellt sich vor seiner Mutter.«

»Ich würde meinen, daß sie die letzte ist, vor der das nötig wäre«, sagte Horace.

»Das hast du sehr nett ausgedrückt, mein Guter. Wahrhaftig die Worte eines Freundes.«

»Wir haben keinen Grund, uns über sie zu mokieren«, verwies ihm Horace kühl. »Auch wir sind eine Familie.«

»So ist es. Und wir haben drei Gäste am Weihnachtstag. Das sollte genug sein, um dumme Witze zu erübrigen.«

»Du tust, als ob das etwas Ungeheuerliches wäre.«

»So ungeheuerlich, daß ich es kaum glauben kann. Als wären wir eine Familie wie jede andere.«

»Und sind wir das nicht?«

»Hast du das noch nicht begriffen, mein Guter? Mrs. Doubleday weiß es nicht. Der Lehrer erzählt ihr nichts. Ich habe auch vor ihr keinen Respekt. Sie hat nicht das Vertrauen ihres Sohnes.«

»Wir werden unseren Leuten sagen müssen, daß Gäste kommen«, meinte Emilia.

»Muß das sein?« wunderte sich Mortimer. »Ich dachte, sie wissen auch so immer alles.«

»Wenn wir ihnen etwas sagen, stellt sich oft heraus, daß sie es wissen.«

»Selbstverständlich wissen sie es dann. Das imponiert mir nicht.«

»Sie sind also zu Fuß gegangen, Madam«, stellte Bullivant fest. »Der Wagen hat nicht gewartet.«

»Es war zu kalt für die Pferde«, sagte Horace.

Bullivant blickte zu Emilia, als könnte es unter diesen Umständen auch zu kalt für eine Dame gewesen sein.
»Unvernünftige Tiere«, fügte Horace hinzu, gewissermaßen als Fußnote. »Und Pferde sind teuer.«
Um Bullivants Mundwinkeln zuckte es.
»Ich finde, man nimmt zuviel Rücksicht auf die Unvernunft der Tiere«, sagte Mortimer. »Immerhin sind nicht wir daran schuld. Wir können auch nichts dafür, daß wir der Rede mächtig sind. Selbst Bußfertigkeit kann man übertreiben.«
»Meinst du nicht, daß eine Buße manchmal bei dir angebracht wäre?« fragte Emilia.
»Tiere können ihre Gefühle nicht ausdrücken«, sagte Horace.
»Aber man weiß, was sie fühlen«, entgegnete sein Vetter. »Darauf halten sich die Menschen viel zugut. Mehr Rücksicht hingegen würde Emilia verdienen, weil sie, obwohl es ihr möglich gewesen wäre, ihre Gefühle nicht gezeigt hat. Bullivant! Wir werden am Weihnachtstag Gäste haben!«
»Sehr wohl, Sir«, nahm Bullivant zur Kenntnis. »Alle drei?«
»Zwei Damen und einen Herrn«, präzisierte Horace.
»Sehr wohl, Sir. Eine Zusatzplatte für den Tisch, aber nicht das gute Silber.«
»Nicht das Silber, das wir täglich verwenden«, sagte Horace.
»O nein, Sir«, sagte Bullivant.
»Wozu brauchen wir eigentlich das gute Silber?« fragte Mortimer.
»Wir halten es immer in Reserve, Sir. Für den Fall, daß es benötigt wird.«
»Werden Sie es die Köchin wissen lassen?« sagte Emilia.
»Sofern es sich notwendig erweisen sollte, Madam«, sagte Bullivant.
»Du siehst: Sie wissen alles im voraus«, stellte Mortimer fest.
»Ich glaube nicht, daß Unvernunft bei ihnen irgendwie mitspielt. Vielleicht auch nicht bei den Tieren. Das Gescheiteste ist, man kümmert sich nicht darum.«
Horace folgte seiner Tante nach oben, und Bullivant kam wie-

der in die Diele. Er pflegte seine eigenen Formen des Zeitvertreibs, und dazu gehörte ein gelegentlicher Schwatz mit Mortimer.

»Ich hoffe, Bullivant, Sie werden uns vergeben, daß wir zu Weihnachten Gäste haben.«

»Das würde wohl kaum meiner Position entsprechen, Sir.«

»Hoffentlich macht es der Köchin nichts aus?«

»Mrs. Selden kennt nur ihre Pflicht, Sir.«

»Oder George?«

Bullivant drückte durch ein Heben seiner Brauen aus, daß es wirklich nicht auf Georges Belieben ankomme.

»Wissen Sie etwas über Mr. Doubledays Familie?«

»Nein, Sir. Sein Erscheinen als Hauslehrer verschaffte mir erstmals das Vergnügen.«

»Offenbar mögen ihn die Kinder?«

»Er dürfte der rechte Mann am rechten Platz sein, Sir.«

»Hätten Sie erwartet, daß ein Hauslehrer eine Mutter und eine Schwester hat?«

»In diesem Haus wohl kaum, Sir.«

»Mr. Doubleday hat beides.«

»Das wäre möglich, Sir.«

»Ich glaube, er hat Angst vor seiner Mutter.«

»Nun ja, Sir, damit wäre er nicht der einzige.«

»Haben Sie Angst vor Ihrer Mutter gehabt?«

»Ich hätte ihr nie zu widersprechen gewagt, Sir.«

»Haben Sie das Gefühl, daß sie hören kann, was wir reden?«

»Es gibt Dinge, über die wir nichts Genaues wissen, Sir.«

»Ich nehme an, daß sie tot ist?«

»Sie gehen recht in der Annahme, daß sie verschieden ist, Sir.«

»Erwarten Sie, daß Sie im Jenseits mit ihr vereint sein werden?«

»So konkret möchte ich das nicht behaupten, Sir, zumal ›vereint‹ vielleicht nicht ganz das richtige Wort wäre. Ein Vorwurf würde allerdings nur mich treffen.«

100

»Wären Sie gern ein besserer Sohn gewesen?«

»Jeder von uns hat seine Versäumnisse zu verantworten, Sir. Nicht daß ich jemals vergessen hätte, daß sie eine Frau war. Mein Problem bestand darin, daß sie auch noch andere Eigenschaften hatte.«

»Werden Sie in Ihrer Todesstunde an sie denken?«

»Das dürfte ein wenig spät sein, Sir.«

»Vielleicht aber der passende Moment.«

»Nun, Sir, in diesem Fall wird es mir vielleicht in den Sinn kommen. Aber ich werde es mir nicht vornehmen. Es ist nicht meine Art, vor Torschluß rasch noch Frieden zu machen. Auch meine Mutter hätte so etwas strikt abgelehnt. Aus Prinzip, Sir. Überhaupt ging es ja darum, daß sie zu hohe Ansprüche stellte. In gewisser Hinsicht hätte ich keine ›bessere‹ Mutter haben können.« Bullivant schloß mit einem Lächeln und begab sich in die Küche.

»Alle drei, Mrs. Selden. Wie Sie vermutet haben.«

»So aufs Ganze zu gehen, als wäre es möglich gewesen, ihnen auch weniger anzubieten!« entrüstete sich die Köchin. »Man hätte doch angenommen, daß das nicht ihr Niveau ist: Nicht daß ich positive Vorurteile übernehme. Miriam! Wirst du für dein Glotzen bezahlt? Dann mußt du nachgerade steinreich sein!«

»Warum sollen sie nicht zu dritt kommen?« wollte Miriam, die sich nicht sofort losreißen konnte, wissen.

»Weil es sich bekanntlich nicht schickt, bei Leuten, die man nur oberflächlich kennt, als Familie aufzutreten.«

»Nun, vielleicht ändert sich das noch, Mrs. Selden«, sagte Bullivant.

»Wenn sie unsere Herrschaft eingeladen haben, kommt dabei natürlich heraus, daß man sie zu uns bitten muß«, resümierte George im selben Tonfall. »So läuft das.«

»Das ist uns allen klar«, bestätigte die Köchin. »Aber trotzdem wundert es mich, daß es unser Herr über sich gebracht hat.«

»Er ist unter Zugzwang gestanden, Mrs. Selden«, sagte Bullivant. »Und abgesprochen worden ist es zwischen den Damen.«

»Elf Leute zum Essen am Weihnachtstag!« stöhnte George.
»Und das soll ein Feiertag sein!«

»Du solltest diesen Aspekt unserem Herrn darlegen«, riet ihm Bullivant. »Er wird ihm vielleicht neu sein.«

»So daß er dementsprechend das Programm ändert«, fügte die Köchin hinzu. »Abgesehen davon, daß das nichts mit Weihnachten zu tun hat. Und auch nichts mit einer bestimmten Erziehung.«

Schweigen trat ein, nur Bullivant summte, zum Thema passend, eine fromme Melodie.

»Ich hoffe, du wirst dich mit Anstand aus der Affäre ziehen, George, und mir geschickt und unauffällig an die Hand gehen. Es ist dein mangelndes Anpassungsvermögen, das dir im Weg steht. Hier wirst du Gelegenheit finden, dich bei einem festlichen Anlaß zu bewähren.«

»Diese Zeiten sind, fürchte ich, vorbei«, sagte die Köchin. »Wir haben sie ungenützt lassen, und es wird schwierig sein, wieder festen Fuß zu fassen.«

»Ich hätte sie gern miterlebt«, sagte Miriam.

»Nun, wer weiß? Große Dinge fangen klein an. Die Ersten werden die Letzten sein, und die Letzten die Ersten«, zitierte Bullivant, in seiner Stimmung noch von der Köchin beeinflußt, sonst aber ohne spezifischen Bedacht auf sie.

»Na, na! So wörtlich darf man das wohl nicht nehmen«, sagte sie.

»Ich glaube, es bezieht sich auf die Welt der Zukunft, Mrs. Selden«, bemühte sich Bullivant um eine Erklärung, machte die Sache aber damit nicht besser.

»Ich frage mich, was die Gnädigste sagen würde, wenn sie wüßte, wie man hier ihre Abwesenheit ausnützt.«

»Ich vermute, daß man diese Abwesenheit ein wenig kompensieren möchte, Mrs. Selden. Und Weihnachten hat auch seine profane Seite.«

»Ich wünsche mir nicht mehr, als daß ich am Abend auf meinem Platz sein kann«, sagte die Köchin. Eine genaue Lokalisierung der Andachtstätte hielt sie für überflüssig.

»Die äußerliche Form des Gottesdienstes hat für mich keine Bedeutung«, sagte Bullivant.

»Nun, man kann überall zur Kommunion gehen.«

»Ihr Verständnis, Mrs. Selden, ist beispielgebend.«

»Ich will niemandem vorschreiben, was ich für mich richtig halte, zumal gerade dies mich nicht zur Unduldsamkeit verführen soll. Jeder möge das selbst mit sich ausmachen.«

»Besuchst auch du ein Gotteshaus, Miriam?« fragte Bullivant.

»Ich gehe in die Waisenhausmesse, und sie haben mich für den Weihnachtsabend eingeladen.«

»Und du, George? Wirst du die Stätten deiner Vergangenheit aufsuchen?«

»Nein, um die mache ich einen Bogen. Ich habe Bekannte, bei denen ich gern gesehen bin.«

»Auch ich habe etwas gegen Wohlfahrtsanstalten«, bekannte die Köchin. »Nicht daß Miriam etwas vorzuwerfen wäre, wenn sie in ihre Anstalt geht.«

»Es würde auch George nicht Abbruch tun, wenn er desgleichen täte«, meinte Bullivant, noch immer in biblischem Jargon.

»Ansichtssache«, meinte George. »Jeder muß wissen, was für ihn selbst gut ist.«

»Ich wüßte nicht, wo ich sonst hingehen sollte«, sagte Miriam. »Ich war noch nie bei jemandem zu Besuch.«

»Ist das wirklich wahr?« fragte Bullivant.

»Kann schon sein«, sagte die Köchin. »Sie war bis vor ein paar Monaten im Waisenhaus.«

»Nun ja —: Für dich war das ein Zuhause, Miriam«, sagte Bullivant.

»Ich habe dort gelebt«, bestätigte Miriam unsicher.

»Und es gibt dort wohl Menschen, die dir verbunden sind?« fragte Bullivant in melodischem Parlando.

»Sie wollen mein Bestes. Sie haben mich seit meinem sechsten Monat bei sich gehabt«, sagte Miriam, als ob sie nicht anders könnte, als darauf zu vertrauen.

»Und habt ihr hübsche Weihnachtsdekorationen?«

»Wir singen und trinken Tee«, erwiderte Miriam leichthin, da sie nicht annahm, daß die Köchin ihr diese Vergnügen mißgönnen würde.

»Dieses Haus hat nicht viel von einem Zuhause«, bemerkte George. »Jedenfalls nicht für die Kinder.«

Bullivant und die Köchin wechselten einen Blick.

»Die höheren Klassen pflegen ihre Eigenheiten mehr als andere Leute«, sagte Bullivant. »Je höher, desto mehr.«

»Weil sie sich weniger anpassen müssen«, fügte die Köchin hinzu. »Aber unerfahrene Menschen sollten sich darauf lieber nicht einlassen.«

»Ich möchte wissen, wie der Lehrer darüber denkt«, sagte George.

Auch Bullivant und die Köchin hätten dies gern gewußt, und sie fanden es ungehörig, daß George dasselbe wollte.

»Er war in großen Häusern«, sagte die Köchin. »Das bringt sein Beruf so mit sich.«

»Und die waren bestimmt nicht alle wie dieses Haus«, meldete sich George in seinem Bestreben, ein diesbezügliches Wissen vorzugeben.

»Für ihn gilt das nicht, Mrs. Selden«, sagte Bullivant. »Er läßt sich nicht einordnen.«

»Hat es einer, der oben ist, nicht besser?« fragte Miriam.

»Das gilt nicht immer für den einzelnen«, sagte Bullivant. »Vom König abwärts ist die Tendenz fallend.«

»Vom König bis zu uns ist es weit abwärts«, sagte George.

»Nun, dazwischen liegen wohl einige Sprossen«, belehrte ihn die Köchin. »Die noch weiter unten sind, können das allerdings kaum abschätzen. Sie haben dort, wo sie auf der Leiter stehen, ihre Pflicht zu erfüllen. Und mir ist nicht bewußt, daß es dazu gehören würde, eine Meinung zu äußern. Ich sehe nur, daß es im Augenblick mit der Pflichterfüllung nicht weit her ist.«

Miriam und George nahmen hin, daß man auf ihre Gegenwart verzichtete. Bullivant sah die Köchin an.

»Es ist nur natürlich, daß die Jugend sich nicht zurechtfindet, Mrs. Selden. Die Sache ist heikel zu erklären.«
»Also läßt man es besser bleiben. Ein falsches Wort kann verheerende Folgen haben.«
»Wir sind noch tiefer gesunken, seit die Gnädige fort ist. Ich würde gern wissen, was man daraus für Weihnachten ableiten muß.«
»Bei Gäste wahrt man gewisse Formen.«
»Aber auch bei diesen, Mrs. Selden? Wird unser Herr das für angebracht halten? Leute, die nicht ganz unser Niveau sind, tragen zusätzlich bei zu der – der Problematik.«
»Dem Debakel«, präzisierte die Köchin.
»Bei Tisch kann mir einiges blühen«, seufzte Bullivant und neigte ergeben sein Haupt. »George in seiner tölpelhaften Art, und dazu Miss Emilia und Mr. Mortimer, die sich nicht rühren, wenn sie etwas wollen! Einfach wird es nicht.«
»Und in ihrer wechselseitigen Rückwirkung potenzieren sich die Komplikationen.«
»In Ihrem Vokabular, Mrs. Selden, übertreffen Sie sich selbst.«
»Ich habe es immer gepflegt. Mehr als einmal habe ich gehört, daß jemand froh wäre, wenn er sich auch so ausdrücken könnte. ›Der beste Gedanke verkümmert, Miss Selden‹, hat einer zu mir gesagt, ›wenn man ihn nicht in die rechten Worte kleidet‹.«
»Es geht nicht nur darum, daß es sich um Probleme handelt, die Georges Horizont übersteigen«, sagte Bullivant. »Wenn er sich nicht ausdrücken kann, hat er auch nicht Kritik zu üben.«
»Sie trägt nichts zu ihrer Lösung bei.«
»Sehr richtig, Mrs. Selden!« Bullivant stand auf und rüstete sich, indem er seine Jacke glatt strich, für die bevorstehende Auseinandersetzung. »Es genügt, wenn er seine Pflicht tut und den natürlichen Anstand wahrt. Kommentare – und vor allem Kommentare in negativem Sinn – sind überflüssig. Daß dies herauskommen würde, wenn er sich von seiner Herkunft distanziert, ahnten wir freilich nicht. Ein unerwartetes Ergebnis.«

IV »Endlich Weihnachten! Das gibt es nur einmal im Jahr!« verkündete das Fräulein an der Tür des Mädchenzimmers als das Bemerkenswerteste, das ihr dazu einfiel.

Die Schwestern setzten sich auf und blickten zu den Fußenden ihrer Betten, wo ehedem die Strümpfe gehangen hatten.

»Wenn das der ganze Unterschied ist, haben wir es dreihundertfünfundsechzigmal im Jahr«, meinte Tamasin.

»Jasper hat gefragt, ob wir noch immer Strümpfe aufhängen dürfen«, sagte Sarah mit dem Blick zur Decke. »Tante Emilia hat gesagt, Vater habe es verboten, aber ich glaube, Jasper war nicht ganz sicher. Auch Marcus nicht.« Sie erwähnte sonst niemand, und Tamasin sah voll Mitgefühl zu ihr hinüber.

»Essen und Geschenke kriegen wir noch. Daß wir nicht zu alt fürs Essen werden, ist immerhin etwas.«

Avery lief mit einem vollen Strumpf herein und entleerte dessen bereits vorher untersuchten und wieder eingefüllten Inhalt auf Sarahs Bett.

»Ich bin der einzige, der einen Strumpf hat!«

Seine Schwestern verdarben ihm die Freude nicht. Solche Augenblicke gab es in seinem Leben zu selten, als daß man sie ihm mißgönnen wollte.

Die älteren Jungen kamen herein und besahen die Kollektion. In Jaspers Augen leuchtete zielbewußtes Interesse auf.

»Laß ihn die Sachen nicht anrühren«, sagte Avery zu Sarah. »Ich will nicht, daß er etwas anderes daraus macht. Ich habe sie gern so, wie sie sind.«

»Ich verspreche dir, daß ich sie nicht anrühre«, sagte sein Bruder. »Gibst du mir ein Bonbon?«

»Nach dem Essen«, sagte Avery, der alles so lange als möglich unversehrt beließ, und blickte mit gönnerhafter Miene um sich. »Ich werde jedem eines geben.«

»Ihr Jungen habt im Mädchenzimmer nichts verloren«, sagte das Fräulein. »Dafür seid ihr zu groß.«

»Dann sind auch sie zu groß, um uns bei sich zu haben«, erwiderte Marcus, der es nicht leiden konnte, wenn man sich auf Unterschiede des Geschlechts berief.

»Zieht euch in eurem eigenen Zimmer an. Wer nicht will, muß heute keinen Haferbrei essen.«

Diese Vergünstigung brachte die fünf an den Frühstückstisch, und zur Übung ihrer Willensstärke lehnten sie den Haferbrei ab.

»Kein besonders gutes Frühstück für einen Weihnachtsmorgen«, meinte Avery.

»Denk an das Mittegessen«, riet ihm das Fräulein.

»Müssen wir in die Kirche gehen?« fragte Jasper, den sie damit an die dazwischenliegenden Stunden erinnerte.

»Natürlich. Es ist doch Weihnachten.«

»Weihnachten ist nicht besser als die anderen Sonntage«, meinte Avery.

»Es ist kein Sonntag«, sagte Sarah.

»Manchmal schon«, berichtigte Jasper. »Vor drei Jahren war es ein Sonntag.«

Avery schaute zu ihm, nahm aber Abstand von der Verfolgung eines so schwierigen Gedankengangs.

»Warum gehen wir in die Kirche, wenn es kein Sonntag ist?« fragte er.

»Es ist der wichtigste Tag im Jahr«, behauptete das Fräulein, deren religiöse Unterweisungen für Uneingeweihte nicht sehr ergiebig gewesen wären.

»Werden wir vor der Predigt fortgehen?« fragte Jasper.

»Nein, nicht am Weihnachtstag. Und überhaupt seid ihr dafür schon zu alt.«

»Wir sollten unsere alten Rechte wahren«, sagte Tamasin.

»Neue kommen wohl kaum dazu.«

»Der Strumpf hat zu den alten Rechten gehört, nicht wahr?« fragte Avery mitfühlend.

»Frohe Weihnachten allseits!« rief Horace. »Und ein Geschenk für jeden von Mutter, Tante Emilia, Vetter Mortimer und mir! Wir sind selbst gekommen, um sie euch zu geben.«

Dies wurde als eine fast übertriebene Beobachtung des Feiertags empfunden, und die Kinder scheuten sich, die Großen in einem solchen Ausnahmezustand anzusehen.

»Das macht für jeden vier Geschenke«, sagte Avery.

»Und wieviele zusammen?« fragte Horace und hob die Hand: »Nein! Laßt es Avery sagen.«

»Wieviele?« sagte Avery und blickte um sich.

»Je vier Geschenke für fünf Kinder«, sagte Sarah.

»Fünf mal vier«, murmelte Marcus.

»Oder vier mal fünf«, sagte Jasper.

Beunruhigt und zweifelnd sah Avery von einem zum anderen. »Fünf mal eins ist fünf. Fünf mal zwei ist zehn. Fünf mal drei ist fünfzehn. Fünf mal vier ist zwanzig.«

»Stimmt«, sagte Horace. »Aber das war eine recht umständliche Methode.«

»Es stimmt!« sagte Avery und blickte um sich.

»Und welches Geschenk werdet ihr zuerst auspacken?« fragte Horace.

»Meine Geschenke habe ich schon alle ausgepackt«, sagte Jasper.

»Du hättest auf die anderen warten sollen. Warum hast du es so eilig?«

»Jasper war aufgeregt«, sagte Avery voll Verständnis für den Bruder.

»Avery darf das Messer nur nehmen, wenn jemand auf ihn aufpaßt«, sagte das Fräulein.

»Ich nehme nie ein Messer«, versicherte Avery ernst. »Sarah und ich werden unsere Geschenke gemeinsam auspacken.«

»Diese Pulte werdet ihr ein Leben lang verwenden«, sagte Horace. »Dafür sind sie jedenfalls gedacht.«

»Fünf Pulte! Und alle schwarz, eines wie das andere!« stellte Avery mit der Genugtuung des Jüngsten fest, bei dem es möglich gewesen wäre, einen Unterschied zu machen und eine für Kinder ansprechendere Farbe zu wählen. »Die werden wir immer verwenden!«

»Und Mr. Mortimer schenkt euch Papier und Briefumschläge, die ihr hineintun könnt«, sagte das Fräulein, das sich dafür keinen anderen Verwendungszweck vorstellen konnte.

»Von mir?« wunderte sich Mortimer und besah die Gaben, die man in seinem Namen als Ergänzung zu dem Geschenk Emilias gekauft hatte. »Tatsächlich. Nun ja. Gott segne euch, liebe Kinder.«

»Und was sagst du zu den Büchern?« fragte Horace.

»Danke, Vater«, sagte Avery aus dem Gefühl, daß er den richtigen Adressaten ansprach. »Ich werde sie lesen, bis ich etwas auswendig kann, und dann wird Sarah sie mir vorlesen.«

»Das hat er am liebsten«, sagte Marcus.

»Nun, da gäbe es auch schlechtere Gewohnheiten«, sagte Horace.

»Andere Gewohnheiten sind schlechter«, sagte Avery und blickte um sich. »Und jetzt ist alles gerecht verteilt, nicht wahr?«

»Jeder hat das gleiche«, sagte sein Vater. »Aber ›gerecht‹ ist nicht das richtige Wort. Es wäre gerecht gewesen, wenn du garnichts bekommen hättest. Niemand ist verpflichtet, Geschenke zu machen.«

»Zu Weihnachten schon.«

»Nein. Das tut man aus Zuneigung und zur Feier des Tages. Und es wäre gerecht gewesen, wenn der eine oder andere von euch etwas Besseres bekommen hätte als die übrigen.«

»Nein, das wäre nicht gerecht.«

»Doch! Jeder kann Geschenke geben, wie es ihm beliebt.«

»Ja, aber gerecht verteilt waren sie trotzdem«, sagte Avery. »Sogar du bist gerecht gewesen, nicht wahr? Jeder von uns hat ein schönes Buch.«

»Er begreift das nicht«, bemerkte Horace zu Mortimer. »Kinder bilden sich ein, daß sie auf alles einen Anspruch haben.«

»Nun, das ist wohl der Fall. Der Anlaß konnte nicht übergangen werden.«

»Mir ist diese Verquickung von Vergnügen und Ernst nie selbstverständlich gewesen.«

»Uneingeschränktes Vergnügen wäre wohl das Beste. Aber alles hat einen Pferdefuß.«

»Schaut her!« sagte Horace zu den Kindern. »Diese halbe Krone gehört mir, und ich bin nicht verpflichtet, sie irgend jemandem zu geben. Wenn ich sie aber einem von euch gäbe, würden die anderen nicht finden können, daß das ungerecht ist, denn niemand hat ein Recht darauf.«

»Wenn einer Geburtstag hat, wäre es nicht ungerecht«, sagte Avery.

»Ihr anderen versteht, was ich meine, nicht wahr? Und jetzt werde ich euch allen zusammen die halbe Krone geben: Einen Sixpence für jeden.«

»Das ist gerecht«, sagte Avery.

»Psst!« verwies ihm Sarah.

»Ihr könnt davon für den Klingelbeutel nehmen und den Rest behalten. Was ihr in der Kirche gebt, ist eure Sache. Was werdet ihr also tun?«

»Ich werde einen halben Penny geben«, sagte Jasper leichthin, ohne die älteren Geschwister anzusehen.

»Ich gebe einen klitzekleinen Heller«, sagte Avery.

»Ihr macht also nicht das gleiche«, stellte Horace fest, ohne auf die unterschiedliche Bewertung der Nächstenliebe einzugehen. »Avery gibt nicht soviel wie Jasper, aber mit dem, was ihm gehört, kann er tun, was er will.«

»Ich gebe genauso viel!«

»Nein, ein Heller ist weniger als ein halber Penny.«

»Nehmen wir einmal an, daß jeder einen Penny gibt«, sagte das Fräulein, gleichermaßen die moralische Erziehung und das Resultat im Klingelbeutel im Auge.

»Ja, dann hat jeder noch fünf Pennies«, sagte Avery. Er fügte nicht hinzu, daß das gerecht sein würde.

»In einer Viertelstunde brechen wir zur Kirche auf«, sagte Horace in einem so veränderten Ton, daß es wie eine böse Überraschung wirkte und gegen jede Theorie sprach, wonach Religion sich natürlich in den Tageslauf einfügt. »Schluß mit Geschenken und Scherzen. Wir werden an anderes zu denken haben. Ihr solltet eine Weile ruhig sitzen, um in die rechte Stimmung zu kommen.«

»Ich habe einen Strumpf gehabt«, flüsterte Avery seiner Tante zu, als wären weltliche Interessen bis zu diesem Grad zwischen ihnen gestattet.

»Seid ihr euch alle über die Bedeutung dieses Tages klar?« fragte Horace mit einem forschenden Blick auf seine Kinder. Vorwurf klang aus der Frage.

»Ja, Vater«, versicherten die vier Älteren in überzeugtem und überzeugendem Ton, denn sie befürchteten, daß ihr Glaube auf die Probe gestellt werden und dann ein Vorwurf in der Tat gerechtfertigt sein könnte.

»Wie lang haben wir noch, bis wir gehen?« fragte Avery, als die Großen sich zurückgezogen hatten, und fing an, seine Besitztümer zu ordnen.

»Ungefähr fünfzehn Minuten«, sagte das Fräulein.

»Noch fünfzehn Minuten – nein: vierzehn; nein: dreizehn«, sagte Avery, als liefen die Minuten in diesem Tempo ab.

»Du denkst an Sekunden«, sagte Sarah.

Ihr Bruder blickte sie betroffen an, als habe er die Zeit vorangetrieben.

Horace stand mit seinem Vetter und der Tante in der Diele. Er stellte sich vor, wie er auf die Kinder zu warten haben würde, und wartete gereizt auf den Eintritt dieser Situation.

»Kopf hoch! Gebetbücher in die Hand! Jungen außen, Mädchen innen! Jasper und Sarah, Marcus und Tamasin, Avery und das Fräulein, Vetter Mortimer und Tante Emilia und ich.«

»Vater zählt sich selbst als letzten«, stellte Avery fest.

»Wie Paare, die in die Arche Noah gehen«, meinte Tamasin.

»Eine biblische Szene paßt zum Weihnachtstag«, sagte Marcus. »Und wir schauen auch so altmodisch aus, daß wir sie spielen könnten.«

Sarah, die das nicht lustig fand, schwieg dazu.

»Die Kinder schauen aus wie Vogelscheuchen«, stellte Horace fest.

»Ihre guten Mäntel tragen sie so selten, daß sie keine neuen bekommen haben«, bemerkte Emilia in einem Ton, der keine Wertung enthielt. »Sie sind immer nur herausgewachsen.«

»Nun, sie können vor der Predigt gehen. Dann fallen sie nicht auf.«

»Ob das wohl das rechte Mittel zum Zweck ist?« bezweifelte Mortimer.

Zweifel überkamen auch Horace, als die Kinder, wie Orgelpfeifen abgestuft, in den Chorgang einschwenkten. Er wahrte Haltung, bis die untadelige Gestalt des Fräuleins als Nachhut auftauchte. Das Fräulein wuchs nicht aus ihren Kleidern heraus und erhielt daher immer wieder neue Kleider in einem Wechselspiel von Ursache und Wirkung, das Sarah als unlogisch empfand. Das Fräulein ließ die Kinder nicht aus den Augen, um damit hervorzuheben, daß so bedeutsame Wesen entsprechend beaufsichtigt wurden.

»So, jetzt sind wir aus dem Blickfeld«, sagte Tamasin. »Aber unser Auftritt ist nicht unbemerkt geblieben.«

»Es heißt, daß man Kinder sehen, aber nicht hören soll«, sagte Marcus. »Darauf gibt Vater heute nichts.«

»Ganz gewiß nicht«, bestätigte Sarah.

»Aber vor der Predigt zu gehen ist besser«, meinte Avery. »Besonders zu Weihnachten. Es wäre eine traurige Predigt, und es kann doch niemand, der heute lebt, etwas dafür.«

»Du meinst Ostern«, sagte Marcus. »Hörst du nie richtig zu?«

Avery sah ihn an und sagte nichts. Er hätte sich vielleicht bemüht, der Predigt zuzuhören, aber der übrige Gottesdienst schien ihm nicht dazu bestimmt.

»Gibt es Knallbonbons beim Dinner?«

»Ganz bestimmt«, sagte das Fräulein. »Ich weiß, daß eure Tante welche bestellt hat.«

»Ich werde fragen, ob wir zwei die unseren nach oben nehmen dürfen«, sagte Sarah. »Vielleicht erlaubt es Vater, weil es so

aussieht, als würden sie aufgespart. Und dann können wir Jasper den Teil geben, der explodiert.«
»Ich mag Knallbonbons und Feuerwerk immer weniger«, bekannte Avery ernsthaft. »Sogar nächstes Weihnachten werde ich sie nicht mögen. Wenn ich groß bin, werde ich sie überhaupt verbieten.«
»Dann wirst du immer ein kleines Kind bleiben«, sagte Jasper.
»Nein, ich werde ein Mann sein, der etwas verbieten kann.«
»Wo ist deine Bibel, Jasper?« fragte das Fräulein.
»In meiner Tasche, weil sie ganz zerfetzt ist. Ich wollte nicht, daß ich zu Weihnachten eine neue anstelle eines richtigen Buchs bekomme«, erwiderte Jasper, der in literarischen Belangen seine eigene Meinung hatte. »Vater hat es noch nicht bemerkt.«
»Er wagt kaum, uns anzuschauen«, sagte Tamasin.
»Und wir schauen auch ihn nicht gern an«, sagte Avery.
»Das Fräulein weiß nicht, was sie sagen soll«, stellte Tamasin fest. »Das kommt bei ihr oft vor.«
»Ich möchte nicht ein Fräulein sein«, meinte Jasper.
»Nein, du wärst ja auch nicht so nett, nicht wahr?« sagte Avery.

Die Lambs und die Doubledays versammelten sich in der Diele, und Horace musterte seine Kinder, als hätte er von ihrer Seite keine Störung zu gewärtigen.
»Gut, daß unsere anderen Kleider nicht so schäbig sind wie die Mäntel«, bemerkte Tamasin zu Marcus. »Vor der Predigt kann man hinausgehen, aber vor dem Essen wäre das wohl kaum möglich.«
»Das also sind die jungen Herren und Damen«, sagte Gertrude. »Und ein sehr junger Herr ist auch dabei.«
»Zwischen den vier Älteren ist jeweils nur ein Jahr Abstand, Mutter!« teilte ihr Magdalen mit, als sei das eine große Überraschung.
»Ich fürchte, wir tragen einiges zu dem Gedränge bei«, sagte Gertrude zu Emilia, als müßte sie sich wappnen für den Fall, daß man die Doubledays des Hauses verwiese.

»Wir freuen uns auf die große Tafelrunde«, entgegnete Emilia, die es für angebracht hielt, den Tatbestand auf andere Weise zu bewältigen.

»Aber wir müssen uns bewußt bleiben, um wieviel höher die Person eingeschätzt würde, deren Platz wir einnehmen«, sagte Magdalen.

»Wir haben ein schlechtes Gewissen, daß wir überhaupt diesen Platz auszufüllen versuchen«, sagte ihre Mutter.

Emilia lächelte zu diesen Beteuerungen.

»Mutter hat nicht drei Stühle gebraucht«, sagte Marcus.

»Ganz gewiß nicht«, bestätigte Gertrude freundlich. »Es geht auch garnicht darum, irgendeinen Platz auszufüllen. Das war nicht das richtige Wort dafür.«

Horace lächelte seinen Gästen zu, wie er es immer tat, wenn seine Kinder vor anderen Leuten etwas sagten, womit sie ihm bei solchen Anlässen in der Tat das einzige Vergnügen bereiteten, das ihre Gegenwart bewirken konnte.

»Plaudertaschen sind sie offensichtlich nicht«, sagte Gertrude.

»Sie sind nicht gewohnt, mit den Großen an einem Tisch zu essen«, sagte Horace.

»Wir haben das noch nie getan«, sagte Jasper.

»Aber doch mit den Großen eurer Familie.«

»Oh ja, das schon.«

Horace, dem der dadurch bewirkte Eindruck familiärer Ungezwungenheit willkommen war, stimmte in das darauf folgende Gelächter ein.

»Wir spielen gar keine Rolle«, sagte er zu Gertrude.

»Das heißt, Sie spielen genau die richtige.«

»Sollen wir schon jetzt mit den Knallbonbons anfangen?« fragte Horace und nahm eines vom Tisch. »Der jüngste und der älteste Mann der Familie werden den Startschuß geben.«

Avery wich zurück und blickte zu Sarah.

»Dürfen Avery und ich unsere Bonbons nach oben nehmen und später aufmachen?«

»Nein, natürlich nicht«, sagte der Vater. »Die Knallbonbons sind da, damit wir alle Spaß daran haben, nicht für Leute, die sie davontragen. Los, Avery! Ein Ruck und ein Knall zum Aufwachen! Wir wollen keine Dösköpfe am Weihnachtstag.« Diese Worte schienen eine notwendige Klarstellung zu beinhalten. Gideon spürte, daß sie die Antwort auf eine Frage gaben, und Mortimer wußte, worum es sich handelte.

Mit aller Kraft, in die er auch seine Abneigung übertrug, stemmte sich Avery dagegen, verlor aber den Halt, worauf der Vater an seinem Stuhl zurücktaumelte, das Knallbonbon jedoch im Griff behielt und damit dem Sohn auf die Schulter klopfte, bevor er es ihm wieder hinstreckte.

»Festhalten und ziehen!« riet Jasper und sah drein, als juckten ihm selbst die Finger.

»Reiß kurz an, dann geht es leicht ab«, sagte Sarah ruhig.

Avery tat es. Horace war darauf nicht gefaßt: Also war es diesmal Avery, der hintüber fiel.

»Komm, setz dich auf und probier's nochmal«, sagte Horace. Ohne darauf zu achten, daß der Sohn sich den Kopf angeschlagen hatte und seine Augen sich mit Tränen füllten, saß er mit ausgestreckter Hand und ungeduldig trappenden Füßen da. »Die anderen warten schon, daß sie drankommen: Wir sind nicht die einzigen am Tisch. Man könnte meinen, daß du noch nie ein Knallbonbon gesehen hast.«

»Er hat seit einem Jahr keines gesehen«, sagte Emilia. »Er hat keine Gelegenheit gehabt, sich an Knallbonbons zu gewöhnen.«

»Nun, jetzt hat er die Gelegenheit«, erwiderte Horace leichthin.

»Der Kleine weint, Mutter«, sagte Magdalen mit gedämpfter Stimme, als wäre sie nicht sicher, ob eine solche Bemerkung schicklich sei.

Gertrude lächelte und bestätigte diese Vermutung, indem sie nichts entgegnete.

»Deswegen weinen!« rief Horace, ohne den Sohn anzublikken. »Was für ein Junge! Vielmehr: Was für ein Baby! Kommt,

115

ihr anderen Jungen, und zeigt ihm, wie man es macht! In jede Hand ein Knallbonbon, Jasper! In jede Hand ein Knallbonbon, Marcus! So geht das!«

Die Jungen nützten ihre Chance. Avery schaute zu. Beeindruckt von soviel Mut und ein wenig besorgt wegen des Verschleißes folgte er dem Inhalt der Knallbonbons mit den Augen. »Magst du jetzt noch einen ziehen, bevor alle aus sind?« fragte Horace, weil er einsah, daß es an Nachschub für seine Methode mangelte.

»Darf ich die Sachen, die herauskommen, für mich haben?«

»Meinetwegen. Nimm sie dir«, sagte Horace, der für dieses ökonomische Anliegen eine gewisse Sympathie empfand, und schob mit der Hand einiges zu einem Häufchen. »Der Rest ist für die Mädchen. Unser Baby will keines.«

Avery, der sich in dieser Rolle wohl fühlte, sammelte das Zeug ein und schaffte es beiseite. Ihm ging es um Dinge, die ihm etwas bedeuteten, und dazu zählte die Meinung seines Vaters nicht.

»Jetzt könnt ihr dann alle nach oben verschwinden«, sagte Horace. »Wir werden bald die Tafel aufheben. Bullivant und George freuen sich schon auf ihr eigenes Dinner. Sie müssen warten, bis wir abgegessen haben.« So einfach und natürlich, ließ er durchblicken, funktionierte der Haushalt.

»Damit sie haben können, was wir übriglassen?« fragte Avery mitfühlend. »Und das ist eine ganze Menge, nicht wahr?«

»Natürlich nicht«, berichtigte der Vater. »Sie kriegen ihr eigenes Weihnachtsessen, so wie du. Du bist nicht der einzige, für den es zu Weihnachten ein paar Extras gibt.«

»Nein, für alle«, nahm Avery befriedigt zur Kenntnis. »Und es sind nicht nur ein paar Extras, nicht wahr? Es sind eine ganze Menge.«

Als die Tür sich hinter den Kindern schloß, wandte sich Gertrude zu Horace.

»Es muß eine schwierige Aufgabe sein, das richtige Verhältnis zwischen Nachsicht und Strenge zu wahren – das heißt: zwischen Neigung und Pflicht. Ich weiß, wie sehr man versucht wird, das Angenehmere zu wählen.«

»Die Frage ist, ob das, was im Augenblick gut erscheint, auch wirklich gut ist«, meinte Horace. »Wer sein Bestes tut, bleibt oft unbedankt.«

»Nein«, widersprach Gertrude, ruhig und bestimmt: »Die Saat geht auf, selbst wenn es lange braucht. Auch ich habe meine liebe Not mit der Jugend gehabt.« Sie ließ den Blick auf ihren Kindern ruhen.

»Mit der Zeit erholt sich die Mutter wieder, aber einige Probleme bleiben erhalten. Sie begleiten mich gewissermaßen.«

»Ja. Ja. Unsere ureigenen Probleme lösen sich nie zu Ende.«

»Die Kinder haben sich nicht von uns verabschiedet«, bemerkte Magdalen zu Mortimer.

»Ihre Umgangsformen sind nicht sehr ausgebildet.«

»Sie müssen ihre Mutter sehr vermissen.«

»Ja. Und da kann ihnen niemand helfen.«

»Nach der Art, wie sie auf Sie schauen, würde ich sagen, daß Sie in ihren Augen eine Sonderstellung haben.«

»Das ist eine gute Definition meiner Person. Ich gehöre nirgends hin.«

»Das habe ich nicht behauptet.«

»Nun ja, soweit konnten Sie wohl nicht gehen.«

»Ich habe es auch nicht gedacht.«

»Nett von Ihnen, daß Sie es nicht sehen wollten. Es ist eine dumme Gewohnheit, den Tatsachen in die Augen zu schauen.«

Magdalen lachte, und Gertrude lächelte sofort zu ihr hinüber. Gideon bemerkte, daß es Zeit zu gehen wäre, und sie stand, seine Kenntnis des Hausbrauchs achtend, sofort auf.

»Hast du dein Gespräch mit Miss Lamb genossen?« erkundigte sie sich auf dem Heimweg. »Ich halte sie für eine interessante Frau.«

»Sie sich auch.«

»Ich würde sagen, daß sie für leeres Geschwätz bestimmt nichts übrig hat.«

117

»So ist es. Sie weiß, was sie will.«

»Du verdienst es nicht, außergewöhnliche Menschen zu kennen, wenn dich eben diese Außergewöhnlichkeit an ihnen stört.«

»Ich möchte wissen, was die Kinder jetzt tun«, sagte Magdalen. »Du nicht auch, Gideon?«

»Ich stelle mir nie das Leben meiner Schüler hinter den Kulissen vor.«

»Erstaunlich, daß du dem bei dieser Familie widerstehen kannst.«

»Manchmal staune ich über mich selbst, aber Prinzip ist Prinzip.«

»Anscheinend ist ihr Onkel sehr um sie besorgt.«

»Noch etwas, das ihr gemeinsam habt«, merkte Gertrude an: »Die Liebe zu Kindern.«

»Irgendwie ist man froh, daß er da ist und ein Auge auf sie hat, Mutter. Ich weiß nicht warum, aber dieses Gefühl habe ich.«

»Die Erklärung ließe sich nicht allzuschwer finden«, sagte Gideon. »Und doch müssen sie ganz allein in ihre tiefe, finstere Welt gehen.«

Das hatten die Kinder getan, wie Gideon vermutete, und sie fanden dort das Fräulein, das sie erwartete.

»Hoffentlich ist nichts passiert?« sagte sie und blickte die Kinder fragend an.

»Nichts Unangenehmes«, sagte Tamasin: »Wenn es das ist, was Sie meinen.«

»Eine kleine Reiberei wegen Averys Knallbonbons«, sagte Sarah. »Nichts Wichtiges.«

»Ich habe keines aufgerissen«, teilte Avery zur Beruhigung des Fräuleins mit.

»Nun, ihr könnt eure neuen Bücher lesen, während ich beim Essen bin. In einer Stunde bin ich wieder hier.«

»Ich mag nicht lesen«, sagte Jasper.

»Warum nicht? Es gibt immer etwas zu lernen. Es muß nicht unbedingt ein Schulbuch sein, um daraus zu lernen.«

»Das findet auch Jasper«, sagte Tamasin.

»Ich werde jedem ein Bonbon geben«, verkündete Avery und lief mit einer Miene, als werde er damit alle Probleme lösen, zu seiner Bonbonniere. »Ich werde jedem eines aus meiner Schachtel geben, weil heute Weihnachten ist.«

Er öffnete die Bonbonniere und betrachtete den Inhalt, pflückte das kleinste Bonbon heraus und gab es Tamasin, nahm das nächstgrößere und lief zu Marcus, desgleichen mit zwei weiteren Bonbons zu Jasper und Sarah. Das letzte Bonbon war ein Prachtstück, und Averys Augen konnten sich nicht davon trennen, als es seine Hand verließ. Daß er mit seinem Eigentum nach Belieben verfahren durfte, wurde nicht in Frage gestellt. Sie dankten ihm und aßen die Bonbons, wobei Jasper seines auf einmal in den Mund stopfte. Sein Bruder blickte ihn gekränkt und überrascht an. Dann wählte Avery zwei Bonbons für sich selbst aus, verteilte ein paar Spielsachen auf der Bonbonniere und kam zurück zu den Geschwistern.

»Soll ich dir eine Kiste für deine Spielsachen geben?« fragte Jasper.

»Ja«, sagte Avery zögernd.

»Meine Kiste, die ich aus richtigem Holz gemacht habe?«

»Vielleicht könntest du mir sie leihen?« sagte Avery. Er hatte das Gefühl, daß dies eine billigere Gegenleistung verlangen würde, und sah dabei hinüber zu den Sachen, die zweifelsohne irgendwo untergebracht werden mußten.

»Was gibst du mir dafür?« fragte Jasper, über den Vorschlag hinweggehend.

Avery überlegte mit der Gelassenheit eines Spielers, der erst gar nicht erwartet hatte, daß seine erste Karte stechen könnte.

»Du darfst mein Buch lesen.«

»Aber du darfst mein Buch auch lesen. Das zählt nicht.«

»Ich werde dir beide vorlesen«, erbot sich Avery, der zum geschriebenen Wort eine innigere Beziehung hatte als Jasper.

»Nein, Marcus liest mir im Bett vor. Davon habe ich nichts.«

»Ich gebe dir noch ein Bonbon.«

»Gibst du mir die Bonbonniere aus Karton für meine Kiste aus festem Holz?«

Avery bedachte ohne Eile diesen Vorschlag.

»Und die Kiste gehört dann mir? Du wirst sie nicht verwenden oder von mir wollen, daß ich sie dir borge?«

»Nein. Ich baue gerade eine andere. Aber diese ist die beste.«

»Wird sie auch die beste sein, wenn die andere fertig ist?«

»Ja. Sie ist aus einem härteren Holz.«

Avery zögerte kurz, schob dann die Bonbonniere seinem Bruder hin, zog sie wieder zurück und gab ihr schließlich einen endgültigen Stoß, prüfte die hölzerne Kiste, ob sie so gut war, wie sie aussah, stellte sie befriedigt hin und fing an, seine Besitztümer einzuordnen. Jasper widmete sich den Bonbons, und Avery drückte ihm auch noch die zwei übrigen Bonbons in die Hand, um sich ganz seinen Spielsachen zuzuwenden, wobei er bald zu sich, bald zu ihnen sprach.

»Schling die Bonbons nicht so hinunter«, sagte Sarah zu ihrem Bruder. »Die Hälfte ist schon weg, und du hast deine Kiste dafür eingetauscht.«

»Und wenn schon. Ich kann eine neue Kiste bauen. Mir geht es nicht so sehr um die Kiste als um das Bauen«, erwiderte Jasper. Enttäuscht, daß Appetit so bald gestillt war, ruhte sein Blick auf den Bonbons.

Avery ließ die Spielsachen liegen und lief zu seiner Schwester.

»Ich habe Jasper meine Bonbonniere gegeben. Und die zwei Bonbons, die ich in der Hand gehabt habe, habe ich ihm auch gegeben«, sagte er, und seine Stimme klang erleichtert, als er sich abwandte. »Für seine Kiste, damit ich meine Sachen darin aufheben kann, und er hat am liebsten nur das Kistenbauen.«

»Nun, du mußt nicht traurig sein. Du hast es aus freiem Willen getan.«

»Ich werde immer die Kiste haben. Und die Bonbons essen die anderen. Sogar Jasper gibt ihnen welche. Aber ich habe jedem von euch eines gegeben, nicht wahr?« Avery sah auf die Bonbons und erwog, ob er Ansprüche geltend machen könnte, kam dann aber zu einem eigenen Schluß und kehrte zu seinen Sachen zurück.

Das Fräulein trat ein und blickte um sich.

»Warum liest du nicht dein neues Buch, Jasper?«

»Ich borge es den anderen, wenn sie es mögen. Marcus liest es gerade.«

»Warum liest er nicht zuerst sein eigenes Buch?«

»Weil es eine gekürzte Fassung ist«, antwortete Marcus, ohne aufzuschauen. »Ich habe gern ganze Bücher, nicht nur Stücke daraus.«

»Vielleicht wäre das ganze Buch nicht für dich geeignet«, meinte das Fräulein in dem Bestreben, ihn mit seinem Geschenk zu versöhnen.

»Wenn du magst, können wir tauschen«, sagte Jasper. »Unsere Namen sind nicht hineingeschrieben. Ein gekürztes Buch ist nur dünner, aber mein Buch sieht ganz dick aus.«

»Ich bin nicht sicher, ob euer Vater will, daß ihr tauscht.«

»Er wird nichts dagegen haben« meinte Avery. »Sie kosten deshalb nicht mehr.«

»Vielleicht wird euch Sarah etwas aus ihren ›Shakespearegeschichtenbuch‹ vorlesen«, schlug das Fräulein vor, Sarah als dessen Eigentümerin betrachtend.

Die anderen scharten sich um die Schwester; Tamasin klappte ihr Buch zu, und Marcus benützte einen Finger als Lesezeichen. Sarah las vor, wie sie es schätzten, indem sie den Text ohne überflüssiges oder störendes Pathos wiedergab, und die Geschwister saugten die Worte ein, als ob dies für sie der einzige Zugang wäre. Das Fräulein hörte mit demselben Interesse und als vertrautes Mitglied des Publikums zu. Avery hielt einen Zinnsoldaten in der Hand, mit dem Gesicht zu der Vorleserin, und rückte ihn hin und wieder zurecht mit einem Ausdruck, den man nur als mütterlich bezeichnen konnte.

»Und jetzt gibt es Tee«, sagte das Fräulein. »Beeilt euch! Euer Vater will nicht, daß ihr euch gehen laßt, nur weil Weihnachten ist.«

Avery wählte ein paar Spielsachen aus und stellte sie zu seinem Platz auf den Tisch, wobei er sie mit der Hand vor den Blicken der anderen schützte.

»Zwei Kuchen für jeden«, sagte Jasper.

»Ich mag nur einen«, sagte Avery rasch und bot seinem Zinnsoldaten ein Stück von seinem Kuchen an.

»Nicht spielen, Avery!« verwies ihn das Fräulein. Es klang zu mechanisch, um als Ermahnung verstanden zu werden.

»Ich hörte Schritte auf der Treppe«, sagte Tamasin. »Ich habe schon gespürt, daß ein Kontrollbesuch fällig ist.«

»Vater will nur bei uns hereinschauen«, sagte Avery und warf einen hilfesuchenden Blick zu dem Fräulein.

»Nun, so geht der Weihnachtstag zu Ende«, sagte Horace. »Ich hoffe, es ist ein schöner Tag gewesen.«

Leider war dies nicht als Frage geäußert, so daß niemand antwortete.

»Hat er euren Erwartungen entsprochen? Ihr werdet doch eure eigene Meinung haben?«

»Ja, Vater«, sagte Jasper.

»Ich habe einen Strumpf bekommen«, sagte Avery.

»Das weiß ich, und die anderen waren zu alt dafür. So war es für alle richtig.«

Eine Pause entstand.

»Ihr habt euch keine Strümpfe gewünscht, nicht wahr?«

Noch immer herrschte Schweigen.

»Ihr habt euch Strümpfe gewünscht!« rief Horace. So schwer fiel es ihm, das zu glauben, daß ihm fast die Stimme versagte.

»Tamasin ist erst zehn«, sagte Marcus. »Und Jasper und Sarah haben noch mit elf und zwölf welche bekommen.«

»Was sehr unpassend war! Darum habe ich diesen Unfug nicht mehr durchgehen lassen. Ihr wollt euch doch nicht lächerlich machen? Oder wollt ihr das?«

»Kinder kriegen Strümpfe.«

»Ihr wollt!« schlußfolgerte Horace. »Da steht vor mir ein

Junge von fast zwölf Jahren, hat schöne Weihnachtsgeschenke bekommen, hat einen schönen Weihnachtstag hinter sich, hat schon einen Hauslehrer –: Aber das alles genügt diesem Jungen nicht, weil er keinen Strumpf voll Spielsachen hat! Nie hätte ich mir das einfallen lassen! Ich kann es kaum glauben!«

»Komisch, nicht wahr?« sagte Avery unsicher.

»Aber ihr zwei Ältesten habt keine Strümpfe haben wollen? Oder?«

Wieder eine Pause.

»Ihr habt!« rief Horace mit überkippender Stimme.

»Wir waren daran gewöhnt, Vater«, sagte Sarah.

»Gewöhnt wart ihr auch an eure Gehschule und Buchstabenwürfel. Dabei habt ihr auch nicht stehen bleiben wollen. Aber vielleicht doch? Sehr merkwürdig! Wolltet ihr euer Leben lang Strümpfe haben?«

»Nur bis wir älter sind.«

»Dann wissen wir, was wir nächstes Jahr zu tun haben! Aus mit Geschenken, aus mit dem Essen bei den Großen, aus mit allem, was irgendwie Sinn gehabt hätte – und statt dessen ein Strumpf voll Krimskrams! Nun ja, das wird einfacher und billiger.«

»Wir haben Strümpfe gehabt und Sachen auch«, sagte Marcus.

»Ah, darum geht es! Man hat euch etwas vorenthalten! Das also wurmt euch. Man hat euch etwas weggenommen. Nun, ich hoffe sehr, daß der Lehrer euch diese primitive Raffsucht austreiben wird. Sehr unschön ist das! Außerdem habt ihr vorher gewußt, daß ihr keine Strümpfe hinhängen sollt.«

»Tante Emilia hätte sie ihnen geben können«, meinte Avery.

»Ich bin froh, daß ich das verhindert habe. Ich bin froh, daß ich dem stummen Druck nicht nachgegeben habe. Das also war es, was in der Luft hing! Ich habe gespürt, daß es da etwas gibt. Bitte, Fräulein, sehen Sie mich an: Hier stehe ich, und man bombardiert mich mit Vorwürfen, nur weil es keine Weihnachtsstrümpfe mehr gibt!« Horace sprach wie von Lachen geschüttelt, das er nicht unterdrücken konnte. »Weihnachtsstrümpfe für so große Jungen und Mädchen! Was sollen wir da machen?«

Das Fräulein bot keine Lösung an.

»Gut denn«, sagte Horace mit veränderter Stimme. »Jetzt werden wir nach unten gehen, und ich werde euch die Weihnachtsgeschichte vorlesen –: die wahre Geschichte hinter all dem, was wir heute getrieben haben, hinter all den guten Sachen rund um uns. Und nachher kommt ihr wieder herauf und seid still, bis ihr zu Bett geht.«

»Wird es traurig sein?« erkundigte sich Avery bei Sarah, als sie zur Treppe gingen.

»Nein. Es ist über das Kind, das geboren wird.«

Avery kehrte um, griff rasch ein paar Spielsachen aus seinen Beständen und faßte dann wieder nach der Hand seiner Schwester.

»Wir werden uns jetzt um das Feuer setzen«, sagte Horace. »Nein, nicht so nahe, daß unsere Gedanken mehr bei der angenehmen Wärme sind als bei wichtigeren Dingen. Was sind das für Spielsachen, Avery?«

»Die hören zu«, teilte Avery mit und richtete sie auf den Vater hin aus.

Horace erhob gegen diese Erweiterung seiner Zuhörerschaft keinen Einwand, er schien sogar davon angetan.

»Welches Evangelium möchtet ihr?« fragte er in einem Ton, der die Sachkenntnis der Kinder voraussetzte.

»Matthäus«, sagte Marcus.

»Sind alle einverstanden?«

»Ja, Vater«, bestätigten vier Stimmen im Chor, und Avery blickte bewundernd auf seine Geschwister.

»Wir haben eine schöne Zeit gehabt, und jetzt dürfen wir der Versuchung, den tieferen Grund dafür zu vergessen, nicht nachgeben. Wir müssen uns die wahre Bedeutung dieses Tages vor Augen halten. Was hast du da zu lachen, Tamasin? Ich will eine Antwort hören!«

Tamasin und Marcus bemühten sich, ihr Lachen zu verbeißen.

»Lacht euch nur aus«, forderte Horace sie in einem Ton auf, als würde er damit seine Nachsicht auf die Spitze treiben.

Die Kinder waren sofort ernst.

»Lacht euch aus!« befahl Horace mit einem heftigen Nicken.

Alles andere wäre ihnen leichter gelungen.

»Wenn eure Heiterkeit nur gespielt war, werden wir diese Vorführung abbrechen und jetzt unsere Lesung anfangen. Ich denke nur an euer Bestes. Zu meinem Vergnügen mache ich es nicht.«

Horace blickte auf Marcus und Tamasin. Dann stand er auf, klappte das Buch zu und ging aus dem Zimmer.

Marcus und Tamasin waren noch immer verdattert; Jasper tat uninteressiert; Sarah wahrte eine undurchdringliche Miene; Avery bewies Verständnis, indem er von Zeit zu Zeit kurz und gezielt auflachte.

»Warum lachen sie eigentlich so viel?« fragte er Sarah.

Die Frage entspannte die Situation, ihre Opfer sahen einander und der Zukunft in die Augen.

»Wird Vater wieder lesen?« fragte Avery. »Du und ich und Jasper haben nicht gelacht.«

»Ich weiß nicht. Ich an seiner Stelle würde es nicht tun«, sagte Sarah.

Avery blickte sie nachdenklich an.

»Es ist nicht immer Vaters Schuld, nicht wahr?« tastete er sich auf seine Weise vor.

»Wir gehen besser nach oben. Wir sollen nicht im Eßzimmer sitzen.«

»Und Marcus und Tamasin müssen hierbleiben?« fragte Avery, entsetzt von der Vorstellung, die Übeltäter in einer solchen Umgebung zu lassen.

»Vater ist ständig darauf zurückgekommen, um wieviel lieber ihm die alltäglichen Dinge sind als die Religion«, erklärte Marcus.

»Religion ist natürlich etwas Ernstes«, sagte Sarah. »Das stimmt schon.«

»Etwas Trauriges, nicht wahr?« sagte Avery. »Aber manchmal muß man trotzdem darüber reden.«

»Genau das hat Vater gesagt.«

»Wenn es darauf ankommt, seid ihr auf Vaters Seite«, sagte Avery, halb zu sich selbst.

»Nun? Habt ihr eine schöne Lesung gehabt?« erkundigte sich das Fräulein.

»Wir haben nicht gelesen«, teilte ihr Jasper mit.

»Marcus und ich haben gelacht«, erläuterte Tamasin.

»So sehr?«

»Ja, so sehr«, bestätigte Avery würdevoll.

»Warum sollten wir ausgerechnet am Weihnachtsabend unbeschwert zu Bett gehen?« sagte Tamasin.

»An diesem Abend sollten wir das alle«, meinte das Fräulein.

»Es ist ein guter Abend, nicht wahr?« sagte Avery mit einem Blick auf seine Besitztümer, als ob sie ihm zustimmten.

»Soll ich euch vorlesen?« fragte das Fräulein.

»Die Weihnachtsgeschichte würde vielleicht zu unserem Seelenheil beitragen«, meinte Tamasin.

»Nein, die hat euer Vater vorlesen wollen«, sagte das Fräulein, als wäre das nicht so einfach abzutun. »Wie wäre es mit noch einer Geschichte aus Sarahs Buch, wenn sie es uns erlaubt?«

»Dieselbe Geschichte! Dieselbe Geschichte!« greinte Avery.

»Hat jemand etwas dagegen, sie noch einmal anzuhören?«

»Nein«, antworteten Marcus und Tamasin aus dem Gefühl, daß es ihnen im Augenblick nicht anstünde, etwas dagegen zu haben.

»Nein«, schloß sich Jasper an, der auch sonst nichts dagegen gehabt hätte.

»Nein«, sagte auch Sarah, deren Abneigung sich gegen andere Dinge richtete.

»Nun? Was für ein Buch habt ihr da?« Die Frage kam von dritter Seite. Horace stand vor ihnen.

»Die Shakespearegeschichten, Sir. Das Buch, das Sarah von

Ihnen geschenkt bekommen hat«, antwortete das Fräulein in einem Ton, der keinerlei diplomatische Hintergedanken durchklingen ließ.

»Ihr könnt also doch zuhören«, stellte Horace fest.

»Wir hören gern zu, wenn wir etwas noch nicht kennen«, sagte Marcus.

»Und selbstverständlich kennt ihr den Ursprung unseres christlichen Glaubens.«

»Sarah und ich haben zugehört«, sagte Jasper.

Avery war offenbar im Zweifel, ob der Grad seiner Aufmerksamkeit eine solche Behauptung gestattete.

»Das Fräulein könnte uns jetzt die Geschichte vorlesen«, meinte er.

»Nein, das Fräulein hat etwas anderes angefangen«, sagte Horace.

»Dann könnte es Vater vorlesen«, meinte Avery, ohne jemanden anzublicken.

»Wollt ihr, daß ich euch vorlese?« fragte Horace.

»Ja, bitte, Vater«, sagte Jasper, als schlüge er damit den Ton für die übrigen Geschwister an.

»Ja, bitte, Vater«, fielen Tamasin und Marcus ein.

»Machst du eine Ausnahme, Sarah?«

»Nein, Vater.«

Sofort hatte das Fräulein eine Bibel für Horace bereit und setzte sich selbst mit leeren Händen dazu, ohne Buch oder Handarbeit. Avery hielt die Spielsachen hinter seinem Stuhl verborgen, als wäre ihre offizielle Teilnahme unter diesen Umständen nicht schicklich.

Auf eine Kontrolle, ob man seinen Worten mit dem gebotenen Ernst folgte, verzichtete Horace. Das stand außer Zweifel.

V »Guten Morgen, Miss Buchanan«, wünschte Gertrude.

Miss Buchanan, die kein überflüssiges Wort zu verlieren pflegte, sah schweigend über ihren Ladentisch.

»Dieses milde Wetter macht alles leichter, nicht wahr?«

Miss Buchanan war nicht verpflichtet, sich zu äußern, und enthielt sich dessen.

»Finden Sie, daß es sich günstig auf den Geschäftsgang auswirkt? Oder hält sich der auf einem Durchschnitt?«

Miss Buchanan blickte nach oben, als sehe sie keinen Grund für diese Frage oder für eine Antwort. Konversation aus Höflichkeit zählte bei ihr nicht; so etwas ufert zu leicht aus und bringt nichts ein. Miss Buchanan strebte nach Verdienst, denn davon lebte sie.

Sie war eine dicke, schwerfällige, farblose Person von achtundfünfzig Jahren mit plumpen Händen und Füßen, dichtem, straff anliegendem Haar, einem vollen, flächigen Gesicht mit vagen Zügen und kleinen, blassen und flinken Augen. Wie sie gekleidet war, fiel auch ihr selbst nicht auf, und ihre Miene war betont unfreundlich. Sie betrieb einen Kramladen, der seinem Namen Ehre machte, denn es gab darin alles, was der Kulturmensch benötigte, und manches Überflüssige auch. Außerdem wurden hier, wie auf einem Anschlagbrett zu lesen war, Briefe in Empfang genommen und ausgefolgt.

Diesem Nebenerwerbszweig widmete sich Miss Buchanan mit einem zwiespältigen Gefühl, das bei jenen, die sich darauf einließen, zur Entspannung der ohnehin schon geladenen Atmosphäre nicht beitrug. Zu ihren Kunden zählte Gertrude Doubleday, die durchgesetzt hatte, daß zu Hause alle Korrespondenz offen zur Einsicht auflag, und daher selbst auf solche Schleichwege angewiesen war, wenn sie das umgehen wollte. In ihrem Leben gab es keine Nachtseite und keine düsteren Geheimnisse, nur einige Verwandte in so mißlichen Verhältnissen, daß es nicht angebracht war, sich offen zu ihnen zu bekennen.

Selten läßt das Rätsel der menschlichen Persönlichkeit eine einfache Lösung zu, aber Miss Buchanan war diesbezüglich eine Ausnahme. In ihrer Jugend hatte es zwar Schulen gegeben, aber keine Schulpflicht, und ihre Eltern hatten es vorgezogen, zum letztendlichen Wohle der Tochter deren Arbeitskraft ohne Verzug für sich in Anspruch zu nehmen. Die Folge davon war, daß sie nicht lesen und schreiben konnte. Aus der Tatsache, daß sie jenen, die diese Kunst beherrschten, gewisse Dienste anbot, wäre vielleicht zu schließen gewesen, daß sie sich irgendwie zu ihnen hingezogen fühlte, wenn dies nicht ihrer Grundeinstellung widersprochen hätte. Sie lebte in der Angst, daß die Wahrheit ans Licht kommen könnte, mißtrauisch und menschenscheu. Statt einen Mann zu nehmen, der um ihr Geheimnis gewußt hätte, oder Freunde zu haben, die Verdacht schöpfen konnten, war sie lieber allein geblieben. Wenn sie darauf nicht angewiesen gewesen wäre, hätte sie auf Kunden überhaupt verzichtet. Diese Leute zeigten ihr Briefe, spielten auf irgendwelche Zeitungsartikel an und bewiesen auch sonst, wie sehr ihr ganzes Dasein von Geschriebenem bestimmt war. Miss Buchanan hätte das Versäumte nachholen können, aber die Kluft war nachgerade unüberbrückbar. Niemand sah sie als tragische Figur; niemand ahnte, was sie leistete. Sie ließ sich nicht unterkriegen und wahrte ihr Geheimnis.

Die Namen auf den Briefen mußte ihr der Briefträger vorlesen. Handgeschriebenes, sagte sie, sei für sie zu schwierig zu entziffern. Das war freilich die reine Wahrheit. Übung befähigte sie, die Namen für eine Weile im Gedächtnis zu behalten. Sie führte keine Konten, verkaufte nur gegen Barzahlung und hatte durch den ständigen Umgang mit Geld gewisse rechnerische Fertigkeiten entwickelt. Zweifellos wäre sie eine gute Schülerin gewesen. Mit einem Buch sah man sie nie, da sie zu klug war, um sich auf eine solche Tarnung einzulassen, dafür aber oft mit einem Stickrahmen. Beides war im Dorf durchaus normal. Hin und wieder tauchte etwas Gesticktes im Ladenfenster auf. Niemand interessierte sich dafür, was mit dem Rest passierte.

Gertrude sah sich nach irgend etwas Brauchbarem um, denn

sie tat immer so, als sei der eigentliche Anlaß ihres Besuchs garnicht wichtig.

»Haben Sie Reis, Miss Buchanan?«

»Keine Post für Sie«, erwiderte Miss Buchanan und suchte in ihren Regalen.

»Aber den richtigen Reis, hoffe ich. Für Curryreis. Nicht den Reis, den man für Pudding nimmt.«

Miss Buchanan tauschte, ohne den Ablauf ihrer Bewegungen zu unterbrechen, die Behälter aus und packte die Tüte ab, ohne sich nach weiteren Wünschen, für die kein Grund bestanden hätte, zu erkundigen.

»Ein unberechenbares Wetter«, sagte Gertrude.

Miss Buchanan schob ihr das Päckchen hin.

»Wollen Sie kein Geld für den Reis?« fragte Gertrude lächelnd.

Miss Buchanan streckte die Hand vor.

»Tut mir leid, daß ich es nicht kleiner habe«, sagte Gertrude und gab ihr eine Münze.

Miss Buchanan griff in die Lade und gab Gertrude das Wechselgeld.

»Ich beneide Sie um Ihr Geschick mit Zahlen. Das ist eine Gabe, die ich gern hätte.«

Miss Buchanan fand es nicht unnatürlich, daß eine Gabe beiden Geschäftspartnern zugut kam. Sie sah Gertrude in die Augen.

»Eine armselige Gabe«, brach es plötzlich aus ihr hervor.

»Oh, ich weiß nicht. Es gibt bescheidene Talente, die garnicht so häufig und sehr nützlich sind – wenn man da überhaupt von ›bescheiden‹ reden will. Sie waren es, die von einer kleinen Gabe gesprochen hat.«

Miss Buchanan verfolgte das Thema nicht weiter. Jedes Thema, fand sie, führte in die eine Richtung, nämlich zu Büchern.

»Ich werde noch ein paar Minuten warten, bis diese Wolken vorbei sind.«

Miss Buchanan schwieg.

»Wenn ich darf.«

»Ja.«

»Der Briefträger ist hier«, sagte Gertrude, ging zur Tür und übernahm einen Brief.

»Den Brief hätten Sie nicht nehmen dürfen. Die Leute würden sich die Briefe nicht hierher schicken lassen, wenn sie nicht wollten, daß es vertraulich bleibt«, tadelte Miss Buchanan sie nahezu empört und sah ihr dann scharf in die Augen.

»Der Briefträger hat ihn mir in die Hand gedrückt«, erwiderte Gertrude ruhig. »Sie sollten ihm sagen, daß er die Post nur Ihnen geben soll.«

»Sie selbst hätten das auch nicht gern.«

»Oh, mich würde es nicht stören«, meinte Gertrude, lachte kurz und sah auf den Umschlag. »Außerdem gehört er mir. Also ist nichts Schlimmes geschehen.«

»Sie hätten den Umschlag nicht ansehen dürfen. Der Brief hätte auch für jemand anderen sein können.«

»Aber er ist für mich. Künftig werden wir beide besser aufpassen. Aber finden Sie nicht, daß Sie in Ihren Grundsätzen – und auch in Ihrem Benehmen – ein wenig flexibler sein könnten? Immerhin haben Sie selbst im Umgang mit den Briefen keine Hemmungen.«

Miss Buchanan warf einen Blick auf den Umschlag, als wollte sie Gertrudes Behauptung überprüfen.

»Ich nehme an, Ihre eigenen Briefe werden zusammen mit den anderen zugestellt?« sagte Gertrude in unverbindlichem Plauderton, um die Peinlichkeit der Situation zu überspielen. »Haben Sie auswärts viele Freunde, die Ihnen schreiben?«

»Nein«, sagte Miss Buchanan. Sie hatte keine solchen Freunde, konnte auch keine haben, denn sonst hätten sie ihr Briefe schreiben wollen.

»Dort drüben haben Sie Briefpapier. Darf ich es einmal sehen?«

Miss Buchanan reichte ihr einen Stoß, und Gertrude setzte ihre Brille auf.

131

»Für die Adresse auf dem Brief haben Sie die Brille nicht gebraucht.«

»Oh, der eigene Name ist einem so vertraut«, erwiderte Gertrude. Sie schaute über die Gläser hinweg auf Miss Buchanan und ließ sie dann sinken, um sich auf dem Regal umzuschauen. »Nein, nicht dieses Papier. Das andere, auf dem ›Zweite Qualität‹ steht, also das schlechteste. Ich brauche kein gutes Papier. Für Briefe an Freunde habe ich mein eigenes Papier mit Monogramm. Nein, machen Sie die Schachtel nicht auf: Es steht ja außen drauf, was darin ist.«

Mit einem Achselzucken, als sei sie gewöhnt, auf lästige Marotten einzugehen, stellte Miss Buchanan mehrere Schachteln vor Gertrude hin.

»Ja, das hier, bitte. Warum heben Sie nicht jedes für sich auf, zusammen mit den passenden Umschlägen? Dann müssen Sie nur ablesen, was auf der Schachtel steht, und Sie sparen sich viel Mühe.«

Durch die Selbstverständlichkeit, mit der sie die Schachteln an ihre Plätze zurückstellte, gab Miss Buchanan zu verstehen, daß sie am besten wisse, was sie zu tun hatte.

»Und jetzt das Blitzrechnen«, sagte Gertrude und gab ihr lächelnd eine Münze.

Mit unbewegter Miene gab Miss Buchanan das Wechselgeld heraus. Das Hin und Her einschließlich des Kommentars war für sie zu alltäglich, als daß eine Antwort nötig gewesen wäre.

»Soll ich Ihnen einmal ein Buch über den ›Zauber der Zahlen‹ borgen? Es ist einfach geschrieben, für Durchschnittsleser. Vielleicht würde Sie das interessieren.«

Ein gehetzter Ausdruck trat in Miss Buchanans Gesicht.

»Zum Lesen habe ich keine Zeit.«

»Aber doch dann und wann für ein paar Seiten? Wenn Sie abends allein sind.«

»Wenn ich lesen könnte, müßte ich nicht allein sein«, unterdrückte Miss Buchanan, und ihr Atem wurde dabei schneller.

»Oh, dieses stückchenweise Lesen!« sagte sie.

»Sie meinen, daß Sie ein ganzes Buch auf einmal zu Ende lesen möchten?«

»Nein, das meine ich nicht.«

»Vielleicht hätten Sie lieber etwas leichtere Lektüre? Oder lesen Sie überhaupt nicht gern? Es ist wohl so, daß schon die Zeitung fast Ihre ganze Freizeit ausfüllt.« Natürlich las Miss Buchanan auch keine Zeitung. Die Erklärung dafür fand sich nicht sofort und nötigte ihr einige Überlegung ab.

»Oh, Zeitungen! Die verdrehen einem nur den Kopf.«

»Sie möchten eine gezielte Auswahl?« fragte Gertrude. »Ich bin sicher, daß ich die Bücher kenne, die Ihnen gefallen würden. Ich werde Ihnen ein paar bringen, und Sie sagen mir dann, was Sie von ihnen halten. Ich weiß, daß Sie ehrlich sein werden.«

Miss Buchanan sah sich nicht in der Lage, dies zu versprechen. Sie tat, als sei ihr plötzlich etwas eingefallen und verschwand in einem Nebenraum.

Gertrude stand, mit dem Brief in der Hand, auf der Schwelle und schaute zum Himmel auf. Ihre Tochter sollte sie abholen, nun kam sie in Sicht, und Gertrude trat mit noch immer erhobenem Blick aus dem Laden.

»Die Wolken haben sich verzogen. Ich denke, wir können uns nachhause wagen.«

»So arg war es garnicht, Mutter. Und warum gehst du so weit zum Einkaufen? Der andere Laden ist doch näher, und die Leute dort sind auch netter.«

»Da hast du sicher recht. Das kann die arme Miss Buchanan nicht von sich behaupten. Aber ich möchte ihr doch ein wenig zukommen lassen. Sie lebt schließlich davon.«

»Angeblich verweigert sie jeden Kontakt, so daß man nichts für sie tun kann.«

»Nun, bei mir hat sie nichts verweigert«, sagte Gertrude in leichtem Ton. »Sie hat mir sogar vorgeschlagen, daß ich bei ihr den Guß abwarte. Darum bin ich geblieben. Ich habe nicht wirklich Angst gehabt, aber man überlegt sich doch, ob man ein freundliches Angebot, das so unvermutet kommt, abweisen will. Gehst du noch einmal zurück, Liebste, und wirfst diesen Brief in ihren Kasten? Ich habe ihn versehentlich vom Briefträger übernommen – dieser Ausbruch von Charme hat mich verwirrt. Ich hätte ihn nicht anrühren dürfen, und darum möchte ich auch jetzt nicht selbst hingehen. Andererseits habe ich garnicht gesehen, was für ein Name draufsteht. Also ist nichts geschehen. Wenn ich sie das nächste Mal sehe, wird sie es vergessen haben. Sehr systematisch hält sie es mit den Briefen nicht, das ist mir schon aufgefallen.«

Magdalen nahm den Brief und kehrte um; warf einen Blick darauf und verhielt ihren Schritt; warf einen zweiten Blick darauf, ging weiter und schwenkte dabei die Hand, als wüßte sie nicht, daß sie etwas in ihr hielt. Vor dem Laden blieb sie stehen, um in das Fenster zu schauen, schob den Brief in die Stulpe ihres Handschuhs, wandte sich wie in Gedanken um und kam zurück zu ihrer Mutter.

Gertrude hatte mit der Schirmspitze ein Muster in den Staub gezeichnet und blickte nun lächelnd auf.

»Du hast es also vermeiden können, die Höhle der Löwin zu betreten? Und sie hat dich nicht angesprungen?«

»Nein, sie saß brav in ihrem Bau.«

»Die Arme! Sie sitzt zuviel darin. Ich wollte, wir könnten etwas für sie tun. Ich habe das Gefühl, daß sie ein Mensch ist, dem man helfen müßte.«

»Mehr als unsere Kundschaft können wir ihr nicht bieten.«

»Ja, das habe ich immer getan. Ich finde, daß eine alleinstehende Frau ein Recht hat, zumindest das von den Umwohnenden zu erwarten, auch wenn sie nicht Tür an Tür mit ihr leben. So schlimm ist ein kleiner Spaziergang nicht.«

»Warum macht sie das mit den Briefen?«

»Nun, vermutlich haben manche Leute keine richtige Anschrift oder einen Grund, sie nicht zu verwenden. Und sie verdient ein wenig dazu.«

»Auf dem Brett steht, daß man Briefe bei ihr abholen kann.

Das sieht so aus, als würden die Leute, an die sie geschrieben sind, hier am Ort wohnen. Wahrscheinlich sind es vertrauliche Briefe.«

»Das würde ich auch meinen: In jeder Hinsicht und zuhöchst vertraulich«, stimmte Gertrude mit ihrem kurzen Lachen zu. »Ich weiß nicht, ob mein Brief auch dazugehörte. Wenn dem so war, hätte sie ihn übernehmen sollen. Vielleicht war er an sie selbst gerichtet, obwohl der Gedanke, daß Miss Buchanan eine Korrespondenz führt, mir irgendwie fremd wäre.«

»Miss Buchanan als Briefschreiberin!« amüsierte sich auch Magdalen, wenngleich ihr nicht bewußt war, wie phantastisch diese Vorstellung war.

»Die Arbeit im Haus und im Geschäft läßt ihr nicht viel Zeit. Aber ich habe ihr angeboten, daß ich ihr ein paar Bücher borge. Genauer gesagt: Ich habe ihr welche aufgedrängt.«

»Hat das viel Sinn? Die Leute sagen, daß sie sich nicht einmal eine Zeitung hält.«

»Vielleicht keine eigene, aber gemeinsam mit anderen.«

»Ich kann mir nicht vorstellen, daß Miss Buchanan in einem festgelegten Turnus mit einer Zeitung zu Rand kommt«, meinte Magdalen, noch immer phantasiebeflügelt.

»Gehen wir weiter, Kind. Du läßt dir gern Zeit, und dein Bruder kommt zum Lunch nachhause. Trödle nicht in deinem Zimmer, bevor du herunterkommst. Frauen sollen einen Mann nicht warten lassen.«

Dergleichen lag Magdalen fern. Sie erschien unverzüglich wieder, noch in demselben Kleid und mit finsterem Blick. Die Mutter dachte, daß ihre Worte Magdalen verletzt haben könnten, und sie bemühte sich, besonders nett und zuvorkommend zu sein, hatte aber damit keinen Erfolg.

»Für heute habe ich meine Arbeit getan«, sagte Gideon. »Jetzt kann das Leben anfangen.«

»Wenn du mit dem Herzen bei der Arbeit wärst, würdest du den ganzen Tag leben«, sagte Gertrude.

»Eine schreckliche Aussicht. Schon jetzt sehe ich mein Leben als eine Folge von Katastrophen, denen ich eben noch entwischt bin.«

»Niemand kann von früh bis spät sein Bestes geben, Mutter«, sagte Magdalen.

»Das würde ich unter Tagewerk verstehen. Erst die Erschöpfung unserer Energie zeigt an, daß unsere Arbeit getan ist. Darin waren sich Mr. Lamb und ich einig.«

»Wenn dem so wäre, würden manche Menschen garnicht zu arbeiten beginnen«, meinte Gideon. »Was für ein triviales Gesprächsthema! Und diese brutale Schlußfolgerung! Ich habe nicht geahnt, daß Lamb so rücksichtslos wie eine Frau ist.«

»Man kann mit dir nicht mehr sprechen, ohne daß du Mr. Lamb hereinbringst, Mutter«, stellte Magdalen fest. »Kaum machen wir den Mund auf, zitierst du ihn auch schon. Du wirst noch ins Gerede kommen.«

»Meinetwegen. Ich gestatte mir eine natürliche Offenheit und freundschaftliche Zuneigung, ohne zu überlegen, was die Leute vielleicht denken könnten.«

»Die öffentliche Meinung zu mißachten, ist keine Tugend.«

»Das mag eine meiner Eigenheiten sein, tugendhaft oder nicht«, gab Gertrude zu. »Ich wüßte wirklich nicht, wie ich sie einzuschätzen habe.«

»Eine sehr bedenkliche Eigenheit«, sagte Magdalen. »Sie zieht auch andere Menschen mit hinein. Das scheinst du zu vergessen.«

»Auch du scheinst mir etwas zu vergessen, Liebste: Dich selbst!«

»Siehst du wirklich nicht, was du da anstellst, Mutter? Du schließt dich immer enger an Mr. Lamb an, und sein Vetter ist auf sich allein verwiesen und hat nichts zu tun, als an Mrs. Lamb zu denken und Briefe an sie zu schreiben und überhaupt den totalen Zusammenbruch zu beschleunigen. Wenn dann die Kinder ohne Vater oder ohne Mutter dastehen, wirst du die Verantwortung zu tragen haben. Und wenn wir die Augen davor schließen, werden es jedenfalls die anderen so sehen.«

»Sollen sie doch! Mir ist es egal, was sie tun«, sagte Gertrude und schnippte mit den Fingern. »Ich bin ein freier Mensch. Ich schere mich nicht um Wichtigmacher.«

»Lassen wir die Leute aus dem Spiel«, sagte Gideon. »Es geht sie nichts an, auch wenn sie das anscheinend nicht begreifen.«

»Mutter läßt ihren Instinkten freien Lauf und ist völlig blind für die Folgen. Sie stampft drauflos, ohne nach rechts oder links zu schauen.«

»Dasselbe könnte ich von dir behaupten«, hielt ihr Gertrude entgegen. »Ich darf es nicht verschweigen: Familien sind schon an Geringerem zerbrochen. Was zwischen Mortimer Lamb und der Frau seines Vetters ist, geht mich nichts an: Wenn da überhaupt etwas sein sollte. Ich weiß es nicht. Ich schnüffle nicht im Privatleben anderer Menschen herum. Ich respektiere sie in ihrer Persönlichkeit.«

»Schade, daß du nicht ein wenig mehr Verständnis für sie aufbringst. Du gehst über sie hinweg, als ob es sie garnicht geben würde. Du denkst nur daran, was für einen Eindruck du auf den Mann machst, der gerade an der Reihe ist. Nichts außer deinem eigenen kleinen Triumph zählt für dich, und der verstellt dir so vollkommen die Sicht, daß du für jedes Anliegen eines anderen blind und taub bist.«

»Für dein Anliegen, willst du sagen –: Das steckt doch dahinter! Du hast keine Triumphe zu vermelden, und die einer anderen Frau können dich freilich nicht trösten. Ist das nicht die Wahrheit, mein armes Kind? Was möchtest du sagen? Sag es deiner Mutter, aber verpacke es nicht in häßliche Ausfälligkeiten, die keinen Sinn haben.«

»Ich will nur sagen, was ich schon gesagt habe. Du spielst mit dem Feuer, Mutter! Du spielst mit den Gefühlen eines verheirateten Mannes und bedenkst nicht, was dabei herauskommen kann. Das könnte tragische Folgen haben: Es wird tragische Folgen haben!« Magdalen warf sich in die Arme ihrer Mutter und barg das Gesicht an ihrer Schulter.

137

»Lichtvolle Erkenntnisse werden mir da zuteil!« sagte Gertrude und lächelte über Magdalens Kopf hinweg zu Gideon. »Vielleicht habe ich ein Herz aus Stein, aber ich habe mir nicht viele Gedanken über Horace Lambs Gefühle gemacht – obwohl es ihm zweifellos gelungen ist, mit einigem Erfolg an die meinen zu appellieren. Für mich ist er eine bemitleidenswerte Figur. Ich finde, daß er, nicht sein Vetter, auf sich allein verwiesen ist. Wir sind nicht schuld, wenn etwas zwischen die beiden getreten ist. Lüfte dich ein Weilchen aus und komm wieder, sobald du dich beruhigt hast. Wir stellen das Essen warm, bis du kommst. Ausnahmsweise wird heute der Mann auf die Frau warten.«

Magdalen ging hinaus. Gertrude seufzte lächelnd, als sie ihre Handarbeit aufnahm.

»Was ist da bei uns ausgebrochen?« sagte Gideon.

»Bei Magdalen ist es ausgebrochen, und um so heftiger, als es so spät geschieht. Ich hoffe, daß es auch Mortimer Lamb gepackt hat, sonst sehe ich schwarz für uns.«

»Auch andere Gewitter haben sich ausgetobt. Zum Glück hat nicht jeder meiner Posten solche Begleiterscheinungen, sonst müßte ich mich vorzeitig in den Ruhestand versetzen.«

Der Unterstützung ihres Sohnes bedurfte Gertrude nicht.

»Armes Kind! Es ist alles so glasklar«, sagte sie, und ihr Mitgefühl entbehrte nicht einer gewissen Befriedigung. »Gut, daß sie es nicht verdrängt hat. Diese Gefahr ist allerdings bei uns nicht groß. Und solange man sich ausreden kann, ist es halb so schlimm. Fäulnis und Eiter bilden sich nur im Dunkel. Ich habe gewußt, daß sie bei der Mutter ihr Herz ausschütten wird. Aber bis dahin habe ich mich in Geduld fassen müssen. Ich habe nur einen Moment gebraucht, bevor ich begriff, was das alles zu bedeuten hat. Sie vertraute auf die Intuition ihrer Mutter, und das ist ihr gutes Recht: Es tut mir leid, daß ich sekundenlang versagt habe.«

»Sie sieht und weiß plötzlich so viel. Als ob sie ein anderer Mensch wäre.«

»Die Intensität der Gefühle schärft auch das Wahrnehmungsvermögen«, meinte Gertrude und beutelte die Schnipsel aus ihrer Handarbeit. »Einem Menschen in ihrer Verfassung – vor allem einer Frau – bleibt nicht viel unbemerkt. Genauer gesagt: Es bleibt nicht ungefühlt. Das spielt sich mehr im Herzen ab als im Kopf. Aber dann steigt es rasch hinauf. Es verwandelt sich in Wissen.«

»Wir müssen dafür sorgen, daß es niemand erfährt.«

»Glaubst du wirklich, daß man das einer Mutter erst sagen muß? Wer ist denn von Natur aus berufen, sie vor voyeuristischer Neugier zu behüten? Glaubst du, ich würde so etwas zulassen? Bin ich vielleicht ein Bruder Hagestolz nach Art gewisser Herrschaften? Meine Magdalen hat es gut getroffen: Die innige Sorge der Mutter, die sie umgibt, findet eine unverbindliche Ergänzung. Ja, die brüderliche Zuneigung wird sich segensreich auswirken...«

»Meine Zuneigung ist nicht unverbindlich. Wie alles an mir ist sie tief in meinem Wesen verwurzelt.«

»Ah, schon meldet sich die Eifersucht! Das ist die Reaktion des Mannes, wenn jemand seinen Platz beansprucht. Wir alle folgen unseren natürlichen Zwängen. Ja, wir benehmen uns durchaus normal.«

»Magdalen liegt also mehr an Mortimer Lamb als an uns?«

»Im Augenblick. Damit müssen wir uns abfinden. Vielleicht geht es vorüber. Kann sein, daß es sich verflüchtigt. Da kommt sie, das arme, liebe Kind! Behutsamkeit ist jetzt alles. Diskretion!« Gertrude, noch immer erregt, legte einen Finger an die Lippen.

Magdalen glitt in das Zimmer und schien hindurchzuschweben, als ob keine Hindernisse ihren Weg verstellten. Sie kam zum Tisch und verhielt dort, ohne ihre Mutter anzublicken. Gertrude nahm die Brille ab und ging daran, die Teller, die ihre Tochter reichen wollte, zu füllen.

»Für Gideon. Für dich, mein liebes Kind«, sagte sie lächelnd. »Meine Magdalen hat wieder zu sich gefunden und denkt daran, wie sie anderen Menschen helfen kann.«

139

Vorsichtig, als ob sie dieser Seite ihres Wesens nicht sicher wäre, ließ sich Magdalen auf ihrem Stuhl nieder.

»Ja, es gibt keinen Zweifel, daß etwas zwischen die zwei Vettern getreten ist«, nahm Gertrude das Thema auf eine Weise auf, die seiner Tabuisierung zuvorkommen sollte. »Ich bezweifle, daß der ältere weiß, woher der Wind weht. Moralische Integrität ist für einen solchen Menschen zu selbstverständlich.«

»Sie hatten nie die gleichen Chancen«, sagte Magdalen, und in ihrer Stimme verriet sich die Erregung, die sie nicht zeigen wollte. »Mortimer hat sich sein ganzes Leben hindurch in einer schwierigen Stellung behaupten müssen. Die natürliche Sympathie, die Charlotte als Frau für ihn empfunden hat, war dann der Nährboden für stärkere Gefühle.«

»So wird es wohl angefangen haben, mein kluges Mädchen. Aber du weißt auch, daß Gefühle nicht stillstehen. Sie entwickeln sich in die eine oder andere Richtung, und in diesem Fall ist es ziemlich klar, wohin das geführt hat. An Mortimers Stelle hätte ich mir einen Beruf gesucht, mit allen erdenklichen Mitteln.«

»Geld war keines da«, sagte Gideon. »Er hätte also zu zweifelhaften Mitteln greifen müssen.«

Magdalen lachte erregt auf.

»Der Bruder als Helfer in der Not«, sagte Gertrude. »Was sich ein Leben lang bewährt hat, mag auch hier seine Wirkung tun. Immerhin hat die Geschwisterliebe einen älteren Anspruch.«

»Das schließt einen anderen nicht aus«, meinte der Sohn. »Ich würde meinen Anspruch mit Vergnügen teilen.«

»Diese Art Vergnügen hat mich nie überzeugt«, entgegnete Gertrude mit objektivem Freimut. »Ich habe nie so recht daran glauben können – auch nicht an die Gefühle, die so etwas gestatten. Eines von beidem kann nicht aufrichtig sein. Ein wirklich starkes Gefühl schließt andere aus.«

»Ich glaube, Mrs. Lamb wird bald zurückkommen«, sagte Gideon.

»In etwa sechs Wochen«, sagte Magdalen.

»Woher weißt du das?« fragte ihre Mutter.

»Oh, ich habe keine Ahnung. Ich muß es irgendwo gehört haben.«

»Du hast dich nicht ohne mein Wissen mit Mortimer Lamb getroffen?«

»Wie hätte ich das können? Wie kann ich irgendeinen Menschen treffen, ohne daß meine Familie mich hinten und vorne beobachtet?«

»Ohne deine Familie wärst du schlimm dran, mein Kind. Sie allein ist in dieser Situation ein Halt für dich.«

»Hin und wieder hat jeder Mensch seine Familie satt«, sagte Gideon.

»Ich gewiß nicht«, stellte seine Mutter mit demselben Freimut fest. »Ich möchte nur alles mit den Meinen teilen. Nie würde ich irgend etwas oder irgend jemanden allein für mich behalten wollen. Vielleicht ist das ungewöhnlich: Darüber kann ich nichts sagen.«

»Ich würde meinen, es ist ganz einmalig«, sagte ihr Sohn.

»Daß dieses Wort auf mich angewendet worden ist, weiß ich. Ob zu Recht oder zu Unrecht, kann ich nicht beurteilen.«

Magdalen lachte abermals auf.

»Teilen bedeutet so oft, daß man teilt, was anderen gehört.«

»Nun, es wäre schwierig, das nicht teilen zu wollen«, sagte Gideon.

»Es würde mir nur noch näher sein«, sagte Gertrude. »Ich würde spüren, daß ich mehr davon habe, nicht weniger.«

»Nun, das ist ein guter Grund, um zu teilen«, fand ihr Sohn.

»Ja, das ist die rechte Art, die Dinge zu sehen, von ihnen zu sprechen und mit ihnen umzugehen«, bestätigte Gertrude, noch immer vor ihren Kindern stehend. »Für jeden sein Teil, ein Spiel mit offenen Karten. Dann kann nichts darunter schwären oder verrotten: Es bleibt heil und frisch, wohlverwahrt im natürlichen Schutz des Tageslichts. Ist es nicht so, Magdalen?«

Magdalen ging rasch und nahezu verstohlen aus dem Zimmer.

»Hat sie wirkliche echte Gefühle für Mortimer Lamb?« fragte Gertrude.

»Das ist doch offensichtlich, liebe Mutter. Und warum nicht? Anscheinend ist er ein netter Mensch. Und ich möchte annehmen, daß sein Vetter etwas für ihn tun würde.«

»Auf dem Geld sitzt die Frau des Vetters, und sie wäre, soweit mir der Sachverhalt bekannt ist, durchaus bereit, ihm alles zu geben, einschließlich ihrer Person.«

»Glaubst du wirklich, daß die Ehe auseinandergeht?«

»Ja«, sagte Gertrude, ohne zu zögern. »Ich kann nicht meine Augen davor verschließen.«

»Dann wundert es mich nicht, daß Magdalen sich so aufregt. Sie könnte keinen triftigeren Anlaß haben. Ist Horace Lamb darauf gefaßt?«

»Bis jetzt hat er nicht die geringste Ahnung. Er ist nicht darauf gefaßt. Er segelt stracks auf die Klippen zu und merkt nichts. Natürlich ist er nicht glücklich, nicht zufrieden mit seinem Schicksal. Aber das Erwachen steht ihm noch bevor. Den schmerzlichen Augenblick des Schiffbruchs und die Wende muß er durchstehen, erst dann wird sich der Sturm legen.«

»Arme Magdalen!« seufzte Gideon.

»Sie wird es abschütteln und wieder zu sich finden. In ihrem Leben gibt es genug, was sie befriedigen kann.«

»Sie findet es nicht genug. Es befriedigt sie nicht mehr.«

»Was gewesen ist, wird wieder sein. Wir wissen, wer ihr Herz besessen hat. Er wird es nicht verlieren.«

»Sie hat es vorher nie verschenkt, aber jetzt ist es geschehen.«

»Das mag nicht viel zu bedeuten haben. Sie neigt zum Überschwang.«

»Wenn jemand dazu neigt, sind seine Gefühle deshalb nicht weniger stark.«

»Sie hat einen sehr guten Bruder«, stellte Gertrude fest, als ob das eine Überraschung wäre. »Das wird ihr wieder genug sein.«

»Ihre Gefühle haben kein anderes Ventil gehabt. Jetzt ist es da. Es wird nie mehr wie früher sein.«

»Nein. Nein. Nicht mehr wie früher. Das ist nicht das richtige Wort. Einen Unterschied wird es geben. Sie wird wie aus einem

Traum erwacht sein. Das war sie bisher nicht, meine Magdalen.
Sie wird mehr zu verschenken haben.«
»Aber nicht an uns. Niemand verschenkt seine Liebe, um sie
zu behalten. Das hast du selbst gesagt. Du bist inkonsequent.«
»Ich habe nicht behauptet, daß ich konsequent bin. Ich be-
mühe mich auch nicht sehr darum. Die Wahrheit hat so viele
Gesichter.«
»Du wirst mit ihr Geduld haben müssen.«
»Geduldig sein kann ich. Da brauchst du um ihre Mutter keine
Sorge haben. Deshalb mußt du dich auch um sie nicht ängstigen.
Habe ich nicht bereits Geduld bewiesen? Und jetzt muß ich et-
was tun, das nur mich angeht. Sei einfach der Alte, wenn sie
wiederkommt.«
»Leider kann ich nichts anderes sein.«
Gertrude verbrachte einige Zeit in ihrem Zimmer und kam
darauf in Straßenkleidung herunter. Magdalen trat still aus der
Diele und gesellte sich zu ihr.
»Gehst du mit mir, meine Liebe?«
»Wir haben dasselbe Ziel. Also können wir nicht gut getrennt
gehen. Wir haben kaum eine andere Wahl.«
Die Worte und der Ton bestürzten Gertrude. Hin und wie-
der ließ sie unterwegs eine belanglose Bemerkung fallen. Ohne
ihn erwähnt zu haben, gelangten sie an ihren Bestimmungsort.
Bullivant öffnete die Tür.
»Ist Mr. Lamb zuhause?«
»Er ist rekonvaleszent, Madam, nach einer Erkältung. Er hat
sich für den Nachmittag zurückgezogen.«
»Würden Sie ihm sagen, daß eine alte Freundin ihn zu sehen
wünscht?«
Bullivant sah aus wie ein fleischgewordenes Fragezeichen.
»Nun ja«, sagte Gertrude lächelnd. »Ich weiß schon, daß ich
nicht in diese Kategorie gehöre. Ich habe es nicht nötig, etwas
vorzuschützen. Fragen Sie, ob ich ihn sehen kann.«
Wenn eine Maske dient, auf ein unter ihr Verborgenes hinzu-
weisen, konnte das Gesicht, mit dem Bullivant wiederkehrte,

füglich als Maske gelten. Wie auf eine tickende Bombe blickte Gertrude zu ihm zurück, als er sie in Horaces Zimmer ließ, und fast hatte sie gesehen, wie die Maske fiel.

»Als hätte er auf sie gewartet, Mrs. Selden! Ich würde gern hören, was die Gnädige dazu zu sagen hätte.«

»Wenn ihr die Gelegenheit geboten wäre, könnten wir das, meine ich, unschwer erraten. Ich schließe mich an. Ich habe nichts für Hochstapler übrig. Für mich gilt nur das Echte, seien es Worte oder Menschen. Tu nie als ob, Miriam, wenn du etwas nicht bist und nicht sein kannst.«

»Was ich bin, kann man sehen.«

»Nun, dann sei damit zufrieden. Ein braves, tüchtiges Mädchen ist gut genug und muß sich nicht mehr einbilden, als sie vorzuweisen hat. Das wäre nur eine billige Nachahmung und gewiß nichts, was erstrebenswert wäre.«

Miriam schwieg.

»Und wenn es dein Schicksal mit sich bringt, daß du für andere da sein darfst, dann sei so dankbar dafür, wie ich es war, denn es ist nur zu deinem Allerbesten.«

»Mir reicht's, wenn es mir ganz gewöhnlich gut geht«, fand Miriam, und ihr Blick entbehrte nicht eines gewissen Glanzes.

»Worüber kannst du dich beklagen?«

»Über nichts«, versicherte Miriam eilfertig und ehrlich.

Gertrude war zu Horace hinaufgegangen und hatte seine Hand ergriffen, während Magdalen ihr wie auf Zehenspitzen folgte.

»Zurück zu Ihrem Sofa!« sagte Gertrude und legte Horace die Hände auf die Schultern. »Sie waren eben aufgestanden, als wir hereinkamen. Glauben Sie nicht, daß ich es nicht bemerkt habe. So etwas entgeht mir nicht. Bevor ich auch nur ein Wort mit Ihnen rede, werden Sie sich hinlegen. Wir haben gehört, daß Sie angegriffen sind, aber ich hoffe, daß eine Freundin willkommen ist und vielleicht darüber hinweghelfen kann.«

»Ich fühlte mich wie vom Leben beurlaubt. Es ist Zeit, daß dieses Zwischenspiel zu Ende geht. Es war allzu einfach.«

»Ja. Schwierig ist immer nur das Leben.«

Horace, der Magdalens Anwesenheit nicht gut so ignorieren konnte wie ihre Mutter, lächelte ihr zu und deutete auf einen Stuhl. Wie unbewußt trat Gertrude zurück, um Magdalen vorbeizulassen.

»Freunde können immer einander helfen«, sagte Gertrude, ohne ihren Platz wieder einzunehmen, vielmehr kaum bewußt, daß sie ihn verlassen hatte.

»Ich komme ohne Hilfe zurecht. In meinem Leben gibt es das nicht. Man erwartet von mir, daß ich darüber erhaben bin, sie vielleicht spende oder sonst etwas tue, aber niemals Hilfe brauche.«

»Und in Ihrer Lage bedürfen Sie ihrer so sehr: Vater und Mutter in einer Person! Beschützer, Ratgeber, Herrscher – je nach Anlaß. Eine schwere Aufgabe für einen einzelnen.«

»Es sah aus, als ob ich krank würde, und offenbar brauche ich Hilfe nicht gegen die Krankheit, sondern deshalb, weil ich ihr entkommen bin. Ich spüre die Gefahren der Genesung. Krank zu sein wäre weniger problematisch gewesen.«

»Wir alle kennen die Sicherheit, die der Kranke genießt«, sagte Gertrude: »Ausgenommen Menschen vom Schlag meiner Magdalen, die nie dem Mutterschoß entwachsen sind. Die eigentliche Gefahr liegt für uns alle nicht in der Krankheit. Sie liegt, wie Sie gesagt haben, außerhalb. Aber in Ihrem Fall kehrt sie sich gegen Sie – und nicht, wie Sie anzunehmen scheinen, durch Sie gegen andere.«

Das Gespräch wurde von Gertrude und Horace bestritten, von Magdalen mitangehört und schließlich von Emilia unterbrochen.

»Alles hat seine Zeit und sein Ende. Wir haben hier einen dankbaren Patienten und müssen nun auf das Verständnis seiner Freunde hoffen.«

Gertrude erhob sich sofort und ging zur Tür. Sie hatte kaum einen Blick für Horace, keinen für ihre Tochter und für Emilia nur einen flüchtigen Händedruck, als sie an ihr vorbeiging.

»Höheren Mächten zu gehorchen ist eine unserer vornehmsten Pflichten im Leben – unserer Pflichten gegenüber dem Leben. Ich weiß es. Ich habe oft meinen Willen durchsetzen müssen.«

Anscheinend in gehobener Stimmung verließ sie das Haus, und Magdalen folgte ihr mit kurzen, hastigen Schritten, als hätte sie Mühe, nicht hinter ihr zurückzubleiben. Magdalen machte einen ruhigeren Eindruck, und ihre Mutter fiel schließlich in ein normales Tempo.

»Mortimer Lamb war also heute nicht zuhaus.«

»Wir haben nicht nach ihm gefragt. Du hast ja Mr. Lamb sehen wollen.«

»Nun, ich glaube, unser Besuch hat ihm gut getan. Offenbar hat er so etwas gebraucht. Es ist einfach, jemanden von den Menschen fernzuhalten, wenn er in Wahrheit die richtige Gesellschaft nötig hätte. Monotonie ist keine gute Medizin.«

»Wenn seine Frau zurückkommt, wird wieder Leben in das Haus einkehren. Es wird wieder zu seinem eigenen Wesen finden.«

»Und nach allem, was man so beobachten kann, dürfte das ein eher seltsames Wesen sein. Ein Wesen, das den Sprengstoff zu seiner Vernichtung in sich trägt. Nun, da kann man nur abwarten. Bald wird es soweit sein.«

»Das hört sich an, als würdest du es wünschen.«

»Ich sehe nicht, was ein Aufschub bringen sollte, wenn es unvermeidlich ist.«

»Hoffen wir, daß es das nicht ist.«

»Was soll das helfen? Die Menschen tun, als ob sie mit ihren Hoffnungen die Zukunft beeinflussen könnten.«

»Auch als ob ihre Prophezeiungen dazu beitrügen. Und in diesem Fall scheint mir die Hoffnung doch mehr Großmut zu enthalten.«

»Wenn eine unglückliche Familie auseinandergeht, ist das kein Grund für Tränen«, meinte Gertrude sanft. »Es ist ein guter, gesunder Wechsel, und je rascher er eintritt, desto besser.«

»Es gibt nichts Traurigeres als Kinder, denen die Mutter genommen wird.«

»Nein«, sagte Gertrude. »Nein. Da stimme ich dir zu. Die Kinder dürfen nicht von der Mutter getrennt werden. Zu einer solchen Lösung darf es nicht kommen.«

»Aber ich nehme nicht an, daß du die Kinder willst?«

»Nein. Ich habe meine eigenen Kinder«, sagte Gertrude, wandte sich zu Magdalen und nahm ihr Gesicht in die Hände. »Und ich würde sie nicht anders haben wollen, obwohl das eine voll Launen ist und seine Mutter nicht versteht.«

Horace und seine Tante waren allein zurückgeblieben.

»Hoffentlich war es nicht zu anstrengend«, sagte Emilia. »Nichts ist so ermüdend wie zwei Leute, die zugleich reden.«

»Das war nicht der Fall«, entgegnete der Neffe. »Ich weiß nicht, warum die Tochter mitgekommen ist.«

»Weil sie Mortimer zu sehen hoffte. Aber ich habe ihn nicht herübergeschickt. Ich will die Dinge nicht beschleunigen, weder in die eine noch in die andere Richtung.«

»Das ist mir neu.«

»So habe ich es vermutet. Für mich wird es zur Gewohnheit.«

»Weiß es Mortimer?«

»Es kann ihm kaum verborgen geblieben sein.«

»Er wird doch nicht mit dem Gedanken spielen!«

»Nein. Vermutlich würde er eine Frau nicht erhalten können.«

»Ich habe nie gedacht, daß er das möchte.«

»Nein«, sagte Emilia. »Wenn einem Menschen die Mittel für seinen Unterhalt fehlen, bilden wir uns ein, daß es genügt, wenn wir ihn mitfüttern.«

»Ich kann mir ein Leben ohne ihn nicht vorstellen. Er würde weiter hier wohnen müssen.«

»Du hast es in der Hand, deine Bedingungen zu stellen«, sagte Emilia.

Sie brachte ihrem Neffen, was er brauchte, legte in Griffweite einen Brief auf ein Tischchen und überließ ihn seiner Genesung.

Als sie wiederkam, war eine Verwandlung in ihm vorgegangen. Auf eine bei ihm neue Weise ging er im Zimmer auf und ab und schien nichts zu hören oder zu sehen. Sie vermutete, daß ihn der Gedanke an eine Trennung von Mortimer beunruhigte, und sie war sehr dafür, als er zu Bett ging, um vor der Welt zu fliehen.

VI »Ihr habt mich nicht erwartet«, sagte Charlotte. »Ich war so dumm, unerwartet nach Hause zu kommen. Ihr macht Sachen, die ich nicht billige, und ich habe damit rechnen müssen. Und von dem, was ihr euch für meine Abwesenheit vorgenommen habt, ist nichts geschehen. Ihr habt es bis zuletzt aufgeschoben, was ja auch immer das Gescheitere ist, weil dann die Zeit mitdrängt. Und was bringt es schon, die Wünsche eines Menschen zu erfüllen, wenn er nicht da ist, um es zur Kenntnis zu nehmen? Ich bin euch fremd geworden. Aus den Augen, aus dem Sinn. Es ist nicht genug, wenn man nur in den Gedanken mitlebt.«

»Jetzt bist du wieder ganz bei uns«, sagte Emilia und sah zu den Kindern. »Und wir haben oft unsere Mühe gehabt, nicht an dich zu denken. Sie haben ihren Teil dazu beigetragen.«

»Und keines von den Kindern ist so gewachsen, daß ich es nicht wiedererkennen würde! Eigentlich sind sie überhaupt nicht gewachsen. Für ihr Alter sind sie kleiner, als ich gedacht hätte. Nicht einmal Jasper ist in die Flegeljahre gekommen. Und auch Mortimer wirkt weder älter noch normaler, jedenfalls nicht normaler. Und Emilia ist nicht um eine Spur gebrechlicher. Sie ist, wie sie immer war, und gebrechlich ist sie nie gewesen. Und Horace war zwar krank, er sieht aber nicht aus, als wäre er eben dem Tod entronnen. Wahrscheinlich hat Horace es nur eben knapp geschafft, aber alles in allem haben wir dem Tod ein Schnippchen geschlagen.«

»Du bist ihm entronnen, nicht wahr«, sagte Avery, der sich an ihre Hand klammerte. »Du hättest im Meer ertrinken können.«

148

»Es muß doch etwas zwischen dem Tod und einer glücklichen Heimkehr geben«, sagte Charlotte. »Beides trägt nicht dazu bei, daß ein Mensch an Bedeutung gewinnt. Heimkehren tut bald jemand, und niemand wird wichtiger, wenn er verschwindet. Bald werdet ihr sagen, daß es ist, als wäre ich nie fortgewesen. Sehr aufschlußreich!«

»Vater hat uns nicht gesagt, daß du vielleicht nicht wiederkommst«, sagte Avery.

»Ich habe keinen Grund gehabt, mein kleiner Sohn«, sagte Horace. »Ich war sicher, daß Mutter wiederkommen wird, und ich habe Recht behalten.«

»Warst du sicher?« sagte Avery zu Sarah.

»Ja, so sicher man eben sein kann.«

»Und Bullivant sieht nicht einen Tag älter aus!« sagte Charlotte. »Er bewegt sich zwischen uns genauso wie an dem Tag, als ich fortfuhr. Natürlich hat alles dafür gesprochen, aber ich bin doch überrascht und dankbar! George, finde ich, ist einen Tag älter geworden – mehrere Tage sogar. Das ist alles sehr erfreulich.«

»Und so, wie es nach einer kurzen Zeit sein soll«, sagte Emilia, während Bullivant mit einem Blick auf George feststellte, daß ihn ein Unterschied, der keine greifbaren Folgen hatte, nicht sehr beeindruckte.

»Sie schreitet so langsam voran«, sagte Charlotte. »Mir fällt nur auf, daß alles besser zu sein scheint.«

Sie blickte um sich und sah, daß sie den gemeinsamen Nenner gefunden hatte. Alles war besser geworden: das Essen, die Heizung, die Beleuchtung, die Kleider der Kinder – diese Kleider waren, wie sie sich erinnerte, ihre Sonntagskleider gewesen.

»Habt ihr mich erwartet? Hat es sich zu euch durchgesprochen? Habt ihr gewußt, daß das Schiff angekommen ist?«

»Wir haben nichts gewußt«, ließ sich Mortimer zum ersten Mal hören. »Wir haben nichts gehört. Du hast uns vollkommen überrascht.«

Der Klang seiner Stimme machte Charlotte eine weitere Ver-

änderung bewußt. Sie verstand jetzt, warum er ihr älter vorgekommen war. Es war, als sei ein Abstand zwischen ihm einerseits und andererseits Horace und den Kindern, die eine merkwürdige Verbundenheit und Einigkeit ausstrahlten. Seine Begrüßung war nicht so überzeugend gewesen, wie sie es erwartet
hatte – so wie jene der Kinder noch kindlicher und weniger bewegt gewesen war. Was die Kinder ihr kleiner erscheinen ließ,
war ein Zurückfallen auf ein noch kindlicheres Niveau. Diese
Gedanken unterbrach die Stimme ihres ältesten Sohnes:
»Ein Englischmann, juchhei!
Den zerstampfe ich zu Brei;
Ohne Gabel und Messer
Ißt er sich gleich besser.«
Avery floh quer durch das Zimmer zum Sessel seines Vaters,
und Horace nahm ihn in die Arme.
»Ihr werdet heute den Tee mit uns trinken, weil Mutter heim-
gekommen ist. Aber das ist kein Anlaß, euch gegenseitig aufzu-
fressen. Butterbrot schmeckt besser als ein kleiner Junge.«
Avery fand das sehr lustig. Er kicherte weiter, bis es gekün-
stelt klang, offenbar in der Absicht, seinem Vater eine Freude zu
machen.
»Für den Salon seid ihr nicht ganz in der rechten Verfassung«,
meinte Emilia.
»Aber wir sehen besser aus als in unseren alten Kleidern,
die uns zu klein waren«, sagte Jasper.
»Also seid ihr doch größer geworden«, sagte Charlotte.
»Nur die Kleider waren zu klein«, widersprach Avery. »Und
sie sind immer kleiner geworden. Kleider können schrumpfen.«
»Sie haben kaum den Namen verdient«, sagte Tamasin,
»wenn man Kleider als eine Hülle betrachten will.«
»Ich glaube nicht, daß es die Leute bemerkt haben«, sagte
Marcus.
»Vielleicht hätten wir das glauben sollen«, sagte Sarah. »Aber
so war es nicht.«
»Sie schauen uns jetzt nicht mehr so an«, sagte Tamasin. »An-

scheinend haben sie lieber gesehen, was sie lieber nicht sehen sollten.«

»Die Leute sehen gern, wie schlecht es anderen geht«, sagte Sarah: »Sogar bei Kindern.«

»Lauter kleine Zyniker!« stellte Horace fest.

»Jetzt können wir auch über die Predigt bleiben«, sagte Avery mit einem Blick zu seiner Mutter. »Das ist nicht so gut, wie es vorher war.«

»Wenn du magst, kannst du mit dem Fräulein vorher gehen«, sagte sein Vater.

»Mutter und ich können vorher gehen«, sagte Avery.

»Nein, Mutter wird bei mir bleiben. Entweder gehst du mit dem Fräulein oder gar nicht.«

»Dann also mit dem Fräulein«, entschied Avery versöhnlich.

»Wir werden mehr wie andere Kinder«, sagte Marcus. »Aber ich finde, wir verstehen vieles besser als sie. Anscheinend begreifen die Menschen um so mehr, je weniger sie haben.«

»Nun, ein bißchen kindisch darf man schon sein«, meinte Horace.

»Aber jetzt nicht mehr, nicht wahr?« sagte Avery. »Nicht einmal Sarah.«

»Und auch die anderen nicht«, bestätigte sein Vater.

Charlotte hörte ihrem Gatten und den Kindern zu und wußte nicht, wohin sie ihre Augen wenden sollte. Sie unterdrückte den Wunsch, zu Mortimer zu blicken, spürte zugleich, daß auch er sich zurückhielt, schaute zu Emilia und sah dasselbe.

»Warum findest du jetzt gern etwas an uns auszusetzen, wenn Vater es nicht tut?« fragte Marcus die Tante.

»Ist das so? Nun ja –: Irgendeiner muß euch doch an der Kandare halten.«

»Warum muß er?«

»Wenn ein Grund da ist, etwas an euch auszusetzen, ist es wahrscheinlich richtig, es zu tun.«

»Aber Mutter wird es nicht tun«, sagte Avery und schmiegte sich an Charlotte.

»Man soll die Dinge an sich herankommen lassen«, meinte Horace.

»Eine lausige Zeit war das, als sie herankamen«, bemerkte Marcus, halb zu sich selbst.

»Tante Emilia hätte mir ins Gewissen reden müssen«, sagte Horace, ohne seine Frau anzublicken. »So mußte ich es schließlich selbst tun.«

»Und das machen viele Leute nicht«, sagte Avery.

»Mutter wird froh sein«, meinte Jasper. »Sie wird dir nicht immer widersprechen müssen.«

»In unseren Herzen wollen Mutter und ich dasselbe.«

»Manchmal wirst du wahrscheinlich vergessen, daß du anders bist«, sagte Marcus.

»Zweifellos. Aber ihr werdet Geduld mit mir haben. Und vielleicht vergesse ich es nicht so oft. Ich bin nicht weniger froh über den Unterschied als ihr. Ich habe unter meinen eigenen Fehlern gelitten. Nicht nur ihr habt euren Preis dafür bezahlt. Jetzt sehe ich das alles ganz genau.«

»Kommt es vom Kranksein, daß die Menschen sehen lernen?« fragte Marcus.

»Ich hätte gedacht, daß sie dazu schon sehr krank sein müssen«, meinte Jasper.

Horace lächelte in sich hinein.

»Ist dir kalt, Sarah?« fragte er.

»Nein, noch nicht, Vater, danke. Ich sorge nur vor.«

»Vorsorge ist besser als Nachsicht«, sagte Tamasin.

»Ich werde einheizen«, sagte Jasper und lief herbei. »Ich hätte alles zum Anzünden bereitgemacht, wenn ich gewußt hätte, daß Mutter kommt.«

Horace beobachtete ihn gelassen, ohne ihn wirklich zur Kenntnis zu nehmen. Emilia blickte zu Charlotte, desgleichen Bullivant.

»Ich werde Mutters Tasse zum Kamin tragen«, sagte Avery.

»Ein Englischmann, juchhei!« knurrte Jasper und rückte gegen ihn vor.

Avery versuchte zu entkommen, stolperte über einen Teppich und stürzte. Die Tasse zersprang in Scherben.

»Die Labe unserer armen Mutter verträgt sich nicht mit kleinen Brüdern«, sagte Tamasin.

Averys lautes Lachen ging in Tränen über.

»Er hat sich doch nicht weh getan?« sagte Horace.

»Wenn er sich nicht weh getan hätte, würde er nicht weinen«, entgegnete Marcus.

»Richtig weh getan meinte ich.«

»Verletzt ist er, glaube ich, nicht.«

»Nein, er ist nicht verletzt, Vater«, sagte Sarah.

Avery betrachtete einen Schnitt an seiner Hand, als ob er dieser Behauptung nicht zustimmen könnte.

»Ich werde es dir verbinden«, sagte Jasper.

»Jetzt kann Jasper das Blut eines Englischmanns riechen«, sagte Tamasin.

»Nein!« widersprach Avery, der so etwas gar nicht denken mochte.

»Bringt mir einer von euch eine Tasse?« sagte Sarah und ließ sich neben der Mutter nieder.

»Warum holst du sie dir nicht selber?« fragte Marcus.

»Du darfst ruhig deine große Schwester bedienen. Ich habe mich auch immer um dich kümmern müssen.«

»In letzter Zeit nicht. Du bist nicht mehr so nett wie früher.«

»Sie ist allzu nett gewesen«, sagte Avery.

»Vielleicht war ich das«, sagte Sarah mit einem Blick zu Charlotte. »Es ist nicht wahr, daß es einen Menschen glücklicher macht, wenn er zuerst an andere denkt.«

»Das ist zu unnatürlich, als daß es gesund sein könnte«, meinte Tamasin. »Aber von uns übrigen ist keiner für diesen Irrtum anfällig.«

»Wir müssen darauf schauen, daß Sarah ihm nicht zu sehr verfällt«, meinte Horace.

»Am besten ist es, wenn man gerade nett genug ist«, fand Avery.

»Kindermund tut Wahrheit kund«, sagte Horace und lächelte seiner Gemahlin zu.

»Habt ihr alle Hausarbeiten für Mr. Doubleday gemacht?« fragte Emilia.

»Was du heute kannst besorgen, das verschiebe nicht auf morgen«, zitierte Jasper.

»Für heute ist es zu spät«, sagte Tamasin.

»Aber Mutter kommt nicht jeden Tag wieder«, sagte Horace.

»Der Lehrer leider schon«, sagte Tamasin. »Es wird nachgerade schwierig, Entschuldigungen für ihn zu finden.«

»Nun, in diesem Fall habt ihr eine«, sagte ihr Vater.

»Mit wem habt ihr mehr gelernt?« fragte Charlotte. »Mit dem Lehrer oder mit Tante Emilia?«

»Mit Tante Emilia«, sagte Marcus.

»Ich bin nicht sicher«, sagte Sarah.

»Ich schon«, sagte Tamasin. »Ich habe bei Tante Emilia mehr gelernt.«

»Sarah lernt bei Mr. Doubleday mehr als wir anderen«, sagte Marcus. »Aber Jasper scheint überhaupt nichts zu lernen.«

»Und seinetwegen haben wir den Hauslehrer aufgenommen«, stellte Horace betrübt fest.

»Jasper kann sich ja nicht immer auf seine Geschwister verlassen«, sagte Charlotte. »Er muß sein eigenes Niveau finden, auf dem er aufbauen kann.«

»Mr. Doubleday hat es gefunden«, sagte Tamasin: »Allerdings recht niedrig.«

»Und wie schätzt er dich ein?« fragte Horace.

»Besser, aber auch nicht sehr gut.«

»Und Sarah?«

»Noch besser«, sagte Tamasin, setzte sich auf einen Stuhl vor ihren Vater und sah zu ihm hoch.

»Warum setzt du dich immer so, daß Vater dich sehen kann?« fragte Marcus.

»Ich hoffe, daß sie das immer tun wird«, sagte Horace.

»Das hat sie auch früher schon getan«, erinnerte sich Avery.

»Daran denke ich gern zurück«, sagte Horace. »Heute werde ich euch nicht vorlesen können, und ich habe dafür die gleiche Entschuldigung wie ihr gegenüber eurem Lehrer: Mutter kommt nicht jeden Tag wieder.«

»Sarah wird uns vorlesen«, sagte Avery, »und das ist das Beste. Was einmal das Beste war, bleibt immer das Beste, nicht wahr?«

»Das gehört sich so«, fand Horace.

»Du würdest dir wünschen, daß du schon immer so gewesen wärst wie jetzt, nicht wahr?« sagte Marcus mit dem Blick auf seinen Vater.

»Ja. Aber es ist nie zu spät, um sich zu ändern. Ich hoffe, daß es für mich nicht zu spät ist.«

»Irgendwie ist es mir immer zu spät vorgekommen. Kommt es oft vor, daß Menschen in ihrem Wesen so ganz anders sind, als sie sich geben?«

»Ich war vielleicht ein extremer Fall. Ich fürchte, ihr werdet viel zu vergessen haben.«

»Kann man jemals etwas vergessen, das lange gedauert hat?«

»Also viel zu vergeben«, sagte Horace.

»Es kommt uns jetzt noch schöner vor, weil es vorher nicht schön war«, appellierte Avery in dem für ihn charakteristischen Ton an die Zustimmung der anderen.

»Mein gütiger kleiner Sohn!« sagte Horace.

Emilia erhob sich und verließ das Zimmer, als ob sie dem Gespräch ein Ende setzen wollte. Marcus schaute ihr unsicher nach.

»Darf ich beim ersten Teil dabeisein, wenn ihr vorlest?« fragte Horace.

»Sarah kann auch einem Erwachsenen vorlesen«, versicherte Avery, faßte die Hand der Schwester und legte sie in die des Vaters.

»Man läßt uns also ungescheut beisammen, Charlotte«, erfaßte Mortimer sofort die Situation. »Das heißt, daß wir die Gelegenheit nützen sollen.«

»Was ist hier los? Bereitet sich Horace auf den Tod vor? Oder ist er eben dem Tod entronnen? Ich habe nicht gewußt, daß er so krank war. Ist das nun sein wahres Wesen? Müssen wir die Vergangenheit vergessen? In deinem Fall sind das immerhin vierundfünfzig Jahre! Ich muß die ganze Geschichte hören – aus dem Mund eines Menschen hören!«

»Du siehst die Verwandlung mit deinen eigenen Augen. Ich muß sie nicht beschreiben. Angefangen hat es nach der Krankheit, aber vielleicht nicht als deren Folge. Plötzlich war Horace der Vater, den du jetzt vor dir hast. Was sich dahinter verbirgt, können wir weder wissen noch erraten. Mit mir spricht er kaum ein Wort. Er ist so anders zu mir wie zu den Kindern, nur im gegenteiligen Sinn.«

»Was für ein Licht ist ihm aufgegangen? Das ist die Frage; das ist die Lösung, der springende Punkt. Ich vermute, daß er alles weiß. Horace verläßt sich nicht aufs Raten. Wenn er das täte, würde er es längst erraten haben.«

»Jetzt, da er eine so natürliche Bindung zu den Kindern hat, können wir sie ihm nicht wegnehmen. Kinderherzen sind mit Freundlichkeit und Einfühlung rasch zu gewinnen. Eine einfache Methode.«

»Das gilt nicht nur für Kinder. Und die Methode ist vielleicht nicht so einfach, aber die wirksamste. Fast gewinnt sie auch mein Herz, wenn ich dabei zuschaue. Es ruft die Hoffnungen meiner Jugend zurück. Daß ausgerechnet Horace sie anwendet – und so offen! Aber ich muß es glauben, wenn ich es vor mir sehe.«

»Und das wirst du oft«, sagte Mortimer. »Jedesmal, wenn die Kinder dabei sind, und das kommt viel öfter vor als früher. Sie werden für ihn der Sinn seines Lebens, und er wird zum Mittelpunkt ihres Lebens.«

»Er wird nie auf sie verzichten«, stieß Charlotte hervor.

»Genau das ist es, Charlotte. Und auch du wirst nicht auf sie verzichten. Vor allem anderen bist du eine Mutter, und vorher schon warst du seine Frau. Was kannst du mir geben, das unsere Pläne rechtfertigen würde?«

»Nichts könnte ich dir geben«, sagte Charlotte und brach in Tränen aus. »Angst um die Kinder. Gewissensbisse, weil ich sie verlasse. Die Furcht, daß Horace rückfällig werden oder auf seine neue Art zu weit gehen könnte. Es wäre wahrlich sehr wenig. Ich könnte es dir nicht anbieten.«

»Ich würde es nehmen, wenn du es tätest. Aber ich weiß, daß du das nicht tun wirst – und du weißt es auch. Dies ist ein glückliches Haus geworden, und unsere Hoffnungen waren auf sein Unglück gegründet. Horace hat gesehen, daß unsere Zukunft auf Sand baute.«

»Was sonst hat er noch gesehen? Und wann hat es es gesehen?«

»Er muß alles begriffen haben. Er muß irgendeinen Beweis gefunden haben. Ich weiß nicht wie. Ich weiß auch nicht genau wann. Ich habe keinen Anhaltspunkt. Briefe sind keine gekommen. Seit Wochen habe ich von dir keinen Brief erhalten. Was ich über dich wußte, erfuhr ich von Horace.«

»Zugleich mit dem letzten Brief, den ich an ihn schrieb, hättest auch du einen bekommen sollen. Ich habe ihn an Miss Buchanan adressiert. Er muß dort liegen, wenn er nicht verschwunden ist. Du solltest einmal nachfragen, damit er nicht in falsche Hände gerät. Es reicht, daß Horace weiß, wie es um uns steht. Und jetzt wagen wir nicht, in die Zukunft zu blicken ...«

»Und Horace wagt es. Ich weiß nicht, ob du dir dessen bewußt bist, Charlotte, aber Horace ist ein sehr tapferer Mann. Er hat in den letzten Wochen großen Mut bewiesen. Er hat sich plötzlich und radikal verändert, und das vor aller Augen. Immer wieder tritt er zum Spießrutenlauf an. Sein ganzes Leben ist ein Spießrutenlauf. Auch jetzt wird er wieder antreten, und du bist es, die für die Spießruten steht.«

»Das traue ich mir zu«, sagte Charlotte und preßte ihre Hände zusammen.

Horace kam mit Emilia herein, als ob er eine Zeugin für die bevorstehende Szene mitbrächte.

»Charlotte«, sagte er und blickte seiner Frau in die Augen:

»Ich habe über das, was zwischen uns ist, nicht gesprochen. Vielleicht werde ich nicht darüber sprechen.«

»Ich werde mit dir darüber sprechen«, ging Charlotte sofort darauf ein. »Wir werden uns nicht in ein unnatürliches Schweigen hüllen. Mortimer und ich konnten die Zustände in diesem Haus nicht mehr ertragen; wir waren am Ende unserer Kräfte. Wir hatten gesehen, wie die hilflosen Kinder litten, und konnten das nicht länger zulassen. Wir schauten nach einem Fluchtweg für uns alle aus, und unser Aufbruch stand bevor. Es wäre der richtige, der einzig richtige Weg gewesen. Aber das Haus, in das ich zurückgekehrt bin, ist anders geworden – so anders, wie es immer schon hätte sein können. Wärst du nur immer so gewesen, Horace! Hättest du nur immer so gelebt! Jetzt beweist du, daß dies möglich gewesen wäre – daß es an dir gelegen hätte, den steinigen Weg zu ebnen. Das wirft kein besseres Licht auf die Jahre, die hinter uns liegen. Aber im Augenblick müssen wir unsere Beschwerde fallen lassen. Du hältst die Zukunft in deinen Händen, und du hast die Macht, sie zu gestalten. Aber die Vergangenheit bleibt meine Tragödie und geht zu deinen Lasten. Du hast nicht das Recht, als Märtyrer dazustehen. Ich habe viel länger unter dir gelitten.«

»Was vorbei ist, wird nicht wiederkommen«, sagte Horace. »Ich weiß, daß ich es nicht leicht haben werde, aber dieses Wissen wird mir ein Leitstern sein.«

»Aber du bist dir bewußt, daß es dafür schon sehr spät ist? Du mußt mit dieser Vergangenheit leben. Den Kindern haben sich diese Jahre eingeprägt in ihren Köpfen, in ihren Herzen tragen sie die Last einer unglücklichen Kindheit. Nun wird jeder Fehltritt, den du machst, ihr zugeschlagen. Du mußt genauso mit Marcus wie mit Avery zurecht kommen. Avery war abgeschirmt, für ihn war alles leichter. Er hat keinen Konflikt mit den neuen Tatsachen zu bewältigen. Die anderen haben sich ihren Standort nicht ausgesucht. Du mußt das einfach hinnehmen. Ihr Urteil wird hart sein, wenn du etwas falsch machst. Das ist das Erbe deiner eigenen Vergangenheit.«

»Du sprichst gut, Charlotte.«

»Das kommt daher, daß ich vorher nicht gesprochen habe. In meinem Herzen war ich nicht immer stumm.«

»Warum hast du geschwiegen? Was hat dich dazu veranlaßt? Warum hast du nichts gesagt, wenn du gelitten hast? Vielleicht wäre es besser geworden. Dir und mir hätte es eine Chance gegeben.«

»In den ersten Jahren habe ich oft gesprochen – und habe erkennen müssen, daß es sinnlos war. Das weißt du, Horace! So schlecht ist dein Gedächtnis nicht. Du warst nicht der Mensch, der du jetzt bist – der Mann, zu dem du so plötzlich geworden bist. Es ist ein totaler und unerwarteter Wandel. Und es zeigt, wie du hättest sein können. Es zeigt uns das Bild einer Vergangenheit, die für uns möglich gewesen wäre und nie mehr stattfinden wird. Es wirkt nicht nur in die eine Richtung.«

»Ich habe nicht gewußt, daß du eine hartherzige Frau bist, Charlotte.«

»Du weißt, daß es das Herz jeder Frau verhärten muß, wenn sie tagtäglich mit ansieht, wie ihre Kinder leiden. Auch du besitzt einen Menschenverstand. Du bist kein solcher Ausnahmefall. Wenn du das nicht gewußt hättest, wäre dir nicht beigekommen zu tun, was du getan hast. Und du kennst auch die Wahrheit, die hinter uns liegt. Du hast die zarten Triebe der Kindheit zertreten, unter Druck und Furcht verstümmelt, zu Mißwuchs gezwungen und dich an dem Unrecht, das du verschuldet hast, geweidet. Du hast das Herz einer Mutter gequält, Monat um Monat und Jahr um Jahr. Du hast gewußt, was du tust. Dein gegenwärtiges Verhalten ist ein Beweis dafür. Mag sein, daß ich gut spreche. Ich habe das Echo dieser Worte oft in meinem Herzen gehört und mich gefragt, warum nicht auch du es hörst. Wenn ich sie jetzt ausspreche, will ich dich nicht anklagen oder deine Bemühungen zunichte machen, sondern für jene eintreten, die keine Schuld tragen. Mortimer und ich haben recht gehandelt, nicht unrecht, so wie du immer unrecht und niemals

159

recht gehandelt hast. Jetzt haben wir reinen Tisch gemacht. Das ist alles, was zu sagen war.«

»Und du glaubst nicht, daß auch ich einiges zu sagen hätte?«

»Nein. Ich weiß, daß du nichts zu sagen hast. Und das weißt auch du.«

»Was erwartest du von mir, Mortimer?« fragte Horace, als habe er seine Frau nicht gehört.

»Ich erwarte nichts, mein Guter. Ich habe es mir abgewöhnt, auf ein Wort oder einen Blick zu warten.«

»Diese Bemerkung wollen wir übergehen. Sie scheint mir doch etwas merkwürdig. Was ich festzustellen habe, ist nur eines: Ich weiß alles. Und ich brauche deine Antwort nicht. Ich kann sehen, daß du nichts zu antworten hast.«

»Es würde nicht recht passen«, sagte Mortimer.

»So weitermachen wie bisher wirst du nicht. Du wirst nicht unter meinem Dach und von meinem Brot leben und zugleich meine Existenz untergraben, ein falscher Freund und ein Charakterschwein. Du hast mir Unrecht zugefügt: Mehr will ich nicht sagen. Auch ich habe unrecht getan, aber mein Verfehlen hatte für sich, daß niemand mir half, und ich habe gelitten und Buße getan. Und ich bin nicht der einzige, der ein neues Leben beginnt: Das gilt auch für dich, oder wir sind auf ewig geschiedene Leute. Wessen Brot willst du essen, wenn nicht das meine?«

»Charlottes Brot. Ich bin auf andere Menschen angewiesen. Ich selbst habe nichts.«

»Wird Charlotte deinetwegen auf ihre Kinder verzichten?«

»Darum geht es. Das sehe ich sehr klar vor mir. Die Kinder sind an dich gebunden.«

»So ist es, Mortimer, obwohl es noch andere Argumente gäbe. Ich habe schon seit einer Weile begriffen, daß ich in meiner Familie nicht die richtige Rolle spiele, nur war ich zu träge, um etwas daran zu ändern. Trotzdem hat es mich soweit gebracht, mir den Weg gewiesen; ihn mir – wenn du so willst – aufgezwungen.«

160

»Anscheinend doch eine sehr vorteilhafte Entwicklung. Vielleicht wirst du einmal dafür dankbar sein.«

»Du hast nichts von mir verlangt, aber immer genommen – bis du alles für dich haben wolltest. Ich habe dabei gewonnen, weil mein Leben dadurch ein anderes wurde: Dein Lohn wird geringer sein. Aber du wirst ihn erhalten, so wie ich. Du wirst nicht unter meinem Dach bleiben als eine Gefahr für alle, die darunter geborgen sind. Du hast zwei Möglichkeiten: Entweder du heiratest und bleibst hier, für welchen Fall ich dir eine Bleibe und Unterhalt biete; oder du ziehst aus – und auch da werde ich dafür sorgen, daß du nicht verkommst. Ohne Frau bleibst du nicht in diesem Haus. Nach dem Grund mußt du nicht fragen. Hast du dazu etwas zu sagen?«

»Wohl kaum, mein Guter. Ich glaube nicht, daß noch etwas offen ist. Soviel kann es garnicht geben.«

»Ich habe also recht – und du gibst es zu?«

»Habe ich es zugegeben? Dann erübrigt sich ja alles weitere.«

»Du bist mir ein guter Freund gewesen, Mortimer – oder besser: ein mir teurer Freund. Aber du hast die Grundlage unserer Freundschaft zerstört. Wenn wir jetzt beide das Vergangene bereuen und ein neues Leben beginnen, können wir das nicht gemeinsam tun. Wir gehen auf getrennten Wegen in die Zukunft.«

»Ausgerechnet jetzt, wo wir uns gegenseitig zum Guten beeinflussen könnten. Wir haben voneinander nur das Schlechteste gehabt. Und was soll mein nächster Schritt sein?«

»Du kannst dir selbst helfen, und es gibt andere Menschen, die dir helfen werden. Ich werde mein Bestes für dich tun, obwohl du für mich nichts dergleichen getan hast.«

»Nun, das muß ich dir und den anderen überlassen. Du hast ein prächtiges Haus. Ich bin nicht erstaunt, daß du davon sprichst. Es muß großartig sein, Macht zu haben und sie mit Bedacht und Grausamkeit anzuwenden. Es kommt so selten vor, daß wir den Beifall des Publikums und zugleich die Befriedigung unserer Triebe genießen können.«

»Wenn du heiratest, kannst du hier bleiben. Ich kenne jemanden, der diese Stelle einnehmen würde. Du weißt, daß Magdalen Doubleday dazu bereit wäre. Kannst du dir etwas Besseres wünschen?«

»Du weißt, daß ich es mir gewünscht habe: Wir sind in diese Situation geraten, weil ich etwas Besseres gewünscht habe.«

»Sie wäre eine gute Frau für dich, Mortimer. Über jeden Tadel erhaben. Ich bin sicher, daß sie nie auch nur einer Fliege etwas zuleid getan hat.«

»Nun, das war nett von ihr. In der Regel beginnen wir mit den Fliegen. Aber dann wäre sie auch nicht über jeden Tadel erhaben.«

»Sie wäre ganz für dich da. Wenn sie dich ansieht, geht ihr das Herz über.«

»Woher weißt du das? Wenn du davon sprichst, geht mir das Herz über. Vielleicht hört sich das an, als ob es da einen gemeinsamen Nenner gäbe. Aber es betrifft nicht die fundamentalsten Fragen.«

»Warum magst du sie nicht?«

»Das habe ich dir doch erklärt. Wir sehen sie mit den gleichen Augen.«

»Du hast nicht so viel zu geben.«

»Habe ich nicht, mein Guter? Darüber mußt du befinden. Das Geben habe ich nicht gelernt. Ich kann nehmen. Auch das ist allerdings eine Gabe.«

»Nun, dann nimm in diesem Sinn, was sie zu geben hat.«

»Aber ich glaube nicht, daß sie etwas zu geben hat. Was sollte die Schwester eines Hauslehrers zu geben haben?«

»Als Mensch zählt sie für dich nicht?«

»Das versuche ich lieber nicht«, meinte Mortimer.

»Ich sagte, daß ich für deinen Unterhalt sorgen würde.«

»Warum läßt du mich nicht sterben, statt dafür zu sorgen?«

»Weil du nicht fähig bist, für dich selbst zu sorgen. Und sterben willst du so wenig wie ich.«

»Vielleicht doch ein wenig mehr.«

»Wir alle wollen leben. Wenn du jemals dem Tod ins Auge gesehen hättest, wüßtest du das.«

»Warum redest du vom Sterben, wenn du für meinen Unterhalt sorgen willst?«

»Da ist dieses Häuschen bei der Mühle.«

»Irgendwer muß es dort hingebaut haben –: Aber ich will niemanden verdächtigen. Glaubst du, daß das der rechte Ort ist, um dem Tod ins Auge zu sehen? Bestimmt wäre es feucht.«

»Eigentlich ist es ein richtiges kleines Haus.«

»Stimmt. Eigentlich klein. Aber bei einem Häuschen kann man das eigentlich voraussetzen.«

»Du kannst keine großen Ansprüche stellen, Mortimer.«

»Ich wollte, ich würde nicht Mortimer heißen: Es hat einen so vorwurfsvollen Klang. Obwohl ich von mir selbst überrascht bin, gelingt es mir, ein wenig mehr haben zu wollen.«

»Das würde kein anderer Mensch in deiner Lage tun.«

»Wirklich? Ich kenne keine Menschen. Ich kenne nicht einmal dich.«

»Das fühle auch ich, was dich betrifft, Mortimer«, sagte Horace traurig.

»Es gleicht sich also aus. Dann können wir vielleicht dieses Thema abschließen. Es ist ein bißchen peinlich, und ich denke, das war auch deine Ansicht. Ich bin nicht so, wie du vermutest. Als ich dir Charlotte wegnehmen wollte, dachte ich mir, daß es so für sie besser sein würde. Das glaube ich noch immer. Und als ich dir die Kinder wegnehmen wollte, dachte ich mir, es würde so für sie besser sein, obwohl ich jetzt sehe, daß das vielleicht nicht der Fall wäre: Selbstverständlich nicht, wenn du jetzt ein vollkommener Vater wirst. Sie wären jetzt dagegen – aber das ist nicht immer so gewesen, Horace! Selbst dein Name kann wie ein Vorwurf klingen. Es wird darauf ankommen, wie weit du mit deiner neuen Gangart kommst. Du hast das ganz richtig gemacht. Wenn Charlotte zwischen mir und den Kindern wählen muß, ist das Ergebnis vorauszusehen. Aber wie hast du herausgefunden, was zwischen ihr und mir ist?«

»Du hast nicht das Recht, danach zu fragen.«

»Habe ich es nicht? Das habe ich allerdings nicht gewußt. Ich dachte eher, daß du es mir erzählen willst.«

»Nun, du wirst überdenken, was ich dir gesagt habe.«

»Nein, das werde ich nicht. Meine Gedanken sträuben sich dagegen. Es wird sich in jenem Bodensatz ablagern, den wir nicht aufzurühren wagen. Bei jedem von uns gibt es solche versteckte, unzugängliche Winkel – obwohl ich sie früher nicht gehabt haben dürfte. Das zeigt, daß sie sich in jedem Alter bilden können.«

»Gleich wird Bullivant hier herein wollen. Der alltägliche Trott muß weitergehen.«

»Das ist angeblich so befremdend. Angeblich erwartet man, daß er aufhöre. Aber es wäre wohl noch seltsamer, wenn er wirklich aufhören würde. Genau werden wir das nie wissen. Wie oft werde ich hier noch bei Tisch sitzen?«

»Nicht allzu oft«, sagte Horace.

»Irgendwie sehe ich voraus, daß das Essen in dem Haus bei der Mühle anders schmecken wird. Hast du bedacht, wie sich dort mein Appetit entwickeln wird? Oder soll ich wirklich dem Tod ins Auge sehen?«

»Du sollst dem Leben ins Auge sehen – und einer besseren Zukunft. Und du sollst dem nicht allein ins Auge sehen.«

»Und Sorgen sind leichter, wenn man sie teilt. Ich finde, das sollte nicht so sein; ich halte das nicht für eine gesunde Weltanschauung. Ich werde also zu den Leuten gehören, die jemanden heiraten, um der Einsamkeit zu entfliehen. Aber ich würde lieber aus einem sympathischen Grund heiraten. So werde ich der Einsamkeit nicht entfliehen können.«

»Magdalen wird dich aus Liebe heiraten. Du wirst glücklicher dran sein als sie.«

»Werde ich das? Ich hätte eher das Umgekehrte vermutet. Aber ich lerne, mir zu mißtrauen. Ich nehme an, du wirst mich besuchen kommen?«

»Es wird besser sein, wenn wir uns nicht zu oft sehen.«

»Oh, nicht zu oft! Nicht öfter, als es gut ist. Du wirst in dem kleinen Haus bei der Mühle immer willkommen sein, Horace. Und du wirst versuchen, von mir nur das Beste anzunehmen. Ich habe immer versucht, von dir nur das Beste anzunehmen, selbst wenn das Beste nicht besonders gut war. Als ich dich auf dem Weg zur Vollkommenheit sah, fühlte ich, daß ich anders bin. Ich spüre, daß dies ein Abschied ist – und vielleicht ein Abschied von meinem alten Horace. Und dann gibt es natürlich noch eines, um das ich dich bitten muß...«

»Ich werde es Charlotte nicht schwer machen.«

»Meine Bitte ist erfüllt, bevor ich sie ausgesprochen habe. Ich glaube, das ist mir noch nie geschehen. Nicht einmal die Bitten, die ich ausspreche, werden immer erfüllt. Und das Aussprechen allein bewirkt schon, daß sie sich nicht so gut anhören, wie sie gemeint sind. Anscheinend tut das den Bitten nicht gut. Ich möchte meine Bitte um ein besseres Haus als das bei der Mühle lieber nicht aussprechen. Mir wäre lieber, wenn sie schon vorher erfüllt würde.«

»Mehr kann ich für dich nicht tun, Mortimer. Die Wahrheit ist der beste Beweis meiner Freundschaft.«

»Wirklich? Dann frage ich mich, was unfreundlich wäre. Immerhin spricht aus dir der alte Horace! Insgeheim sollte ich mich darüber freuen, aber es gelingt mir nicht recht.«

»Ich würde mir wünschen, daß ich den alten Mortimer vor mir hätte.«

»Vielleicht hast du ein Recht auf das letzte Wort, aber es ist nicht sehr großherzig, daß du es ausnützt. Und wie kannst du dir den alten Mortimer wünschen, wenn du alle Voraussetzungen geschaffen hast, um mich zu vernichten?«

»Ich habe dich für einen Mann gehalten, Mortimer.«

»Du hast immer besser von mir gedacht, als ich es verdiente.«

»Ich fürchte, das ist die Wahrheit.«

»Du nützt es wirklich aus, aber vielleicht hast du recht. Die meisten Leute haben von mir als Mann sehr wenig gehalten. Und jetzt werde ich sogar ein Ehemann. Das paßt nicht ganz zu mir.«

»Was hast du selbst vorgehabt?«

»Biete ich dir wirklich all diese Angriffspunkte? Ich bin gespannt, was Magdalen sagen wird, wenn du mich immer nur schlecht machst.«

»So darfst du von ihr nie wieder reden. Du mußt deine und ihre Situation begreifen lernen. Du mußt ein guter Gatte werden, der für sie einsteht.«

»Muß ich das wirklich? Ich habe meine Selbstachtung wiedergewonnen, so wie auch deine Achtung vor mir. Und ich hätte es nicht ertragen können, Horace, auf deine Achtung zu verzichten.«

»Das ist für mich das traurigste Kapitel in dieser Geschichte.«

»Nicht für mich. Ich werde mich nie davon überzeugen lassen, daß materielle Sorgen nicht die schlimmsten sind.«

»Ich sagte dir doch, daß du solche nicht haben wirst.«

»Also nicht das Haus bei der Mühle und gerade genug, um davon zu leben? Hast du mir nur Angst einjagen wollen, Horace?«

»Du weißt, daß du in diesem Haus nicht bleiben kannst. Und du weißt auch, daß du das gar nicht beabsichtigt hast. Du vergißt, daß mir deine Pläne bekannt sind.«

»Es wäre für mich nicht leicht, das zu vergessen. Unser Gespräch muß doch irgendeinen Ansatzpunkt haben. Aber ich verstehe nicht, wie du es herausgefunden hast. Vermutlich willst du es mir jetzt sagen.«

»Es ist besser, wenn ich es nicht tue«, sagte Horace.

»Bestimmt wäre es für dich besser, wenn du es dir vom Herzen lädst und den Triumph genießen kannst, und für mich, wenn meine Neugier befriedigt wird. Ich begreife nicht, warum du dich dagegen wehrst.«

»Charlotte in Tratsch und Heimlichkeiten hineinzuziehen! Was du getan hast, hätte für sie schlecht ausgehen können, Mortimer!«

»Warum denkst du so etwas? Du hast keine Ahnung, wie freimütig und ehrlich wir sein wollten.«

166

»Nein, davon habe ich keine Ahnung.«

»Mein Gott, was für eine Gelegenheit! Wie könnte ich dich bewundern, wenn du sie nicht genützt hättest! Bis zu einem gewissen Grad bewundere ich dich nämlich, Horace. Ich finde, du hast dich in diesem Gespräch wirklich als Mann erwiesen. Obwohl mir lieber gewesen wäre, du hättest dich wie eine Frau benommen, deinen kleinen Sieg gefeiert und mir alles verraten. Frauen können nichts für sich behalten, und darum ist es nicht erstaunlich, daß wir so gern in ihrer Gesellschaft sind. Es ist eben sehr angenehm, alles zu teilen. Aber auf deine engherzig männliche Art hast du nicht schlecht abgeschnitten.«

»Auch du nicht, Mortimer«, entgegnete Horace mit einem halben Lächeln. »Du hast mich sehr geschickt aufs Eis geführt. Zwischen meinen Füßen und dem Abgrund war nur eine dünne Kruste. Was waren deine Gefühle, als du mich so gehen sahst?«

»Ich habe das Gefühl gehabt, selbst auf dünnem Eis zu gehen. Und ich habe recht gehabt: Ich bin eingebrochen.«

»Nun, wir tragen einander nichts nach. Ich bin nur enttäuscht und besorgt um dich.«

»Enttäuscht bin ich auch. Ich könnte schwerlich vorgeben, daß ich es nicht bin. Und ich verstehe nicht, daß du mir nichts nachträgst. Das läßt meine Niederlage noch mehr schmerzen. Aber vielleicht soll es das. Vielleicht trägst du mir also doch etwas nach.«

»Nun, du jedenfalls hast mir nichts nachzutragen.«

»Ich habe mir eingebildet, daß es die tun, die im Unrecht sind. Aber ich freue mich, daß es nicht so ist. Solche Spitzfindigkeiten mag ich garnicht.«

»Hast du von Magdalens Gefühlen für dich gewußt?«

»Ja, und ich war zu gutartig und geschmeichelt, um sie zurückzuweisen. Das liegt vielleicht in meinem Wesen. Hast du von den Gefühlen ihrer Mutter für dich gewußt?«

»Ich sah, daß sie sich für mich interessierte und mir freundschaftlich zugetan war. Dafür war ich ihr dankbar.«

»Wir werden sehen, wie sie auf die Romanze zwischen Magdalen und mir reagiert. Es wird die Situation klären – und das halte ich für nötig.«

»Morgen nachmittag kommen sie zu Besuch. Du kannst dir die Gelegenheit zunutze machen.«

»Vielleicht wird Magdalen mir dabei helfen, das würde ganz ihrer großmütigen Natur entsprechen. Ich muß mich daran gewöhnen, in der rechten Weise von ihr zu reden.«

»Du solltest für die Zuneigung eines Menschen dankbar sein. So leicht ist sie nicht zu gewinnen.«

»Ich hätte das Umgekehrte vermutet. Du und ich haben sie eben erst gewonnen, und ich habe gesehen, wie du das Herz der Kinder erobert hast. Vielleicht sind wir gewinnende Persönlichkeiten.«

»Das scheint mir wirklich die beste Erklärung, Mortimer.«

»Ich werde es um deinetwillen zu ertragen versuchen, Horace. Ich bin dir wohl irgendeine Genugtuung schuldig. Ich werde ein Leben lang Buße tun.«

Am folgenden Tag waren die Gäste beizeiten zur Stelle, und Gertrude ging geradewegs auf den Hausherrn zu.

»Wir sind früher da, als es sich gehören würde, aber ich will mich dafür nicht entschuldigen. Ich kann nicht glauben, daß ein Aufschub so viel für sich hätte, wenn wir unsere Freunde sehen möchten. So bin ich also ohne schlechtes Gewissen vor dem Glokkenschlag hier.«

»Wir freuen uns immer, Sie zu sehen«, behauptete Emilia. »Überdies wird die Frau meines Neffen Sie begrüßen können. Sie haben doch von ihrer plötzlichen Heimkehr erfahren?«

»Fast so rasch, als Sie davon wußten«, bestätigte Magdalen lächelnd. »In einem Dorf verbreitet sich jede Nachricht in Windeseile.«

»Sie sehen aus, als hätte es Sie angestrengt, den alten Kreis wieder zu schließen«, stellte Gertrude fest, kaum daß ihre Tochter ausgeredet hatte.

»Es gab einige Probleme, die mich beschäftigten, aber jetzt bin ich besser im Lot als zuvor. Mein Weg liegt klar vor mir.«

»Setz dich zu mir und unterhalte dich mit Mr. Lamb«, sagte Gertrude zu ihrer Tochter, der eben Mortimer einen Stuhl anbot. »Dort wollte Miss Emilia Platz nehmen.«

»Nein, ich werde mich zu Ihnen und meinem Neffen setzen«, sagte Emilia.

»Dieses plötzliche Aufleben der Vergangenheit muß Sie verwirren«, sagte Gertrude zu Horace, ohne seine Tante anzublicken.

»Damit wird er schon fertig«, meinte Emilia. »Wir werden bald wieder in unseren alten Trott gefunden haben.«

»Den alten Trott sollte man nach Möglichkeit vermeiden. Ich habe das immer nach Kräften versucht.«

»Ich dachte dabei nur an unsere alltägliche Routine.«

»Wandel ist für uns alle das Salz des Lebens«, verkündete Gertrude mit ernster und klarer Stimme. »Unser Glück und unsere geistige Gesundheit hängen davon ab – und unsere Pflichten gegenüber den Mitmenschen. Selbst vor tiefgreifenden Veränderungen sollten wir uns nicht ängstigen.«

»Das klingt sehr beunruhigend«, meinte Emilia, »und es besagt mehr, als in einer Familie möglich sein kann.«

»Möglich ist alles«, widersprach Gertrude sanft. »Und gerade in einer Familie sind Veränderungen oft besonders wünschenswert, heilsam und fruchtbar, ein Jungbrunnen für Körper und Seele.«

»Solche Veränderungen sind allerdings kompliziert«, sagte Horace.

»Kompliziert? Ja. Aber wie viele Dinge sind deshalb nur um so mehr erstrebenswert! Auf unserer Pilgerfahrt stellen sich Hindernisse entgegen. Wir dürfen nicht scheuen, sie zu überwinden.«

»Aber das ist kein Grund, sie zu erfinden«, meinte Emilia.

»Dazu besteht wahrhaftig kein Grund. Sie sind da, ob wir es wollen oder nicht. Aber um so mehr befriedigt es, wenn wir sie bewältigen. Es gibt keine lohnendere Aufgabe, die alle unsere Kräfte so herausfordert.«

»Anscheinend sind wir verschiedener Meinung«, sagte Emilia lächelnd. »Aber ich bin mir nicht ganz sicher, um was es geht.«

»Wir sind nicht so sehr aneinander gewöhnt«, entgegnete Gertrude sanft. »Ich will nicht behaupten, daß zwei Menschen einander besser verstehen als drei, aber ich werde jetzt doch mein Fräulein Tochter bitten, Ihnen ihren Platz zu überlassen. Sie hat sich hingesetzt, als Sie ihn ins Auge faßten. Ich habe es beobachtet.«

»Nein, wir wollen sie nicht inkommodieren. Ich bin ganz glücklich.«

»Aber ich denke, Sie würden anderswo glücklicher sein«, sagte Gertrude mit etwas gedämpfter Stimme, indem sie sich zu Emilia beugte.

»Nein, ich würde mich anderswo nicht so zuhause fühlen. Das ist mein gewohnter Platz.«

»Das Gewohnte ist darum nicht immer auch das bessere. Das soll man nicht voraussetzen. Sie wollten mit Ihrem anderen Neffen sprechen, und er sitzt jetzt allein. Magdalen, komm her und setz dich zu deiner Mutter! Du hast dich unter Miss Lambs Augen ihres Stuhls bemächtigt!«

»Nein, ich glaube nicht, daß ich das getan habe, Mutter«, sagte Magdalen und rührte sich nicht.

»Magdalen und ich sollten beisammen sein«, sagte Mortimer. »Ich habe den Eindruck, daß wir in unseren Familien die Wechselbälger sind und ein gutes Gespann abgeben würden.«

»Der Himmel fügt zusammen, was ein Paar werden soll«, zitierte Gertrude, und ihr veränderter Blick strafte die heitere Gelassenheit der Feststellung Lügen.

»Vielleicht habe ich das zu sagen versucht.«

»Aber es ist Ihnen nicht gelungen.«

»Dann werde ich es nochmals versuchen: Dieses Paar wurde im Himmel zusammengefügt. Ist das jetzt klar?«

»Ich finde nicht, daß Magdalen der Wechselbalg in ihrer Familie ist – wenn Sie damit einen Menschen meinen, der nicht recht dazugehört. Ich finde, daß ich die schwierigere Stellung habe:

Die zwei jungen Leute sind einander vollauf genug, und ich bin diejenige, die sich in einer anderen Sphäre bewegt, weitab von ihnen und über den Dingen. Wenn es um neue Paare geht, bin wohl ich die Anwärterin.«

»Es geht nicht um neue Paare, sondern darum, daß dieses Paar schon immer da war. Nur haben wir es nicht verstanden.«

»Was wir nicht verstehen, hilft uns wenig.«

»Aber jetzt verstehen wir es um so besser. Wir können aufholen, was wir an Zeit verloren haben. Und ich möchte hören, wie Magdalen über das Haus bei der Mühle denkt.«

»Dieses winzige Haus?« fragte Gertrude. »Wohl eher ein Häuschen.«

»Ja, das. Es ist kein Häuschen. Mein Vetter kennt es. Und für ein liebend Paar ist Platz in der kleinsten Hütte. Das würde offenbar in jeder Hinsicht zutreffen.«

»Ich finde, es ist ein sehr hübsches kleines Haus«, sagte Magdalen.

»Nun, ich nicht«, sagte ihre Mutter. »Ich finde es feucht, düster und eng. Jeder, an dem mir etwas liegt, würde mir leid tun, wenn er dort wohnen muß. Ich würde dem nie zustimmen.«

»Sie und mein Vetter haben so verschiedene Ansichten«, sagte Mortimer. »Also stellen sich Hindernisse entgegen. Aber wir dürfen nicht scheuen, sie zu überwinden. Ich war froh, das aus Ihrem Mund zu hören.«

»Hindernisse: Ich habe nicht an Nässe und Schlamm und Nebel und die moderige Atmosphäre dort am Fluß gedacht, als ich das Wort gebrauchte. Gefährdung der Gesundheit ist ein zu großes Hindernis. Das soll sich nicht in den Weg stellen. Ich glaube nicht, daß wir uns damit abfinden wollen.«

»Das Haus war immer bewohnt, Mutter«, sagte Magdalen. »Bis vor kurzem hat jemand dort gelebt.«

»Was für Leute waren das?«

»Eine nette Arbeiterfamilie, glaube ich.«

»Nun, da hast du's!« sagte Gertrude. »Solche Leute haben nicht dieselben Ansprüche, was Gesundheit und Bequemlichkeit

171

betrifft. Man mag das nicht für richtig halten, aber es ist so. Ich hoffe, daß es einmal anders sein wird, aber vorerst müssen wir darauf Rücksicht nehmen. Und warum sind diese Leute ausgezogen? Können Sie mir das beantworten?«

»Dafür ist mein Vetter zuständig«, sagte Mortimer. »Horace! Wir sprechen über das kleine Haus bei der Mühle. Warum sind die Leute, die dort gewohnt haben, ausgezogen?«

»Ich weiß es nicht genau. Ich glaube, sie wollten sich verändern.«

»Bittesehr!« triumphierte Gertrude. »Das reicht mir vollkommen. Ich will davon nichts mehr hören. Daß sie sich verändern wollten, glaube ich aufs Wort. Ich würde nie erlauben, daß ein Mensch, für den ich verantwortlich bin, dort haust, die feuchte Luft atmen muß und sich einzureden versucht, daß eigner Herd Goldes wert sei, wenn es um diese Hütte geht. Ich will gern zugeben, daß sie vermutlich in ihrer Art ganz unvergleichlich ist.«

Aufrecht und festen Schrittes ging sie zur Tür. Im Aufruhr der Gefühle vergaß sie sogar, sich von den Gastgebern zu verabschieden. Emilia hielt sie auf und bot ihr die Hand.

»Das ist ein sehr kurzer Besuch. Das nächste Mal wird die Frau meines Neffen dabeisein, dann lernen Sie uns im Normalzustand kennen.«

»Ich würde Ihnen gern zeigen, wie ich im Kreis meiner Familie lebe, nachdem er sich wieder geschlossen hat«, sagte Horace. »Sie haben mir über meine Strohwitwerzeit geholfen und dürfen uns nicht jetzt verlassen, wenn es wieder wie früher sein wird.«

»Irgendwie kann ich mir das nicht vorstellen«, erwiderte Gertrude mit einem finsteren Lächeln und blieb dazu stehen. »Mir scheint, ich habe irgend etwas nicht richtig erfaßt. Es sei denn, dieses Interregnum hat seine besondere Atmosphäre gehabt, und ich habe sie mit dem Normalzustand verwechselt. Ich glaube nicht, daß ich mich in den früheren Verhältnissen, die für mich neu sind, wohl fühlen würde. Wahrscheinlich gehöre ich der entfliehenden Zeit an, die mich mit sich trägt und ihre eigenen Erinnerungen zurücklassen wird. Komm, Magdalen! Wenn ich mich damit abfinden soll, daß du in diesem Häuschen bei der Mühle leben sollst, statt ein gemütliches Daheim zu haben, steht dir noch einige Arbeit bevor.«

Magdalen war erleichtert, daß sie ihre Gefühle nicht äußern mußte, und folgte ihr. Sie gingen eine Weile dahin, bevor ihre Mutter wieder zu reden begann.

»Ich frage mich, ob die Lambs sich jemals zu einem geordneten Leben durchringen werden. Anscheinend wissen sie nicht, was sie wollen. Und wenn sie es wissen, dann wollen sie es nur mit halbem Herzen.«

»Es war ein Schwebezustand, Mutter, und jetzt haben sich die Gewichte verteilt. Wir sollten froh sein, daß die Krise vorüber ist.«

»Das können wir, wenn es bedeutet, daß wir unseren Teil erhalten«, sagte Gertrude, wandte sich um und faßte ihre Tochter unter dem Kinn. »Aber bei dieser Familie müssen wir mit allem rechnen. Noch nie bin ich Menschen begegnet, bei denen ich mich so wenig ausgekannt habe.«

»Ich nehme nichts, was jemand anderem gehört.«

»Auch du gehörst nicht jemand anderem, mein Kind. Du hast ein Recht auf dein Glück, und darüber müssen wir jetzt gründlich nachdenken. Wenn du glücklich bist, wird es auch deine Mutter sein.« Nicht ohne eine gewisse Erleichterung, daß sie selbst kein Risiko eingehen mußte, übertrug Gertrude die Schubkraft ihrer Energien auf die Zukunft der Tochter. »Das Häuschen bei der Mühle gefällt mir nicht, aber zumindest die Freude, dich so nahe zu wissen, wird mir helfen, mich damit abzufinden. Meine Magdalen wird also Mrs. Lamb, aber für ihre Mutter wird sie immer die kleine Magdalen bleiben.«

»An der Nässe ändert das nichts«, bemerkte Magdalen lächelnd.

»Nein. Wir müssen überlegen, was dagegen zu tun ist. Wir müssen die Öfen und die Schornsteine überholen – das heißt: ich muß es. Ich begreife nicht, daß Horace Lamb sich keine bessere Bleibe für seinen Vetter leisten kann. Er schätzt seine Hilfe im Haus. Und er sollte dankbar sein, daß du ihn von seiner Frau ablenkst. Ich fürchte, er ist ein Mann, der ganz in seinen persönlichen Problemen aufgeht.«

»Du wirst zwei Söhne haben, Mutter«, sagte Magdalen sanft.

»Das ist mir nicht entgangen: Mir war bewußt, was ich dabei gewinne. Es wäre nicht die Art meiner Magdalen, die so sehr um sich und um andere Menschen besorgt ist, wenn sie das eine nicht mit dem anderen verbinden würde.«

»Ich werde froh sein, wenn Mortimer die nächsten Tage hinter sich hat. Er wird seinen Leuten beibringen müssen, daß er andere Pläne für seine Zukunft hat. Er wird sich vor der Auseinandersetzung nicht drücken, aber sie ist erst noch durchzustehen.«

»Ich vertraue darauf, daß Miss Lamb auf seiner Seite sein wird«, sagte Gertrude. »Sie hat mir von Anfang an den Eindruck einer absolut integren Person gemacht. Sie ist wirklich so, wie ich sie eingeschätzt habe. Es ist bemerkenswert, wie oft sich ein solches Urteil auf den ersten Blick bei mir bestätigt.«

Das erste, was Emilia für Mortimer tat, war, daß man ihn allein ließ. Als nächster Schritt wäre in Betracht gekommen, diesbezüglich auch Bullivant anzuweisen, aber Emilia nahm mit Sicherheit an, daß sich dies erübrigte. Als Bullivant eintrat, um den Tee abzutragen, war aus seinem völlig ausdruckslosen Gesicht abzulesen, daß er nicht wußte, was für eine Miene dem Anlaß entspräche.

»Wollen wir die Sache bereden, Bullivant?« fragte Mortimer.

»Es würde verhindern, daß sie totgeschwiegen wird, Sir.«

»Ist es Ihnen unangenehm?«

»Nun, Sir –: Es hat nicht die Vertrautheit des Gewohnten.«

»Man hat über mein Leben verfügt, und ich habe es hingenommen. Glauben Sie, daß wir dazu neigen, andere Menschen zu unterdrücken?«

»Das lehrt uns die Erfahrung, Sir. Ebensogut ließe sich behaupten, daß wir dazu neigen, das Leben zu lieben.«

»Haben Sie jemals daran gedacht, daß Sie heiraten könnten, Bullivant? Gibt es etwas zwischen Ihnen und der Köchin?«

»Nur gegenseitige Achtung und eine lange kollegiale Beziehung, Sir. Wir stehen zu dem, was unser Beruf verlangt. Es ist immer riskant, einen Haushalt innerhalb eines anderen Haushalts zu führen.«

»Sehr mütterlich wirkt sie nicht.«

»Und ist es auch nicht, Sir – wenn Sie mich recht verstehen, so wie ich Sie verstanden habe.«

»Werden Sie mir gratulieren?«

»Darf ich mich den übrigen Gratulanten anschließen, Sir?«

»Waren Sie sehr überrascht?«

»Nun, es kam unerwartet, Sir.«

»Können Sie sich vorstellen, wie ich in dem Haus bei der Mühle lebe?«

»Das würde ein starkes Vorstellungsvermögen erfordern, Sir.«

»Mrs. Doubleday sagt, es wird feucht sein.«

»Wir könnten auf sie einwirken, daß sie sich damit abfindet, Sir.«

»Und werde auch ich das tun?«

»Ich kann es mir nicht vorstellen, Sir.«

»Mein Vetter will nicht, daß ich zu oft hierher komme.«

»Er kennt sich selbst nicht, Sir: Dazu kenne ich ihn zu gut.«

»Kennen Sie die ganze Geschichte, Bullivant?«

»Ich weiß, was einem Diener, der Ihrer Familie verbunden ist, zusteht, Sir. Wenn ich mehr wüßte, wäre ich das nicht.«

»Haben Sie Ihre Achtung vor mir verloren?«

»Alles verstehen, heißt alles verzeihen, Sir.«

Bullivant fing an, das Teegeschirr zusammenzustellen, und warf einen registrierenden Blick auf ein paar im Zimmer verstreute Dinge. Mit einem langen Schritt stieg er über die Spuren von Averys Unfall hinweg, begab sich, als habe er dazu eine beachtliche Distanz zu überwinden, zum Kamin, um einige Spielsachen aufzuheben, und trug das Tablett mit zusammengepreßten Lippen in die Küche.

»So kann es nicht weitergehen, Mrs. Selden. Es führt sich
selbst ad absurdum.«

»Es wird immer auffälliger, nicht wahr? Ich möchte wissen,
was die Gnädige dabei gedacht hat.«

»Die Gnädige hat sich nichts anmerken lassen«, sagte Bullivant. Er stand nicht an, dasselbe von sich zu behaupten. »George!
Hast du mir das Tablett abzunehmen, oder soll ich hier damit
herumstehen?«

»Man spricht nicht umsonst von einem goldenen Mittelweg«,
sagte die Köchin. »Vielleicht hat unser Herr darunter gelitten,
daß er sein wahres Wesen nicht zeigen konnte. Jetzt hat er dieses Kreuz abgeworfen.«

»Ich hätte gedacht, daß ein Kreuz da ist, um getragen zu werden«, bemerkte George.

»George! Wenn dir nichts Besseres einfällt, als zu lästern –!«
verwies ihn Bullivant in die Spülküche.

George trug das Tablett dorthin ab.

»Solange ich etwas zu reden habe, werde ich leichtfertigen
Spott in Ihrer Gegenwart zu unterbinden wissen, Mrs. Selden.
Messen Sie seinen Worten nicht mehr Gewicht bei, als sie haben.
Und nun muß ich hinter George her sein, wie so oft –«

»George! Reicht es dir denn noch immer nicht? Es geht tiefer
und ist schlimmer, als einer von uns geahnt hätte. Ich schlage
vor, du ziehst dich zurück und hörst auf, mit Gott und der Welt
zu hadern. Schließlich bin auch ich nur ein Mensch!«

Bullivants schwerer Seufzer entsprach den übermenschlichen
Anforderungen, denen er zu genügen hatte. Er beobachtete, wie
George seinem Vorschlag – jedenfalls dem ersten Teil – nachkam.

»Ich vertraue darauf, Miriam, daß du im Gespräch mit George
die Spreu vom Weizen zu scheiden verstehst.«

»Doch, ja.«

»Wir können uns nicht immer aussuchen, mit wem wir zusammen sind.«

»Nein«, bestätigte Miriam, die andernfalls nicht so viel von
ihrer Zeit bei der Köchin verbracht hätte.

»Schlechte Gesellschaft verdirbt gute Sitten.«

»George ist nicht schlecht«, widersprach Miriam schüchtern. So schlimm, fand sie, war es noch nicht.

»Nein, nur dumm und eingebildet. Merkwürdig, wie der Hochmut auch den Geringsten und Letzten zu Kopf steigt! Wenn man seine Startbedingungen in Betracht zieht, sollte man meinen, daß George mit seiner Position ganz zufrieden sein muß.«

»Ja«, stimmt Miriam ohne Vorbehalt zu.

»Und um was geht das Gespräch?« erkundigte sich die Köchin. Sie hatte George durch die Küche gehen gesehen und geschlossen, daß Bullivant seinen Platz eingenommen habe.

»Ich drückte die Hoffnung aus, Mrs. Selden, daß Miriam im Gespräch mit George die Spreu vom Weizen scheiden könne«, teilte Bullivant mit. Er fand, daß seine Worte wert waren, zitiert zu werden. »Schlechte Gesellschaft verdirbt gute Sitten.«

»Nun, ich hoffe, ihr Anteil enthält nicht zuviel Spreu. Und Gesellschaft hat noch nie zu ihren vornehmsten Pflichten gehört – auch wenn jemand, der ihr und George zuhört, vielleicht nicht zu diesem Schluß kommen würde.«

»Wir müssen uns den rechten Zeitpunkt überlegen, Mrs. Selden, wann wir George eröffnen sollen, daß Mr. Mortimer sich verlobt hat«, sagte Bullivant, als sie wieder in der Küche waren.

»Wir werden darüber Schweigen bewahren«, entgegnete die Köchin mit leichter Schärfe. »Es kommt noch soweit, daß wir ständig nur daran denken, was für diesen Jungen gut sein könnte. Die Verlobung ist kein Gesprächsthema, und damit basta!«

»Aber wird ihm das nicht nur noch mehr zu denken geben?«

»Das würde ich nicht sagen. Das Denken beschäftigt uns auch sonst nur beiläufig, und innerhalb dessen, was in George vorgeht, spielt es kaum eine so große Rolle.«

VII »Reis und eine Muskatnuß bitte, Miss Buchanan. Und einen Brief, falls einer hier sein sollte.«

Miss Buchanan legte eine Muskatnuß auf das Verkaufspult.

»Sie müssen nicht immer Reis kaufen«, sagte sie, die Hand abwartend auf dem Behälter, die Augen auf Gertrude gerichtet.

»Keinen Reis kaufen, wenn ich eine Familie von Reisessern habe! Daran sieht man, daß Sie für niemanden sorgen müssen.«

Miss Buchanans Blick ruhte auf Magdalen, welche die zitierte Familie vertrat.

»Ich wußte nicht, daß du dir Briefe hierher schicken läßt, Mutter.«

»Nun, jetzt weißt du es. Allmählich wirst du alt genug, um an den kleinen Geheimnissen deiner Mutter teilzuhaben«, entgegnete Gertrude und tätschelte mit dem Handschuh die Wange der Tochter. »Es gibt Dinge, die das Personal nicht zu sehen braucht. Wenn du dein eigenes Haus führst, wirst du das verstehen. Weiß Miss Buchanan schon, wie bald das sein wird?«

»Ja«, sagte diese.

»Dann hören Sie besonders zeitig, was es Neues gibt, denn das genaue Datum wissen wir selbst noch nicht.«

»Das Haus steht bereit.«

»Von dem Haus weiß ich nichts – abgesehen von meiner mütterlichen Besorgnis wegen der Feuchtigkeit.«

»Zu machen ist dort nichts.«

»Wie erfreulich, das von Ihnen zu erfahren! Niemand sonst war in der Lage, uns soviel über unsere Zukunft zu verraten. Und weil sie uns natürlich sehr interessiert, sind wir für jede Aufklärung dankbar. Ich wollte, Sie könnten mir sagen, daß man das Haus gegen ein anderes austauscht. Das hätte ich gern gehört.«

Miss Buchanan schwieg.

»Steck die Muskatnuß in deine Tasche, Liebste, und nimm diesen Reis, den dir Miss Buchanan nicht gönnen will. Obwohl sie an der Quelle aller Informationen sitzt, weiß sie nicht, wie hungrig junge Leute sind.«

Miss Buchanans Blick gab deutlich genug zu verstehen, daß sie Magdalen nicht zu dieser Altersgruppe rechnete. Worte erübrigten sich daher.

»Ich hoffe, daß Sie demnächst einen weiteren Haushalt beliefern werden«, sagte Gertrude.

Miss Buchanan erwiderte nichts.

»Wenngleich Sie auf mich den Eindruck machen, daß Ihnen am Geschäftsgang nichts liegt.«

Da Miss Buchanan ihr Geschäft nicht mochte, für ihren Unterhalt aber davon abhing, fand sie, daß beides sich ausglich, und pflichtete daher schweigend bei.

»Mutter, hier kommt Mortimer!« rief Magdalen.

»In der Tat«, sagte Gertrude, warf einen Blick hinter sich und widmete sich angelegentlich der Fortsetzung des Gesprächs: »So treffen wir uns also bei häuslichen Besorgungen, noch ehe unsere Wege sich auf natürliche Weise vereinigen! Aber wir wollen gern unsere Pflichten vorwegnehmen, wenn wir schon jetzt dem männlichen Mangel an Erfahrung abhelfen können.«

Miss Buchanan wartete darauf, daß die Damen gingen und sie sich dem neuen Kunden widmen könnte.

»Ich wollte Sie wegen eines Briefes fragen«, sagte Mortimer, der zu sehr in seinen Problemen befangen war, um eine Diskretion zu wahren, die ihren Sinn verloren hatte. »Ein Brief, der hierher adressiert war und anscheinend nicht angekommen ist.«

»Auch wir sind wegen eines Briefes gekommen«, bekannte Gertrude freimütig, um ihn nicht in Verlegenheit zu bringen. »Hin und wieder gibt es Briefe, die nicht für jedermanns Auge bestimmt sind.«

»Ja –: Nur muß man sie auch erhalten. Ich möchte hören, ob Miss Buchanan dazu etwas zu sagen hat.«

Gertrude trat vor und hob ihren Blick zu Miss Buchanan.

»Mr. Mortimers Brief?« sagte sie unbefangen, als handle es

sich um einen ihrer intimsten Freunde. »Er sollte hierher zugestellt werden, und Mr. Mortimer ist ein wenig beunruhigt, weil er ihn nicht erhalten hat.« Sie lächelte und dämpfte ihre Stimme, als sie Miss Buchanan ins Vertrauen zog.

»Wann hätte er eintreffen sollen?«

»In der ersten Februarwoche«, sagte Mortimer. »Er kam aus Übersee und hätte damals ankommen müssen. Ein zweiter Brief, der gleichzeitig aufgegeben wurde und an das Haus adressiert war, ist dorthin zugestellt worden.«

»In dieser Woche ist nur ein einziger Brief gekommen«, erinnerte sich Miss Buchanan.

»Sind Sie ganz sicher?« sagte Gertrude.

Miss Buchanan schwieg.

»Ich weiß, daß man Ihrer Aussage vertrauen kann.«

»Warum haben Sie dann gefragt?« ließ sich aus Miss Buchanans Blick ablesen.

»War der Brief an mich adressiert?« fragte Mortimer.

»Da Sie nun voneinander wissen: Er war für Mrs. Doubleday.«

»Unter den gegebenen Umständen ist es nur natürlich, daß wir voneinander wissen«, sagte Gertrude.

Miss Buchanans Schweigen drückte aus, daß sie nicht bereit wäre, darauf zu bauen.

»Nun, offensichtlich gibt es keine plausible Erklärung«, stellte Magdalen fest.

»Warten Sie –: Vielleicht habe ich einen Anhaltspunkt«, sagte Gertrude, freimütig ihr Gedächtnis bemühend und willens, sich nützlich zu erweisen: »In jener Woche habe ich irrtümlich einen Brief an mich genommen. Die Briefe, die ich hierher schreiben lasse, sind so selten, daß ich mich noch ungefähr an das Datum erinnere. Ich habe diesen Brief dem Postboten abgefaßt, und Miss Buchanan hat mich deshalb gerügt. Ich hatte einen Auslandsbrief erwartet und mir die Brille nicht aufgesetzt. Und als ich begriff, daß er nicht für mich bestimmt war – etwas an dem Umschlag war mir fremd –, habe ich meine Tochter damit zurückgeschickt.

Worauf sie ihn wieder im Laden abgegeben hat. Ich erinnere mich ganz deutlich. Du nicht, Magdalen?«

»Ich glaube mich zu erinnern, Mutter.«

»Hierher ist kein Brief zurückgebracht worden«, stellte Miss Buchanan fest.

»Ich erinnere mich ganz gut daran«, beharrte Gertrude. »An wen der Brief adressiert war, weiß ich nicht. Natürlich habe ich die Adresse nicht gelesen. Als mir klar war, daß der Brief nicht mir gehört, schützte ihn und mich der Instinkt, der mir verbat, mich in die Angelegenheiten anderer Menschen einzumischen. Und natürlich hat auch Magdalen die Adresse nicht gelesen. Wir können daher auch nicht sagen, an wen er gerichtet war. Aber sonst war alles genauso.«

»Hierher ist der Brief nicht zurückgekommen«, wiederholte Miss Buchanan.

»Doch, er ist es, mit Verlaub. Er ist in der Hand meiner Tochter zurückgelangt und in den Briefkasten geworfen worden.«

»Briefkasten gibt es keinen.«

»Dann hat sie ihn auf den Ladentisch gelegt. Ich erinnere mich ganz genau an die Episode. Ich habe in der Straßenbiegung auf meine Tochter gewartet. Ich habe ein sehr gutes Gedächtnis.«

Dasselbe hätte Miss Buchanan von sich behaupten können, aber sie hatte immer das Gefühl, daß ihr Gedächtnis etwas mit ihrem Geheimnis zu tun hatte.

»Haben Sie gesehen, daß Ihre Tochter den Brief zum Laden zurückgebracht hat?«

»Nun, ich habe sie nicht wirklich dabei beobachtet. Ich habe in einiger Entfernung auf sie gewartet und mit meinem Schirm Muster in den Straßenstaub gezeichnet, wie ich das gern mache, wenn ich nichts anderes zu tun habe. Sogar daran erinnere ich mich. Aber ich weiß, daß sie ihn zurückgebracht hat. Ich habe sie gehen gesehen und auf sie gewartet.«

»Dann hat sie etwas falsch gemacht.«

»Aber was kann sie falsch gemacht haben? Denk doch nach, Magdalen, Liebste! Hast du den Brief auf den Ladentisch gelegt?

Was genau hast du mit ihm getan? War Miss Buchanan bei deiner Rückkehr im Laden?«

»Ich bin sicher, daß ich nichts falsch gemacht habe, Mutter. Nein, Miss Buchanan war nicht im Laden.«

»Gut –: Darüber mußt du mit Mortimer ins reine kommen«, sagte Gertrude. Da ihre Worte für Miss Buchanans Ohren bestimmt waren, betonte sie vor allem Mortimers Namen. »Ich habe alles getan, was ich tun mußte. Als ich sah, daß ich etwas in der Hand hielt, was nicht mir gehörte, habe ich sofort Maßnahmen ergriffen, um es zurückzustellen, und mehr kann man von niemandem verlangen. Wenn dieses kopflose Mädchen irgendeine Dummheit gemacht hat, kann man mir daraus keinen Vorwurf machen, und sie ist gewiß die letzte, die ihre Verantwortung auf ihre Mutter abschieben will.«

Miss Buchanans Blick heftete sich wieder auf Magdalen.

»Nun, so lange der Brief nicht irgendwo herumschwirrt ...«, sagte Mortimer. Er vermutete, daß Magdalen etwas verkehrt gemacht und keine Lust hatte, es ihrer Mutter zu gestehen. »Das ist das Wichtigste.«

»Ja, darum geht es«, sagte Magdalen.

Mortimer trat an ihre Seite.

»Irgendwann wirst du mir erzählen, was damit passiert ist«, sagte er leise zu ihr, »sonst haben wir schon von Anfang an voreinander Geheimnisse. Es wird besser sein, wenn wir dieses kleine Geheimnis teilen.«

Magdalen lächelte ihm flüchtig zu, und Gertrude blickte die beiden an und schaute dann beiseite, da sie ihnen zufolge ihrer Beziehung eine Sonderstellung einräumte.

»Hast du etwas getan, daß man die Adresse nicht lesen konnte, und das Gefühl gehabt, daß du ihn vernichten mußt? Warum hast du es mir nicht gesagt?« fragte Mortimer in der Annahme, daß Magdalen vielleicht eine Gelegenheit zur Beichte suchte, und dachte in dieser Richtung weiter. »Oh! Hast du gewußt, von wem der Brief kam?«

»Wie konnte ich das wissen?«

»Du hättest Charlottes Schrift erkennen können: Sie war im Ort nicht unbekannt und ist kaum zu verwechseln. Und dann war natürlich auch die Marke da. Du bist also nicht dem Beispiel deiner Mutter gefolgt und hast ihn nicht angesehen?«

»Ich konnte es nicht vermeiden. Ich sehe nicht so schlecht.«

»Und du hast dir gedacht, daß es besser wäre, wenn ich ihn nicht erhalte?«

»Es wäre nicht gut für dich gewesen.«

»Ich habe gewußt, daß es Paare gibt, bei denen einer die Briefe des anderen liest, aber ich habe nicht gewußt, daß sie Briefe lesen, die allein für den anderen bestimmt sind und nicht ihnen gehören. Und damals waren wir ja noch kein Paar, auch wenn du vielleicht gewußt hast, daß wir dazu ausersehen sind. Ich finde, in Zukunft sollte jeder seine eigenen Briefe lesen, sonst können es die Leute bleiben lassen, uns zu schreiben. Sie schreiben aber doch, damit wir es lesen. Ich werde diesen Brief lesen, wenn du ihn mir gibst, und ihn als ein Zeugnis für das Vergangene aufbewahren. Er wird ein Beweis dafür sein, daß die Vergangenheit endgültig abgetan ist. Wenn sie das nicht wäre, würde es kein solches Zeugnis brauchen.«

»Ich kann ihn dir nicht geben.«

»Also hast du ihn zu meinem Besten vernichtet. Aber es ist dir nicht ganz gelungen. Ich mußte Charlotte fragen, was darin gestanden hatte – das hat natürlich die alten Gefühle angefacht.«

»Zumindest gibt es zwischen uns keine Heimlichkeiten.«

»Aber gerade darum hat es sich gehandelt. Und ich frage mich, was es sonst noch gibt. Ist der Brief wirklich vernichtet?«

»Du mußt mir vertrauen«, sagte Magdalen.

»Aber gerade das kann ich nicht. Vielleicht tust du wieder etwas zu meinem Besten. Wenn Leute dazu übergehen, wird etwas Wichtiges in ihrer Beziehung abgetötet. Wenn du mir den Brief gibst, wird das uns nur um so enger miteinander verbinden, und ich denke, einen solchen Zusammenhalt brauchen wir.«

»Möglicherweise werde ich es tun, aber versprechen kann ich das nicht.«

»Sag mir, was du mit ihm getan hast. Wir können unsere Zukunft nicht auf Ausflüchten gründen – oder nur auf eine so vage Zusage. Je schlimmer die Wahrheit ist, desto mehr Respekt werde ich vor dir haben, wenn du sie mir sagst. Verschlagenheit respektiere ich nicht. Ich bin ein schlichter Charakter und halte Lügen für unrecht.«

»Und wie denkst du über das Unrecht, das du selbst getan hast?«

»Ich fürchte, daß ich auf diesen kleinen Beweis meines Mutes stolz bin. Aber ich habe es verdammt. Ich bin voll Reue und Zerknirschung.«

»Es sollte dich bei der Beurteilung anderer Menschen mehr Nachsicht üben lassen.«

»Ich erkenne daran, wie schlimm es ist, unrecht zu tun, und wie unwürdig eines Menschen, daran Vergnügen zu finden.«

In diesem Augenblick erschien der Briefträger in der Tür und zog einen Brief hervor.

»Nein!« lehnte Gertrude ab, schüttelte den Kopf und trat beiseite. »Ich will damit nichts zu schaffen haben. Ich rühre keinen Brief an, der zu dieser Tür kommt. Ich bin ein gebranntes Kind.«

Miss Buchanan streckte die Hand über den Ladentisch und hielt dem Briefträger den Umschlag vor die Augen. Er schaute auf die Umstehenden und wußte nicht recht, ob er den Namen vorlesen dürfte, aber sie klopfte ihm auf die Schulter, um seine Skrupel zu beschwichtigen.

»Die kennen einander und ihre Geschäfte, und derzeit gibt es niemand anderen.«

»Mrs. Doubleday«, las der Briefträger, und Miss Buchanan übergab den Brief an Gertrude.

»Woher kommt er?« fragte diese. »Ich habe meine Lesebrille nicht hier. Ich werde den Brief zuhause lesen, aber ich hätte gern irgendeinen Anhalt.«

Miss Buchanan wollte den Brief wieder dem Briefträger geben, der aber hatte keine Zeit für private Anliegen, schüttelte den Kopf und ging seines Weges.

»Haben Sie Schwierigkeiten mit den Augen, Miss Buchanan?«
erkundigte sich Mortimer.

»Nein, aber Handgeschriebenes macht mir Mühe.«

»Der Stempel hat doch Druckbuchstaben. Ich vermute, Sie sind
weitsichtig. Können Sie mir sagen, wie spät es auf der Kirch-
turmuhr ist? Ich möchte meine Uhr nach ihr richten.«

»Auf solche Entfernung schaue ich nichts an«, verteidigte Miss
Buchanan ihr Prinzip. »Ich habe genug in der Nähe zu besorgen.«

»Da ist ein Schräubchen lose«, stellte Mortimer mit einem
Blick in das Uhrwerk fest. »Jetzt ist es in den Staub auf dem Ladentisch gefallen! Das ist ärger als eine Nadel in einem Heuhau-
fen . . . Danke, Miss Buchanan! Sie müssen Augen wie ein Luchs
haben. Da fehlt ihnen nichts.«

Miss Buchanan wandte sich zu den Regalen, um ein Lächeln
zu verbergen, denn an solche Komplimente war sie nicht gewöhnt. Sie stellte ein paar Päckchen um und kehrte sich wieder
ihren Kunden zu. Mortimer sah, daß ihre Waren nach Gruppen
geordnet waren, je nach ihrer Zusammengehörigkeit, so daß die
Regale einen befremdlichen und uneinheitlichen Eindruck boten.

»Sie sind sehr einsam hier, Miss Buchanan. Soll ich Ihnen ein
paar Bücher borgen?«

»Oh, nein«, sagte Gertrude. »Das will sie bestimmt nicht. Sie
sind nicht der erste, der das versucht. Ich bin Ihnen zuvorgekom-
men und habe mir eine barsche Abfuhr geholt. Bücher für Miss
Buchanan! Jeder andere Vorwand ist ihr lieber, wenn sie ihre
Zeit totschlagen will. Und doch kann ich mich nicht des Ver-
dachts erwehren, daß sie eine angeborene Neigung zu Büchern
hat.«

»Nach der Arbeit bleibt mir nicht viel Zeit, und dafür habe ich
meine Stickerei.«

»Ist das Stück im Fenster von Ihnen?« fragte Mortimer. »Sehr
fein gearbeitet! Sie müssen wirklich gute Augen haben.«

»Wir sollten jetzt gehen, Mutter«, sagte Magdalen. Miss
Buchanan kann uns hier nicht den ganzen Tag brauchen.«

»Ich würde gern der Sache mit diesem Brief auf den Grund gehen«, sagte Gertrude. »Ich mag nicht fortgehen und dieses Rätsel ungelöst zurücklassen. Das Gefühl, daß wir irgendwie dafür verantwortlich sein könnten, ist mir unangenehm. Fällt dir nicht ein, was du mit dem Brief getan hast, du unverläßliches Kind?«

»Ich habe nichts Besonderes damit getan, Mutter. Obwohl ich nicht genau sagen kann, was es war.«

»Dann können wir es nur auf sich beruhen lassen. Aber es geht mir gegen den Strich. Fremde Briefe! Das Allerheiligste! Auf Wiedersehen, Miss Buchanan.«

Miss Buchanan erwiderte nichts.

»Auf Wiedersehen, Miss Buchanan«, sagte Mortimer.

»Auf Wiedersehen«, dankte Miss Buchanan.

»Hier werden wir uns trennen«, sagte Gertrude und wandte sich zu Mortimer, um ihm die Hand zu geben. »Wir haben noch etwas zu besorgen. Ich hoffe, Sie sind uns nicht gram wegen des Briefes. Unser Gewissen ist rein.«

»Vielleicht werde ich Sie begleiten. Ich habe nichts anderes vor.«

»Wir drängen anderen Menschen nie derlei Verpflichtungen auf. Es ist nichts Interessantes oder Wichtiges, nur ein Besuch bei Hilfsbedürftigen, und wir sind durchaus in der Lage, das allein zu bewältigen.«

»Ich werde mich nicht einmischen. Mit Hilfsbedürftigen habe ich mich nie abgegeben. Ich habe mir immer nur helfen lassen. Aber ich mag nicht zu der wiedervereinten Familie heimkehren und zusehen, wie meine Tante das Glück der anderen genießt. Für sie mag das genügen, sonst würde sie es nicht genießen, aber ich genieße nur mein eigenes Glück.«

»Sehr natürlich und gesund in Ihrer augenblicklichen Situation. Was sonst sollte man von Ihnen verlangen? Ihr könnt beide hier warten, während ich meinen karitativen Obliegenheiten nachgehe. Ich werde mich nicht länger als nötig aufhalten. Es ist nur so, daß ich es versprochen habe und keinen Grund sehe, es nicht zu tun. Aber ich würde meinen, daß euch die Zeit rasch vergehen wird.«

»Ich werde ein paar von deinen kostbaren Minuten vergeuden müssen«, begann Mortimer sofort. »Es tut mir leid, daß ich wieder mit dieser Geschichte anfange – auch deshalb, weil es das einzige ist, das unser Verhältnis trübt. Aber ich möchte wissen, woran ich bin, damit unser Leben auf gegenseitigem Vertrauen aufbauen kann. Ich weiß, daß du mir helfen wirst, diese Gegenseitigkeit herzustellen. Du hast meinen Namen auf dem Brief gesehen und gefühlt, daß du erfahren mußt, was darin steht. Aber war es nicht etwas früh für solche eheliche Bräuche?«

»Damit können wir nicht früh genug beginnen.«

»Also hast du aus Prinzip gehandelt. Ich hätte mir denken können, daß du das tust. Ich habe dich nach meinem Maß gemessen und vermutet, daß du einer Versuchung nachgegeben hast – oder daß du gegen sie angekämpft hast, aber zu schwach warst. Ich habe so oft gegen Versuchungen angekämpft, und immer vergeblich. Bei Leuten, die ihnen mit Erfolg widerstehen, frage ich mich immer, woher wir wissen wollen, daß sie überhaupt versucht worden sind.«

»Ich nehme an, ich habe ihr nachgegeben.«

»Gut. Und du wirst mir den Brief geben. Immerhin ist es mein und nicht dein Brief. Ich habe dir noch nicht alle meine weltlichen Güter überschrieben. Und der Brief ist alles, was ich besitze. Der Rest gehört Horace.«

»Ich habe ihn nicht.«

»Und du willst mir nicht sagen, was du damit getan hast. Das heißt, daß zwischen uns etwas Unklares ist. Wir blicken einander nicht ins Herz.«

»Ich will aber doch, daß wir es tun«, versicherte Magdalen fast in Tränen.

»Trotzdem schlägst du mir meine erste Bitte ab.«

»Ich wollte, ich müßte sie dir nicht abschlagen.«

»Ich spüre, daß ich wissen muß, was mit dem Brief geschehen

ist. Und ich möchte es von deinen Lippen hören, damit ich mir sagen kann, daß du nie etwas vor mir verschwiegen hast.«

»Ich habe ihn fallen lassen – das heißt: in einem Zimmer.«

»Versehentlich?«

Magdalen erwiderte nichts.

»Du hast ihn absichtlich fallen lassen: Du hast ihn fallen lassen, damit jemand ihn sieht. Wenn du gewollt hättest, daß du ihn los wirst, hättest du ihn vernichtet. War es deine Mutter? Dein Bruder? Meine Tante, um sie darauf hinzuweisen, was da gespielt wird? Aber ich vermute, sie hat es immer gewußt. Nur Horace hat keine Ahnung gehabt. Die Person, die am meisten betroffen ist, erfährt es immer zuletzt. Niemand kann es ihr gegenüber erwähnen. Du hast ihn fallen lassen, damit Horace ihn sieht! Und er hat ihn gesehen und gelesen – und dann seine Pläne danach ausgerichtet! Und seine Pläne sind aufgegangen – und deine auch! Jetzt begreife ich alles. Ich sehe auch, wie eine Ehe darauf gegründet sein kann, daß einer den anderen vollkommen versteht, und daß sie doch nicht immer gut ausgeht.«

»Was konnte ich tun?« sagte Magdalen.

»Vielleicht hast du keine andere Wahl gehabt. Vielleicht verhält es sich immer so, daß wir nur unserer Natur folgen. Ich würde gern wissen, ob du nun eins mit deiner Natur bist. Eigentlich habe ich dich nie besonders gemocht. Es ist ein Beweis für meinen schwachen Charakter, daß ich das nicht aussprechen konnte.«

»Wir beide müssen uns bemühen, es zu vergessen.«

»Das bringt niemand zuwege. Es ist nur eine Umschreibung dafür, daß etwas zu gefährlich ist, um sich daran zu erinnern.«

»Es wäre unrecht gewesen, die Ehe deines Vetters zu zerstören.«

»Es war unrecht, einen fremden Brief zu lesen. Ich fürchte, wir beide handeln nicht recht. Darin sind wir uns ähnlich, vielleicht sogar etwas zu ähnlich. Zwei Menschen, die einander heiraten, sollten verschieden sein. Bei uns gäbe es keine Gegensätze, die sich anziehen. Es wäre nicht gut, wenn wir zuviel gemeinsam hätten – vor allem wenn dazu eine Neigung zum Bösen gehört. Die sollte möglichst nur einer von uns haben.«

»Ich bin sicher, daß wir zusammen glücklich sein könnten.«

»Aber wir beide müßten unser Wesen ändern: Und welcher Mensch, der das tut, kann glücklich sein? Bestimmt nicht zwei Menschen, die es zusammen tun. Wir würden jeder des anderen Fehltritte registrieren. Ich glaube, diese Tendenz habe ich an uns schon beobachtet. Das wäre der Anfang vom Ende, und der ist immer schlimmer als das Ende selbst. Besser ein Ende mit Schrekken, als ein Schrecken ohne Ende. Wir müssen das als ein Kapitel unserer Vergangenheit betrachten. Daß es dazu wird, können wir nicht verhindern. Und keiner von uns wird in dem Haus bei der Mühle wohnen. So hat alles auch seine guten Seiten.«

»Ich glaube nicht, daß du mich jemals zur Frau haben wolltest.«

»Das hast du aber gewußt. Du hast gewußt, daß ich Charlotte zur Frau haben wollte. Du hast die Bestätigung dafür in der Hand gehabt und deine eigenen Schritte unternommen, um es zu verhindern. Ich kann nicht behaupten, daß du die einzige Frau in meinem Leben bist. Ich sehe, daß ich dir nicht genug zu bieten habe.«

»Besser als nichts wäre es für mich wohl gewesen. Ich hätte dich gehabt, und mehr wollte ich nicht.«

»So wenig mag ich eigentlich nicht sein. Gewiß habe ich eine schlechte Meinung von mir, aber ich möchte sie lieber nicht mit meiner Lebensgefährtin teilen. Als Grundlage für zwei Existenzen reicht das kaum.«

»Ich habe keine schlechte Meinung von dir.«

»Bist du dir bewußt, daß ich eine schlechte Meinung von dir habe? Und das ist so gemein von mir, daß ich mich schon deshalb von dir zurückziehen muß. Wie könntest du einen Mann heiraten wollen, der keine Achtung vor dir hat? Ich glaube nicht, daß ein Mann jemals einer Frau so etwas zugemutet hat, jedenfalls nicht ein Mann, der diesen Namen verdient. Damit will ich natürlich nicht sagen, daß es in meinem Herzen keinen Winkel gibt, in dem du immer deinen Platz haben wirst. Du hast nicht geglaubt, daß ich das sagen wollte?«

»Ich weiß nicht, was du sagen wolltest.«

»Wenn du das wirklich nicht weißt, muß ich es dir erklären. Und das würde ich mir so gern ersparen! Ich glaube nicht, daß der Winkel nachher noch derselbe sein würde. Laß uns also auseinandergehen, solange er noch heil und unversehrt ist. Schließlich ist es alles, was wir haben.«

»Das einzige, scheint mir. Es würde immer eine andere Frau zwischen uns stehen.«

»Darum wollte ich dich heiraten! Ich wollte im selben Haus wohnen und sie immer zwischen uns haben. Aber dann habe ich doch begriffen, daß das keine gute Lösung wäre, viel zu riskant. Und mein Motto ist immer: ›Safety first‹! Aber ich werde dir etwas sagen, von dem ich keinem anderen Menschen auch nur ein Sterbenswörtchen verraten würde: Sie ist nicht, wie ich dachte, die Sonne, um die mein Leben kreist. Die Trennung hat uns einander entfremdet – oder die Wahrheit hervorgebracht oder sonst etwas Schändliches bewirkt. Ich bin so froh, daß ich dir dieses Sterbenswörtchen verraten kann: Ohne ein solches hätte ich mich ungern von dir getrennt. Und so wird aus unserem Abschied eigentlich eine ganz gelungene Sache. Ich glaube nicht, daß mein Leben irgendeinen Sinn hat, und ich bin zu dem Schluß gekommen, daß ich auch keinen suche. Ich bin eines jener Geschöpfe, die eine sinnlose Existenz abdienen – und sie verdienen weniger Mitleid, als man für sie zu haben neigt.«

»Ich glaube nicht, daß du der Mensch bist, für den ich dich gehalten habe.«

»Damit fängt schon das Hund-und-Katz-Verhältnis an, das uns bestimmt gewesen wäre. Ich hätte darauf erwidern können, daß du genau die Frau bist, für die ich dich gehalten habe. Ich bin froh, daß wir einander nicht so tief erniedrigen konnten. Dort kommt deine Mutter! Ich mag nicht, daß sie Zeugin meiner Demütigung wird. Ich beuge mich meiner Entlassung. Gott segne dich, mein gutes Mädchen!«

Mortimer entfernte sich, als Gertrude, in deren Augen sich noch der Abglanz mildtätigen Wirkens hielt, auf der Bildfläche erschien.

»Unser Begleiter hat sich also empfohlen«, stellte sie heiter fest. »Es tut mir leid, daß ich ihn warten ließ. Gewiß hat ihn eine Verpflichtung gerufen.«

»Er ist eben gegangen, als du zur Tür herein kamst. Zwischen uns gibt es nichts mehr, Mutter.«

»Nichts mehr! Und ich habe doch gedacht, ihr hättet Beschlüsse gefaßt! Niemand wäre auf einen anderen Gedanken gekommen. Ist etwas vorgefallen?«

»Wir haben uns getäuscht, Mutter. Wir beide. Wir haben uns in uns selbst und in einander getäuscht. Keiner ist so, wie es der andere dachte: Besser läßt es sich nicht sagen.«

»Aber wie ist es möglich, daß ihr in so kurzer Zeit das alles herausgefunden habt?« staunte Gertrude, für die ein Leben eben lang genug war, um sich selbst zur Darstellung zu bringen. »Das muß ein Mißverständnis sein. Hab keine Angst, dir etwas zu vergeben, Liebste! Man muß es den Männern leicht machen, nicht den Frauen. Laß dein Leben nicht zerstören, nur weil du dich eine Sekunde lang geärgert hast. Du wirst genug Zeit haben, es zu bereuen.«

»Mortimer geht fort. Vielleicht werden wir ihn nie mehr sehen. Ich werde zu dir und Gideon zurückkehren. Ich weiß, daß ich mich in letzter Zeit von euch abgesondert habe.«

»Aber was für ein plötzlicher und totaler Wandel, mein armes Kind! Wir wollen ja nur dein Glück. Hat es einen Sinn, wenn ich mit Mortimer spreche – oder dein Bruder? Ich fühle doch, daß du ihn haben willst.«

»Ich werde nie einen anderen Menschen heiraten wollen – und auch er nicht. Darauf hat er mir sein Wort gegeben. Wir werden immer zueinander gehören, und das ist das Wichtigste.«

Gertrudes Blick besagte, daß das überhaupt nichts bedeute, aber ihre Lippen blieben stumm.

»Es ist etwas zwischen uns, das man weder erklären noch

beheben kann. Wir müssen uns einfach damit abfinden. Wir werden nie vereint sein. Aber für das, was wir einander sind, wird es keinen Ersatz geben. Nie werde ich seine letzten Worte vergessen!«

»Und was waren die?« fragte Gertrude und schloß ihre Tochter in die Arme.

Magdalen barg ihr Gesicht an der Schulter der Mutter.

»Gott segne dich, mein gutes Mädchen«, sagte sie.

Mortimer eilte die Straße hinan, um einen Vorsprung vor denen zu erhalten, die, wie er dachte, ihn verfolgten. Bullivant, der offensichtlich auf irgendwelche Nachrichten lauerte, die ihm zupaß kommen könnten, ließ ihn ins Haus.

»Bullivant, das ist vielleicht das letzte Mal, daß Sie mich hier begrüßen. Ich muß Sie bitten, meine Garderobe durchzusehen und alles einzupacken, was ich brauchen werde, und meine Post an die Adresse zu schicken, die ich Ihnen gebe – oder an eine, die Sie mir geben, wenn Sie sie ausfindig gemacht haben. Sie müssen mir ein bescheidenes, angemessenes und nicht zu weit entferntes Quartier beschaffen. Ich gehe in die weite, weite Welt hinaus...«

»Ja, Sir. Also nicht das Haus bei der Mühle. Vielleicht darf ich bemerken, daß ich froh darüber bin.«

»Das ist bereits in eine Welt entrückt, die es nicht gibt.«

»Vielleicht war es, was Sie betrifft, Sir, schon immer dort. Also auch nicht Miss Doubleday?«

»Nein. Die Welt, die es nicht gibt, war mit einer Frau und eigener Häuslichkeit ausgestattet: Aber das alles gibt es eben nicht.«

»Vielleicht darf ich mir erlauben, abermals froh zu sein, Sir. Ich nehme an, daß auch Sie so fühlen.«

»Nein, das dürfen Sie nicht, Bullivant. Ich heirate Miss Doubleday deshalb nicht, weil ich ihrer nicht wert bin. Das ist kein Anlaß, sich zu freuen.«

»Wert ist ein Begriff, der sich auf eine Familie bezieht, Sir, wenn Sie das mir gestatten. Auf Ihre Person kann man ihn schwerlich anwenden. Und das Arrangement, das Sie jetzt treffen, ist durchaus temporärer Natur. Es besteht kein Grund zu ernsten Befürchtungen.«

»Es ist für immer, Bullivant. Das dürfen Sie nicht vergessen.«

»Ich werde es nicht verfehlen, Sir.«

»Sie fragen mich nicht, warum ich gehe?«

»Wenn Ihnen daran liegt, Sir, können Sie es mir eröffnen.«

»Warum sollte ich vor Ihnen Geheimnisse haben wollen? Vermutlich sind Sie mein einziger Freund. In der Not hat man nie mehr als einen Freund. Der Herr des Hauses hat mich von Heim und Herd verbannt.«

»Letzterer war wohl nicht eben unsere Stärke, Sir«, stellte Bullivant fest, ohne den Blick zu heben. »Jedenfalls nicht bis in die jüngsten Tage.«

»Und jetzt ist er mir gerade darum teuer.«

»Es hat eine lange Tradition, Sir.«

»Mein Vetter ist durchaus im Recht, Bullivant.«

»Ich habe nichts damit zu schaffen gehabt, Sir.«

»Bullivant! Wissen Sie schon wieder alles?«

»Der Anspruch auf Allwissenheit wäre wohl in jedem Zusammenhang etwas vermessen, Sir.«

»Ich hoffe doch, daß Sie über diese Geschichte nicht reden?«

»Was meine Person betrifft, Sir, hätte ich gehofft, daß Sie mich besser kennen. Wen habe ich schon, mit dem ich darüber reden könnte, außer den Frauen und George? Wäre diese Auswahl sehr verlockend?«

»Ich weiß, daß ich Ihnen vertrauen kann.«

»Dem kann ich beipflichten, Sir.«

»Nun, ich bin in Ihrer Hand. Morgen muß ich fort.«

»Ja, Sir. Schon früh am Morgen?«

»Vor Mittag.«

»Sehr wohl, Sir. Der Herr wird Sie vermissen. Ich will sagen: Er wird es bald merken.«

»Vielleicht kommt er darauf, daß er mich nicht weniger schätzt, weil ich ihn verletzt habe. Aber er hat die Kinder.«

»In dieser Beziehung bleibt noch einiges abzuwarten, Sir. Ich bin neugierig, ob der gegenwärtige Zustand halten wird. Diese Frage habe ich mir mehr als einmal gestellt.«

»Und Sie haben sie noch nicht beantwortet?«

»Nicht abschließend, Sir.«

»Ich nehme an, das alles wird in der Küche beredet?«

»Nun ja, Sir, man kann davor nicht die Augen und Ohren schließen. Und da es nichts Ungehöriges ist, haben Mrs. Selden und ich gestattet, daß man bei Tisch darüber spricht.«

»Kennen Sie Miss Buchanan, Bullivant?«

»Die Eigentümerin der Gemischtwarenhandlung, Sir? Ich kann nicht leugnen, daß ich ihr begegnet bin.«

»Und finden Sie nicht, daß sie menschlichen Anschluß braucht?«

»Das kann ich kaum beurteilen, Sir. Unsere Bekanntschaft ist nicht so weit gediehen. Genaugenommen kann man nicht einmal von Bekanntschaft sprechen.«

»Hätten Sie vermutet, daß es in ihrem Leben ein Geheimnis gibt?«

»Nein, Sir. Ich weiß über sie nichts Abträgliches.«

»Können Sie um ihretwillen ein Geheimnis bewahren?«

»Selbstverständlich, Sir, wenn es eine Frau betrifft. Ich würde schweigen wie ein Grab, ungeachtet des Anlasses – sei es Schuld oder Schicksal.«

»Es ist nur Schicksal.«

»Das freut mich, Sir. Ich will sagen: Schuld würde ich betrüblicher finden. Schlimme Stunden werden wohl auch ihr nicht erspart geblieben sein. Jeder Mensch muß sich in Verzicht üben.«

»Nach heutigen Begriffen handelt es sich um etwas Außergewöhnliches: Miss Buchanan kann nicht lesen.«

»Tatsächlich, Sir? Das habe ich nicht geahnt. Und ich bin noch nie jemandem begegnet, der es geahnt hätte.«

»Das freut mich zu hören. Das ist ihr einsamer Triumph.«

»Das ist wohl das richtige Wort dafür, Sir. Sicher war es eine große Leistung. Es ist schwer vorstellbar, wie sie gewisse Schwierigkeiten bewältigen konnte.«

»Ich will Ihnen nicht zumuten, daß Sie sie unterrichten sollen.«

»Nein, Sir, das wäre wohl eine heikle Aufgabe, die man sehr vorsichtig angehen müßte. Man sollte lieber versuchen, ihr Los auf andere Weise zu erleichtern.«

»Das würde voraussetzen, daß Sie Ihr Wissen um ihre Schwäche verraten, und so etwas darf unter keinen Umständen geschehen.«

»Nein, Sir. Es würde ihren Lebenszweck zerstören.«

»Genau darum geht es. Aber wäre es nicht möglich, daß Sie sie hierher einladen, sie in eine andere Umgebung und Gesellschaft bringen und zugleich dafür sorgen, daß ihr Geheimnis nicht aufgedeckt wird?«

»Es sollte mir nicht unmöglich sein, Sir.«

»Ich habe Ihnen die Wahrheit eröffnet, damit Sie sie hüten. Sie ist sicherer, wenn Sie darum wissen. Zweifellos ist sie nur deshalb so menschenscheu, weil sie Angst hat, sich zu verraten.«

»Ich würde behaupten, daß die Situation ein gewisses tragisches Element enthält, Sir.«

»Sie sehen es wie ich. Ich nehme an, Sie können mit der Unterstützung der Köchin rechnen?«

»Ich habe sie nie umsonst gebeten, Sir, wenn es, wie sich in diesem Fall füglich behaupten läßt, sich um irgend etwas handelt, das höheren Interessen dient. Natürlich bewegt sich auch Mrs. Selden innerhalb ihres Horizonts.«

»Nun, das sollte ihn nicht überschreiten. Aber sie darf keinen Verdacht schöpfen!«

»Darin sind wir uns einig, Sir. Es sollte nicht über meine Kräfte gehen, sozusagen das Boot über die Klippen hinweg zu steuern. Eine Frau – und vor allem eine Frau in einer schwierigen Lage – ist bei mir sicher. Und mit den Schwierigkeiten werde ich auch fertig.«

»Zu Miss Buchanan sind Sie großmütiger als zu Miss Double-day.«

»Nun ja, Sir, das Anliegen der ersteren betrifft uns nicht so unmittelbar — wobei ich mit ›uns‹ die Familie meine. Und Miss Doubleday bedarf meiner Fürsorge nicht, da sie über mir steht: Freilich nicht so weit über mir, wie ich es unter den Umständen, die uns drohten, gewünscht hätte.«

»An diesem letzten Tag meines alten Lebens denke ich an einen anderen Menschen und nicht an mich selbst!«

»Ich habe nicht verfehlt, das zu bemerken, Sir.«

»Es gibt noch jemanden, den ich Ihrer Fürsorge empfehlen möchte.«

»Ich glaube zu erraten, um wen es sich handelt, Sir, und ich werde alles für ihn tun, was in meiner Macht liegt. Ich darf wohl feststellen, daß auch mein Herz mir dasselbe gesagt hat. Und ich könnte bei Gelegenheit darauf anspielen, daß Sie es waren, der es mir empfohlen hat.«

»Das könnte für uns beide von Vorteil sein.«

»Und gäbe es einen besseren Grund, Sir?«

VIII »Für uns ist das fast ein kleines Fest, Miss Buchan-an,« sagte Bullivant. »Ich glaube, Sie und Mrs. Selden haben noch kaum Bekanntschaft gemacht. Sie sind einander nur zu-fällig begegnet.«

»In Zukunft sollte das öfter vorkommen«, sagte die Köchin. »Nachbarn sollten doch den üblichen Verkehr pflegen. Das läßt sich in mehrfacher Hinsicht feststellen.«

»Wir dachten, daß wir unseren Tee in der Küche nehmen, wie es bei uns der Brauch ist«, sagte Bullivant. »Ich will Ihnen nicht verschweigen, daß wir das schon seit längerem so halten. Einen Raum für das Personal gibt es nur mehr theoretisch. Im Vergleich zu früher ist unser Häufchen zusammengeschmolzen.«

»Vieles ist heute knapper als früher«, sagte die Köchin. »Aber bestimmt stehen wir darin nicht allein. Auch bei den Herrschaften entwickelt es sich in dieser Richtung, das ist eine allgemeine Erscheinung. Und viele würden zugeben, daß es in der Küche gemütlicher ist.«

Ein Murmeln der Zustimmung war zu vernehmen. Nur Miss Buchanan sagte nichts.

»Hier sind zwei unserer jüngeren Mitglieder, Miss Buchanan«, sagte Bullivant und deutete auf George und Miriam.

»Sie werden unsere Tafelrunde erweitern«, sagte die Köchin. »Nachher sind wir dann unter uns.«

Die Köchin und Bullivant hätten es vorgezogen, ihren Gast für sich allein zu haben, und hatten die Stubenmädchen dazu gebracht, daß sie Ausgang genommen hatten. Mit George und Miriam verhielt es sich insofern anders, als sie ein Recht auf ihren Tee hatten, ihn aber nirgends als im Haus bekamen.

»Wollen wir uns setzen?« sagte die Köchin.

Miss Buchanan wechselte an den Tisch mit einer Bereitwilligkeit, die zur Entspannung der Atmosphäre beitrug.

»Nehmen Sie den Tee stark oder schwach, Miss Buchanan?«

»Weder noch«, erwiderte die Besucherin, indem sie ihre ziemlich laute Stimme zum ersten Mal gebrauchte.

»So ist es auch mir am liebsten«, sagte Bullivant.

»Ich halte mich auch gern an ein ausgewogenes Mittelmaß«, sagte die Köchin und sah auf die Teekanne. »Übertreibungen jeder Art sind mir zuwider.«

»Wie möchten ihn die jungen Leute?« fragte Miss Buchanan überraschend.

»Ich kenne ihre Vorlieben«, sagte die Köchin, ohne damit anklingen zu lassen, daß sie sich durch sie beeinflussen lassen wollte.

»Sind Sie derzeit sehr beschäftigt, Miss Buchanan?« erkundigte sich Bullivant.

»Es kommen immer dieselben Leute aus denselben Häusern, und oft wegen derselben Sachen. Für manche bin ich bequem gelegen, für andere nicht.«

»Und weil das in der Natur der Sache begründet ist, wird sich daran nichts ändern«, sagte die Köchin.

»Ich glaube, Sie bekommen von uns keine regelmäßigen Bestellungen«, sagte Bullivant, als ihm dieser Aspekt einfiel.

»Sie bestellen alles auf einmal beim Kolonialwarenhändler in der Stadt«, teilte ihm Miss Buchanan mit. Sie verhehlte nicht ihre einschlägigen Kenntnisse.

»So läßt es sich am besten überblicken und ohne Umstände erledigen«, sagte die Köchin. »Aber es wird sich hin und wieder ergeben, daß wir an Miss Buchanan herantreten können.«

»Ich werde bei Gelegenheit gern zu Diensten stehen«, versicherte Miss Buchanan.

»Welche Marmelade haben Sie lieber?« fragte die Köchin und drehte zwei Töpfe so, daß ihr Gast die Etiketten lesen konnte.

»Reineclauden und Johannisbeeren«, las Bullivant bedächtig, als wolle er für sich selbst die Wahl treffen.

»Nun, jedenfalls weder Stachelbeeren noch Pflaumen«, sagte George, der Miss Buchanan beobachtete und daher mehr als sonst auch sich selbst.

Sie schien nicht zu hören, und Bullivant tat es ihr nach. Die Indifferenz der beiden wurde von der Köchin durch eine sofortige und zeitaufwendige Begutachtung wettgemacht.

»Reineclauden«, sagte Miss Buchanan. »Wenn kein Johannisbeergelee da ist.«

»Gelee wäre auch mir lieber«, sagte die Köchin. »Aber in jedem Haushalt muß man ans Sparen denken.«

»Angeblich ist das in diesem Haus der Brauch«, stimmte Miss Buchanan zu, der nicht bewußt war, in welchem Maß ihre Gastgeber sich mit den Lambs identifizierten.

»Das würde man auch sagen, wenn es nicht der Fall wäre«, meinte die Köchin. »Bei uns pflegt man nicht die moderne Lebensart, bei der es auf Äußerlichkeiten ankommt. Das ist in der Tradition verankert, und so haben sich, wie immer in solchen Fällen, gewisse Sitten ausgebildet.«

»Und dazu gehört das Sparen«, sagte George.

Bullivant wies George auf die Johannisbeermarmelade hin, um die andere dem Gast vorzubehalten, und George machte sich mit der Miene eines Menschen, der das von den anderen Verschmähte essen muß, über den Topf her.

»Du hast Miriams Marmelade, George«, teilte ihm Bullivant im Ton einer beiläufigen Feststellung mit.

George gab den Topf, in dem schon der Löffel steckte, weiter und wartete, bis er wieder zu ihm zurückkam.

»Wir kriegen hier alles, was übrigbleibt«, sagte er und bediente sich mit der einem wertlosen Verbrauchsgut angemessenen Freizügigkeit.

»Mir scheint, daß du im Augenblick aus dem vollen schöpfst, George«, sagte Bullivant.

Miss Buchanan lachte kurz auf.

»Auf dem Speisezettel eines Waisenhauses war Marmelade vermutlich nicht sehr groß geschrieben«, sagte die Köchin: »Ich möchte nicht konkreter werden.«

»Konkret war es ein Armenhaus«, sagte George. »Ich fürchte mich nicht davor, konkret zu werden. Marmelade hat es einmal in der Woche gegeben, aber dann hat es auch Marmelade geheißen.«

Es entstand eine Pause.

»Ich freue mich, daß du deine Jugenderfahrungen so zu schätzen weißt«, sagte die Köchin. »Ich hätte kaum vermutet, daß sie dir so lieb sind.«

»Ich frage mich, ob du überhaupt versucht hast, über sie hinauszuwachsen«, sagte Bullivant. »Offenbar bin ich in der Annahme, daß du zu diesem Behuf nach einer helfenden Hand aussiehst, fehl gegangen.«

»Ich habe lieber eine Marmelade, die nicht nur aus Kernen besteht«, sagte George und rührte wie auf der Suche nach einer davon unterscheidbaren Substanz in dem Topf herum.

»Wie findest du die Konfitüre, Miriam?« fragte Bullivant.

»Mir schmeckt sie«, bekannte Miriam und gab unwillkürlich ein Geräusch von sich, das dies bezeugte.

»Nun, du brauchst deine Wertschätzung nicht anders als in Worten auszudrücken«, sagte die Köchin, der eine solche Rüge ihrer Gehilfin nicht unangebracht erschien, und diese nahm sie auch, sei es anerzogen oder ihrer Natur folgend, demütig hin. Wahrscheinlich lag es in ihrer Natur, denn bei George hatte eine vergleichbare Erziehung keinen solchen Erfolg gehabt. An George hatte sich erwiesen, daß er auf eine Maßregelung nur mit Blindheit für spätere Fehltritte reagierte.

»Machen Sie Ihre Marmelade selbst, Miss Buchanan?« sagte Bullivant.

»Alle, die ich selbst esse. Das Zeug aus den Fabriken bringe ich nicht hinunter.«

»Sie können es nur verkaufen«, sagte Bullivant lächelnd.

»Die Nachfrage ist da, sonst würde man es nicht herstellen.«

»Es ist einfacher für die Leute«, meinte Bullivant herablassend.

»Und heutzutage denken sie an nichts anderes«, sagte die Köchin.

»Es erspart viel Arbeit«, sagte Miss Buchanan.

»Und warum nicht?« sagte George. »Arbeit um ihrer selbst willen hat keinen Sinn.«

Ein Schweigen der Mißbilligung antwortete darauf. Man durchschaute und verurteilte Georges mangelnde Arbeitsfreude.

»Müßiggang ist aller Laster Anfang«, sagte die Köchin. »Zuletzt bleibt dann garnichts mehr.«

»Von Müßiggang habe ich nicht gesprochen«, sagte George.

»Haben wir etwa auf deine exakte Wortwahl Bedacht zu nehmen? Willst du uns das zumuten?«

»Wenn man andere Worte nimmt, ändert sich auch die Bedeutung.«

»Wissen Sie etwas Neues aus dem Dorf, Miss Buchanan?« fragte Bullivant, dessen Aufmerksamkeit selbstverständlich von George nicht gefesselt werden konnte.

»Nur was es hier im Haus gibt, und das wird Ihnen wohl nicht neu sein.«

»Trotzdem würden wir es gern hören. In anderem Mund erhält es vielleicht eine unterschiedliche Nuance«, meinte die Köchin, obwohl sie kaum damit rechnete, daß daran tatsächlich etwas Wahres sein könnte.

»Nun: Mr. Mortimer ist mit Miss Doubleday einerseits verlobt und andererseits auch wieder nicht.«

»Ersteres ist auszuschließen, jetzt und in Zukunft«, sagte Bullivant. »Mr. Mortimer persönlich hat mir das im Hinblick auf die umlaufenden Gerüchte versichert.«

»Etwas muß darangewesen sein«, meinte George. »Soviel Rauch gibt es nicht ohne irgendein Feuer.«

»Vielleicht weißt du noch nicht, George«, belehrte ihn Bullivant, »daß man im Zusammenhang mit den Gefühlen einer Dame den Anlaß als nicht vorhanden betrachtet, sofern die Entwicklung nicht einem kritischen Punkt zustrebt.«

»Das weiß man auch im Dorf nicht«, meinte Miss Buchanan mit einem leichten Lächeln.

»Das heißt also: Es brennt. Nicht wahr?« sagte George.

»George! Deine Ausdrucksweise ist von jener Mr. Mortimers so weit entfernt, daß man versucht wäre, deine Zugehörigkeit zum männlichen Geschlecht zu bestreiten«, verwies ihn Bullivant entrüstet.

»Der Unterschied ist nur natürlich«, fand Miss Buchanan, ohne sich damit die Dankbarkeit Georges einzuhandeln.

»Und was sonst beredet man im Dorf?« fragte die Köchin. »Hören wir uns doch die Geschichten über uns an, die wir noch nicht kennen!«

»Nun: Zwischen Mr. Lamb und Mr. Mortimer gibt es Differenzen, und der Grund dafür ist unschwer zu erraten«, sagte Miss Buchanan, indem sie erst auf George und Miriam und danach auf deren Vorgesetzte blickte, als ob sie hoffte, daß Worte, die nur für reife Ohren bestimmt waren, nur von diesen gehört werden könnten.

Der Blick, den die Köchin und Bullivant einander zuwarfen, ließ eine solche Hoffnung vergeblich erscheinen.

»Es geht immer viel Tratsch herum, den man nicht ernst nehmen muß«, sagte Bullivant.

»Er wird es aber doch«, bemerkte George, »und entspricht zufällig auch den Tatsachen. Was da betratscht wurde, war hier im Haus, wenn Sie mich fragen, der dicke Hund.«

»Hat jemand dich danach gefragt?« fuhr ihn die Köchin an.

»Du maßt dir ein Wissen an, George, das du nicht besitzt – garnicht besitzen kannst, weil es jeder Grundlage entbehrt«, erregte sich Bullivant. »Vielleicht bildest du dir ein, daß es dir etwas einbringt, wenn du diese Bauerntölpel nachäffst, in Wahrheit aber – aber –«

»Schlägt es ins Gegenteil aus«, kam ihm die Köchin zu Hilfe.

»Und es gibt hier Zuhörer, George«, fügte Bullivant hinzu, »vor denen du und ich unsere Zungen in acht nehmen sollten.«

»Miriam«, sagte die Köchin in nahezu sanftem Ton: »Gehst du hinauf in mein Zimmer und bringst mir meinen Strickbeutel vom Toilettentisch?«

Als Miriam hinausging, sah Bullivant ihr düster nach und richtete dann seinen Blick auf George. Es leuchtete ein, daß Schweigen in dieser Situation beredter war als Worte.

»Sie haben mich aufgefordert zu erzählen, was man im Dorf redet«, sagte Miss Buchanan.

»Eine unbedachte Bitte, für die wir die volle Verantwortung tragen«, bestätigte die Köchin munter.

»Miss Buchanans Beitrag zu unserem Gespräch war denn doch auch recht interessant«, sagte Bullivant, »ohne daß wir sie drängen mußten, sich – sich –«

»In einer ihr sonst fern gelegenen Weise zu verhalten«, ergänzte die Köchin, nahm von Miriam einen kleinen Lederbeutel entgegen und legte ihn achtlos beiseite.

»Möchtest du etwas Toast?« fragte Miss Buchanan, als sei nun die Ruhe nach dem Sturm eingetreten, und reichte das Toastkörbchen zu Miriam weiter.

»Der ist nicht für mich und George.«

»Ich kann nicht Toast für alle Altersstufen und Ränge warmhalten«, sagte die Köchin. »Sonst müßte ich ständig meine Augen beim Herd haben.«

»Ein paar Privilegien gibt es noch für uns reifere Semester, Miss Buchanan«, sagte Bullivant und rückte das Toastkörbchen zurecht.

»Eine Köchin gehört an den Herd«, entfuhr es George, dessen Erregung den Siedepunkt überschritten hatte.

Schweigen trat ein.

»Hättest du die Güte, deine Worte zu wiederholen, George?« sagte Bullivant.

»Wenn Sie nicht gehört hätten, was ich gesagt habe, würden Sie nicht von mir wollen, daß ich sie wiederholen soll.«

»Eine eigentümliche Verknüpfung von Ursache und Wirkung«, fand die Köchin.

»Ich wiederhole meine Bitte, George«, sagte Bullivant.

»Wiederholungen sind offenbar in Mode.«

»Keineswegs, George. Darüber wirst du nicht zu klagen haben. Ich werde mich hinfort dessen enthalten.«

»Das nächste Mal wird es heißen, daß Miss Buchanan hinter ihre Theke gehört«, sagte die Köchin, nach einer Verbündeten ausschauend.

»Das wäre auch richtig«, sagte George.

»George!« rief Bullivant und deutete zur Tür. Zur allgemeinen und eigenen Erleichterung sah George sich durch sie verschwinden.

»Möchtest du George folgen, Miriam?« fragte Bullivant. Er wollte damit ausdrücken, daß es in Miriams Belieben stünde, wessen Gesellschaft sie bevorzugte.

»Nein«, sagte Miriam.

»Das freut mich zu hören«, sagte die Köchin, »und ich hoffe sehr, daß es in jeder Beziehung stimmt. Nicht daß Miriam sich deshalb auf unbestimmte Dauer von ihren Pflichten abhalten lassen müßte...«

Miriam zog sich zurück, und die Spannung ließ nach.

»So, jetzt haben wir drei alte Knacker unsere Ruhe«, stellte

Bullivant fest: »Womit ich außer meiner Person keinen Anwesenden angesprochen haben möchte.«

»Sie sind ein wenig vorschnell in Ihren Äußerungen«, fand die Köchin.

»Kein Grund zur Aufregung«, beruhigte Miss Buchanan.

»Darf Mrs. Selden Ihre Tasse auffüllen, Miss Buchanan?« fragte Bullivant und streckte die Hand aus.

»War Miriam mit ihrem Tee schon fertig?« wollte Miss Buchanan wissen, als sie ihm die Tasse reichte.

»Selbst wenn sie es nicht war, hat sie immerhin Fortschritte gemacht«, stellte die Köchin fest. »Sie war die einzige, die sich an diese Marmelade gewagt hat — abgesehen von George, der sich zu ihr herabließ. Womit nicht gesagt sein soll, daß ein solches Benehmen immer den Erfolg hat, den man erhofft.«

»George ist mir irgendwie ein Rätsel«, seufzte Bullivant.

»Allerdings können wir nicht zuviel Zeit und Mühe darauf verwenden, es zu lösen«, sagte die Köchin.

»Was für eine originelle Tasse!« fand Miss Buchanan. Zu spät bemerkte sie, daß etwas darauf geschrieben stand.

»Welchen Spruch haben Sie?« fragte die Köchin.

Miss Buchanan beugte sich zugleich mit ihr vor.

»Dürstet nach Gerechtigkeit — Ich werde euch zu trinken geben — Wasser der Trübsal«, murmelte Bullivant, indem er nacheinander von den einzelnen Tassen biblische Sprüche ablas, die sich auf ihren Verwendungszweck bezogen.

»Sie gehören zu meinen privaten Besitztümern«, teilte die Köchin mit, »deren es in dem Leben, das ich gewählt habe, nicht allzuviele gibt.«

»Mrs. Selden hat sie bei einer Feier ihrer Glaubensgemeinde zum Geschenk erhalten«, erläuterte Bullivant.

»Es war eine Art Jubiläum«, fügte die Köchin hinzu. »Und man hat gefunden, daß mein Verhalten beispielgebend gewesen sei.«

»Sie hingegen sind umgeben von eigenen Dingen, Miss Buchanan«, sagte Bullivant.

»Ja. Ich könnte nicht inmitten fremder Sachen leben.«

»Es ist gut, daß nicht alle Menschen von solchen Rücksicht-
nahmen an die Erde gefesselt sind«, meinte die Köchin. »Ich
mußte mir meine Schätze anderswo anhäufen und war mir dafür
nicht zu gut.«

»Dasselbe würde sich zweifellos von Miss Buchanan sagen
lassen«, meinte Bullivant, »falls die Notwendigkeit sich ergäbe.«

»Wollen Sie einen Blick in die Zeitung werfen, Miss Buchanan,
während ich den Tisch abräume?« fragte die Köchin. »Ich könnte
Miriams Hilfe in Anspruch nehmen, aber das würde die Gegenwart des Mädchens erfordern, und so will ich auf beides verzichten. Sie könnten uns vorlesen, was Ihnen ins Auge springt. Ich
habe noch nicht einmal einen Blick auf die Überschriften geworfen.«

Miss Buchanan streckte entschlossen die Hand aus, aber Bullivant hielt sie zurück.

»Miss Buchanan wird sich inzwischen mit mir unterhalten,
Mrs. Selden. Ich möchte die Zeit, die unser Gast uns schenkt,
nicht vergeuden.«

Miss Buchanan sah sich unversehrt über den Abgrund wandeln und hätte gern gewußt, ob sie ihrem Glück trauen konnte.

Die Tür ging auf, und George trat ein. Er durchquerte unbe-
kümmert den Raum und bemächtigte sich der Zeitung auf eine
Weise, als habe er sie Bullivant und Miss Buchanan entris-
sen. Dann setzte er sich in einen Lehnstuhl und begann zu
lesen.

»Ich glaube mich zu erinnern, George, daß ich dir empfohlen
habe, dich zurückzuziehen«, sagte Bullivant mit einem Zittern
in der Stimme.

»Ich nicht. Haben Sie das?« sagte George und hob nur ein
wenig die Lider.

»Du meinst offenbar, daß du das Recht hast, deine eigenen
Entscheidungen zu treffen?« fragte die Köchin.

»Willst du nicht vielleicht Mrs. Selden einer Antwort wür-
digen, George?« sagte Bullivant.

»Wer schweigt, stimmt zu. Natürlich habe ich das Recht«, erwiderte George, der in der Absicht zurückgekehrt war, eben dieses für sich geltend zu machen.

Ein Schweigen folgte, das man schwerlich als Zustimmung auffassen konnte und das schließlich von Bullivant gebrochen wurde.

»Du bist also alt genug, George, um dich mit mir auf eine Stufe zu stellen.«

George sah auf und nickte. Bullivant warf unwillkürlich einen Blick zu der Köchin, wandte ihn aber wieder ab, weil er es doch unschicklich fand, sich an ein schwächeres Geschöpf um Beistand zu wenden.

Das Schweigen, das sich daraufhin ausbreitete, schien menschlicher Gegenwehr zu spotten und währte in der Tat so lange, bis Bullivant höhere Mächte zu Hilfe rief.

»Ist dir bewußt, George, daß du auf ein und denselben Absatz starrst, seit du dir die Zeitung genommen hast?«

George hob nicht nur die Augen, sondern auch die Hände, warf die Zeitung hin und stürmte aus der Küche.

»Aber, aber, aber!« sagte die Köchin.

»So, so, so!« sagte Bullivant.

»Na, da«, sagte Miss Buchanan und unterdrückte den Impuls, ihren Kommentar ein drittes Mal zu wiederholen.

Eine Pause entstand, während Bullivant begriff, daß die Wirkung seiner Worte ihn nur deshalb überraschte, weil sein Glaube so schwach war.

»Nun, ich vermute, daß George nicht lange brauchen wird, bis er sich erholt hat«, bemerkte die Köchin gelassen.

»Nicht daß Anzeichen dafür bereits vorhanden wären«, meinte Bullivant mit einem ebenso gelassenen Lächeln.

»Kommt das oft vor?« fragte Miss Buchanan.

»Es steht als Ereignis bisher einzig da«, sagte die Köchin.

»Und ist Georges eigentlichem Wesen völlig fremd«, versicherte Bullivant, ohne absichtlich die Wahrheit entstellen zu wollen.

»Wir alle handeln manchmal unserem eigentlichen Wesen zuwider«, sagte die Köchin.

»Oder es ist unser eigentliches Wesen, daß wir ihm zuwider handeln«, sagte Miss Buchanan.

»Eine tiefsinnige Bemerkung«, fand Bullivant.

»Und daraus erklärt sich auch, warum wir manchmal uns selbst und andere überraschen«, fügte die Köchin hinzu.

»Sie hängen gern Ihren Gedanken nach, Miss Buchanan?« vermutete Bullivant.

»Ich würde meinen, daß Sie viel lesen«, sagte die Köchin. »Und ich bin sicher, daß auch Mr. Bullivant das vermutet.«

»Ich würde meinen, daß es für Miss Buchanan nur die Entscheidung zwischen allem oder nichts gibt.«

»Ja«, bestätigte diese, davon ausgehend, daß es bei ihr lag, welche der beiden Möglichkeiten sie wählte.

»Wie sind Sie auf den Gedanken gekommen, daß man Briefe an Ihren Laden adressieren könnte?« erkundigte sich die Köchin, die das schon immer gern gewußt hätte.

»Um etwas besser durchzukommen. Für das Geschäft ist die Lage nicht günstig.«

»Ich nehme an, Sie erhalten hin und wieder recht merkwürdige Briefe«, sagte Bullivant. »Ohne zu wissen, was darinsteht.«

»Sie müssen wohl oft versucht sein, einen Blick hineinzuwerfen«, sagte die Köchin.

»Miss Buchanan könnte man auch noch ganz andere Dinge anvertrauen«, sagte Bullivant.

»Natürlich muß man dieser Versuchung widerstehen«, sagte die Köchin, als wollte sie ihren letzten Satz zu Ende führen.

»Miss Buchanans Klienten können sich auf sie verlassen«, sagte Bullivant.

Miss Buchanan blickte fragend.

»Kennen Sie das Wort nicht, Miss Buchanan?« flötete Bullivant und beugte sich zu ihr.

»Klienten sind Kunden«, erklärte die Köchin. »Die Leute, die Ihre Dienste in Anspruch nehmen.«

»Oh –: Die Leute, die ihre Briefe nicht sehen lassen wollen«, sagte Miss Buchanan, als wäre eine einfachere Bezeichnung angemessener gewesen.

»Oder jene, für die Sie irgend etwas tun. In der Zeitung muß Ihnen das Wort täglich ein Dutzendmal unterkommen.«

Miss Buchanans Begriff einer Zeitung wurde dadurch nur noch mehr verwischt.

»Ich stelle mir vor, daß Miss Buchanan sich vor allem an die neuesten Nachrichten und politische Artikel hält«, sagte Bullivant.

Miss Buchanans Phantasie reichte freilich weiter: In ihr las sie die Zeitung vom ersten bis zum letzten Satz.

»Es steht Ihnen wohl nicht zu, die Namen der Leute weiterzugeben, die sich Ihrer Hilfe bedienen?« sagte die Köchin.

»Meiner Klienten?« sagte Miss Buchanan. Ihre Lippen zuckten. »Nein, das darf ich nicht.«

»Das System beruht auf vertraulicher Behandlung«, sagte Bullivant. »Aber ich wundere mich, daß diese Menschen nicht manchmal zusammentreffen.«

»Das kommt vor, aber sie tun dann so, als ob sie irgend etwas kaufen wollten. Und eigentlich tun sie auch sonst immer so.«

»Vielleicht ist das der Grund, weshalb man die zwei Geschäftszweige so oft kombiniert«, meinte Bullivant lächelnd. »Jedenfalls sind Sie dafür die richtige Person.«

Miss Buchanan widersprach nicht. Sie hatte das Gefühl, daß es stimmte.

»So etwas ist immer eine erfreuliche Feststellung«, sagte die Köchin.

»Ich nehme an, daß Sie die Briefe jeweils gesondert für die betreffenden Empfänger aufbewahren?« sagte Bullivant. »Vermutlich helfen Ihnen Ihre Freunde bei der Aufteilung, wenn Sie anderweitig beschäftigt sind?«

»Nein, sie dürfen die Namen nicht sehen. Ich mache das alles selbst.«

Bullivant schwieg.

»Wie sehen diese Briefe aus?« wollte die Köchin wissen. »Anders als die für die üblichen Adressaten bestimmten Briefe?«

»Nein, es sind gewöhnliche Briefe. Sie sind nur eben vertraulich: Das ist alles.«

»Und Sie wahren diese Vertraulichkeiten«, sagte Bullivant. »Wenngleich man diesen Begriff im landläufigen Sinn nicht auf sie anwenden könnte, wenn die Umschläge durchsichtig wären.«

»Zum Glück sind sie es nicht«, sagte Miss Buchanan mit der Andeutung eines Lächelns.

»Primäre Voraussetzung ist gewiß eine hundertprozentige Seriosität«, sagte die Köchin.

»Im Laufe eines Jahres kommen Ihnen wohl sehr verschiedene Schriften unter«, sagte Bullivant.

»Handgeschriebenes fällt mir schwer zu entziffern. Der Briefträger liest mir die Namen vor, die auf den Umschlägen stehen«, bekannte Miss Buchanan. Sie stand nicht an, ihre Methode zu verheimlichen. »Er muß sie sehen, um die Briefe zuzustellen.«

»Sie ziehen Druckschrift vor?« sagte Bullivant und gab damit dem allzumenschlichen Trieb nach, sich auf dünneres Eis vorzuwagen.

Miss Buchanan sah sich nicht verpflichtet, seine Vermutung zu bestreiten.

»Ich hoffe, daß die Dinge bei Ihnen wieder ins Lot kommen«, sagte sie aus einem gesunden Instinkt, der sie auf die Schwachstellen anderer Menschen verwies. »Natürlich hat es keinen Sinn, so zu tun, als ob niemand etwas wüßte.«

»Uns schien es das Beste, so zu tun, Miss Buchanan«, entgegnete Bullivant freimütig. »Aber daran war, wie Sie andeuten, wohl auch etwas Widernatürliches. Und so ist der Erfolg ausgeblieben.«

»Wie bei jedem im Grund unaufrichtigen Verhalten«, fügte die Köchin hinzu: »Jedenfalls in der wahren, wenn auch nicht üblichen Bedeutung.«

»Aber wir können, glaube ich, mit Miss Buchanans Worten

doch feststellen, daß die Dinge wieder im Lot sind, und daß sie nie so weit davon abgekommen sind, wie man vielleicht gemeint hat.«

»Schlimme Boten reiten schnell«, zitierte die Köchin. »Und ihr Schatten wächst unterwegs. Aber natürlich muß man unser Haus mit seinem eigenen Maßstab messen. In unserem Kompetenzbereich war davon nichts zu spüren.«

»Sie sind sehr mit der Familie verbunden«, stellte Miss Buchanan fest. »Mir würde es schwerfallen, mich in Ihre Lage zu versetzen.«

»Und Sie würden es bestimmt auch nicht wollen«, erwiderte Bullivant lächelnd. »Sie sind ein unabhängiger Charakter.«

»In unserem Leben spielen die eigene Persönlichkeit und ihre Ansprüche nicht die sonst übliche Rolle«, erläuterte die Köchin. »Manche Menschen eignen sich dafür besser als andere.«

»Und Mrs. Selden in besonders hervorragender Weise«, fügte Bullivant hinzu.

»Mr. Lamb soll ein schwieriger Mensch sein«, sagte Miss Buchanan.

»Sie hören wirklich das Gras wachsen«, sagte Bullivant.

»Meistens hört man immer wieder dasselbe.«

»So wie vermutlich in diesem Fall«, sagte die Köchin. »Unser Herr ist kein Konfektionsmodell: Das ließe sich gewiß nicht behaupten.«

»Das behauptet auch niemand«, bestätigte die Besucherin. »Aber ich höre, daß man bei Ihnen jetzt nicht mehr jeden Penny dreimal umdreht.«

»Unser Herr hat seine Prinzipien und stets nach ihnen gelebt. Er selbst hat sich nie davon ausgenommen, das muß man anerkennen. In letzter Zeit hat er sich selbst und anderen manche Erleichterungen gewährt.«

»Und auch das muß man anerkennen«, fügte Bullivant hinzu. »Was sonst noch haben Sie über uns gehört, Miss Buchanan?«

Miss Buchanan rechnete sich aus, daß man es nicht gern hören werde, sie war aber zu aufrichtig, um es zu beschönigen. Die

Mißlichkeiten ihrer eigenen Situation führten nicht dazu, daß sie anderen Leuten etwas ersparte.

»Nichts Erfreuliches offenbar«, vermutete Bullivant.

»Das Unerfreuliche spricht sich immer herum«, sagte die Köchin. »Das liegt in der Natur der Sache. Tratsch ist Tratsch und nicht mit Verständnis oder Hilfsbereitschaft zu verwechseln.« In diesem Augenblick trat Miriam in die Küche und spähte zum Eßtisch.

»Soll ich für das Abendbrot decken?«

»Was würdest du darauf antworten?« entgegnete die Köchin.

»Es ist schon gedeckt«, stellte Miriam fest.

»Warum also hast du gefragt?«

»Ich dachte, daß ich es tun sollte.«

»Und hast keinen Grund gesehen, deine Annahme zu revidieren?«

»Ich bin pünktlich hiergewesen«, verteidigte sich Miriam vorsorglich.

»Mrs. Selden hat ihre Meinung revidiert und selbst angerichtet«, sagte Bullivant.

George kam herein, Hände in den Hosentaschen und vor sich hinsummend. Die Köchin und Bullivant sahen erst ihn und dann einander an, George hingegen schlenderte zum Fenster und blickte hinaus. Er lüpfte mit den Händen die Hose, und das Summen gewann an Lautstärke: Die Inszenierung dieses Auftritts sollte seinen Abgang ausgleichen, der vielleicht doch ein solches Pflaster verlangte.

»Nun, du könntest jetzt die Gardinen vorziehen, Miriam«, sagte die Köchin. »In der einfallenden Dämmerung gibt es für dich und George nicht viel zu sehen.«

»Wir fangen heute abend zeitig an, Miss Buchanan«, sagte Bullivant, »damit Mrs. Selden sich ihrem Dinner widmen kann.«

»Das klingt, als hätte ich die Gewohnheit, später für mich allein noch weiter zu essen«, meinte die Köchin. »Wahr ist vielmehr das Gegenteil, denn mein Appetit ist sehr wechselhaft.«

George nahm seinen Platz eine Minute nach den anderen ein und tat überdies so, als geschehe auch das nur zufällig. Sein Desinteresse kam gelegen, denn der erste Gang war nicht für ihn und Miriam bestimmt. Die Köchin hatte zunächst geschwankt, ob sie daran festhalten sollte, sich schließlich aber für die schärfere Gangart entschlossen.

George saß wie in Trance, seine Finger wanderten ziellos auf dem Tischtuch, und sein Kehlkopf kakelte den Refrain.

»Gut denn, George, wir haben jetzt genug von dieser Hymne«, sagte Bullivant. »Und wir möchten sie in Mrs. Seldens Interpretation hören.«

Verblüfft, daß sein Liedchen nicht nur fromm war, sondern eigentlich der Köchin zustand, verstummte George und nahm vom zweiten Gang. Seine Geistesabwesenheit dabei war nur halb gespielt.

»Die Abende, die Sie nach Belieben einrichten können, haben Sie mir voraus, Miss Buchanan«, sagte die Köchin. »Mein Beruf läßt mich vom frühen Morgen bis spät am Abend nicht los.«

»Ich muß nach dem Zusperren erst noch saubermachen, und ich habe niemanden, der mir hilft.«

Mit einem Blick auf Miriam drückte die Köchin aus, daß diese als Hilfe wohl kaum ins Gewicht falle.

»Und Sie müssen Ihre Buchführung machen und die Korrespondenz erledigen«, sagte Bullivant, indem er Miss Buchanan genau ins Auge faßte.

»Ich verkaufe nur gegen bar. Eine alleinstehende Frau kann nicht auch noch Bücher führen. Ich weiß, wie das Geschäft läuft, und ich kann mir vieles merken.«

»Sie lassen mich vermuten, Miss Buchanan, daß Sie fähig sein würden, im Fall irgendeiner Behinderung, die Ihnen zustößt, besondere kompensierende Fertigkeiten auszubilden.«

»Das mag sein«, gab Miss Buchanan, die ihren eigenen Beweis dafür hatte, zu.

»Eine Behinderung?« fragte Miriam.

212

»Ein körperlicher Mangel. Ein Schicksalsschlag«, erläuterte die Köchin. »Etwa Blindheit oder Taubheit, wie Mr. Bullivant angedeutet hat.«

George hatte inzwischen über eine Bemerkung nachgegrübelt, mit der er sich wieder in den Vordergrund spielen könnte.

»An diesem Tisch hier sitzen lauter Ledige!« verkündete er, als sei ihm dieses Phänomen plötzlich aufgefallen, und tatsächlich empfand er dabei, daß ihm etwas vorenthalten wurde.

»Abgesehen von unserem Herrn und der Gnädigen gibt es auch sonst im Haus keine verheirateten Personen«, fügte die Köchin hinzu. »Miss Emilia und Mr. Mortimer liefern dafür ein Beispiel.«

»Ich glaube nicht, daß sie in dieser Absicht ledig geblieben sind.«

»Meinst du, man würde dich von ihren wie immer gearteten Absichten unterrichten?« fragte die Köchin, weil sie fand, daß Georges Genesung, so willkommen sie ihr war, bereits etwas zu weit ging.

»Es gibt Berufe, die mehr als andere eine zölibatäre Lebensform verlangen«, sagte Bullivant.

»Ein guter Vorwand für Leute, die nicht zur Ehe taugen«, fand George.

»Was, George? Hast du schon solche Enttäuschungen hinter dir?«

»Ich habe mir meine Arbeit nicht ausgesucht«, erwiderte George, als könnte das nicht jeder von sich behaupten.

»Du meine Güte! Was weiß denn George von der Ehe?« rief die Köchin.

»Soviel wie jeder andere hier«, entgegnete George.

»George meint, daß Wissen nur durch praktische Erfahrung gewonnen werden kann«, stellte Bullivant fest und lächelte ob solcher Naivität.

»Wogegen wir die Erben uralter Weisheit sind«, bemerkte dazu die Köchin. »Ohne damit zu unterstellen, daß das in jedem Fall zutrifft.«

»Angenehm wäre es, wenn wir noch etwas anderes geerbt hätten«, sagte Miss Buchanan.

»Jeder muß der ihm vorgezeichneten Bahn folgen«, sagte Bullivant. »Sonst würde es viele Berufe gar nicht geben, und das würde das gesellschaftliche Gleichgewicht stören.«

»Ich habe nie den Wunsch nach einem Mann empfunden«, bekannte die Köchin, »und ich wage dasselbe auch für Miss Buchanan zu behaupten.«

»Keine Frau gibt zu, daß sie gern einen Mann hätte«, sagte George.

»Pflichten Sie dem bei, Miss Buchanan?« fragte Bullivant. »Ich beziehe mich natürlich auf Mrs. Seldens Worte.«

»Unter den gegebenen Umständen schon.«

»Sie hegen nicht den Wunsch nach einem Menschen, der Ihnen in Ihrem Leben beisteht?«

»Ehen werden nicht nur um des Beistands willen geschlossen«, berichtigte die Köchin.

»Nein, aber wir hoffen doch, daß auch er uns zuteil wird«, sagte Bullivant.

»Das übrige würde ihn aufwiegen.«

»Nun, nicht in jeder Beziehung, Mrs. Selden. Ein Mann würde der Frau gewiß einige Sorgen abnehmen.«

»Und andere erst mit sich bringen –: mehr, als zum Ausgleich nötig wären.«

»Hast du die Absicht zu heiraten, Miriam?« fragte Bullivant.

»Nein, ich bin lieber allein. Es ist besser, wenn man alles für sich allein hat.«

»Das ist kein sehr edles Motiv«, fand Bullivant.

»Eine Folge der Waisenhauserziehung«, sagte die Köchin. »Das Teilen wird dort über ein natürliches Maß hinaus gepflogen.«

»Haben ähnliche Erfahrungen auch bei dir diese Wirkung gehabt, George?« fragte Bullivant.

»Nein, ich glaube nicht«, antwortete George. »Es dürfte eher auf meine Erfahrungen mit Ihnen zurückzuführen sein.«

214

Die Köchin öffnete den Mund so rasch, daß die Worte keine Zeit fanden, sich in Sprache zu verwandeln. Miriam sah zu George, weil sie nicht verstand, was er gemeint hatte. Miss Buchanan lachte unwillkürlich auf – und entschied damit ihr persönliches Schicksal.

Bullivant nahm eine gedruckte Angebotsliste vom Tisch und hielt sie ihr vor die Augen.

»Auf welchen würde Ihre Wahl fallen, Miss Buchanan, wenn Sie sich mit einem Partner fürs Leben verbänden und diesen Anlaß zu feiern hätten?«

Miss Buchanan besah die Liste mit gelassenem Interesse.

»Ich glaube nicht, daß Miss Buchanan sich sehr für Wein interessiert«, meinte die Köchin. »Zumindest macht sie mir diesen Eindruck.«

»Nein, Wein ist nichts für mich«, bestätigte Miss Buchanan, schüttelte den Kopf und wischte die Liste beiseite. »Ich habe noch nie einen Tropfen Alkohol angerührt. Mich kann man nicht in Versuchung führen.«

Das Bewußtsein, so knapp an einer Katastrophe vorbeigegangen zu sein, erleichterte sie nicht minder als Bullivant.

»Ich habe zwar nie ein Gelübde getan«, sagte die Köchin, »aber das Prinzip weiß ich zu schätzen. Abgesehen von bestimmten Anlässen halte auch ich mich daran.«

»Warum sollte man auch etwas Positives nur deshalb aufgeben, weil ein paar Leute darüber spotten?« meinte Bullivant.

»Auch das ist ein berücksichtigungswürdiges Argument«, sagte die Köchin.

»Nach den Begriffen unserer Herrschaft wären wir keine besonders heitere Runde«, sagte George.

»Wonach willst du das beurteilen können, George?« fragte Bullivant. Er hielt sich bewußt zurück, damit ihm nicht noch einmal die Nerven durchgingen. »Deine Rolle schreibt dir vor, mich im Hintergrund zu unterstützen, so daß du keine Beobachtungen aus unmittelbarer Nähe machen kannst.«

»Oh, ich habe Augen und Ohren«, versicherte George, ohne

zu bedenken, daß es darauf nicht so sehr angekommen wäre, wenn er nicht auch eine Zunge gehabt hätte.

»Und überdies«, fuhr Bullivant mit um so stärkerem Nachdruck fort, als er fühlte, daß alle ihm zuhörten: »Wenn du dir deine Neugier und unschicklichen Interessen abgewöhnen würdest, ließe sich kaum überschätzen, um wieviel flinker und sicherer dein Benehmen werden könnte. Ganz zu schweigen von Anmut und Schliff.«

»Aber mehr als ein Diener wird dabei nicht aus mir«, sagte George.

»Die Qualifikationen für ein solches Ergebnis scheinen recht hoch gegriffen«, sagte Miss Buchanan.

»Warum sich anstrengen, um nichts als ein besserer Diener zu werden?«

»Weißt du vielleicht etwas Besseres, das du werden könntest?« fragte die Köchin. »Hast du so vielseitige Talente?«

»Es muß auch andere Daseinsformen geben. Es gibt nicht nur Diener auf der Welt.«

»Vergib mir, George«, flötete Bullivant auf seine melodischste Weise: »Es gibt nur Diener. Es gibt niemanden, vom Geringsten bis zum Höchsten, der nicht in irgendeiner Weise einer noch höheren Macht dienen würde. Sogar die Königin ist nur die erste Dienerin des Staates.«

»Steht aber nicht am Spülstein«, sagte George.

»Sie wäre gewiß die letzte, die eine solche Arbeit geringer ehren würde als ihre eigene.«

»Seit wann sind Sie mit der Königin so dick? Wie ist Ihnen das gelungen?« fragte George, dessen Fortschritte sich auf das vorgegebene Umfeld beschränkten.

»Das wird niemandem vorenthalten«, sagte die Köchin, »der sich dafür interessiert.«

»Sie muß bei ihrer Arbeit nie in den Dreck greifen. Ich zufällig schon. Und ich wäre gern bereit, mit ihr zu tauschen.«

»Und was bringt dich dazu, deine Fähigkeiten so hoch einzuschätzen, als könnten sie solchen Aufgaben genügen?«

»Oh, ich würde meinen, daß es andere Leute sind, die diese Aufgaben für sie erledigen.«

»Wenn das dein Begriff von Arbeit ist, George«, sagte Bullivant, sorgfältig abwiegend, »würde ich nicht zu prophezeien wagen, daß du eine Aussicht hast, jemals deiner derzeitigen Verpflichtungen entbunden zu werden.«

»Ich muß zugeben, daß die Hoffnung darauf sehr schwach ist«, sagte die Köchin.

»Sie beide scheinen es zu genießen, wenn andere für Sie arbeiten.«

»Wir haben Positionen erreicht, die es uns erlauben, die niedrigsten unserer Arbeiten zu delegieren.«

»Niedrig! Das war jetzt Ihr Wort! Sind sie denn nicht so ehrenvoll wie jede andere? So ehrenvoll wie die Arbeit der Königin? Ich habe ja gewußt, was Sie wirklich denken!«

»Der Weg, den du gehst, wird dich nicht aufwärts führen, George«, sagte Bullivant kopfschüttelnd.

»Wer mit dem Herzen dabei ist, bleibt sein Lebtag im selben Dreck stecken.«

»Stecken ist nicht das richtige Wort«, meinte die Köchin, »außer für jene, die es verdienen, weil sie sich immer tiefer sinken lassen.«

»Was für ein Verhältnis haben Sie zu Ihrer Arbeit, Miss Buchanan?« erkundigte sich Bullivant.

»Nun ja – mit der Königin würde ich mich nicht vergleichen.«

»Vielleicht würde George gern in einem Kaufladen arbeiten«, sagte Miriam.

»Nun, was meinst du zu dieser Alternative, George?« fragte die Köchin.

»In mancher Beziehung wäre es vielleicht besser. Aber so ein Kramladen in einem Dorf, wo man in Groschen rechnet ...«

Eine Pause entstand.

»Vielleicht fängst du lieber gleich als Ministerpräsident an«, schlug die Köchin vor.

»Das würden wir alle gern.«

»Nicht, was mich betrifft«, sagte Bullivant, dabei in die Ferne blickend und mit einer Stimme, die solchen Perspektiven angepaßt war. »Ich hätte nur das Gefühl, daß ich mich innerhalb der bestehenden Weltordnung an einem anderen Punkt befinde.«

»Würdest du gern in einem Geschäft arbeiten, Miriam?« fragte Miss Buchanan.

»Nein, ich glaube nicht«, bekannte Miriam und schaute um sich. »Zuhause wäre ich dort nicht mehr als hier.«

»Woher weißt du, was ein Zuhause ist?« fragte George.

»Manche Menschen besitzen Phantasie, andere nicht«, stellte die Köchin fest. Sie fühlte sich verpflichtet, Miriam ein Lob zu spenden.

»So sind Sie also mit Ihrem Beruf zufrieden, Miss Buchanan«, resümierte Bullivant. »Wenngleich der Weg zum Erfolg natürlich überall steinig ist.«

»Ich sehe keine Steine auf Miss Buchanans Weg«, sagte die Köchin. »Und wenn es welche gibt, wird sie auch damit fertig.«

»Ich frage mich, was im Geschäftsleben das schwierigste Hindernis sein könnte«, überlegte Bullivant.

»Eine delikate Konstitution«, fand die Köchin. »Das wäre ein Grund, der mich davon ausschließen würde.«

»Was meint Miss Buchanan dazu?«

»Wenn sie will, bedarf es wohl nur eines einzigen Wortes.«

Miss Buchanan beanspruchte dieses Recht nicht, obwohl es ihr zweifellos zustand.

»Möglicherweise irgendeine kleine, menschliche Schwäche«, sagte Bullivant. »Etwas, das sich durch alles, was wir tun, hindurchzieht und uns von der Umgebung isoliert, die es vielleicht gar nicht bemerkt.«

»Zum Beispiel ein aufbrausendes Temperament«, sagte die Köchin. »Obwohl ›erregbar‹ vielleicht der umfassendere Begriff wäre, weil es sich ja um eine nervöse Disposition handelt.«

»Das würde allerdings den Leuten nicht verborgen bleiben, Mrs. Selden, und ich bin sicher, daß es auf Miss Buchanan nicht zutrifft«, sagte Bullivant und verriet damit, daß er sie einer anderen Schwäche verdächtigte.

»Woran denken Sie?« fragte Miss Buchanan.

»Vergeßlichkeit etwa, oder wenn man nicht gut im Kopfrechnen ist – oder etwas Ähnliches.«

»Da das Miss Buchanans besondere Stärken sind, wird sie sich solche Schwächen schwer vorstellen können«, meinte die Köchin. »Genauso wäre es denkbar, daß sie nicht lesen und schreiben kann.«

»Sie haben meine besten Seiten hervorgekehrt, Mr. Bullivant«, sagte Miss Buchanan. Von der Köchin konnte sie das freilich nicht behaupten.

»Ich habe mir oft gewünscht, ich könnte noch einmal für eine Weile in die Schule gehen und ein paar von meinen Bildungslücken auffüllen«, sagte die Köchin.

»Denken auch Sie so an die Schule zurück, Miss Buchanan? War es die glücklichste Zeit Ihres Lebens?« fragte Bullivant. Vielleicht meinte er, daß eine Zeit, die es nie gegeben hatte, auch frei von Sorgen sein müßte.

»Und wie sind deine Erinnerungen, George?« fragte die Köchin.

Bullivant hob eine Hand.

»Lassen wir George heraus, wenn ich bitten darf, Mrs. Selden«, sagte er rasch und leise. »Das kann nur peinlich werden. Es würde seine Vergangenheit aufrühren, die wir schon bis zur Erschöpfung beredet haben. Miriam –: Hättest du Lust, wieder in die Schule zu gehen?«

»Ich glaube nicht, daß die Lehrer einem viel beibringen.«

»Du jedenfalls bist weitestgehend unbeleckt geblieben«, sagte die Köchin. »Und der Unterricht kann nach dem, was ich so sehe, auch nicht viel wert gewesen sein.«

»Ich nehme an, daß sie gelernt hat, was sie braucht«, sagte Bullivant.

»Das hängt davon ab, was Sie darunter verstehen wollen. Viel mehr als lesen und schreiben kann sie nicht.«

219

Miss Buchanans Augen hefteten sich auf Miriam, als wäre sie die fleischgewordene Erfüllung der natürlichsten Wünsche.

»Liest und schreibst du viel, Miriam?« fragte Bullivant.

»Manchmal lese ich ein Buch. Und ich kann auch die Listen für Mrs. Selden schreiben.«

»Ich sehe darauf, daß sie nicht vergißt, was sie kann, und womöglich noch etwas dazulernt«, sagte die Köchin.

»Kann denn einer von uns mehr als sie?« fragte George.

»Soll das heißen, daß wir verpflichtet sind, dir die Grenzen unserer Fähigkeiten offen zu legen?« fragte die Köchin. »Wenn dem so sein sollte, war ich mir dessen nicht bewußt.«

»Ausgerechnet von dir, George, hat diese Frage nicht zu kommen«, sagte Bullivant.

»Was sich auch von vielen anderen Bemerkungen Georges am heutigen Abend feststellen ließe«, sagte die Köchin. »Sein Beitrag zu unserer Unterhaltung war nicht eben positiv. Und wenn es noch offene Fragen gibt, die ihn bedrängen, soll er sie anderswo anbringen.«

George und Miriam standen auf, und Miss Buchanan folgte ihrem Beispiel.

»Ich muß jetzt gehen.«

»Plötzlich schlägt uns die Stunde«, stellte die Köchin fest. »Aber ich hoffe doch, daß sie sich oft wiederholen wird – zusammen mit jenen, die ihr vorangegangen sind.«

»Sie können nicht noch ein Weilchen bleiben, Miss Buchanan?« fragte Bullivant, und seine Stimme deutete eine Verbeugung an.

»Nein, ich sollte schon zuhause sein. Ich habe noch einiges zu tun, bevor ich zu Bett gehe.«

»Da würde ich Ihnen aber doch eine hilfreiche Hand wünschen, die Ihnen ein wenig abnimmt«, sagte Bullivant, indem er ihr in den Mantel half.

»Das käme auf ein Geben und Nehmen heraus, und alles hat auch seine Kehrseite«, entgegnete Miss Buchanan, ohne die Möglichkeit offen zu lassen, daß die Erfüllung von Bullivants Wunsch davon ausgenommen sein könnte.

»Sie sind also mit Ihrem Antrag abgeblitzt«, stellte die Köchin fest, als Bullivant von der Türe zurückkam.

Bullivant sah sie fragend an.

»Ihr Angebot, Miss Buchanan in ihren Nöten beizustehen, wurde nicht eben mit Begeisterung aufgenommen.«

»Ich weiß nicht, was Sie meinen.«

»Das wissen Sie sehr wohl.«

»Ich bitte um Vergebung, Mrs. Selden, aber ich weiß es nicht.«

»Haben Sie nicht vorsichtig angedeutet, daß Sie Ihren Stand zu verändern beabsichtigen – genauer gesagt: dazu disponiert wären?«

»Das habe ich nicht. Es bestand dazu kein Anlaß.«

»Dann dürfte er sich sehr plötzlich ergeben haben. Ein spontaner Entschluß also.«

»Sie interpretieren die im gesellschaftlichen Umgang üblichen Formeln zu buchstäblich, Mrs. Selden. Fast wäre ich versucht, Ihnen mangelnde Weltläufigkeit vorzuhalten. Ein Mann kann einer Frau zu Diensten sein, ohne deshalb ein gesteigertes Interesse an ihr zu nehmen.«

Bullivant hob Mrs. Seldens Schultertuch auf und legte es um ihre Schultern: Sie wußte nun freilich nicht, wie sie diese Aufmerksamkeit einschätzen sollte.

»Es wäre nicht das erste Mal, daß ein Mann unversehens in die Falle tappt.«

»Miss Buchanan ist keine Frau, die sich wilden Phantasien hingibt. Sie tun einer alleinstehenden Frau, die es nicht leicht im Leben gehabt hat, bitter unrecht.«

»Ich kann nicht sehen, warum die Tatsache, daß ein Mensch alleinsteht, ihn uns besonders sympathisch machen soll: Dann doch eher ein wißbegieriges und umgängliches Wesen.«

»Wir wissen nicht um die Probleme anderer Menschen.«

»Ich glaube herauszuhören, daß Sie etwas von ihren Problemen wissen.«

»Hin und wieder hat jeder von uns ein Geheimnis zu wahren.«

»Miss Buchanan hat Sie nicht zu Ihrem Beichtvater erkoren,

oder ich müßte mich sehr täuschen«, sagte die Köchin und verriet damit, daß sie nicht wirklich wegen Bullivants Beziehung zu Miss Buchanan besorgt war. »Einen derartigen Austausch von Vertraulichkeiten möchte ich ausschließen.«

»Ihre Vermutung ist durchaus richtig, und ich habe mich ja auch bemüht, dies durchblicken zu lassen. Ich bezog mich nicht auf ein Bekenntnis aus ihrem Munde. Es gibt auch andere Quellen.«

»Wenn jemand über sie getratscht hat, hätten Sie besser weggehört.«

»Tratsch ist nicht das richtige Wort«, sagte Bullivant: »Nicht anwendbar auf Persönlichkeiten in gewisser Position. Und der Beweis dafür ist das mir auferlegte Schweigen.«

»Er hätte sich etwas überzeugender erhärten lassen. Geheimnisse zu bewahren ist nicht schwerer, als sie zu verraten.«

»Ich hoffe sehr, daß dies nicht für mich gilt. Ich hoffe, daß ich mich nicht durch unbedachte Äußerungen eines Vertrauens unwürdig erwiesen habe, von dem ich nicht verhehlen will, daß es in mich gesetzt wurde.«

»Ein Geheimnis, von dessen Existenz man weiß, ist schon halb enthüllt.«

»Sie haben doch keinen Verdacht geschöpft? Vielleicht habe ich mich nicht genug in acht genommen. Mag sein, daß ich ein wenig vorschnell reagiert habe. Ich bin es nicht gewöhnt, Dinge zu verheimlichen, weil das meinem Wesen fremd ist. Wenn wir dasselbe denken sollten, lassen wir es besser bei dem Gedanken, statt über unsere Lippen.«

»Ein anderes Geheimnis dieser Art wird es kaum geben. Und wenn es ausgesprochen wird, braucht man darüber nicht mehr zu grübeln und sich sorgen, daß man es verraten könnte. Die Frage ist nur, wer von uns beiden die Sache bei ihrem Namen nennt.«

»Ich sehe schon, daß das mir zufällt. Und doch versagen sich mir die Worte. Hat eine solche Gedankenübertragung wirklich stattgefunden? Das ist es, was noch nicht geklärt ist.«

»Für jeden, der seine Schlüsse zu ziehen versteht, sind bereits einige Schleier gefallen. Ich dürfte allerdings die einzige unter Ihren Zuhörern gewesen sein, die das registrieren konnte«, stellte die Köchin mit einer gewissen Selbstzufriedenheit fest.

»Mrs. Selden, ich bemühe mich sehr, nicht undelikat zu werden, sowohl im Hinblick auf das weibliche Geschlecht im allgemeinen wie auf seine hier betroffene Vertreterin. Eigentlich handelt es sich eher um eine Behinderung als um einen verschuldeten Fehler, und sie verdient allen Respekt, wie sie damit fertig geworden ist. Es hört sich banal an, trotz des Lobes, das ihr dafür gebührt. Die Erquickung, die wir in unseren Mußestunden genießen, ist Miss Buchanan versagt. Kurzum: Sie kann nicht lesen.«

»›Kurzum‹ war vielleicht nicht ganz das richtige Wort«, meinte die Köchin lächelnd.

»Ganz unverblümt konnte ich es nicht heraussagen, Mrs. Selden. Ich habe mich an die Form gehalten, in der mir diese Offenbarung zuteil wurde. Obgleich ich fürchte, daß ›Offenbarung‹ aus Ihrer Sicht nicht ganz das richtige Wort ist.«
Die Köchin blieb eine Weile stumm.

»Aber was haben Sie mit der Weinliste bezweckt? Und Ihre Anspielungen auf Behinderungen und körperliche Mängel?«

»Ich will mich nicht verteidigen, Mrs. Selden. Eine impulsive, nicht zu rechtfertigende Reaktion...«

»Und was hat Sie veranlaßt, eine alleinstehende Frau, die es nicht leicht im Leben gehabt hat, so in Verlegenheit zu setzen?« fragte die Köchin, und ihre Augen glitzerten, als sie Bullivants Worte wiederholte.

»Ich glaube, damit erübrigt sich ein Eingehen auf Ihre Theorie, daß ich mich eines übermäßigen Interesses an Miss Buchanan schuldig gemacht hätte.«

»Es gibt andere Aspekte, auf die sich der Begriff Schuld anwenden ließe.«

»Ich kann es mir selbst nicht erklären. Ich habe mich benommen wie ein Esel, der auf dem Eis tanzt. Was mich dazu trieb, ist ebenso menschlich wie bedauerlich. Leider sitzt mir manchmal der Schalk im Nacken.«

»Auch ich habe ein Geständnis abzulegen«, sagte die Köchin. Sie sprach schnell und wie beiläufig. »Ich könnte nicht ruhig schlafen, solange es auf mir lastet. Die Wahrheit ist mir nicht in der Weise bekanntgeworden, wie ich Sie glauben machte. Ich wußte, daß Sie etwas verbargen, und es drängte mich, Sie zum Sprechen zu bringen. Und daher tat ich so, als wüßte auch ich darum. Wenn Wahrheit mehr wiegt als Lüge: Hier ist sie. Womit ich nicht bestreiten will, daß es Dinge gibt, die noch mehr ins Gewicht fallen.«

Auch Bullivant bestritt dies nicht.

»Mrs. Selden, das hätte ich von Ihnen nicht vermutet.«

»Heute abend ist manches geschehen, was ich von Ihnen nicht vermutet hätte.«

»Das sollte uns zu der Einsicht helfen, daß auch George nicht fehlerlos sein kann.«

»Ja. Vorausgesetzt, daß eine solche Hilfe angebracht ist.«

»Wir dürfen von uns selbst keine übertrieben hohe Meinung haben.«

»Dadurch wird allerdings unsere Meinung, was George betrifft, nicht besser. Wir haben heute einiges über die menschliche Natur gelernt – und dazu auch unseren eigenen Beitrag geleistet. Es wäre möglich, daß jedem von uns dreien der Schalk im Nacken sitzt«, sagte die Köchin, und ihre Miene verriet, daß er sich eben bemerkbar machte.

»Das Geheimnis wird bei Ihnen sicher sein, Mrs. Selden?«

»Wahrscheinlich sicherer als bei Ihnen, wenn ich bedenke, daß Sie es aus so geringfügigem Anlaß gefährdet haben. Ich würde mich zu einem solchen Vorgehen nicht ohne konkrete Absicht verleiten lassen.«

»Nun, ich hoffe, die Einladung hat ihren Zweck erreicht«, sagte Bullivant, da an dem Tatbestand mit Worten nichts mehr zu reparieren war. »Es war eine Abwechslung, wie wir sie nicht oft erleben. Heitere Stunden sind rar, und darum soll man sie sich nicht verderben lassen.«

»Und ich will freimütig zugeben, daß George und Miriam unser kleines Fest nur verschönt haben«, stellte die Köchin trocken fest. »Auch Miss Buchanan hat nicht den Eindruck gemacht, daß sie es ihnen verübeln würde.«

»Das Problem George habe ich nachgerade satt«, gestand Bullivant mit finsterem Blick. »Er will nicht einsehen, daß sich nicht ständig alles um ihn drehen kann.«

»Und jeder Versuch, ihn zur Räson zu bringen, schlägt auf uns zurück. Die Lösung wird ein klärendes Donnerwetter bringen müssen. Ich bin die letzte, die für einen jungen Menschen nicht nur Gutes wollte, aber George ist nur durch eine von ihm selbst ausgelöste Katastrophe zu heilen. Das ist seine einzige Chance.«

»Aber Sie behalten doch ein Auge auf Miriam, soweit sie mit ihm beisammen sein muß?«

»Wenn ich das nicht täte, wäre ihre Anwesenheit hier überhaupt untragbar. Auch so ließe sich das Problem vielleicht aus der Welt schaffen.«

Die Köchin begann ein frommes Lied, und Bullivants gedämpfte Begleitung deutete an, daß er sich nicht würdig fühlte, auch seine Stimme zum HERRN zu erheben. Die Köchin plagten keine solchen Gewissensbisse, sie sang vielmehr drauflos, als würde sie damit ihre Buße tun. Bullivant freilich mußte zugleich ein halbes Ohr bei der Türglocke haben, und wenn diese auch stumm blieb, blieb seine Wachsamkeit nicht unbelohnt.

»Nach munteren Liedern ist ihnen offenbar nicht zumut«, war Georges Stimme zu vernehmen. »Und damit haben sie ausnahmsweise recht. Bediente sind sie; wie Bediente singen sie. Und wenn sie auch alles haben, was sie haben wollen: Bediente bleiben sie.«

»Ja, George, ich diene. Und ich werde weiter dienen«, erwiderte Bullivant mit sanfter, melodischer Stimme dem unsichtbaren George, und er versicherte sich mit einem Seitenblick, daß es nicht nur die Küchenwand, sondern auch die Köchin hörte: »So ist es, so war es, so wird es sein; und ich habe alles, was ich nur haben will.«

IX »Vater hat den Brief nicht aufgemacht«, sagte Avery. »Ich werde es für ihn tun.«

»Nein, es ist nicht dein Brief. Laß ihn liegen!« sagte Horace.

Avery schaute erst ihn und dann Sarah an.

»Briefe sind etwas Privates«, sagte sie.

»Aber es ist egal, wenn Avery sie aufmacht«, meinte Marcus. »Weil er Handgeschriebenes nicht lesen kann.«

»Es wäre an der Zeit, daß er es kann«, fand der Vater.

»Aber dann wäre es ihm verboten, sie zu lesen«, sagte Tamasin. »Was hätte er davon?«

»Einmal wird er seine eigenen Briefe bekommen.«

»Die wird mir immer Sarah vorlesen«, sagte Avery.

»Es wird Zeit, daß du das nicht mehr nötig hast«, sagte Horace.

»Jasper hat ziemlich lang gebraucht, bis er soweit war, daß er es nötig fand«, erinnerte sich Tamasin. »Er wollte gar nicht wissen, was in den Briefen stand.«

»Er hat zu selten welche bekommen, als daß er ihren Zweck begriffen hätte«, sagte Sarah.

»Etwas Seltenes sollte deshalb nicht weniger interessant sein«, fand Horace.

Avery sah ihn fragend an. Bullivant, der bei Tisch servierte, schlug die Augen nieder und holte tief Luft, als sei etwas, das er vorausgeahnt hatte, nun eingetreten. Die Kinder durften die Großen beim Frühstück besuchen – eine Neueinführung, die Charlotte wegen des Zeitverlustes mißbilligte.

»Handgeschriebenes kann ich noch immer nicht richtig lesen«, sagte Jasper. »Ich glaube, das werde ich nie.«

»Ein erstaunliches Bekenntnis«, stellte Horace fest.

Avery sah wieder auf seinen Vater, und Bullivant, der zur Tür ging, hinterließ unbeabsichtigt den Eindruck, als wollte er nicht zum Zeugen eines Geschehens werden, das er weder verhindern noch zum Guten wenden konnte.

»Mir kann jeder meine Briefe vorlesen«, sagte Jasper. »Und ich kriege auch kaum welche.«

»Das heißt also, daß es dir genügt, auf Averys Stufe zu bleiben. Aber du solltest anderen Menschen nicht zur Last fallen wollen.«

»Sie lesen gern Briefe«, sagte Marcus. »Besonders solche, die nicht an sie geschrieben sind.«

»Manchmal tun sie das sogar, wenn sie es nicht sollten«, sagte Tamasin. »Offenbar tun sie es sehr gern.«

»Das ist etwas ganz Schlimmes«, sagte ihr Vater. »Sie finden vielleicht etwas dabei heraus, das sie nicht wissen sollten, und das kann ernste Folgen haben.«

»Haben die Leute so viele Geheimnisse?« fragte Sarah. »Und wäre es dann nicht gescheiter, wenn es schlimme Geheimnisse sind, sie nicht in einen Brief hineinzuschreiben?«

»Briefe sollten eigentlich nicht so privat sein«, meinte Charlotte. »Es wäre besser, wenn wir so ein Verbot nicht brauchen würden.«

»Oder wenn man es nicht so wichtig nehmen müßte«, sagte Marcus.

»Die Leute schreiben, was sie voneinander denken«, sagte Tamasin. »Das ist wahrscheinlich öfter der Grund als ein richtiges Geheimnis. Ich glaube nicht, daß es so viele richtige Geheimnisse gibt.«

»Nein. So ist das Leben wohl kaum eingerichtet«, sagte Charlotte. »Die Leute sollten einander mehr loben. Das ist die Wurzel des Übels.«

»Und vieler anderer Übel auch«, sagte Sarah.

»Wir reden über das Lesen von Briefen«, sagte Emilia. »Vielleicht wäre es besser, wenn man keine Briefe schreiben würde.«

»Es hat aber nicht viel Sinn, sie lesen zu lernen«, sagte Jasper,

»wenn die einzigen Briefe, die wir lesen dürfen, die Briefe sind, die wir uns vorlesen lassen können.«

»Geheimnisse können auch harmlos sein«, sagte sein Vater. »Vielleicht will jemand ein Geheimnis mit dir teilen. Wir sind nicht verpflichtet, jemanden in unser Vertrauen zu nehmen.«

»Vielleicht wollen manche Leute nicht, daß man es weiß, wenn sie einem anderen etwas Gutes getan haben«, sagte Jasper.

»Damit die Linke nicht weiß, was die Rechte tut«, sagte Tamasin. »Aber ich glaube nicht, daß das der Grund ist, weshalb man Briefe nicht lesen darf. Soviel tut die rechte Hand nicht – nicht einmal dann, wenn sie es wirklich die andere nicht wissen läßt.«

Emilia und Charlotte lachten, während Horace ernst blieb.

»Die linke Hand hat das Verbot notwendig gemacht«, sagte Sarah. »Wahrscheinlich ist sie die flinkere und tüchtigere.«

»Ich glaube, der Mensch ist von Natur ein Linkshänder«, sagte Tamasin.

Marcus platzte heraus, Tamasin desgleichen, und beide bogen sich vor Lachen, als wären sie von Sinnen.

»Nein, laß sie nur«, sagte Horace, als Charlotte aufstand, um die Kinder aus dem Zimmer zu führen. »Sie müssen lernen, sich wie zivilisierte Menschen zu benehmen, ohne jemanden zu haben, der auf sie aufpaßt.«

»Die Schrift auf dem Brief ist von Onkel Mortimer«, sagte Jasper.

»Du hättest sie nicht ansehen dürfen«, sagte Horace. »Und wenn du sie zufällig gesehen hast, hättest du nichts sagen dürfen. Er konnte nicht anders, und du hast das ausgenützt.«

»Er hätte die Adresse von jemand anderem schreiben lassen können«, sagte Marcus.

»Aber wir wollen doch nicht die Leute zu solchen Winkelzügen treiben, damit sie vor unserer Neugier sicher sind. Soviel Respekt sollten wir vor ihnen und vor uns haben.«

»Dann sollen wir Briefe nie auch nur anschauen?«

»Nie!« bestätigte Horace. »Nicht mehr als irgend etwas anderes, das euch nichts angeht. Jasper hat gesehen, daß es ein Brief von Vetter Mortimer ist, und das war nicht für ihn bestimmt.«

»Aber wir haben gewußt, daß Onkel Mortimer schreiben wird«, wandte Avery ein. »Weil er es uns versprochen hat.«

Sarah warf ihm einen warnenden Blick zu.

»Man verständigt sich nicht mit Blicken, Sarah! Das ist ungehörig. Und ich habe nichts gesagt, worüber ihr beunruhigt sein müßtet.«

Horace milderte seinen Ton und lächelte zum Abschluß. Dann stand er auf und ging mit dem Brief zum Kamin. Die Kinder verließen das Zimmer, als hätte er sie hinausgeschickt. Sie wirkten irgendwie ratlos und niedergeschlagen.

Mein lieber Horace,

Du hast mir zwar gesagt, ich soll Dir nicht schreiben, aber ich war noch nie so boshaft, daß ich jemanden beim Wort genommen hätte. Das wäre so, als würde man den Leuten vorhalten, daß sie selbst die Suppe versalzen haben, die sie auslöffeln. Vielen Dank für Deinen Brief. Er hat mir das Herz gebrochen, aber das ist ja das übliche Resultat, wenn man die Dinge beim Namen nennt. Als der Mensch anfing zu sprechen, konnte das nur schiefgehen. Es ermöglichte ihm, seine Gedanken mitzuteilen, und was sollte da anderes herauskommen? Schreibt man sie aber auch noch nieder, so werden sie unumstößlich. Immer wieder kann man sich auf sie berufen.

Wie ich einem Pappschild im Fenster ablesen konnte, befinde ich mich in einer gemütlichen und komfortablen Wohnung. Jetzt hat man das Schild entfernt, und das war vielleicht ein Fehler. So etwas sollte man immer vor Augen haben. Meine Hauswirtin ist eine Bekannte von Bullivant, und er hat ihr geschrieben. Ich hätte nicht vermutet, daß er Briefe schreibt. Was für Anlässe hat er, jemandem das Herz zu brechen?

Du möchtest wissen, wie ich meine Zeit hinbringe, und das ist eigentlich sehr nett von Dir. Ich warte einfach, daß sie vergeht, und ich stelle fest, daß wirklich alles von selbst kommt, wenn man nur wartet. Fünf Wochen sind auf Nimmerwiedersehen vorbei, und das ist ein gutes, rundes Ergebnis. Ich kann nicht verstehen, warum Menschen sogar einzelne Stunden noch einmal erleben wollen. Ich könnte es nicht ertragen, meine Zeit zurückzukriegen.

Es ist nett von Dir, daß Du mich so sehr vermißt, obwohl ich Dich in Deinem eigenen Haus hintergangen habe. Aber schließlich ist es nicht meine Schuld, daß ich kein Haus habe und alles immer nur in Deinem tun konnte. Und Häuser haben es wirklich in sich. Wann immer etwas passiert, hat es mit Häusern zu tun. Als Kind wäre ich gern ein Zigeuner geworden, und das sind ja sehr sittenstrenge Leute. Es beweist, finde ich, daß ich das Herz doch am rechten Fleck habe. Immerhin habe ich ja nur eine einzige Sache zu verbergen gehabt, nicht so viele wie andere Menschen – und bei denen sind sie oft so kleinkariert, daß es wirklich beschämend ist. Ich habe nur eine einzige und große Sünde vorzuweisen. Ich hätte es nicht ertragen, mich Deiner nicht würdig zu zeigen. Ich bin heimwehkrank und einsam. Ich leide, wie nur ein Mensch leiden kann, aber ich rede nicht darüber. Und ich weiß, daß mir recht geschieht, was natürlich ein Trost ist. Jene Bitternis des Unrechts, die so schwer zu ertragen ist, bleibt mir erspart. Natürlich ist es befriedigend, wenn man den gerechten Lohn für seine Taten erhält.

Ich habe einen Brief von Magdalen bekommen. Ich soll ihn, schreibt sie mir, ewig aufbewahren. Und sie hat mich um einen Brief gebeten, den sie ewig aufbewahren kann. Ich habe darauf nicht etwa verschiedene Entwürfe gemacht und wieder zerrissen, sondern einfach hingeschrieben, was mir einfiel, und es mir laut vorgelesen, bis ich es auswendig konnte. Es war wirklich großartig! Und dann habe ich den Brief aufgegeben und mich gefreut, daß jemand ihn ewig aufbewahren wird. Magdalens Brief ist eigentlich nur gut für den Papierkorb, und ich weiß auch, daß sie sich über jede Verwendung, die ich für ihn finde, freuen würde. Schrecklich, wenn ich so wäre wie andere Leute!

Vielleicht würde ich dann allen schreiben müssen. Aber ich habe Deinen Brief, und den werde ich gewiß ewig aufbewahren.

Jetzt breche ich zu meinem einsamen Spaziergang auf, und nachher setze ich mich an den Kamin, um mich dem Gefühl hinzugeben, daß es nichts gibt, worauf ich mich freuen könnte. In der Vergangenheit leben ist mir verwehrt, denn die muß sein, als wäre sie nie gewesen.

Meine Hauswirtin bringt mir das Essen aus ihrer Küche, die sie mir als gutbürgerlich angepriesen hat. Warum sie annimmt, daß mich das interessiert, weiß ich nicht.

Du darfst mir natürlich keine Träne nachweinen, denn ich bin ihrer nicht wert.

Gott segne Dich, mein Guter!

Mortimer

Horace saß mit dem Brief in der Hand da, und seinem Gesicht war abzulesen, was er dachte. Wie sehr sein Vetter ihm fehlte, konnte er sich selbst nicht eingestehen. Im Vergleich damit wog das erlittene Unrecht nur mehr gering, und das war es denn auch nicht, was ihn so sehr verbitterte. Mortimer mochte ihn in seinem eigenen Haus hintergehen und Pläne schmieden, die sein Leben zerstören sollten, aber daß er ihm auch noch sein Herz gestohlen hatte, war unverzeihlich.

»Hat Mortimer etwas vorzubringen?« fragte Emilia. Der Mut dazu verlieh ihr eine ruhige Stimme.

»Nichts, was ihm helfen wird«, erwiderte Horace kalt. »Und auch du solltest seinen Namen vergessen.«

»Nicht nach fünfundfünfzig Jahren. Dafür ist die Zeit, die vor uns liegt, zu kurz. Das sind nur Worte.«

»Du mußt der Wahrheit ins Auge sehen, Horace«, sagte Charlotte. »Du bist nicht allein der Herr deines Schicksals, so wie keiner von uns Herr über seine Gefühle ist. Du kannst nicht die nächsten dreißig Jahre auf das Ende warten. Du mußt leben, wie es deine Natur verlangt.«

Horace verließ ohne Erwiderung das Zimmer, warf zwar einen

Blick zurück auf das Feuer, als wollte er den Brief hineinwerfen, behielt ihn dann aber doch in der Hand. Er brach zu einem einsamen Spaziergang auf, um Klarheit und Ordnung in seine Gedanken zu bringen. Als er an seinen beiden älteren Söhnen, die im Garten beschäftigt waren, vorbeikam, unterdrückte er die Frage, ob sie ihn begleiten wollten. Er fühlte, daß er nichts zu geben und wenig zu nehmen haben würde, und daß das Gespräch mit ihnen gefährlich werden könnte.

»Was macht ihr da?« erkundigte er sich freundlich. »In ein paar Stunden komme ich wieder und schaue mir an, was dabei herauskommt.«

»Jasper baut eine Hütte, und ich helfe ihm«, sagte Marcus. »Wenn es schwierig wird, lese ich ihm vor, während er arbeitet. Heute wird sie nicht mehr fertig.«

Horace durchquerte den Park und stieg den Hügel hinan, der sich vor dem Tor der Auffahrt erhob. Die Jungen arbeiteten stumm weiter, warfen nur hin und wieder einen Blick zu der ansteigenden Straße und der Gestalt ihres Vaters.

»Vater geht zur Schlucht«, sagte endlich Jasper. »Auf der Straße, wo die Brücke hinüberführt.«

»Er weiß doch, daß die Brücke kaputt ist?«

»Woher soll er das wissen? War er dabei, wie man es gemeldet hat?«

»Du weißt doch, daß er nicht dabei war. Aber er wird schon sehen, daß sie nicht in Ordnung ist.«

»Wie soll er das sehen?« fragte Jasper. »Der Mann hat gesagt, man sieht es nicht. Der Sturm hat die Bretter gelockert, aber nicht ausgebrochen. Wenn jemand darauf tritt, fallen sie hinunter. Aber natürlich könnte er sich retten. Er ist ja ein erwachsener Mann.«

»Er ist kein Mensch, dem etwas zustößt«, sagte Marcus und lachte. »Es ist nicht so, wie wenn jemand anderer über die Brücke gehen würde.«

»Ein anderer würde tot sein. Von denen, die über die Felsen hinuntergefallen sind, hat es keiner überlebt.«

»Warum haben wir es ihm nicht gesagt?« fragte Marcus, als
ob er darauf eine Antwort haben wollte.

»Er ist so schnell gegangen. Es war nicht viel Zeit dazu.«

»Warum sind wir ihm nicht nachgelaufen? Wir hätten ihn ein-
holen können.«

»Vielleicht hätte er sich geärgert«, sagte Jasper. »Es regt ihn
auf, wenn jemand schneller ist als er, und du weißt ja, wie er ist,
wenn er sich aufregt.«

»Besser er regt sich auf, als daß er stirbt. Für uns wäre es nicht
so gefährlich wie für ihn. Er ist schwerer als wir.«

Die Brüder blickten einander an, sahen ihre Lippen zittern
und schlugen die Augen nieder.

»Es scheint, daß er wieder wie früher wird«, sagte Jasper.

»Das halten wir nicht aus. Und Mutter würde es auch nicht
aushalten. Besser er stirbt, wenn das die einzige Möglichkeit ist,
es zu verhindern.«

»Und dann wäre seine Seele gerettet«, sagte Jasper. »Jetzt ist
er ein so guter Mensch.«

»Von uns kann man das nicht behaupten. Wir sind schlimmer
als je zuvor. Wir dürfen aber andere Menschen nicht töten, was
immer der Grund ist. Wir könnten ihm in einer anderen Welt
begegnen und wissen, daß er es weiß. Das würde man höhere
Gerechtigkeit nennen.«

»Aber bis dahin wäre es noch lang.«

»Wer weiß? Es gibt Menschen, die ihr schlechtes Gewissen
umbringt.«

»Ich glaube, wir würden weiterleben«, sagte Jasper.

»Wir selbst wollen leben, aber wir haben Vater nicht leben
lassen, obwohl er nie so schlimm war wie wir und so sehr versucht hat, sich zu bessern. Sogar als er kaum noch konnte, hat er
sich weiter darum bemüht. Es ist nicht gerecht, daß er sterben
soll und nicht wir.«

»Er hat schon lange gelebt.«

»Aber jeder Mensch will bis zu Ende leben. Und in letzter Zeit
war er so freundlich. Das letzte Wort, das er zu uns gesagt hat,

war ein freundliches. Und das nun ist unsere letzte Tat an ihm.«

»Manchmal ist er auch früher recht freundlich gewesen. Er hat uns sogar Sachen gegeben, die er aufsparen wollte. Und sehr viel hat er selbst nicht gehabt.«

»Und dabei hätte er alles für sich behalten können«, sagte Marcus. »Es ist zu spät, um ihm nachzulaufen. Können wir es jemandem sagen, damit er gerettet wird?«

»Wenn er über die Brücke gegangen ist, ist er jetzt schon tot. Wir wissen beide, daß man nichts mehr tun kann.«

Die Brüder sahen einander an und brachen in Tränen aus. Sie warfen ihr Werkzeug hin, liefen händeringend die Gartenwege entlang, schauten immer wieder zu der steilen, leeren Straße hinüber und überließen sich hemmungslos ihrer Verzweiflung. Charlotte, die durch den Garten ging, hörte sie weinen und eilte herbei. Ihre Söhne stürzten sich auf sie und stammelten hervor, was geschehen war, wobei sie zugleich darauf bedacht waren, sich durch das Gestammel gegen die volle Wahrheit abzudecken. Sie entnahm daraus immerhin, daß Horace zu der Brücke gegangen sei, und daß die Jungen zu spät daran gedacht hatten, ihn zu warnen. Eilends begab sie sich zum Haus, schickte Leute nach ihm aus und kehrte darauf zurück, um mit Marcus und Jasper der weiteren Entwicklung zu harren.

»Er muß bis zur Brücke gekommen sein«, sagte Marcus. »Er ist schnell gegangen. Sie können ihn nicht mehr erreichen.«

»Vielleicht ist er anderswohin gegangen«, sagte Charlotte.

»Die Straße führt nur dorthin. Und er ist nicht zurückgekommen. Er müßte schon lange hier sein. Vater ist tot, und er hat nicht sterben wollen. Und nie hat jemand etwas für ihn getan. Er hat bis zuletzt für die anderen alles getan, was er konnte.«

»Die Brücke muß unter ihm zusammengebrochen sein«, sagte Jasper. »Der Mann hat gesagt, daß sie einen Menschen nicht mehr aushält. Du warst dabei, wie er es gesagt hat.«

»Und ich habe nicht daran gedacht, es weiterzusagen. Euer Vater ist diesen Weg schon lange nicht mehr gegangen. Früher hat er das manchmal getan, wenn er sich über etwas geärgert hat, aber das alles war ja vorbei.«

»Heute hat es aber wieder danach ausgesehen«, sagte Jasper.

»Er war heute morgen nicht gut aufgelegt, und ich habe gewußt, daß er allein fortgegangen war. Aber mir ist nicht eingefallen, daß er diesen Weg genommen haben könnte. Es ist eher mein Fehler als der eure.«

Jasper und Marcus klammerten sich an die Mutter, rangen die Hände und starrten auf den Hügel, der kahler und steiler denn je schien. Charlotte ging zurück zum Haus, um auf die Männer zu warten, und sie trotteten willenlos hinterher. Man traf Vorbereitungen für den Fall, daß ein Unglück geschehen war. Die Männer hatten eine Trage mit sich genommen; der Doktor war schon eingetroffen. Man konnte nur mehr abwarten und dem Schrecklichen, das vielleicht geschehen war, ins Auge sehen.

Die Brüder blieben in der Diele, verkrochen sich in den dunkelsten Winkel und gehorchten ihrer Mutter, die ihnen gesagt hatte, daß man die Leute im Haus nicht beunruhigen dürfe. Sie fühlten, daß sie es waren, die sich zu sorgen hatten, und daß es ihnen recht geschah, wenn sie sich ängstigten. Wenn sie ein Geräusch hörten, verbargen sie ihre Gesichter und drückten sich an die Wand. Wie aus einer Geisterwelt, fern und unwirklich, vernahmen sie die Stimme des Vaters. Als sie deutlicher und lauter wurde, zitterten sie und hielten sich aneinander, dann aber sprangen sie vor und stürzten ihm, außer sich und in Tränen aufgelöst, in die Arme. Überrascht und verwirrt blickte Horace zu seiner Frau.

»Als du gegangen warst, haben sie sich daran erinnert, daß die Brücke kaputt ist. Es war zu spät, um dir nachzulaufen. Sie waren völlig verzweifelt. Und wir alle auch.«

»Meine armen kleinen Jungen!« sagte Horace. »Und fast hätten sie recht behalten! Als ich zu der Brücke kam, war dort ein Schild, auf dem ›Vorsicht! Lebensgefahr!‹ stand. Ich kletterte am Felsen hoch und tastete mich den Hang entlang zur Straße vor. Wenn ich geahnt hätte, wie mühsam das sein würde, wäre ich umgekehrt. Ich bin völlig erschöpft. Und es war ein reiner Zufall, daß man das Schild rechtzeitig angebracht hatte. Kein Wunder, daß ihr euch aufgeregt habt. Das ist so ein Fall, in dem man besser nicht darüber nachdenkt, was passieren hätte können.«

»Du hättest tot sein können, und wir wären schuld gewesen«, sagte Marcus.

»Wir werden nie wieder so etwas tun«, sagte Jasper. »Wir hätten jemanden umgebracht, der zu uns gehört. Wir hätten immer daran denken müssen.«

»Ihr habt vergessen, etwas Wichtiges auszurichten. Das ist eine ernste Sache und hätte tragische Folgen haben können. Aber mehr habt ihr euch nicht vorzuwerfen. Es war ein Zufall, daß euer Vater dadurch in Gefahr geriet. Gegen Unterlassungssünden und Zufälle ist niemand ganz gefeit. Ihr dürft es nicht zu schwer nehmen.«

Erleichtert und erschöpft standen die Jungen da, tief atmend und um sich blickend, während sie in ihr normales Leben zurückfanden, als sähen sie eine neue Welt vor sich liegen.

Die Männer mit der Trage klopften an, um ihre Meldung zu erstatten.

»Eine böse Stunde war das, Sir. Die Gnädige wird sich noch schlimmer gesorgt haben. Die Arbeiter waren früher dort, als wir vermutet haben. Man hat ein Brett vorgenagelt, um die Brücke abzusperren. Jetzt ist keine Gefahr mehr, es kann niemand hinübergehen.«

»Es ist noch gut ausgegangen«, sagte Horace. »Aber man hätte alle im Haus warnen müssen. In Zukunft habt ihr es mir zu melden, wenn so etwas passiert. Man kann sich nicht einfach darauf verlassen, daß es sich herumspricht.«

»Wir haben es in der Küche gemeldet, Sir, und gesehen, daß jemand nach oben geht, um es auszurichten. Und wir haben die jungen Herren im Garten gesehen, kurz bevor Sie bei ihnen vorbeigekommen sind. Wir dachten, daß Sie zur Brücke gehen, um den Schaden anzuschauen.«

»Dann habt ihr nicht mehr tun können«, sagte Horace. »Vielen Dank. Das genügt.«

Die Männer gingen weiter zur Küche, und Horace blickte von seiner Frau zu seinen Söhnen.

»So war es also! Das ist die Erklärung. Das steckt hinter dem Gestammel und den Tränen. Sie waren nicht alt genug, um ihren Plan auszuführen, aber es war nur der Mut, der ihnen gefehlt hat, nicht der Wille. Es ist alles sonnenklar.«

Charlotte sah ihn erschrocken an, Emilias Miene war von einem geradezu tödlichen Ernst. Blaß und zitternd, mit niedergeschlagenen Augen, standen die Jungen daneben.

»So weit ist es also mit mir gekommen! Meine Kinder wünschen mich tot. Das sind die Gefühle, die sie für ihren Vater hegen. Und ich bin dem Tod nur entronnen, um herauszufinden, daß man ihn mir wünscht. Ich kann ehrlich von mir behaupten, daß ich niemals jemandem den Tod gewünscht habe. Ich habe niemals jemandem das Recht auf sein Leben abgesprochen.«

Schweigen trat ein, bis Horace fortfuhr.

»Mag sein, daß ich ein starrköpfiger und schwieriger Mensch bin, aber so tief bin ich nicht gesunken. Ich habe nichts getan, was ein Herz aus Stein verlangen würde. Ich habe einiges gutzumachen, mehr als ich bisher konnte, aber keine meiner Verfehlungen läßt sich in diese Kategorie einordnen. Mag sein, daß ich anderen das Leben vergällt habe, aber ich habe nie versucht, sie zu vernichten. Ich habe nie einem Mitmenschen das schiere Dasein mißgönnt. Und das erlebe nun ich von Kreaturen, die sich als meine unschuldigen Kinder ausgeben!«

»Sie sind eben noch solche Kinder«, sagte Charlotte. »Sie denken nicht so schnell wie wir. Bevor sie es wußten, war der kritische Augenblick schon vorüber. Sie waren außer sich vor Entsetzen, als sie begriffen, was geschehen war.«

»Alles Lügen und Ausreden, um nicht bestraft zu werden! Das ganze Theater war von ihnen darauf abgestellt, sich selbst in Sicherheit zu bringen. Ja, sie haben es gut gespielt, das will ich ihnen zugestehen. Ich habe mich täuschen lassen, und du auch. Oder hast du mit ihnen unter einer Decke gesteckt? Es wäre nicht das erste Mal, daß du mit jemandem, dem ich vertraute, mich aus der Welt schaffen wolltest. Was schaust du mich so an, Emilia? Wie würdest du dich an meiner Stelle fühlen?«

»Ich könnte nicht in sie geraten. Wenn ich einen Fehler mache, so wie du das heute morgen getan hast, würde das nicht Ängste auslösen, die in ihrer Größenordnung unerträglich sind. Dein Problem ist, daß die Vergangenheit noch immer nicht tot ist. Sie hat ein zähes Leben.«

»Es hat keinen Sinn, sie zu verleugnen. Ich sollte wieder der Alte werden. Das war gesünder. Und so etwas ist dabei nicht herausgekommen.«

»Es ist dabei herausgekommen«, berichtigte Emilia.

»Dann muß ich also jedesmal, wenn ich müde oder schlecht gelaunt bin, mit einer Verschwörung gegen mein Leben rechnen! Eine merkwürdige Art, von Tag zu Tag zu leben, wie auf dünnem Eis, ständig in Gefahr. Ich habe mich lange genug auf dünnem Eis bewegt. Willst du bitte deine Söhne hinausschicken, Charlotte? Ich bin jetzt nicht in der Stimmung, selbst mit ihnen zu reden. Ich muß meine nächsten Schritte überlegen. Ich muß überlegen, ob ich sie im Haus behalten kann, ob ich sie bei ihren Schwestern lassen kann. Sie haben sich selbst ihr Urteil gesprochen. Das ist nun ihre Sache. Ich habe es nicht zu verantworten. Ich habe ihnen ein neues Leben geboten. Ich selbst habe versucht, ein neues Leben anzufangen, und das haben nicht viele Menschen getan. Aber es war zwecklos. Verständnis und Freundlichkeit wirken bei ihnen nicht, das läuft ihrem Wesen zuwider. Die alten Methoden waren doch die besten.«

Die Brüder schlichen hinaus. Marcus weinte. Jasper überlegte, was nun für sie zu tun wäre. Sie fühlten, daß die Lage, in der sie sich jetzt befanden, schlimmer war als ihre finstersten Alpträume. Alle vergangenen Leiden und Zwänge waren wie nie gewesen.

»Was sollen wir mit ihnen machen? fragte Horace.

Die Frauen gaben ihm keine Antwort. Sie waren selbst ratlos.

»Wir können nicht so tun, als ob nichts geschehen wäre.«

»Wenn es nur das wäre, was geschehen ist, könnten wir es nicht«, sagte Emilia.

»Man kann sich nicht auf den Standpunkt stellen, daß es sich um eine natürliche Folge dessen handelt, was einmal war. Was immer ihr darunter verstehen wollt, das ist nicht mein Werk! Es muß etwas im Charakter dieser Jungen sein, die wir für unschuldig und hilflos gehalten haben. Wer war hier wirklich hilflos? Sie oder ich?«

Emilia schwieg. Sie versuchte, die richtigen Worte zu finden.

»Welche Konsequenzen sollen wir ziehen? Wie sollen wir uns ihnen gegenüber verhalten? Werde ich sie je wieder mit den Augen eines Vaters sehen lernen? Können wir sie behandeln wie irgendwelche Kinder? Müssen wir ständig vor ihnen auf der Hut sein, weil sie sonst uns oder anderen etwas antun? Müssen wir uns vor ihnen schützen – sie davor schützen, daß andere Menschen sie durchschauen? Was für eine Antwort gibt es auf diese Fragen?«

»Kann ich etwas für dich tun, mein Guter?«

Es riß Horace herum, und fast wäre er, bevor er sich fassen konnte, seinem Vetter um den Hals gefallen.

»Du hast keine Ahnung, wie es um mich steht, Mortimer! Du weißt noch nicht, in welchen Höllenkreis ich eben erst geraten bin!«

»Doch, doch, ich weiß es. Ich habe sehr genau aufgepaßt.«

»Du warst Zeuge dieser schrecklichsten Stunde meines Lebens?«

»Ich war ganz Ohr und Auge. So etwas habe ich noch nie erlebt.«

»Was würdest du in meiner Lage tun?«

»Ich glaube nicht, daß man jetzt etwas tun kann.«

»Wie würdest du dich in meiner absurden Situation verhalten?«

»Nun ja, wir alle sind die Opfer von Umständen. Ich würde mich benehmen wie ein Opfer. Und ich finde, du tust genau das.«

»Würdest du deine Söhne verstoßen und nie wieder ihren Namen in den Mund nehmen?«

»Dann würde alle Welt erfahren, was geschehen ist. Und die Menschen neigen zu der Ansicht, daß wir, wenn uns etwas zustößt, uns das selbst zuzuschreiben haben. Vermutlich wissen sie, daß ihnen selbst immer recht geschieht. Natürlich meine ich nicht, daß dir recht geschehen ist, aber die Leute wissen ja nicht, wie außergewöhnlich wir sind. Sie selbst sind eben sehr gewöhnlich.«

»Kann ich sie Tag um Tag vor mir sehen, wie sie heranwachsen, als ob nichts passiert wäre?«

»Keine Ahnung, mein Guter. Nein, ich denke nicht. Ich erwarte eigentlich nicht, daß du dich darauf beschränken wirst.«

»Ist es nicht merkwürdig, daß die beiden sich bei ihrer Tat vollkommen einig waren? Man würde doch angenommen haben, daß einer den anderen zurückhält.«

»Das würdest du vermutlich. Aber der Augenblick war schnell vorüber, und damit auch diese Möglichkeit. Und Kinder betrachten die Großen als Herren ihres eigenen Schicksals. Sie wissen ja, wie leicht es den Großen fällt, Herren über andere Menschen zu sein. Und sie waren wirklich froh, daß du nicht tot bist, und das ist doch etwas sehr Schönes, wenn du bedenkst, wie leicht die Menschen einander entbehren können.«

»Du schätzt die Menschen nicht sehr hoch ein, Mortimer.«

»Nein, das tue ich nicht. Und nicht deshalb, weil ich andere Menschen nach mir selbst beurteile. Das tue ich nie.«

»Eine abseitige und unheimliche Sache, in die ich da geraten bin. Als ob meine Lage nicht schon trist genug gewesen wäre. Sozusagen vom Regen in die Traufe.«

»Das muß so sein, weil bekanntlich ein Unglück nie allein kommt. Man sollte so etwas nicht sagen, es trägt nur dazu bei, daß es wirklich eintritt. Und eigentlich, finde ich, tröpfelt es ja immer ein bißchen.«

»Warum bist du zurückgekommen?« fragte Horace.

»Ich habe deine Stimme ›Mortimer! Mortimer!‹ rufen gehört.«

»Ich nehme an, du willst nur ein paar Stunden bleiben.«

»Ich glaube nicht, daß du das annimmst, Horace.«

»Du bist zurückgekommen, weil du an dich gedacht hast?«

»Das ist fast immer das Motiv, wenn jemand etwas tut. Komisch, daß es so ungut klingt.«

»Warum ausgerechnet heute?«

»Hörst du nicht zu, wenn ich rede, Horace?«

»Du hast nicht gewußt, daß du kommen wirst, als du den Brief geschrieben hast. Nicht mit einem Wort hast du es angedeutet.«

»Nein, mein Guter. Aus Worten wird immer so viel herausgelesen. Vermutlich hat man sie dazu erfunden.«

»Ich habe nicht erwartet, daß du zurückkommst.«

»Dann muß es ein unbewußter Schrei aus deinem Herzen gewesen sein. Er hat sich so angehört.«

»Du hast dein Gepäck nicht mitgebracht?«

»Nur ganz wenig. Bullivant hat nur für ein paar Wochen eingepackt.«

»Ich habe dir nicht die Erlaubnis gegeben, in meinem Haus zu bleiben.«

»Ich bleibe sehr ungern ohne sie, Horace. Aber was soll ich tun? Man kann einen Schrei nicht überhören.«

»Der Schrei ist nicht von mir gekommen.«

»Dann willst du aber bestimmt nicht, daß ich ihn überhöre.«

»Wenn du nur mein Vertrauen nicht mißbraucht hättest, Mortimer!«

»Dann hättest du auch nicht mein Vertrauen mißbrauchen können. Dieser Brief, den du gefunden und gelesen hast, wäre nicht geschrieben worden. Du hättest kein neues Leben angefangen und nicht das Herz deiner Kinder gewonnen. Du wärst, glaube ich, nicht so gut daran.«

»Welcher Brief?«

»Horace, das ist unter deiner Würde!«

»Ich wußte nicht, daß du wußtest, daß ich ihn gelesen habe.«

»Das hätte sich jeder ausrechnen können.«

»Im Vergleich zu dem, was du mir angetan hast, war es eine Kleinigkeit.«

»Ja, eine von diesen kleinen, kleinkarierten Sachen, die sich so schwer vergeben lassen.«

»Ein größeres Unrecht wiegt auch schwerer. Das ist die Wahrheit.«

»So sieht es aus«, gab Mortimer zu.

»Ich werde dich nicht fragen, woher du weißt, daß ich den Brief gelesen habe.«

»Nun, das ist sehr hochherzig von dir. Es stärkt ganz gewiß deine Position.«

»Ohne Zweifel hast du ihn herumliegen lassen und nicht mehr finden können.«

»Wie schön muß das sein, wenn ein Mensch keine Zweifel hat. Dann erübrigen sich natürlich alle weiteren Fragen.«

»Er war an Miss Buchanans Laden adressiert.«

»Das weiß ich. Nicht daß ich ihn jemals gesehen habe. Und läßt dieser Umweg darauf schließen, daß ich so sorglos mit ihm umgegangen wäre?«

»Du sprichst in Rätseln«, sagte Horace.

»Ich glaube, wir haben beide nicht ganz offen miteinander gesprochen. Wenn sich auch jetzt nichts mehr ändern läßt, mußt du es doch verstehen. Nur in einem Punkt muß ich schweigen. Ein wenig Geheimnistuerei ist doch recht nett.«

»Eines muß ich dich fragen, Mortimer: Kannst du dich beherrschen, wenn du mit Charlotte stunden- und tagelang beisammen bist?«

»Sehr nett von dir, Horace, daß du mich wieder aufnimmst.«

»Du hast meine Frage nicht beantwortet.«

»Das ist eine komplizierte Sache, mein Guter.«

»Du meinst, es liegt nicht nur bei dir?«

»Mußt du genau wissen, was ich meine?«

»Du meinst, daß deine Gefühle dich überwältigen könnten? Sprich nicht in Rätseln zu mir!«

»Ich kann nicht anders.«

242

»Du meinst nicht, daß die Gefühle abflauen?«

»Es wäre besser, wenn du es mich in einem Rätsel ausdrücken läßt.«

»Ein gutes Wort, Mortimer. Wann hast du die Wahrheit begriffen?«

»Als Charlotte zurückkam und mir bewies, um wieviel mehr ihr an den Kindern liegt als an dir. Da bist dann du dazugekommen. Was du gesagt hast, war überholt. Die Geschichte war zu Ende.«

»Und wie stellt sich Charlotte dazu?«

»Ich glaube, du hast das Rätsel erraten, mein Guter.«

»Hast du jemals in ihrem Herzen den ersten Platz besetzt?«

»Horace! Jetzt schlägst du einen Mann, der schon am Boden ist. Oft kommt das nicht vor, weil es so verpönt ist. Was eigentlich die Vermutung nahelegt, daß es genau der richtige Moment wäre. Darum muß so nachdrücklich darauf bestanden werden, daß der Gegner aufrecht zu stehen hat. Du darfst nie vergessen, daß du oben gewesen bist, als ich gegen dich ausholte.«

»Warum war meine Stellung anders als jetzt?«

»Das war sie nicht. Du bist immer oben. Daher solltest du dich auch über die Schicksalsschläge nicht wundern. Du bist eine gute Zielscheibe.«

»Denken wir also nicht mehr an die Sache!«

»Ja, denken wir nicht mehr daran. So viele Rätsel sind mühsam zu bedenken.«

»Wenn mir durch den Kopf geht, was alles zwischen uns steht, macht mich das traurig.«

»Ja. Alle die Jahre meiner finanziellen Abhängigkeit von dir, mein ständiges Gefühl, daß mich das Schicksal ungerecht behandelt hat, mein ständiges Bemühen, dir nicht zu mißgönnen, was du hast.«

»Du weißt, daß ich etwas anderes meine.«

»Was denn sonst? Du hast doch gesagt, daß du nicht mehr an die andere Sache denkst.«

»Ich habe nicht gewußt, daß du so verbittert bist.«

»Ich auch nicht. Aber ich muß es wohl gewesen sein. Vermutlich hat mein besseres Ich immer die Oberhand behalten.«

»Kann ich etwas tun, um es für dich leichter zu machen?«

»Du kannst mir weiter den Monatswechsel geben, den ich von dir in meinem Exil bekommen habe. Das war ja auf Dauer vorgesehen.«

»Aber jetzt wirst du in meinem Haus leben.«

»Ja. Das heißt, daß ich den Monatswechsel für mich behalten würde, statt ihn an meine Hauswirtin abzuführen.«

»Aber dein früheres Taschengeld wird genug sein. Das hast du immer gefunden.«

»Vielleicht kennst du mich besser als ich selbst, Horace. Ich glaube, mein besseres Ich hat so oft die Oberhand behalten, daß man mein schlechtes Ich übersieht. Lassen wir es also bei dem guten, alten Taschengeld, das mich in meine Knabenjahre zurückversetzt, ja eigentlich nie über sie hinauswachsen ließ. Kein Wunder, daß man gewisse kindliche Züge an mir feststellt.«

»Meine Auslagen steigen von Tag zu Tag. Anscheinend gebe ich für jedes Mitglied meines Haushalts immer mehr aus, einschließlich dieser Jungen, die mir den Tod wünschen. Hoffentlich denkst du nicht, daß ich dir nicht gönnen will, worum du mich gebeten hast.«

»Es war dumm von mir, mich so zu täuschen. Natürlich werde ich deinen guten Willen für die Tat nehmen. Wozu wäre ein besserer Charakter sonst nütze? Oh, Bullivant! Die Hauswirtin hat Ihnen ja geschrieben, daß sie noch nie einen so unproblematischen Mieter gehabt hat. Und ich finde, das war wirklich nett von mir, wenn man die vielen Probleme, die ich hatte, in Betracht zieht.«

Horace spürte, daß Bullivant mit Mortimer sprechen wollte, unterdrückte bei sich den gleichen Wunsch und ließ die beiden allein.

»Ist es ohne mich hier anders gewesen, Bullivant?«

»Ein wesentliches Element hat gefehlt, Sir.«

»Haben Sie mich heute erwartet?«

»Ich wußte nicht, an welchem Tag und zu welcher Stunde Sie kommen würden, Sir. Aber es schien auf der Hand zu liegen, daß es nahe bevorstand.«

»Ist George erfreut, mich wiederzusehen?«

»Soweit man das von einem Menschen sagen kann, der hier im Haus nicht so verwurzelt ist, Sir.«

»Werden Sie meine Sachen auspacken?«

»Es ist alles schon an seinem Platz, Sir.«

»Hängt es einem Menschen nach, wenn er wo gewohnt hat?«

»Nun, es hat seinen Zweck erfüllt, Sir. Es war ein kurzes, wenn auch kein heiteres Kapitel, und wir haben es hinter uns.«

»Hat es in letzter Zeit viele Gäste gegeben?«

»Miss Doubleday war nicht hier, Sir.«

»Wegen ihres Gesundheitszustands?«

»Nicht daß ich wüßte, Sir. Man hat sie in der Kirche gesehen, und jetzt verreist sie, weil sie eine Luftveränderung benötigt.«

»Das klingt aber doch, als wäre sie angegriffen.«

»Vielleicht wäre das die korrekte Bezeichnung, Sir«, erwiderte Bullivant, die Spur eines Lächelns in den Mundwinkeln.

»War Mrs. Doubleday hier?«

»Kein Mitglied dieser Familie, Sir, mit Ausnahme des Lehrers, der so wie zu Anfang jeden Vormittag kommt. Wir scheinen uns daran zu gewöhnen.«

»Soll ich ihn fragen, ob er sich mit mir duellieren will?«

»Ich glaube nicht, daß die Initiative von Ihrer Seite zu kommen hätte, Sir. Und ich hoffe, daß die Auseinandersetzung sich auf einer verbalen Ebene halten würde.«

»Mehr habe ich auch nicht gemeint.«

»Das heißt, es ist leicht abzusehen, wer dabei gewinnen wird, Sir.«

»So sicher bin ich nicht. Lehrer können gut mit Worten umgehen.«

»Nun ja, Sir, ich würde meinen, das gehört zu ihrem Geschäft.«

»Nicht auch zu meinem?«

»Vielleicht könnte man sagen, daß Sie kein Geschäft daraus machen«, schlug Bullivant vor, ohne den Blick zu heben.

»Wissen Sie nicht, Bullivant, daß die Weitergabe von Wissen der vornehmste Beruf ist, Bullivant?«

»Das habe ich gehört, Sir, aber mir scheint, daß er nicht als solcher anerkannt wird.«

»Aber auch sonst finden die höchsten Ideale keine Anerkennung.«

»Nun, Sir, in diesem Sinn wäre ich bereit, ihm seinen Vorrang nicht streitig zu machen.«

Mortimer ging nach oben und wartete vor der Tür zum Kinderzimmer. Als Gideon erschien, schüttelte er ihm lächelnd die Hand.

»Sie müssen froh sein, daß wir nicht Brüder geworden sind.«

»Muß ich?« fragte Gideon. Eine Falte erschien zwischen seinen Brauen, als er darüber nachdachte. »Ja, ich würde doch meinen, daß es so gut ist.«

»Sie würden mich nicht zum Bruder haben wollen?«

»Nun ja –: Man sagt, daß ein Mann in die Familie der Frau aufgenommen wird. Ich könnte mir das bei Ihnen und uns nicht vorstellen.«

»Dann war es wohl das Beste, mich vor die Tür zu setzen. Aber es war sehr schmerzend.«

»Die arme Magdalen! Vermutlich war es das.«

»Habe ich ihr nicht doch einen Dienst erwiesen? So hat sie einmal im Leben ihr Herz verlieren dürfen, und das ist gewiß besser, als mich zu haben.«

»Vielleicht haben Sie recht«, sagte Gideon.

»Hin und wieder tut jeder, als wäre er nicht so vollkommen, wie er sich fühlt, aber ich bin noch nie jemandem begegnet, der dem wie Sie zugestimmt hätte. Natürlich werde ich mich nie mehr mit meiner weißen Weste brüsten können. Ich habe nicht gehandelt wie ein Mann. Zumindest sehe ich es so. ›Wie ein Mann handeln‹ scheint vorauszusetzen, daß man sich wie ein Gott benimmt.«

»Das haben Sie nicht getan«, bestätigte Gideon.

»Schon wieder! Woher wissen Sie, daß ich nicht irgend etwas Gottähnliches in mir fühle? Das wird doch allgemein von jedem menschlichen Wesen angenommen.«

»Was hat Sie wirklich veranlaßt, Magdalen um ihre Hand zu bitten?«

»Ein anderer Mensch hat mich in der Hand gehabt. Sie wissen nicht, wie das ist, wenn man nie sein eigenes Geld verdient.«

»Ich wüßte gern, wie es ist, jemals etwas anderes zu tun. Was hat es denn mit den zwei Jungen gegeben?«

»Marcus und Jasper? Sie haben sich benommen wie Männer – genauer gesagt: Sie haben gezeigt, daß in jedem Mann ein Kind steckt. Gott segne die lieben Kleinen!« sagte Mortimer.

X »Die jungen Herren werden in der Bibliothek erwartet«, bestellte George. Triumph klang aus seiner Stimme. »Sie sollen sofort hinuntergehen.«

»Wer will uns?« fragte Marcus.

»Der Herr, Sir. Er ist allein«, teilte George genüßlich mit.

»In der Bibliothek?« fragte Jasper.

»Ja, Sir. Das Eßzimmer entspräche nicht dem Anlaß.«

»Schon gut, George«, sagte das Fräulein. »Die jungen Herren werden gleich unten sein.«

»Lieber wären sie wohl schon wieder heroben.«

»Wenn man von jemandem vorgeladen wird, ist das nur natürlich.«

»Sollen wir fortlaufen?« fragte Marcus seinen Bruder.

»Dann wäre es meine Aufgabe, euch nachzulaufen, und meine Beine sind länger«, sagte George, nicht so sehr aus wirklicher Bosheit als aus Genugtuung angesichts der Tatsache, daß zwei jugendliche Geschlechtsgenossen verdientermaßen in einer Klemme saßen.

»Mit Worten kann uns Vater nicht weh tun«, sagte Jasper. »Da müssen wir nur soviel hinhören, daß wir ihm antworten können.«

»Ich halte das nicht aus«, sagte Marcus. »Es wird nie anders werden. Ich wäre am liebsten tot.«

»Am liebsten hättet ihr allerdings, daß der Herr tot wäre«, sagte George mit einem leichten Zucken des Ellbogens.

»Wenn du nicht aufpaßt, George, wird man dich auch in die Bibliothek zitieren«, sagte das Fräulein.

Im Kielwasser von George, der lockeren Schrittes voraneilte, stiegen die Brüder die Treppe hinunter. Darauf bedacht, unter dem Vorwand der Pflichterfüllung seine Neugier zu befriedigen, öffnete George vor ihnen die Tür zur Bibliothek. Der Raum, in dem sie sich fanden, war ihnen kaum bekannt, und Horace, der sehr wohl wußte, daß seine Anwesenheit darin nicht zu ihrer Beruhigung beitrug, wartete ab, bis sich die Tür geschlossen hatte.

»Nun, meine Söhne«, begann er in einem Ton, der den Verwandtschaftsgrad hervorzuheben und damit seine Unvereinbarkeit mit der gegebenen Situation hervorzuheben schien.

»Ja, Vater«, sagte Jasper.

Horace blickte zu ihm, als hätte er mit keiner Antwort gerechnet.

»Ich wußte nicht, ob ich es über mich bringen würde, mit euch zu sprechen. Irgendwie hatte ich das Gefühl, daß ich es nicht könnte. Aber ich habe mich dazu gezwungen. Es fällt mir sehr schwer, das will ich nicht verhehlen.«

Eine Pause trat ein, da seinen Worten nicht widersprochen wurde.

»Könntet ihr mit zwei Jungen reden, die an euch so gehandelt haben wie ihr an mir?«

»Nein, Vater«, sagte Jasper, und es klang fast so, als wollte er dies auch Horace empfehlen.

»Ich hatte das Gefühl, daß ich es nicht könnte. Ich fühlte, daß die Kluft zwischen uns zu tief ist, daß ich auf der einen Seite bleiben muß und ihr auf der anderen. Und dann dachte ich, daß ihr dennoch meine Söhne seid und mir euer Leben verdankt.«

Die Jungen fanden, daß dies nun wirklich die geringste Schuld war, die sie ihrem Vater abzutragen hatten.

»Ich habe mich bemüht, diese Angelegenheit nicht bis auf den wahren Grund durchzudenken. Ich habe mich keiner Verbitterung hingegeben. Ich habe nicht versucht, mein eigenes Leben besonders wichtig zu nehmen. Aber wir haben nicht mehr als dieses eine Leben – und das habt ihr mir nehmen wollen. Zwischen uns stehen die Tatsachen: nackt, bestürzend und schwer zu verstehen. Was würdet ihr an meiner Stelle tun? Was würdet ihr tun, wenn eure Söhne euch das getan hätten?«

»Wir haben nur eine Minute gewartet«, sagte Marcus, »und dann haben wir gewünscht, wir hätten gesprochen. Uns war, als könnte die andere Zeit nicht mehr wiederkommen, wenn du nicht mehr wiederkommst. Es hat so ausgesehen, als käme sie wieder. Und wir spürten, daß wir das nicht ertragen könnten.«

»So hättet ihr also lieber gar keinen Vater als den, den ihr einmal hattet«, stellte Horace traurig fest und blickte den beiden in die Augen. »Aber war das die rechte Art, mit ihm fertig zu werden? Ihn einfach umbringen? Hättet ihr ihm nicht eine Chance geben können? Ein Wort sagen, um ihm zu helfen? Wie würdet ihr aussehen, wenn ich es mit euch so gehalten hätte wie ihr mit mir?«

»Wir haben Angst vor dir. Das weißt du«, sagte Marcus. »Daß du für eine Weile anders warst, hat nicht alles geändert, was vorher war. Daran läßt sich nichts ändern. Du hast nicht zugelassen, daß wir etwas Eigenes haben – daß wir uns selbst gehören. Hätte es Mutter nicht gegeben, wir wären lieber tot gewesen. Weil wir das so oft gewünscht haben, ist uns das Sterben wie etwas ganz Gewöhnliches vorgekommen. So oft wären wir gern gestorben. Mit dir ist es nicht so wie mit anderen Menschen. Wenn jemand anderer etwas getan hat, ist es damit getan. Wenn du etwas tust, kommt es zu allem, was vorher war, dazu. Dagegen können wir nichts tun. Auch du kannst jetzt nichts dagegen machen. Darüber kommen wir nicht hinweg.«

»Gut, ich werde mein Leben weiterleben«, sagte Horace nach einer Pause. »Ich werde Schritt um Schritt weitergehen, obwohl ich weiß, daß mir jedes Straucheln als ein Verbrechen angerechnet wird. Ich werde vorsichtig sein, weil ich weiß, daß ich in der Tat auf jeden Schritt achten muß. Eines aber muß ich doch aussprechen: Mit dem Bösen werde ich mich nicht abfinden. Alles Böse muß in der Wurzel zerstört, ausgemerzt und verworfen werden, was immer ihr davon denkt und ohne Rücksicht auf meine Person. Was immer es uns kosten mag. Ihr habt mir gezeigt, welcher Schlechtigkeit ihr fähig seid. Das werde ich nie vergessen. Dagegen werde ich, wie ihr sagt, nichts machen können. Ihr seid nicht die einzigen Menschen, die nicht vergessen können. Und in euren Herzen wißt ihr, daß ich nie etwas Böses gewollt habe.«

Schweigen trat ein.

»Ihr könnt jetzt gehen«, sagte Horace. »Ich werde euch nicht nach eurer Schuld richten. Ich werde sie auf mich nehmen, so wie ihr sie mir zugewiesen habt. Ich will daran denken, daß ihr meine Söhne seid, obwohl ihr vergessen habt, daß ich euer Vater bin. Unsichtbar und unausgesprochen wird aber die Sache zwischen uns sein. Wir werden nicht davon reden, aber sie ist da. Möge sie euch zum Nutzen werden und nicht schaden!«

»Er kann es nicht verstehen«, sagte Marcus, als sie zur Treppe gingen. »Er wird es nie verstehen.«

»Es ist vorbei«, sagte Jasper. »Und es wird nie wieder vorkommen. Das hat er selbst gesagt.«

»Es wird sich durch alles durchziehen wie ein roter Faden. Es ist so wenig vorbei wie unser Leben.«

»Na, das war eine kurze und kräftige Abreibung, was?« sagte George, der aus einem seiner Verstecke auftauchte. »Wie Abreibungen eben zu sein haben.«

»Warum hast du nicht an der Tür gehorcht?« fragte Marcus.

»Davor habe ich mich gehütet.«

»Du kannst doch wegspringen, wenn die Tür aufgeht. Sicher hast du darin Übung.«

»Ich lasse mich auf nichts ein«, entgegnete George mit einem munteren Selbstvertrauen, das wohl kaum gerechtfertigt war.

»Du wärst enttäuscht gewesen, wenn du zugehört hättest«, sagte Jasper.

»Ihr seht nicht aus, als wäre die Sache ein für allemal erledigt.«

Marcus sagte nichts. Er wußte, daß beide recht hatten.

»Was für eine Strafe habt ihr bekommen?« erkundigte sich George neugierig.

»Keine«, erwiderte Jasper. »Warum sollten wir eine bekommen? Es war nur ein Mißverständnis.«

»Freut mich, wenn es der Herr so genannt hat. Ich weiß aber auch, daß man bei mir ein Mißverständnis, das nicht einmal halb so schlimm wäre, anders bezeichnen würde.«

»Das wäre auch richtig so«, sagte Marcus.

»Also seid ihr und der Herr wieder ein Herz und eine Seele«, stellte George verblüfft fest.

»Das Gras wird darüber wachsen. Es hat nichts zu bedeuten.«

»Nichts zu bedeuten! Sohn des Hauses zu sein und nicht ein Bedienter, das hat offenbar einiges zu bedeuten. Wenn ich so etwas angestellt hätte, würde man allerhand auszusetzen finden.«

»Sind die jungen Herren daran interessiert, die Besonderheiten deiner Perspektive zu erörtern, George?« ertönte eine andere Stimme, und ein Schemen, der sich im Schatten der Treppe auftürmte, erwachte zum Leben.

George erschrak, machte kehrt und eilte in Richtung Küche. Ein Paar kleiner, ruhiger Augen blickte ihm nach, bis er außer Sicht war.

»Es wäre besser, junger Herr«, sagte Bullivant zu Jasper, »wenn Sie eine bei George vorhandene Neigung, sich als Gleichgestellten zu betrachten, nicht fördern wollten. Sein Hang dazu ist durchaus unzukömmlich, und es wäre letztlich nicht zu seinem Nutzen.«

»Wir reden nicht oft mit ihm. Heute hat Vater ihn zu uns geschickt, um uns etwas sagen zu lassen.«

»Das hielt sich im Rahmen seiner Obliegenheiten, Sir. Was ich zu bemängeln habe, ist sein Drang, diesen Rahmen zu sprengen.«

»Es scheint, daß er alles weiß, was im Haus und draußen vorgeht«, sagte Marcus.

»Diese Art von Wissen haben Leute seines Schlags. Was man zu wissen und was man nicht zu wissen hat, ist ein Wissen höherer Stufe und ihm derzeit noch nicht zugänglich.«

»Ich frage mich, warum er in unserem Haus bleibt, wenn er auch anderswohin gehen könnte. Das frage ich mich bei allen anderen auch.«

»Was hätte er schon für eine Wahl, Sir? Ein Hausbursch ist ein Hausbursch, da gibt es keine großen Entfaltungsmöglichkeiten. Und hätte er das Zeug in sich, sie wahrzunehmen, wenn es sie gäbe? Man muß auch die ihm von der Natur gesteckten Grenzen berücksichtigen. Gewiß ist es – bitte verstehen Sie mich recht – manchmal schwer, ihn innerhalb derselben zu sehen. Und in Ihrem Fall, Sir, handelt es sich vielleicht um ein Beispiel für jene Leutseligkeit, aus der Verachtung entsteht.«

»Je mehr man über die Dinge weiß, desto schlimmer kommen sie einem vor.«

»Unwissenheit kann ein Segen sein, Sir«, bestätigte Bullivant lächelnd. »Aber ich würde deshalb nicht auch meinen, daß Weisheit nur etwas für Narren ist. Und Menschen wie George sind auf eine ganz andere Weise närrisch.«

Die beiden Jungen lachten, und in diesem Augenblick kam Horace aus der Bibliothek, blieb stehen und blickte auf sie nieder. Bullivant, der nicht gehört hatte, was aus ihren Herzen schrie, zog sich zurück.

»Ihr habt also Grund zu lachen«, stellte Horace fest.

»Bullivant hat etwas Komisches gesagt«, sagte Jasper.

»Und ihr wart zum Lachen aufgelegt?«

Die Jungen schwiegen.

»Sagt es mir«, forderte Horace sie in sanftem Ton auf. »Es wirft ein Licht auf euch, und ich bin dankbar für jeden Funken Licht.«

»Wir haben gelacht, ohne vorher nachzudenken«, sagte Jasper.

»Habt keine Angst zu lachen, meine Söhne! Sorgt euch nicht ob der Leichtigkeit eurer jungen Herzen, weil ihre Unschuld von euch verraten wurde! Habt keine Angst, wie andere Kinder auszusehen, weil ihr in eurer Seele anders seid. Glaubt nicht, daß ich von euch eine solche Buße verlange – daß ich irgendeine Buße von euch erwarte. Was geschehen ist, läßt sich nicht sühnen.«

»Du hast gesagt, daß du nicht davon reden wirst«, erinnerte ihn Marcus. »Und doch tust du es ständig.«

»Ist dir schon ein Wort zuviel?« fragte Horace im selben Tonfall und sah ihm in die Augen. »Gut, du sollst keines mehr hören. Du wirst kein Wort mehr von mir hören. Wir wollen den Mantel des Schweigens über die Sache breiten. Eines aber erbitte ich mir von euch, ehe wir es aus unserem Wortschatz verbannen und aus dem Gedächtnis löschen, beziehungsweise in seinem finsteren Winkel begraben: Ich gehe heute zu der Brücke, um mir anzusehen, welches Geschick mir zuteil geworden wäre, hättet ihr euren Willen gehabt, und ich werde Gott um meinet- und euretwillen dafür danken, daß eure Absicht vereitelt wurde. Ich möchte euch bitten, daß ihr mit mir kommt. So wollen wir zusammen der Wahrheit ins Gesicht sehen. Zusammen wollen wir unsere Herzen in Dankbarkeit erheben dafür, daß wir gerettet wurden – ich vor euch, und ihr vor euch selbst.«

»Ich werde nicht kommen«, sagte Marcus. »Wir würden nicht der Wahrheit ins Gesicht sehen, sondern etwas anderem, was nur du im Kopf gehabt hast und nicht auch wir. In unseren Gedanken sind wir einander schon jetzt fern, und das würde uns nur noch weiter auseinanderbringen.«

»Und das Brett ist rechtzeitig dortgewesen, Vater«, sagte Jasper. »In Wirklichkeit ist niemand vor irgend etwas gerettet worden.«

»Dann werde ich allein gehen«, sagte Horace. »Ich werde den Ort aufsuchen, wo ich nach eurem Willen zerschmettert liegen sollte. Wenn die Brücke repariert ist, werde ich meinen einsamen Rundgang machen wie so oft zuvor, mit sorgenschwerem Herz, allein mit diesem jüngsten und größten Kummer. Und ich hoffe mit einem Herzen zurückzukommen, das von allem persönlichen Gefühl gereinigt ist. Es ist richtig, daß mein Sieg über mich selbst nicht vollkommen war. Was ich zu vergeben hatte, war sehr viel.«

Marcus wandte sich um, deutete seinem Bruder, daß er ihm folgen sollte, und stieg die Treppe hoch. Als sie das Kinderzimmer erreichten, warfen sie sich in hemmungsloser Verzweiflung auf den Boden.

»Wir wissen, wie es war«, sagte Sarah und kam zu ihnen. »Mutter hat uns alles erzählt. Sie hat gesagt, es wäre besser, als herumzuraten und auf falsche Gedanken zu kommen. Wir wissen, was euch durch den Kopf gegangen ist und wie es zu spät gewesen ist, etwas zu tun, als ihr es verstandet. Nach all den Jahren konntet ihr nicht anders, als so zu denken. Daß ihr so gedacht habt, ist der Beweis dafür. Wir alle haben solche Gedanken gehabt: auch ich. Ich will damit nicht sagen, daß ich irgend etwas getan hätte, nur daß ich es deshalb verstehe.«

»Und auch ihr habt nichts getan«, sagte Avery. »Nichts ist passiert. Vater ist nicht tot.«

»Mutter wird kein Wort darüber verlieren«, sagte Tamasin. »Das sollen wir euch von ihr ausrichten. Sie sagt, daß Vater das besorgt hat, und daß alles sich abschwächt, wenn man es wiederholt. Und sie denkt nicht dasselbe wie er. Ihr habt also nichts mehr zu fürchten.«

»Ich habe oft gedacht, daß ich am liebsten sterben würde«, sagte Marcus. »Und jetzt weiß ich, daß ich recht gehabt habe.«

»Dann hättest du Vater einen Dienst erwiesen«, sagte Tamasin, »und hättest keinen Grund, etwas zu bereuen.«

»Er geht heute nachmittag zu der Brücke«, sagte Jasper. »Er wollte von uns, daß wir ihn begleiten, aber Marcus hat sich geweigert.«

»Recht hat er gehabt«, bestätigte ihm das Fräulein, und der Ton, in dem sie es sagte, war ebenso unerwartet wie ihre Worte. »Es wäre falsch, diesen Vorfall eurem Gedächtnis anders einzuprägen, als es wirklich gewesen ist. Ihr hättet nie eurem Vater ein Leid zugefügt. Wir können nicht immer unsere Gedanken kontrollieren, aber sie setzen sich nicht notwendigerweise in Taten um. Wir alle spielen mit den Gedanken an Taten, die wir nicht ausführen können, gute Taten genauso wie böse Taten. Habt ihr euch nie in der Rolle eines Helden oder eines Märtyrers oder sonst eines großen Mannes gesehen?«

»Ja«, antworteten die beiden Jungen.

»Und habt ihr nicht zugleich in euren Herzen gewußt, daß ihr nie so sein werdet?«

»Ja«, antworteten sie abermals. Ganz gewiß fühlten sie sich im Augenblick nicht als Helden.

»So ist es auch hier gewesen. Eure Gedanken sind euch davongelaufen. Ihr würdet ebensowenig ein Verbrechen begehen wie eine Heldentat verrichten.«

»Es ist wie mit der Figur aus Wachs, die ihr von Vater gemacht habt«, sagte Avery. »Ihr habt gewollt, daß er es spürt, aber ihr habt nicht wirklich gemacht, daß er es spürt.«

Bleich und in sich gekehrt erschien Horace zum Lunch, gleichermaßen seiner selbst bewußt wie der auf ihn gerichteten Augen und voll Freude darüber, daß sein Vetter wieder am Tisch saß. Als er seinen Platz einnahm, warf er einen Blick zu der Tür, die zur Küche führte.

»Was ist das für ein Geräusch dort draußen? Dort hat doch niemand etwas zu suchen? Sehen Sie nach, Bullivant!«

Bullivant öffnete die Tür und verschwand, und als sich darauf nichts sehen oder hören ließ, stand die Familie auf und ging ihm nach. Bullivant stand dort, wortlos den Kopf schüttelnd und tief atmend, vor ihm, wortlos wie er, George, bei dem das Schütteln jedoch den ganzen Körper ergriffen hatte, während er kaum noch Luft zu holen vermochte. Der Wandschrank zwischen ihnen stand offen, und Kostproben aus seinem Inhalt, die dem Geschmack Georges entsprachen, lagen auf dem Tisch. »Das also war es«, sagte Horace. »Wie merkwürdig, daß nur ich etwas gehört habe! Bin ich anders als andere Menschen?«

Niemand äußerte Zweifel an dieser Vermutung, aber Horace stand zunächst auch nicht im Mittelpunkt des Interesses.

»George! Nach all dem, was hinter uns liegt!« sagte Bullivant. »Die Katze läßt das Mausen nicht.«

»Es war seit langem zum ersten Mal«, erwiderte George.

»Was für eine Antwort!« sagte Horace. »Als ob es ganz natürlich hin und wieder passieren müßte.«

»Was hast du mit den Sachen tun wollen?« erkundigte sich Mortimer interessiert.

»Ich wollte sie meinen Freunden mitbringen, Sir. Heute habe ich meinen freien Nachmittag, und ich bringe ihnen gern etwas mit. Sie tun oft etwas für mich.«

»Hast du dir das zur Gewohnheit gemacht?« fragte Horace.

»Offenbar handelt es sich um einen Fall von Akkumulation, Sir, sowohl der Nächstenliebe als auch anderer Triebe«, meinte Bullivant, der das Stilleben betrachtete.

»Bekommst du keinen Lohn?« fragte Horace.

»Der reicht nicht dazu aus, Sir.«

»In Zukunft wirst du mit ihm auch für deine Geschenke aufkommen müssen. Du machst dir das Schenken sehr leicht.«

»George«, sagte Bullivant mit ernster Stimme, »verschafft es dir wirklich Befriedigung, mit diesen Dingen unschuldige Menschen zu beschenken, die nichts von ihrer Herkunft ahnen?«

George ließ sich nicht darauf ein, sein Hochgefühl bei solchen Gelegenheiten zu beschreiben. Er sagte auch nicht, daß Unschuld dabei eine wesentliche Rolle spielte.

»Nehmen wir einmal an, jemand würde mich fragen, was du bist«, sagte Horace. »Was soll ich ihm antworten? Daß du ein Dieb bist?«

»Nehmen wir einmal an, jemand fragt Sie, was Ihre Söhne sind«, entfuhr es George in seiner Verzweiflung. »Was würden Sie ihm antworten? Daß sie etwas – etwas Schlimmeres sind als Diebe?«

Lähmendes Schweigen trat ein. Die Familie blickte zu Bullivant, und dieser ließ sie nicht im Stich. Indem er George eine Hand auf den Mund legte, hinderte er ihn, es zu brechen, und besorgte das hierauf selbst.

»Besser für dich machst du es so nicht, George.«

»Viel schlechter sogar«, sagte Horace, und seine Stimme zitterte vor kalter Wut. »Ich werde später mit ihm unter vier Augen reden.«

»Ich habe meinen freien Nachmittag, Sir«, protestierte George, nach dem erstbesten Argument gegen eine solche Aussprache greifend.

»George! Steht das zur Debatte?« fragte Bullivant.

»Nein, ich weiß«, bekannte George unter Tränen. »Ich habe nicht gemeint, was ich sagte, Sir. Ich wollte nicht, daß Sie es hören.«

»Schaffen Sie ihn fort«, sagte Horace zu Bullivant. »Er soll mir aus den Augen gehen. Ich werde mich mit ihm befassen, wenn er heute abend wieder hier ist. Ich habe nicht die Absicht, ihm den freien Nachmittag zu verderben.«

So unglaublich war diese Erklärung, daß George seinen Herrn nur anzustarren vermochte.

»Er kann das Zeug seinen Freunden bringen und ihnen dazu erzählen, was ihm einfällt. Wenn er heimkommt, werde ich ihn fragen, was er ihnen erzählt hat.«

Diese Aussicht bereitete George keine Sorge, er bezog sie vielmehr kaum auf sich, denn im Unterschied zu seinem Herrn wußte er, daß er nicht mehr heimkehren würde. Innerlich triumphierte er bereits bei der Vorstellung, wie sein Herr es aufnehmen würde, daß man Georges Leiche in der Schlucht gefunden habe. Dämpfend wirkte allerdings sein Bedauern, daß es nicht Horace war, der dort unten lag.

»George!« Hielt ihn Bullivant zurück. Er deutete erst auf das Stilleben und dann in die Richtung des bevorstehenden Abgangs.

»Ich brauche das Zeug nicht«, sagte George.

»Es ist bedauerlich, George, daß du nicht schon früher zu dieser Erkenntnis gelangt bist.«

George erläuterte nicht, warum er nur im gegebenen Augenblick fand, daß sein Bedarf nicht ins Gewicht fiel. Er fing an, die Mitbringsel aufzusammeln, und seine Situation wurde durch den Umstand, daß er sie unmöglich alle auf einmal wegtragen konnte, keineswegs einfacher. Bullivant deutete ihm, die corpora delicti schubweise zu entfernen. Dreimal mußte sich George bemühen, worauf das Publikum, das nichts mehr zu erwarten hatte, sich zurückzog.

Bullivant überwachte Georges Aktionen in dem Bewußtsein, daß dessen Anwesenheit nur mehr peinlich empfunden wurde, und entzog sich im Hinblick auf diese zweifache Aufgabenstellung dem Blickfeld der Familie.

»Wie verdorben doch alle Menschen sind!« sagte Mortimer. »Offenbar gibt es keine Ausnahmen von der Regel.«

»Glaubst du vielleicht eine darzustellen?« fragte Horace kühl.

»Nein, nein, mein Guter. Und ich war sehr besorgt, daß George darauf anspielen könnte.«

»Ich möchte wissen, was George jetzt tut«, sagte Charlotte. »Warum hast du deine Auseinandersetzung mit ihm aufgeschoben, Horace?«

»Ich möchte heute nachmittag allein sein, und ich möchte ihm die Vorfreude darauf nicht nehmen.«

»Du meinst das Vorleid«, sagte Emilia. »Mag sein, daß es ihm gut tut.«

»Freust du dich darauf?« fragte Charlotte.

»Im Augenblick wohl«, meinte Mortimer. »Jeder denkt sich gern aus, was er sagen wird. Aber es macht ihm immer weniger Spaß, je länger es dauert, und zuletzt fürchtet er sich davor. Der arme George ahnt nicht, um wieviel sich seine Chancen bessern werden. Nie werde ich kapieren, warum ein Aufschub auch ein Zeitverlust sein soll, aber anderes geht dabei bestimmt verloren.«

»Seine Chancen sind jetzt schon besser«, bestätigte Horace lächelnd. Er war bereit, seine Rolle zu spielen. »Ich fürchte, er wird ungeschoren davonkommen.«

»So etwas sehen wir immer gern«, stellte Mortimer fest. »Aber es ist nicht so menschenfreundlich, wie wir es gern hätten. Wir sagen zwar ganz offen: ›Stell dir vor, was herauskäme, wenn jeder kriegt, was er verdient‹, aber in Wahrheit verdienen wir ja gar nicht besonders viel. Das Schlechte kommt gar nicht so oft vor.«

»Nimm etwa George«, sagte Charlotte, »wie er Leuten, die gut zu ihm waren, etwas schenken will und es von jemandem nimmt, dem es nicht fehlt. So verwerflich finde ich das nicht.«

»Wie er sich benommen hat, hat dann aber nicht mehr für ihn gesprochen«, sagte Horace.

»Das macht ihn unsympathisch«, sagte Emilia: »Diese Art, andere Menschen in Verlegenheit zu bringen, die noch hilfloser sind als er.«

»Er möchte nicht der einzige sein, der in einer Klemme sitzt«, sagte Charlotte. »Und dafür kommen nur Leute in Betracht, die sich nicht wehren können.«

»Er begreift nicht, wer er ist, und sieht nicht ein, wozu er auf der Welt ist«, sagte Mortimer. »Ich bin überzeugt, daß Bullivant mit diesem Wissen geboren ist.«

»Haben Sie zu mir gesprochen, Sir?« fragte Bullivant und trat näher.

»Ich habe gesagt, daß George nicht weiß, wozu er da ist. Haben Sie das auf seiner Entwicklungsstufe gewußt?«

»Sie meinen in seinem Alter, Sir? Die Entwicklungsstufe, in der er sich befindet, dürfte mir erspart geblieben sein. Ich würde sagen, daß mir das Wesentliche meiner Aufgabe dämmerte. Mir scheint, daß man nicht nur zum Künstler geboren sein muß, sondern auch zu anderen Berufen.«

»Und wozu ist George geboren worden?« fragte Mortimer.

»Nun, Sir, das ist ja bekannt«, entgegnete Bullivant mit einem verzeihenden Achselzucken: »Ein Armenhäusler.«

»Aber das ist kein Beruf.«

»In Georges Fall scheint es das doch zu sein, Sir.«

»Also nicht zu einem Dieb?« fragte Horace.

»Nein, Sir, das nicht. Ich glaube, in meiner Definition ist alles eingeschlossen.«

»Und Sie glauben nicht, daß er darüber hinauswächst?«

»Ein solcher Prozeß hat offenbar noch nicht eingesetzt, Sir. Wir alle warten seit längerem darauf. Der Faden unserer Geduld ist nachgerade dünn geworden.«

»Wie er zu mir gesprochen hat, gefiel mir gar nicht. Ich mochte auch nicht, was er sagte.«

»Nein, Sir, so etwas darf man nicht hinnehmen. Und er wird meine Meinung noch zu hören bekommen.«

»Kümmert sich die Köchin um ihn, soweit sie das kann?« fragte Charlotte.

»Mrs. Selden hat immer einen heilsamen Einfluß auf ihn gehabt, Madam. Die Wirkung hängt allerdings auch von George selbst ab. Nicht nur zum Streiten braucht es zwei: Das gilt auch für andere Beziehungen.«

»Wie wird George diesen Berg von Sachen zu seinen Freunden tragen?« wollte Mortimer wissen.

»Er hat nichts mit sich genommen, Sir«, teilte Bullivant mit.

»Aber wie hätte er das Zeug tragen wollen?«

»Vermutlich in irgendeinem Behältnis, Sir. Wahrscheinlich ausgeborgt.«

»Anscheinend liegt ihm die ganze Welt zu Füßen«, sagte Emilia. »Er braucht nur zuzugreifen.«

»Davon dürfte auch er nur zu fest überzeugt sein, Madam.«

»Wo hat er die Sachen hingetan?« erkundigte sich Mortimer.

»Da bin ich überfragt, Sir. Zu sehen ist keine Spur von ihnen.«

»Würde nicht die Köchin sie aus ihren Vorräten vermißt haben?«

»Mrs. Selden holt nur selten etwas aus diesem Schrank, Sir, und zweifellos war George sich dessen wohl bewußt. Und vielleicht meinte er, daß das Maß des heutigen Tages ohnedies schon voll sei. Vielleicht hatte er damit nicht ganz unrecht.« Als Bullivant zur Tür ging, zitterten seine Lippen wieder. Im Begriff, sein Tablett in der Spülküche abzustellen, mußte er dort die fraglichen Eßwaren finden, dem Anschein nach völlig achtlos auf dem Boden verstreut.

»Wohin gehst du, mein Guter?« fragte Mortimer.

»Allein spazieren. Ich werde bald wieder zurück sein, und dann können wir zusammen in den Meierhof schauen«, sagte Horace, dessen Verhältnis zu seinem Vetter nun auch wieder einschloß, daß er über dessen Zeit verfügte.

Mortimer, der allein im Eßzimmer blieb, lehnte sich in seinem Stuhl zurück und wandte sich an Bullivant.

»Haben Sie Miss Buchanan schon einmal eingeladen?«

»Ja, Sir, und ich wage zu behaupten, daß das Experiment recht erfolgreich war. Und für uns alle war es eine kleine Abwechslung. Mrs. Selden hat erst vor kurzem bemerkt, daß wir eine Wiederholung ins Auge fassen könnten.«

»Es hat, nehme ich an, keine Probleme gegeben?«

»Nein, Sir, dank Ihrer vorsorglichen Instruktion. Nicht die geringsten. Ich hatte die Situation völlig unter Kontrolle.«

»Sie haben nicht vergessen, was ich Ihnen sagte?«

»Das war eine wesentliche Voraussetzung, Sir, um zu vermeiden, daß der angenehme Anlaß zu einem Debakel würde. Mehr als einmal war es mir dadurch möglich, gefährliche Klippen zu umschiffen, die allenthalben wie von selbst aufzutauchen schienen. Da erst habe ich richtig verstanden, auf welch schmalem Grat Miss Buchanan sich bewegt.«

»Aber Sie glauben, daß sie bei Ihnen sicher sein wird?«

»Ich muß gestehen, Sir, daß ich Ihr in mich gesetztes Vertrauen auf Mrs. Selden ausgedehnt habe. Es war besser, eine dermaßen scharfsinnige Frau zum Verbündeten zu gewinnen, denn wer nicht für uns ist, ist gegen uns. Auch befreite es mich aus einem peinlichen Dilemma.«

»Nun, wahrscheinlich gab es keine andere Wahl. Aber sonst darf es niemand erfahren.«

»Es gibt keinen sonst, der meines Vertrauens würdig wäre, Sir.«

»Ist ihr klar, wie wichtig es ist, daß sie darüber schweigt?«

»Mrs. Selden gehört zu den Menschen, Sir, deren Antwort ›Jaja‹ und ›Neinnein‹ ist. Aber darum kann man sich nicht weniger auf sie verlassen.«

»Mögen Sie eigentlich George, Bullivant?«

»Nun ja, Sir: Ohne lang zu überlegen würde ich es wohl verneinen. Aber ich glaube, daß mir an dem Burschen mehr liegt, als er verdient,«

»Mag er Sie?«

»Das wohl nicht, Sir. In seinen Augen bin ich nur dazu da, seine Instinkte, die allerdings einer häufigen Kontrolle bedürfen, zu unterdrücken.«

»Mag er die Köchin?«

»Jeder andere Bursche in seiner Lage würde es tun, Sir. Mehr ist dazu nicht zu sagen.«

»Findet sie ihn undankbar?«

»Sie findet ihre Genugtuung darin, daß sie nach ihrem Gewissen handelt, Sir, und verlangt nicht mehr.«

»Mag er Miriam?«

»Nun ja, Sir, er ist mit ihr zusammengespannt und hat in ihr jemanden, der ihm zuhört. Aber es lag an mir, ihm die Grundlagen eines schicklichen Benehmens beizubringen und die Zügel zu straffen, wenn er nachlässig wurde. Und das kommt nicht selten vor.«

»Gebricht es ihm an natürlicher Zuneigung?«

»Man hat ihn ohne sie aufgezogen, Sir«, sagte Bullivant und hob die Achseln.

XI »Reis?« fragte Miss Buchanan mit einem leichten Schmunzeln, als sie über ihren Ladentisch blickte.

»Keinen Reis heute. Einen Brief, wenn einer hier ist, und jedenfalls ein paar Makkaroni«, sagte Gertrude, die mit ihrer Tochter gekommen war, um Gideon nach seinem Unterricht zu treffen. »Sie sehen mich im Kreis meiner Familie.«

»Wieviel Makkaroni?« fragte Miss Buchanan, der dieser Anblick entging, weil sie nicht hinschaute.

»Ich nehme immer ein Paket.«

»Sie nehmen immer Reis«, berichtigte Miss Buchanan, und ihre Augen hafteten dabei sekundenlang auf Gertrude.

Die Ladentür ging auf, und George trat ein, von Miss Buchanan ob ihrer privaten Bekanntschaft mit einem halben Lächeln begrüßt. Er konnte es nicht erwidern, da ihm das Lächeln für immer vergangen war.

»Bonbons?« erkundigte sich Miss Buchanan nebenhin mit gedämpfter Stimme. »Sie kommen gleich dran.«

George hob auf diese Weise regelmäßig seine Lebensgeister, und er bedurfte dessen auch auf dem Weg zu seiner Selbstvernichtung. Wenngleich sich Nahrungssorgen für ihn erübrigt hatten, verlangte der Plan als solcher ein Stimulans. Er hatte sogar mit dem Gedanken gespielt, auch diesbezüglich auf die Vorräte seines Dienstgebers zurückzugreifen. Aber dann hatte ihn der Wunsch, vor den Augen der Welt gute Figur zu machen, wie eben jedes wahrhaft echte Gefühl noch in seiner letzten Stunde zurückgehalten.

»Tabak, bitte«, sagte er, als er die Doubledays sah.

Gertrude wandte sich mit einem Lächeln zu ihm.

»Sind Sie nicht Mr. Lambs Hausbursche? Ich erinnere mich an Ihr Gesicht.«

»Ja, Madam, ich habe meinen freien Nachmittag.«

»Dann kaufen Sie Ihren Tabak und verschwenden Sie nicht Ihre kostbare Zeit. Ich habe jeden Nachmittag frei. Sie haben hier Vorrang.«

»Ich habe kein Messer zur Hand«, sagte Miss Buchanan, die sich nicht davon abhalten ließ, ihre Kunden der Reihe nach zu bedienen. »Ich muß die Schnur an diesen Paketen durchschneiden.«

Gideon und George zogen ihre Taschenmesser hervor, und Miss Buchanan nahm ohne ein Wort das von Gideon angebotene.

»Das ist aber ein besonders schönes Messer!« stellte Gertrude nach einem Blick auf Georges Messer fest.

»Es ist ein Geschenk gewesen, Madam. Ich habe es schon seit längerem.«

»Nun, dann geben Sie acht, daß Sie es nicht verlieren. Ein prächtiges Ding! Ich glaube nicht, daß ich so etwas schon einmal gesehen habe.«

»Meines ist nur ein schlichtes Werkzeug«, sagte Gideon.

»Ja, deines ist gut zum Abschneiden von Schnüren und anderen Dingen, die es stumpf machen. Ich bin froh, daß du damit einspringen konntest.«

»Wozu ist ein Messer gut, wenn man damit nicht schneiden darf?« fragte Miss Buchanan.

»Das Messer meines Sohnes wäre freilich wertlos, wenn man das nicht mit ihm dürfte. Aber dieses hier ist etwas Besonderes. Es ist vor allem schön.«

»Was machen Sie damit?« sagte Miss Buchanan zu George.

»Ich trage es nur so bei mir.«

»Das ist die rechte Art, mit Kostbarkeiten umzugehen«, sagte Gertrude.

»Es ist ein kräftiges Messer, Madam. Man könnte allerhand mit ihm tun.«

»Ja, ja, ich sehe schon, daß es kein Spielzeug ist. Ich würde sagen, daß es häufig zu heiklen Arbeiten benützt wird.«

»Ich glaube, ich habe es schon einmal gesehen«, sagte Gideon. George jedoch entzog es seinem Blick, indem er es in die Tasche steckte.

»Ist bei Ihnen jetzt wieder alles vollzählig?« erkundigte sich Gertrude.

»Ja, Madam. Mr. Mortimer ist eben zurückgekommen.«

»Tatsächlich? Da werden Sie aber froh sein. Ich hoffe doch, daß er wohlauf ist?«

»Ja, Madam. Er ist immer derselbe.«

»Mr. Lamb muß ohne ihn sehr einsam gewesen sein. Sie sind so viel beisammen.«

»Ja, Madam«, bestätigte George etwas vage, weil er Horace ungern etwas wie normale menschliche Gefühle zubilligte.

»Ich habe Mortimer Lamb gestern gesehen«, sagte Gideon zu seiner Mutter.

»Und warum hast du mir nichts davon erzählt? Habt ihr vielleicht düstere Geheimnisse beredet?«

»Gewissermaßen. Gewitterstimmung im Haus. Anscheinend sind jetzt die zwei Jungen in Ungnade.«

»Das sind wahrhaftig die letzten Menschen, mit denen ich verwandt sein möchte«, stellte Gertrude mit leicht erhobener Stimme fest und blickte dabei auf George. »So groß meine Achtung vor ihnen ist, bin ich doch froh, daß diese Gefahr an mir vorübergegangen ist. Wir sollten heute nachmittag bei ihnen vorbeischauen – ein Höflichkeitsbesuch aus Anlaß dieser jüngsten Heimkehr – und uns danach aus ihrem Dunstkreis zurückziehen. Ich hoffe, daß wir ein wenig Frischluft bringen, die ihnen gut tut.«

»Ich kann nicht mitkommen, Mutter«, sagte Magdalen leise.

»Und warum nicht, mein liebes Kind?«

»Ich würde mein Versprechen brechen, das ich Mortimer gegeben habe. Irgendwie würde es die Erinnerung an unseren Abschied zerstören, die wir uns bewahren wollten. Er hat mir etwas gegeben, das er nie einem anderen Menschen geben wird, und ich kann seinen Glauben daran nicht enttäuschen. Es ist das einzige, das wir haben.«

»Gut, dann bleib zu Hause, meine Liebe, und dein Bruder wird mich begleiten. Das wird durchaus genügen.«

»Lamb wird heute nachmittag unterwegs sein«, sagte Gideon. »Er will nach dieser kaputten Brücke sehen. Die Jungen haben davon geredet. Anscheinend schaut das Ding nicht so aus, wie es sollte, und irgend etwas dürfte dort passiert sein. Mehr weiß ich nicht. Jedenfalls hat es keinen Sinn, wenn du einen deiner frühen Besuche unternimmst.«

»Dann gehen wir eben erst später hin, das ist kein Problem. Aber zum Tee will ich wieder daheim sein. Essen und trinken möchte ich in der bekömmlichen Atmosphäre meiner eigenen vier Wände.«

Miss Buchanan händigte Gertrude ein Päckchen aus, das Magdalen ihr sogleich abnahm. Dann holte Miss Buchanan eine Rolle Tabak und fügte mit einem Blinzeln in Georges Richtung eine Tafel Schokolade hinzu. Er steckte beides ein, freilich mit dem Gefühl, daß sein Abschied von der Welt dadurch nur erschwert würde. Immerhin bestärkte ihn die Aussicht, daß Horace selbst die schaurige Entdeckung machen sollte. Ohne zu bedenken, daß er sich damit die Rolle eines Zeugen zuwies, aber zugleich vollkommen sicher, daß er in dem großen Licht, zu dem er erwachen wollte, auch dies irgendwie miterleben würde, malte George sich die Szene genußvoll aus.

»Ein netter junger Mann ist dieser Hausbursche!« bemerkte Gertrude, die jeden jungen Mann nett fand, der nicht gerade etwas Gegenteiliges anstellte, und die Tatsache als solche gewissermaßen als einen Tribut sah, den die Natur ihm schuldete. »Er hat ausgesehen, als sei er auf der Flucht. Der arme Junge hat seinen freien Nachmittag sicher nötig!«

»Er ist früher dran als sonst«, sagte Gideon. »Normalerweise serviert er beim Lunch. Irgend etwas stimmt da nicht.«

»Es sieht aus, als würden wir heute nachmittag unsere Nasen in ein Hornissennest stecken«, stellte Gertrude freudig erregt fest.

»Warum tut ihr es dann, Mutter?« fragte Magdalen.

»Oh, ich kümmere mich nicht um diese eingebildeten Katastrophen. Sie sind nichts Wirkliches, nur die Folgen eines Übermaßes an verfügbarer Zeit, Luxus und allem, was es sonst noch gibt. Ein Mensch, der einmal wirkliche Sorgen gehabt hat, kann darüber nur lachen.« Gertrude zeigte, daß sie dies vermochte.

George, dem es nicht beigekommen war, seine Sorgen auf diese Weise zu bewältigen, eilte in der Absicht, seinen Plan auszuführen, bevor etwas dazwischenkäme, zur Schlucht hin. Er sah den Himmel und die schattigen Hänge, und er genoß ihre Schönheit zum letzten Mal, ohne sich bewußt zu sein, daß es zugleich das erste Mal war. Sein Plan war, das Schutzbrett zu entfernen, auf die Brücke hinaus zu treten, im Sturz einen raschen Tod zu erleiden und unten für das Auge seines Herrn, das ihn von oben erspähen sollte, bereitzuliegen. Auch wollte er einen Zettel anbringen, der andere Menschen vor der Brücke warnen sollte. Wiewohl er den Tod suchte, weil er nicht hören wollte, was sein Herr ihm zu Lebzeiten zu sagen hatte, dachte er doch gern an die Worte, die Horace der Tod seines Dieners eingeben würde.

»Armer Junge, armer, edelmütiger Junge!« murmelte George, als er den Hügel hinanstieg. »Dazu habe ich ihn getrieben! Und im Tod noch hat er an mich gedacht. Wie habe ich ihn unterschätzt! Kann ich ihm das Wasser reichen?«

Als der Weg steiler anstieg, begriff George plötzlich, daß dies der Tiefe der Schlucht entsprach. Sein Atem wurde schneller, was sich teils aus der körperlichen Anstrengung, teils auch aus dem Verzehr der Schokolade erklärte. Georges letzte Stunde sollte nicht von Verschwendung gezeichnet sein, allerdings auch nicht von leiblichem Genuß, jedenfalls nicht in den Augen der Überlebenden. Die Papierhülle wurde daher in einem Busch versteckt.

»Keine Liebe ist größer als die eines Menschen, der sein Leben für einen Freund hingibt«, sagte George, als er den höchsten Punkt erreichte. Er stand jetzt unter dem Eindruck, daß dies seine Beziehung zu Horace war. Und tatsächlich nahm er ja, da die Erde für beide nicht groß genug war, die Rolle dessen auf sich, der sich selbst aufopfert.

Den Tabak wollte er bei sich behalten. Er stellte sich Horaces mitfühlendes Lächeln vor, wenn man die Leiche durchsuchte.

»Im Grund waren wir eben zwei Männer, er und ich«, murmelte George, das heißt: Eigentlich war es Horace, der in Georges Kopf murmelte. »Und ich bin es, der die Last der Reue und der Dankbarkeit zu tragen hat. Gott gebe, daß ich ein besserer Mensch werde: So soll auch dies noch ein Dienst sein, den er mir erwiesen hat. Ich muß mich zu meiner Schuld bekennen.«

Horace kehrte zu der von George vorausgesehenen Stunde vom Hügel zurück, und auch die Erregung, die aus seiner Miene sprach, hätte George nicht enttäuscht. Horace murmelte so, wie George es sich ausgedacht hatte, vor sich hin, und aus seinem ganzen Benehmen teilten sich aufgewühlte Gefühle mit. Er hastete den Hang hinunter, der steile Abfall beschleunigte seine Schritte, und als er in die Diele gelangte, schlug er eine Glocke an, deren Ton im ganzen Haus gehört und als Notsignal verstanden wurde. Aus allen Richtungen eilten die Bewohner des Hauses herbei.

»Ich wünsche, daß alle in die Bibliothek kommen. Ich will nicht die Schauplätze unseres Alltags entweihen. Ich habe einen schrecklichen und demütigenden Auftritt vor mir. Wahrhaftig einen Auftritt: melodramatisch und ganz unglaublich! Aber ich kann mich ihm nicht entziehen. Ihr werdet es verstehen, wenn ihr die Wahrheit hört. Daß ich euch mit so jämmerlichen Gemeinheiten belasten muß! Doch ihr werdet sehen, daß ich nicht anders kann und niemand mir zu helfen vermag.«

Die Familie drängte sich zusammen, als böte die Nähe einen Schutz. Emilias Miene ließ darauf schließen, daß sie nur ein Bruchteil ihrer Gefühle ausdrückte. Charlotte sah mißtrauisch und gereizt drein, Mortimer neugierig und verwirrt, die Kinder schlicht verängstigt.

»Seid ihr alle da?« fragte Horace. »Jeder, den ich herbefohlen habe? Niemand vom Personal außer dem Fräulein? Alle Kinder außer Avery?«

»Wir sind alle da«, antwortete seine Tante.

»Dann hört, was ich euch zu sagen habe. Hört es an, so schlimm und entsetzlich es auch ist: Ich bin heute nachmittag zur

Brücke gegangen. Allein. Ich bin hingegangen, weil ich der Wahrheit ins Auge sehen wollte, bevor ich sie endgültig verdränge. Ich habe meine zwei älteren Söhne gebeten, mich zu begleiten, und sie haben es abgelehnt. Sie haben mich allein losgeschickt. Den Grund dafür werdet ihr gleich verstehen: Als ich nämlich zu der Brücke kam, war das Absperrbrett fort. Fast wäre ich auf sie hinausgetreten und zu Tod gestürzt. Aber etwas hat mich gewarnt: Etwas hat mich zurückgehalten. Vielleicht waren es die Spuren, die mir verrieten, wer hier am Werk gewesen war; vielleicht war es auch eine makabre Gedankenverbindung zwischen meinen Söhnen und mir. Ich blieb stehen und blickte um mich, ich verhielt meinen Schritt – und da lag hinter irgendwelchen Büschen am Hang das Brett, das man entfernt hatte. Ich trat näher an die Brücke und stellte fest, daß der Schaden noch nicht ausgebessert war, die Gefahr somit nicht behoben. Und ich spürte genau das Verderben, das in der Luft hing, erkannte die Absicht, mich in die tödliche Falle zu locken. Ich versuchte es mir mit einem unglücklichen Zufall zu erklären, irgendeinem Irrtum oder Mißverständnis. Ich klammerte mich an mein Vertrauen auf die Unschuld der beiden Jungen, obwohl die Vorgeschichte gegen sie sprach. Ich suchte nach Indizien für einen menschlichen Eingriff in der natürlichen Hoffnung, jemand anderen schuldig zu finden, nicht meine Söhne. Und ich fand das Beweisstück, das ich zu finden hoffte und fürchtete: In der Nähe des Bretts lag dieses Messer, das ich Marcus zu Weihnachten geschenkt hatte. Ich hob es auf, trug es mit mir heim, und eine schwere Last drückte auf mein Herz. Was soll ich dazu noch sagen? Was kann man dazu noch sagen?«

»Warum hast du das nicht mir allein erzählt?« wollte Charlotte wissen.

»Ich konnte nicht andere Menschen der Gefahr aussetzen. Wir alle sind bedroht. Aber meine Warnung gilt nicht nur für uns. Wir dürfen sie nicht für uns behalten. Schmach und Schande wird über uns kommen.«

»Du hast keinen schlüssigen Beweis.«

»Habe ich den nicht?« fragte ihr Gatte.

»Ich habe das Messer seit Monaten nicht gehabt«, sagte Marcus. »Ich habe es nicht lange gehabt, und dann ist es verloren gegangen.«

»Erst vor ein paar Tagen hast du das Gegenteil behauptet.«

»Ich hatte Angst, dir die Wahrheit zu sagen. Du machst aus jedem Mißgeschick gleich ein Verbrechen. Früher jedenfalls hast du das getan, und es war ein Tag, an dem es wieder so wie früher war. Ich habe nicht gewagt, dir etwas anderes zu sagen. Das Messer, das du gesehen hast, gehört Jasper. Meines hätte ich dir nicht zeigen können.«

»Dann werde ich es dir jetzt zurückgeben, Marcus. Nimm es zum zweiten Mal als Geschenk von mir.«

»Nein, behalte es bei dir«, sagte Mortimer. »Es ist ein Beweis, daß du es gefunden hast. Es beweist, daß es bei dem Felsen war, als du hinkamst.«

»Und was sollen mir all diese Beweise?«

»Du hast jedenfalls nichts zu verlieren«, sagte Emilia.

»Marcus hat sein Messer seit Monaten nicht gehabt«, sagte Jasper. »Er hat sich immer mein Messer ausborgen müssen.«

»Heute nicht, Jasper«, sagte Horace. »Vielleicht hast du dir sein Messer ausgeborgt, oder ihr habt es vielleicht gemeinsam benützt.«

»Marcus hat sein Messer oft gesucht«, sagte Sarah. »Jedesmal, wenn du ihn danach gefragt hast, hat er alles umgedreht. Manchmal haben wir alle ihm geholfen, aber wir haben es nie gefunden.«

»Jetzt ist es wieder da, Sarah. Ich habe es gefunden. Und wenn es verloren war, so hat es noch jemand vor mir gefunden.«

»Was haben die Jungen heute getan?« fragte Charlotte.

»Sie hätten vor mir zu der Brücke gelangen können. Diese Hoffnung können wir ausschließen. So wie du habe auch ich sofort daran gedacht. Auch ich habe sofort nach diesem Strohhalm gegriffen. Aufgehört zu hoffen habe ich erst, als nichts mehr zu hoffen war.«

»Etwas gefunden zu haben, was irgend jemandem gehört, scheint mir doch ein schwacher Beweis«, sagte Mortimer. »Ein verlorenes Messer kann jeder einstecken.«

»Wenn es wirklich verloren war«, entgegnete Horace.

»Du hast Sarahs Wort dafür. Und du weißt, daß es keinen anderen Schluß offen läßt.«

»Wenn ich auch Sarah kenne«, sagte Horace, der keine Ahnung hatte, daß dies keineswegs der Fall war, »so habe ich doch meine Söhne nicht gekannt. Und es ist nicht allein das Messer, das hier zählt. Vorher schon hat sich einiges ereignet. Ihr wißt, was ich meine.«

»Ich weiß sehr wenig, und ich habe das Gefühl, daß ich immer weniger weiß.«

»Was wir vorher getan haben, macht es noch unwahrscheinlicher, daß wir jetzt das getan haben sollen«, sagte Marcus.

»Für andere Leute aber liegt es deshalb nur um so näher, uns zu verdächtigen«, meinte sein Bruder.

»Ihr habt es euch ausgedacht, nicht wahr?« sagte Horace traurig. »Ihr habt aber nicht weit genug gedacht. Oder ihr habt zuviel gedacht. Ich weiß nicht, wie ich das sehen soll.«

»Sie haben überhaupt nicht daran gedacht, Sir«, sagte das Fräulein und erhob sich. »Sie waren viel zu verstört von dem ersten Vorfall, als daß sie in dieser Richtung gedacht hätten. Einen solchen Gedanken hätten sie gar nicht zu fassen gewagt, einfach aus Angst. Das ist nicht nur meine persönliche Meinung dazu oder ein Ausdruck meines Wunsches, wie ich es gern hätte: Ich spreche von Tatsachen. Natürlich beobachte ich sie nicht rund um die Uhr, dafür sind sie schon zu groß, aber ich kenne sie wie nur eine Frau, die ständig mit ihnen zusammenlebt und vor der sie keine Angst haben. Besser als Sie, Sir! Besser als Sie sie jemals verstehen werden! Und ich habe ein Recht zu sagen, was ich weiß, und ein Recht darauf, daß man mich anhört.«

»Mrs. Doubleday«, meldete Bullivants Stimme. »Und Mr. Doubleday.«

»Ich komme nur, um Mr. Mortimer zu begrüßen«, verkündete Gertrude, »und um Ihnen zu versichern, wie sehr es mich freut, daß Ihre Familie wieder vereint ist. Ich nehme an, es herrscht allseits freudige Erregung.« Ihre Stimme hatte ein wenig zu zittern begonnen, als sie erfaßte, wie fern der Tatsachen sie sich bewegte. »Wie überhaupt im Leben, so muß es auch in einer Familie Leid und Freud geben. Das gilt sogar ganz besonders für das Familienleben, mag es uns noch so kostbar sein. Bei Dingen, die in der Tiefe wurzeln, dringt alles in die Tiefe. Ich werde Sie nicht länger stören, denn ich spüre, daß es das Beste ist, das ich für Sie tun kann im Vertrauen darauf, ja in der Gewißheit, daß sich alle Wolken rasch verziehen werden.«

»Warum bist du so sicher?« fragte Gideon. »Ich habe da meine Zweifel. Ich bin froh, daß wir nichts geahnt haben, sonst wären wir nicht hier. Und ich habe immer das Gefühl, daß ich irgendwie helfen kann. Ich kann es nicht mitansehen, wenn jemand an einem Knoten herumfummelt, ohne ihm das Zeug aus der Hand zu reißen. Ich neige dazu, mich einzumischen. Vielleicht könnte mir jemand erzählen, was eigentlich los ist?«

»Wie konnten Sie ausgerechnet jetzt einen Besuch hereinlassen, Bullivant?« fragte Mortimer flüsternd. »Sie müssen doch gewußt haben, daß er sehr zur Unzeit kommt.«

»Ich dachte, daß jede Ablenkung nur nützen kann, Sir«, entgegnete Bullivant, ohne darauf einzugehen, daß auch seine eigene Gegenwart als solche betrachtet werden konnte.

»Vater glaubt, daß Jasper und ich das Brett von der Brücke weggetan haben, damit er auf sie tritt und zu Tod stürzt«, sagte Marcus mit dem Blick zu Gideon. »Er glaubt es, weil er mein Messer dort gefunden hat. Aber ich habe das Messer seit Monaten nicht gehabt. Ich habe es verloren, bald nachdem er es mir gegeben hatte.«

Horace stand mit dem Messer in der Hand und betrachtete es schweigend.

»Das ist Georges Messer«, sagte Gideon. »Das ist das Messer, das er vor einer oder zwei Stunden in Miss Buchanans Laden hatte. Wir alle haben es gesehen. Es kann unmöglich zwei solche Messer geben.«

»Gib acht, Gideon!« sagte Gertrude und trat vor. »So etwas ist bald gesagt, und man irrt sich leicht. Und es ist länger her als zwei Stunden, schon da ist dir ein Irrtum unterlaufen. Und natürlich kann es zwei ähnliche Messer geben. Solche Dinge werden doch in Serie hergestellt.«

»Diese Messer nicht«, sagte Horace. »Davon gibt es keine zwei gleichen Stücke.«

»Ich irre mich nicht«, versicherte Gideon.» Da ist dieser Sprung auf dem Griff, der mir schon im Laden aufgefallen ist. Und dieses Papier, das daran klebt, kommt von der Schokolade, die George gekauft hat. Ich besorge das Zeug immer für Magdalen. Zwei Schokaladetafeln kann man verwechseln, aber auch das deutet in dieselbe Richtung. Wie ist das Ding hierher gekommen?«

»Auf dem Weg über die Schlucht«, sagte Mortimer. »Das hört sich vielleicht umständlich an, aber die Sache ist klar. Es war George, der dir nach dem Leben trachtete, Horace. Du bist mit ihm aneinandergeraten und wolltest ihn dir nach seiner Rückkehr vorknöpfen. Er hat keinen anderen Ausweg gesehen, als dich zu beseitigen.«

»Woher konnte er wissen, daß ich zu der Brücke gehe?« fragte Horace.

»Ich habe es in seiner Hörweite erwähnt«, sagte Gideon. »Die Jungen hatten davon geredet, und ich machte eine diesbezügliche Bemerkung zu meiner Mutter im Zusammenhang mit dem Zeitpunkt für unseren Besuch.«

»Also hat George mein Messer gestohlen«, sagte Marcus. »Ich habe mir nie vorstellen können, wo es hingeraten war. Jetzt kann ich es wieder für mich haben.«

Emilia trat vor.

»Wäre es möglich, daß George versucht hat, sich selbst etwas anzutun?«

»Nein, Madam, das können wir wohl ausschließen«, meinte Bullivant.

»Gab es Anzeichen dafür, daß jemand die Brücke betreten hatte?«

»Nein«, sagte Horace. »Ich habe auch daran gedacht. Ich habe die Brücke genau untersucht und in die Schlucht hinuntergeschaut. Nicht daß ich an George gedacht hätte. Eine solche Lösung würde kaum zu ihm passen.«

Bullivant ging rasch zur Tür und kam nach einer Minute zurück.

»Meine kleinen Söhne!« sagte Horace.

Die Jungen warfen sich ihm in die Arme und brachen in Tränen aus. Das Fräulein weinte ohne Hemmung; Sarah und Tamasin bemühten sich vergeblich, nicht auch zu weinen; Charlotte schickte sich an, ein Wort an die Besucher zu richten; Gideon schilderte die Szene in Miss Buchanans Laden. Klar und unbefangen erhob sich Gertrudes Stimme über den angehenden Tumult.

»Habe ich nicht gesagt, daß die Wolken sich rasch verziehen werden? Sie sehen, daß ich recht hatte. In der Tat geschieht es nicht oft, daß ich auf der Ebene intuitiver Erkenntnis fehl gehe. Irgendwie kann ich meinen Instinkten ja doch vertrauen.«

»Fräulein, ich muß Ihnen für Ihre Worte danken«, sagte Horace.

»Ich habe ein Recht gehabt, meine Meinung zu sagen, Sir, und ich bin froh, daß ich es mir genommen habe. Und ich möchte mit demselben Recht auch Mr. Mortimer danken.«

Emilia meldete sich wieder.

»Sollte man nicht jemand zur Brücke schicken, der dort die Sache in Ordnung bringt? Vorerst ist jedermann gefährdet.«

»Ich habe das schon veranlaßt, Madam«, teilte ihr Bullivant mit.

»Wir sollten uns auch bei Mr. Doubleday bedanken«, sagte Charlotte. »Wenn er nicht gewesen wäre, würden wir noch immer im dunkeln tappen, ohne den Schimmer eines Lichts zu sehen. Wirklich seltsam, wie der Zufall spielt!«

»Ein bedauerlicher Zwischenfall, und ich fühle sehr mit Ihnen«, entgegnete Gertrude, als müßte auch dies noch ausgesprochen werden, bevor sie zum Wesentlichen käme. »Aber ich hoffe, Sie werden mich auch ein Wort für Ihren Hausburschen einlegen lassen. Ich fühle, daß er nichts beabsichtigt hat, was nicht aus seinem gesundheitlichen oder nervösen Zustand oder aus seiner persönlichen Situation erklärt werden kann. Ich bin sicher, daß es sich um einen jener Fälle handelt, in denen man alles vergibt, sobald man alles versteht. Dessen bin ich vollkommen gewiß. Man kann es den Zügen dieses jungen Mannes ablesen, aus seinem offenen Blick erkennen. Ich bitte Sie, mir zuliebe ihn einfühlsam zu behandeln, und ich möchte auch, daß er von dieser meiner Bitte erfährt.«

Ein Schweigen entstand, während die Umstehenden dieses Verlangen, das aus Horaces Perspektive sehr weit ging, bedachten.

»Ich werde dafür sorgen, daß er es erfährt, Madam«, sagte Bullivant.

»Vielen Dank«, sagte Gertrude. »Ich weiß, daß ich mich auf Ihr Wort verlassen kann. Und jetzt muß ich mich beeilen, nach Hause zu kommen. Hinter mir lasse ich Frieden und Eintracht, und das macht mich glücklich.«

»Mrs. Doubleday spricht, als hätten wir das ihr zu verdanken«, sagte Charlotte.

»Ihr Erscheinen hat es bewirkt«, sagte Emilia. »Und die Freude, daß alles gut gegangen ist, ist allemal die größte.«

»Ihr seid gerettet, liebe Kinder«, sagte Mortimer zu den beiden Jungen. »Und euer vorangegangenes Straucheln war im Ergebnis recht erfolgreich.«

»Werden wir wieder sein wie früher?« wandte sich Jasper zu seinem Vater, um die Gunst des Augenblicks zur Klärung ihrer Zukunft zu nützen.

»Ihr werdet mir mehr bedeuten als zuvor. Ich weiß jetzt, daß ihr ganz anders seid, als ich befürchtet habe. Das hat mir die Augen geöffnet.«

»Was wir getan haben, hat allerdings George auf seine Gedanken gebracht«, stellte Marcus fest und blickte dabei Horace in die Augen. »Aber das wird uns nicht vorgehalten werden?«

»George hätte es nicht tun müssen«, sagte Sarah, »und er ist auch viel älter als ihr. Es wäre sehr ungerecht, euch daraus einen Vorwurf zu machen. So ungerecht kann niemand sein.«

»Bestimmt nicht euer Vater«, sagte Horace. »Meine kluge kleine Tochter hat recht. Mir scheint, sie hat fast immer recht.«

»Ihr seid alle sehr tapfer«, bestätigte Mortimer den Geschwistern. »Ich wünsche euch, daß euer Lohn dafür so groß ist wie der Mut, den ihr aufbringen müßt. Möge euer Nehmen so selig sein wie euer Geben. Gott segne euch, ihr lieben Kinder.«

»In der Kinderstube werden sie besser aufgehoben sein, Sir«, bemerkte das Fräulein. »Sie müssen jetzt wieder Kinder werden. Sie waren zu jung für die Taten, deren man sie verdächtigte, und das hat sie überfordert.«

„Ihr müßt das alles vergessen", sagte Charlotte zu ihren beiden Söhnen. »Ihr sollt nicht glauben, daß ihr einer Gefahr entronnen seid. Ihr habt mit dieser Sache nichts zu tun gehabt, so wenig wie ich oder Vetter Mortimer oder die Mädchen. Ihr müßt es aus eurem Gedächtnis streichen.«

»Und was geschieht mit George?« fragte Tamasin.

»Vergeßt ihn wie das Übrige«, sagte Horace. »Wir wollen es nicht zulassen, daß der Gedanke an ihn unser Glück trübt. Er hat uns schon genug Leid zugefügt.«

»Und denkt daran, daß Avery nichts von der ganzen Geschichte weiß«, sagte das Fräulein.

Avery kam ihnen entgegengelaufen, voll brennender Fragen.

»Ist unten etwas Schlimmes gewesen?«

»Nein, es hat sich alles aufgeklärt«, sagte Sarah.

»Erzähl mir alles«, drängte Avery.

»Nein. Es war eine dumme Erwachsenensache. Dich würde das nicht interessieren. Soll ich euch allen vorlesen?«

»Ja«, sagten Marcus und Jasper. Das war es, fanden sie, was sie jetzt brauchten.

»Das Buch Hiob, das Buch Hiob«, rief Avery und lief um die Bibel. „Dann kann ich mir alles auswendig vorsagen, bevor ihr dazu kommt.«

Die Kinder setzten sich um ihre Schwester, während das Fräulein, das die Geschwisterrunde beobachtete, sich heimlichen Tränen hingab.

»Bullivant«, sagte Horace. »Hatten Sie nicht gehört, daß ich vom Personal nur das Fräulein dabeihaben wollte?«

»Ich gestehe, Sir, daß ich eigenmächtig vorgegangen bin. Aber ich bedachte, daß man eine Gelegenheit, sich meiner zu bedienen, nicht wahrnehmen könnte, wenn ich nicht anwesend wäre. Auch schloß ich aus der Ausnahme, die hinsichtlich des Fräuleins verfügt wurde, daß kein Anlaß vorliege, der nur im engsten Familienkreis abgehandelt werden muß: Und eben dies stellte sich ja auch heraus.«

»Und worin soll Ihre Hilfe bestehen?«

»Nun ja, Sir, ich dachte, daß ich Ihnen vielleicht die lästige Auseinandersetzung mit George abnehmen könnte. Es wäre verkehrt, wenn auch er noch zu Ihrer Verstimmung beitragen dürfte, und ich bin geübt im Umgang mit Untergebenen, deren Niveau ich zu heben versuche. Der Fall George ist nicht im Prinzip ungewöhnlich, nur in seinen Dimensionen. Da allerdings etwas Erstmaliges.«

»Ich wäre froh, wenn die Damen nichts mehr von dieser Sache hören müßten. Es ist nichts für ihre Ohren.«

»Auch nichts für die Ohren der anderen Frauen, Sir. Was Mrs. Selden betrifft, könnte man ihr allerdings zumuten, ihren Einfluß auf George geltend zu machen. Der Lohn der guten Tat würde das Opfer aufwiegen, und ihre eigenen Interessen stellt sie immer hintan. Das bringt mich übrigens darauf, daß uns heute abend Miss Buchanan besuchen wird. Da man die Sache nicht verheimlichen kann, wäre es vielleicht das Beste, wenn sie ohne Zusätze und Ausschmückungen bekannt wird? Ihr Laden ist ein Umschlagplatz für allen Tratsch in der Umgebung.«

»Sie werden sicher das Richtige tun. Aber wie steht es mit dem übrigen Personal?«

»Die Stubenmädchen werden ausgegangen sein, Sir. Und die Küchenhilfe, die niemand hat, wohin sie gehen könnte, und sehr an Mrs. Selden hängt, läßt sich von dieser so willig lenken, daß ihr keine Gefahr droht. Im Hinblick auf ihre Bekanntschaft mit George mag es für sie sogar zuträglich sein, wenn auch sie die Folgen seiner Verhaltensweise sieht. Vielleicht betrachtet es so auch Mrs. Selden.«

»Was für Folgen sollen das sein?« fragte Mortimer.

»Nun, das muß ich von Ihnen erfahren, Sir«, sagte Bullivant und blickte zu Horace.

»Rache begehre ich nicht«, sagte Horace. »Was es mich und die Meinen gekostet hat, läßt sich nicht ungeschehen machen. Ich verlange nicht mehr als Reue und den Willen zur Besserung. Ich muß Ihnen vertrauen, daß beides sich im richtigen Maß hält.«

»Sie können es mir überlassen, Sir«, sagte Bullivant. Er öffnete seinem Herrn die Tür und ging hinter ihm aus dem Zimmer.

»Es stimmt also, daß die Menschen leichter ein großes Verbrechen verzeihen als ein kleines Vergehen«, stellte Charlotte fest. »Horace fällt es leichter, einen Anschlag auf sein Leben hinzunehmen als einen Anschlag auf seine Speisekammer. Ich nehme an, George ist den Näschereien entwachsen, aber niemand ist zu alt, um einen anderen Menschen umzubringen. Nur zu jung dafür sind manche Leute. Wenn sie entsprechend jung sind, wird es ihnen nicht entgolten, als ob sie es nicht wirklich getan haben könnten. Vermutlich war das Horaces Überlegung. Aber es ist keine Rechtfertigung für ein so extremes Verhalten. George hätte einen Mittelweg finden sollen, nicht schlimmer als notwendig, um Horaces besseres Ich herauszufordern.«

»Was bin doch ich für ein Unschuldslamm!« rief Mortimer. »Alle denken sich aus, wie sie Horace umbringen können, während ich nur sein Leben zerstören wollte. Armer Junge, anscheinend hat er den Tod verdient.«

»Was für ein Einbruch in den häuslichen Alltag!« staunte Emilia. »Welch ein Zusammenspiel von kleinen Ursachen und großen Wirkungen! So viel, wovon wir uns nichts hätten träumen lassen, liegt plötzlich greifbar nahe.«

»Ich habe den Verdacht, daß der Alltag garnicht so alltäglich ist«, meinte Charlotte. »Wir brauchen nur ein Auge für das, was in unserer Nähe vorgeht, und schon offenbart sich die Tragödie der menschlichen Existenz. Ein sehr bedauerlicher Zustand.«

»Was sollte George tun?« sagte Mortimer. »Er hatte Angst vor dem Gespräch mit Horace, und es gab für ihn keinen anderen Ort als dieses Haus, wo er sein Haupt betten konnte. Nach all dem Gerede, wie man Horace aus der Welt zu schaffen versucht habe, ist er zur Tat geschritten.«

»Besser wäre es gewesen, er hätte seinem eigenen Leben ein Ende gemacht«, meinte Emilia. »Für mich bleibt die Frage offen, ob das nicht seine ursprüngliche Absicht war. Und für Horace hätte es eine noch härtere Strafe bedeutet.«

»Allerdings wäre auch George dabei nicht ungeschoren geblieben«, sagte Mortimer. »Und die Menschen verlieren nicht gern ihr Leben. Das ist auch der Grund, warum sie es anderen nicht nehmen sollen. George hat sich wirklich sehr unzart benommen.«

»Er wollte Horace nicht bestrafen, nur um ihn loszuwerden«, sagte Charlotte. »Sein Ziel wäre erreicht gewesen, wenn er ihn auf eine höhere Ebene versetzt hätte. Ich wage zu behaupten, daß er es darauf anlegte.«

»Würdet ihr dabei sein wollen, wenn George von Bullivant empfangen wird?« fragte Emilia.

»Mir graut vor dem Gedanken daran«, sagte Mortimer. »Ich begreife nicht, wie sich in Bullivant ein so starkes Gefühl für Anstand mit solchem Selbstvertrauen und Mangel an Mitgefühl vereinigen kann.«

»Horace ist es, der mir leid tut«, sagte Emilia. »Warum sollten wir nur die Schuldigen und nicht auch die Unschuldigen bemitleiden? Das Opfer eines Verbrechens ist eine betrüblichere Figur als der Verbrecher, obwohl das selten bedacht wird. Vielleicht ist es zu selbstverständlich, als daß man es gern anerkennen möchte.«

»Ist Horace wirklich unschuldig?« fragte Mortimer.

»Bullivant ist so sehr daran gewöhnt, George zu rügen«, sagte Charlotte. »Für ihn wird es sein wie gehabt, nur mit einem graduellen Unterschied.«

»Ich hoffe, daß es George nicht so auffaßt«, sagte Emilia. »Und was ist mit dem Diebstahl des Messers? Wird auch das zur Sprache kommen? Oder läuft es nur nebenbei mit? Ich glaube nicht, daß Bullivant diesen Punkt vergessen wird.«

»George ist in der Tat ein Mensch, der nach dem Gut seines Nächsten trachtet«, sagte Charlotte. »Vielleicht kommt es davon, daß er zu wenig sein eigen nennen kann, aber er unternimmt alles, um diesen Zustand zu ändern.«

»Und sich der Verantwortung zu entziehen«, fügte Emilia hinzu. »Ich hoffe, daß Bullivant kräftig durchgreift. Diesmal ist George zu weit gegangen. Horace hat ihm nichts Böses getan.«

»Das hat er wirklich nicht«, sagte Mortimer. »Ich bin stolz auf ihn. Armer, guter Junge!«

XII »Der heilige Geist möge uns beistehen, Mrs. Selden, auf daß wir die rechten Worte finden! Vergleichsweise waren die anderen Auseinandersetzungen mit George doch recht harmlos.«

»Und zeitigten keine positive Wirkung. Große Hoffnungen mache ich mir nicht.«

»Vielleicht haben wir uns zu sehr auf unsere eigene Autorität verlassen.«

»Jedenfalls sind wir damit gescheitert«, sagte die Köchin, die vielleicht aus Sorge, dies könnte abermals eintreten, davor scheute, den Beistand einer höheren Macht anzurufen. George war für jegliche Mächte ein Prüfstein.

»Hört!« sagte Bullivant und hob die Hand. »Das ist sein Schritt! Die Stunde hat geschlagen.«

Seine fromme Entrückung vermittelte das Gefühl, daß Gott dem hilft, der sich selber zu helfen weiß, aber wie so oft wurde diese Hoffnung enttäuscht. Obwohl nicht anzunehmen war, daß es George sein konnte, dem Gott zu Hilfe kam, war er es, der die ersten Worte sprach.

»Der Herr hat gesagt, daß er mich sehen will, wenn ich heimkomme.«

»Hat er das gesagt, George?« fragte Bullivant, sah George in die Augen und stellte fest, daß auch ein so schlichtes Wort das Seine tat.

»Ist dir so sehr daran gelegen, was unser Herr will?« fragte die Köchin. »Liegt dir überhaupt etwas an ihm?«

»Ich kann es nicht!« bekannte George und rang verzweifelt die Hände.

Bullivant sah auf die gerungenen Hände und warf einen Blick zu der Köchin, um deren diesbezügliche Meinung festzustellen.

»Du wirst den Herrn jetzt nicht sehen, George.«

»Warum? Ist ihm etwas zugestoßen?« fragte George erschrocken.

»Warum denkst du, daß ihm etwas zugestoßen sein könnte? Was stellst du dir vor, daß es ist?«

»Nichts. Ich weiß es nicht. Nichts. Aber Sie haben gesagt, daß ich ihn nicht sehen kann.«

»Du hast auf meine Worte nicht genau aufgepaßt, George. Du hast in sie hineingelegt, was du selbst gedacht hast«, sagte Bullivant, indem er sich erhob und abermals George in die Augen sah. »Soll ich dich zu deinem Herrn führen?«

»Nein, nicht jetzt. Ich werde gleich zu ihm gehen. Morgen. Nicht schon jetzt.«

»Und woraus schließt du, daß du dir die Zeit aussuchen kannst? Hat der Herr dazu nichts zu sagen?«

»Ich glaube nicht, daß er es so eilig hat, mich zu sehen.«

»Vielleicht meinst du, daß er es nie wieder eilig haben wird«, schaltete sich die Köchin, die sich nicht länger zurückzuhalten vermochte, ein.

»Und warum willst du ihn nicht sehen, George?« fragte Bullivant. »Was stellst du dir dabei vor?«

»Nichts. Ich weiß es nicht. Nichts. Ich stelle mir gar nichts vor. Wie meinen Sie das? Was ist mit ihm geschehen?«

»Nichts ist ihm geschehen«, sagte Bullivant finster, trat dicht an George heran und hob drohend den Zeigefinger. »In deinem Kopf ist etwas geschehen – in deiner ruchlosen Phantasie, die das, was du jetzt fürchtest, ausgebrütet hat. Nichts sonst, George! Andere Mächte haben unseren Herrn behütet, ein höherer Wille hat eingegriffen. Er ist in Sicherheit. Und du? Mit welchem Wort würdest du deine Lage umschreiben?«

»Gewiß nicht mit diesem«, warf die Köchin ein.

»Ich habe nichts getan. Wer sagt, daß ich etwas getan habe? Niemand kann mir einen Vorwurf machen, weil es nichts vorzuwerfen gibt. Der Herr ist in Sicherheit. Warum regen Sie sich auf?«

»Aufregen darfst du dich, George. Dich allein geht es an. Und es sind viele, die davon wissen, und es werden noch viel mehr werden. Ein Gezeichneter wirst du sein für alle Zeit, die du auf Erden wandeln darfst!«

George krümmte sich unter dem Gewicht dieser Prophezeiung.

»Viel Zeit wird es nicht sein«, meinte die Köchin, die sich nicht auf so vage Aussagen beschränken wollte. »Und ich würde auch bezweifeln, daß man von einem Wandeln sprechen kann.«

»Was ist denn los? Was soll das alles? Ich habe keine Ahnung, was Sie meinen. Mir scheint, daß Sie irgend etwas unterstellen, aber nicht sagen können, was es ist.«

»Ich werde es dir erklären, George, soweit ich es vermag«, sagte Bullivant in psalmodierendem Tonfall. »Ich will es kurz und bündig erklären. Die Szene, die ich zu schildern habe, steht mir vor Augen.«

»Ich weiß, daß Sie Szenen lieben«, murmelte George.

»Ich sehe sie vor mir, George«, fuhr Bullivant fort, ohne sich von dem belanglosen Einwurf beirren zu lassen: »Sie zeigt mir einen jungen Mann, der einen Hügel hinansteigt und zu einem Abgrund kommt, über den eine Brücke führt. Muß ich noch weiter sprechen? Hat sich dein Blick verändert? Ich sehe einen jungen Mann, der vor einer Warnungstafel stehenbleibt. Ich sehe, wie er das Brett löst, auf dem sie angebracht ist, es nahebei versteckt und dann heimlich und eilig seines Weges geht, indem er jenen, der nach ihm kommt, der tödlichen Gefahr preisgibt. Erkennst du diesen jungen Mann, George?«

»Ich war es nicht«, sagte George, als wollte er nicht darauf eingehen, wer sonst es gewesen sein konnte.

»Steht das Bild unverrückbar vor deiner Seele?«

»Anscheinend steht es vor Ihrer Seele. Vielleicht war es ein alter Mann und kein junger. Das möchte ich behaupten. Ohne den Herrn wären beispielsweise Sie ein freierer Mensch.«

»Mrs. Selden! Er wagt zu scherzen!« Bullivant wandte sich zu ihr und sprach mit seiner normalen Stimme. »Und einen Anschlag auf das Leben unseres Herrn betrachtet er als Selbstverständlichkeit!«

»Ich verstehe nicht, warum es ein Scherz sein soll, wenn ich Sie verdächtige. Ihre Verdächtigung war doch auch kein Scherz«, sagte George.

»Deine Worte konnten sich nicht auf Mr. Bullivant beziehen«, belehrte ihn die Köchin, »denn er ist ein Mann in den besten Jahren.«

»Die Jugend hat diesbezüglich ihre eigenen Vorstellungen, Mrs. Selden. Darauf brauchen wir jetzt nicht einzugehen«, sagte Bullivant. »Wir haben andere Probleme.«

Das traf gewiß auf George zu, der nur an die mißliche Lage dachte, in der er sich befand. Da er nicht bereit war, zu der Schilderung Bullivants die fehlenden Details beizutragen, konnte er auch nicht behaupten, daß sie lückenhaft war: Sein Zögern, als er den Fuß auf die Brücke setzte; die Zweifel, die ihn befielen; sein Schwanken, als sein besseres Ich mit dem Versucher rang und schließlich unterlag; sein Gebet um Vergebung für die Tat, zu der er sich entschlossen hatte; die Tränen, die er um Horaces willen vergoß, als er den Heimweg antrat, ständig auf der Hut, sich bei dessen Erscheinen in die Büsche zu schlagen. Daß Bullivant zwar nicht alles, aber doch so viel wußte, war sehr unheimlich, sprach jedoch auch dagegen, daß man ihn beobachtet hatte. Seine einzige Erklärung war, daß hier tatsächlich höhere Mächte walteten, und so sank er auf einen Stuhl, schlug die Hände vor sein Gesicht und begann zu weinen.

»Sind das Tränen der Reue, George?« fragte Bullivant. »Oder nur Tränen des Selbstmitleids und der Verzweiflung?«

George gab keine Antwort. Die Stärke des Gefühlsausbruchs legte eine bestimmte Interpretation allerdings nahe.

»Du weinst um dich, George«, sagte Bullivant, der offenbar seine Schlüsse bereits gezogen hatte. »Du weinst ob der Gefahr, die dir droht, und sie ist in der Tat groß. Aber was ist mit der Gefahr, der ein anderer Mensch ausgesetzt wurde? Hast du auch darob geweint, George? Hast du zu dieser Tragödie nur mit Tränen beigetragen?«

George fiel nicht ein, daß ihm das helfen könnte, sonst hätte er wahrscheinlich die Frage bejaht.

»Wer hat mich gesehen? Mich hat doch niemand sehen können! Es war ja auch nichts zu sehen!«

»Du vergißt den Einen, George. Das Auge des Allwissenden. Hast du, als du dich zu deiner verbrecherischen Tat anschicktest, wirklich gedacht, daß du nicht dabei gesehen wirst? Hast du vergessen, was man dich als Kind gelehrt hat?«

»Sie haben mir gesagt, daß ich diesen Teil meiner Erziehung vergessen soll.«

»Es wäre besser, George, wenn du dir in diesem Augenblick nicht in dummen Bemerkungen gefallen wolltest. Das spricht nur für sich selbst.«

»Und gegen ihn«, fügte die Köchin hinzu.

»Aber wie haben Sie es erfahren? Sie können nichts davon wissen. Sie tun nur so, als ob sie etwas wüßten«, sagte George, bezweifelte allerdings nicht so sehr das göttliche Allwissen als Bullivants Teilhabe daran.

»Wie es geschah, können wir dahingestellt lassen«, sagte die Köchin.

»Aber die Zeit der Wunder ist vorbei!« protestierte George.

»Meinst du, George?« fragte Bullivant in seinem melodischen Tonfall. »Ich darf dir versichern, das Zusammenspiel von Ursache und Wirkung verdient hin und wieder diese Bezeichnung.«

»Ein Wunder kann sich dieser Form bedienen«, sagte die Köchin.

»Jetzt aber, George, möchte ich von dir ein umfassendes und freimütiges Geständnis hören«, sagte Bullivant, und fast klang es so, als käme er nun zum geschäftlichen Teil. »Das ist immer noch das beste Mittel, um die Sünde auszutreiben, selbst wenn es dir nicht helfen sollte.«

»Sie können mir nichts nachweisen«, beharrte George, den diese Empfehlung nicht rühren konnte.

»Hast du noch etwas hinzuzufügen, George?«

»Ja. Sie haben überhaupt nichts gesagt.«

»Die Sache bedarf keiner ausführlichen Erörterung«, meinte die Köchin.

»Nein, es genügt eine einfache Feststellung«, sagte George.

»George! Willst du, daß wir uns zu allem übrigen auch noch mit deinem Hochmut beschäftigen?« fragte Bullivant.

»Warum soll ich auf Ihre Fragen eingehen, wenn Sie mir nicht antworten? Wenn Sie mehr wissen wollen, können Sie ja den fragen, von dem Sie Ihre anderen Weisheiten haben.«

»Aha, George! In Blasphemien flüchtest du dich also!«

»Ein anderer Ausweg bleibt ihm nicht«, stellte die Köchin fest.

»Ich habe nichts getan. Ich weiß nichts. Ich bin nachhaus gekommen, um den Herrn zu sehen: Wie ich es sagte, als ich hereinkam. Wenn er lebt und wohlauf ist, habe ich nichts dagegen, vor ihn zu treten. Es geht doch nur um dieses lumpige Zeug aus dem Schrank. Das kann er gern zurück haben, ich habe es nicht fortgetragen.«

»Es ist schwer zu verstehen, warum du es genommen hast«, sagte die Köchin. »Vielleicht kannst du uns in diesem Punkt eine Aufklärung geben.«

»Wenn er lebt und wohlauf ist!« wiederholte Bullivant und trat noch einen Schritt näher an George heran. »Wie leichthin du dich verrätst! Warum sollte er nicht leben und wohlauf sein? Du hast die Antwort darauf. Und vor Gottes Angesicht wirst du sie uns geben, bevor du diesen Raum verläßt!«

»Das heißt, Sie flüchten sich in Blasphemien.«

Die Köchin blickte zur Seite, als fürchtete sie, daß ihre Augen dies bestätigen könnten.

»So lumpig, wie das Zeug gewesen sein mag«, sagte sie nach einer Pause, »ist das kein Argument, um ein sündhaftes Verhalten zu rechtfertigen, ganz abgesehen von der Unangemessenheit einer solchen Bezeichnung für das uns Gewährte.«

»Das Wort schon ist nicht am Platz«, sagte Bullivant. »Es gibt hier nichts, worauf es anwendbar wäre.«

»Und was ist mit dem Messer des jungen Herrn, George?« fragte die Köchin. »Ist das auch lumpig? Oder hast du dafür ein anderes Wort?«

George griff in seine Tasche und sah ratlos drein, als er die Hand wieder herauszog.

»Die höheren Mächte, George!« Schlichter Triumph sprach aus Bullivants Feststellung.

George hatte dagegen nichts vorzubringen.

Miss Buchanan klopfte an der Tür. Bullivant und die Köchin richteten sich auf ihre Begrüßung ein.

»Sie sehen uns in einer schlimmen Lage, Miss Buchanan«, sagte Bullivant, »obwohl Sie nicht wissen können, um was es sich handelt.«

»Das werde ich bald erfahren. Es hat mit dem Haus zu tun. Gerüchte gehen schon herum.«

»Es handelt sich um das Schlimmste überhaupt«, sagte die Köchin. »Um das Böse, das ein anderer getan.«

286

»Meistens ist das der Grund für einen Kummer.«

»Aber selten von solchem Kaliber«, sagte die Köchin.

»Was ist es also? Oder soll ich warten, bis es von selbst herauskommt?«

»Sie sollen die Wahrheit hören«, sagte Bullivant, »und nichts als die Wahrheit. Namen sind dabei zu nennen, und der gute Ruf, den sie genießen, steht auf dem Spiel.«

»Insbesondere ein bestimmter Name und sein guter Ruf«, sagte die Köchin und sah dabei auf George.

Miriam, die von Bullivant als ein Zubehör der Köchin erwähnt worden war, tauchte aus deren Schatten in einer Weise auf, die seiner Umschreibung entsprach, und wurde mit einem entsprechend beiläufigen Blick gestreift.

»Ich darf wohl annehmen, daß niemand zu Schaden gekommen ist«, sagte Miss Buchanan. »Aber hat George etwas mit der Geschichte zu schaffen? Ich habe ihn heute am frühen Nachmittag bei mir im Laden gesehen, und es gibt auch mehrere Kunden, die dabei waren.«

»Danach jedoch hat niemand ihn gesehen außer dem Einen, der alles sieht«, sagte Bullivant.

»Und hat der Eine geplaudert?«

Da Bullivant es nicht über sich brachte, Miss Buchanan so blasphemische Fragen zu verbieten, erwiderte er nichts. Die Köchin hingegen war aus härterem Holz geschnitzt.

»Was zu sehen war, wird sich den Menschen offenbaren, die es erfahren sollen. Wer es nicht in der rechten Geisteshaltung aufzunehmen vermag, ist davon ausgeschlossen.«

»Folgendes hat sich ereignet, Miss Buchanan«, begann Bullivant, der nicht die Absicht hatte, einen Gast dorthin zu verweisen. »George – der nämliche junge Mann, den Sie vor sich sehen, nach seinem schlichten Äußeren nicht von anderen jungen Männern unterscheidbar – ging aus diesem Haus, um seinen Herrn vom Leben zum Tod zu befördern. Er begab sich zu dem Abgrund, der zwischen den Felsen klafft, entfernte die dort angebrachte Warnungstafel, und bewirkte solcherart, daß die Brücke dem Anschein nach begehbar war, wiewohl dem Herrn, wenn er auf sie trat, das Äußerste drohte.«

»Ich dachte, daß es die beiden Jungen gewesen waren«, sagte Miss Buchanan.

»Das beweist, daß die Wahrheit ans Licht gebracht werden muß. George war der Täter. George ist es, der die Tat zu sühnen hat.«

»Und dies bis jetzt nicht getan hat«, fügte die Köchin hinzu.

»Aber wie ist es herausgekommen?« fragte Miss Buchanan, mit anderen Worten die Frage wiederholend, die sie bereits gestellt hatte.

»Ein Taschenmesser brachte es zutage. An einem so dünnen Faden läßt ein Fall sich aufrollen. Ein solches Messer wurde in Ihrem Laden von George sehen gelassen, vermutlich zu einem ganz alltäglichen, zweckentsprechenden Gebrauch hervorgeholt. Das Messer wurde von Zeugen wahrgenommen. Es war dasselbe Messer, das man bei den Felsen am Orte des Verbrechens fand. Der Herr selbst war es, der es fand, von einer gnädigen Vorsehung geleitet, dem Augenschein zu mißtrauen. Von einem solchen Zufall hing es ab, daß die Wahrheit offenbar wurde.«

»Was beweist, daß Zufall hier nicht das rechte Wort ist«, sagte die Köchin.

»Es war Master Marcus' Messer«, sagte George. Der Impuls, dem er damit nachgab, bedrängte ihn schon des längeren.

»In diesem Fall, George,« fuhr Bullivant fort, »stellt sich die Frage, wie es in deine Tasche geraten ist. Kannst du darauf antworten? Du siehst daran, wie eines zum anderen führt. Ein kleiner Diebstahl war es, der dich auf die schiefe Bahn brachte.«

»Klein ist ein Diebstahl nicht, der solche Folgen hat«, berichtigte die Köchin. »Man sollte einen Diebstahl nie so leichthin als klein einstufen. Dem kann ich nicht beipflichten.«

»Was für einen Grund hat George gehabt, daß er Mr. Lamb etwas antun wollte?« fragte Miss Buchanan.

»Abermals ein Diebstahl, Miss Buchanan, in diesem Fall ein Diebstahl aus Mrs. Seldens Vorräten. Er sollte sich dafür heute abend vor unserem Herrn verantworten. Das war der Grund, der ihn zu der Tat veranlaßte: der Wunsch, sich der Verantwortung zu entziehen. Die Sorge um das Wohl anderer Menschen war es nicht.«

»Weil sie, fürchte ich, allemal schwächer ist«, sagte die Köchin.

»Vor dem Herrn verantworten! Schrecklich!« sagte Miriam, mehr zu sich selbst.

»Aber du hättest nicht ein Menschenleben geopfert, um es zu vermeiden«, sagte die Köchin.

»George kann dankbar sein, daß sein Plan gescheitert ist«, meinte Miss Buchanan.

»Bis zur Dankbarkeit hat er sich noch nicht aufgeschwungen«, sagte Bullivant. »Nicht einmal Ansätze dazu läßt er erkennen.«

»Der Herr ist es, der mir bei alldem leid tut«, sagte die Köchin. »Die ganze Geschichte ist unter seiner Würde. George verdient kein Mitleid.«

»Vorausgesetzt, daß wir alle bekommen, was wir verdienen, Mrs. Selden«, sagte Bullivant in einem Ton, der darauf schließen ließ, daß seine Gedanken nun eine andere Richtung einschlugen.

»Nun, die Voraussetzungen sind wohl deutlich unterschieden. Unser Verhalten ist mit Georges Benehmen nicht vergleichbar. Wie ich sagte: Es ist der Herr, den ich bemitleide.«

»Auch ich, Mrs. Selden. So sehr, daß ich mich veranlaßt sah, vor ihm sein eigenes Interesse zu vertreten. Und meine Bemühung blieb nicht ohne Erfolg. Er hat es mir anheimgestellt, ihn als sein Stellvertreter in dieser Angelegenheit zu entlasten.«

Eine Pause entstand.

»Soll das heißen, daß George sich vor Ihnen zu verantworten hat?« fragte die Köchin.

»Sie sagen es, Mrs. Selden.«

Die Wirkung auf die Anwesenden war unterschiedlich: Die Köchin fühlte sich gedrängt, irgendeinen unterstützenden Kommentar abzugeben; Miss Buchanan reizte es, ihren trockenen Witz spielen zu lassen; Miriam fand, sie hätte George zu gratulieren, und George selbst wollte sich Bullivant vor die Füße werfen und seine Knie umklammern. Georges Wunsch war der einzige, der sich erfüllte.

»Gut, George«, sagte Bullivant, und die Würde, die er ausstrahlte, war in jeder Hinsicht ergreifend, »so hast du nun endlich zur Reue gefunden. Dies kann zugleich einen Anfang und ein Ende bedeuten. Dem, der bereut, stehen alle Wege offen.«

»Mir allein wäre es nie eingefallen. Es waren die jungen Herren, die mich darauf brachten. Und der Herr ist ja nicht mein Vater; was sie getan haben, war noch schlimmer. Und bei mir war es das allererste Mal.«

»Nun, ich will doch hoffen, daß dein Weg nicht von Anschlägen auf das Leben anderer Menschen gezeichnet ist«, sagte die Köchin. »Und die Daseinsberechtigung unseres Herrn hängt nicht von der Ehre ab, mit dir verwandt zu sein. Dieses Privileg würde ihm nicht anstehen.«

»Was soll dieser Versuch, dich hinter Jüngeren und Schwächeren zu verstecken, George?« sagte Bullivant. »Das ist nicht der geringste deiner Fehler. Nimm deine Last auf dich und trage sie wie ein Mann!«

George hob den Blick in instinktivem Protest gegen die Vermutung, daß er sie abzuwälzen beabsichtigt habe.

»Was haben die jungen Herren mit der Sache zu tun?« fragte Miss Buchanan. »Im Dorf gehen die wildesten Gerüchte um, und ich weiß nicht, was es damit auf sich hat.«

»Sie hatten den Herrn gesehen, als er unterwegs zu der Brücke war«, teilte ihr Bullivant mit. »Und sie hatten sich zu spät daran erinnert, daß jemand gemeldet hatte, das Betreten der Brücke sei gefährlich. Sie waren überaus besorgt und überließen sich ganz natürlich ihren Gefühlen, als er zurückkehrte. Und ebenso natürlich war es, daß man daran dachte, als sich ein nächster Anlaß ergab. Das war alles.«

George sah auf, um dieses Resümee zu ergänzen, fühlte aber Bullivants Augen auf sich und schwieg.

»Nun, das ist alles und nichts«, sagte Miss Buchanan.

»Hin und wieder ist es angezeigt, sich auf das Wesentliche zu beschränken«, sagte die Köchin.

»Steh auf, George«, sagte Bullivant mit einer entsprechenden Geste. »Ich bin ein Mensch wie du. Knien sollst du nur vor deinem Schöpfer.«

Die Frauen sahen weiter auf Bullivant: beifällig die Köchin, ehrfürchtig Miriam, Miss Buchanan jedoch mit jenem starren, steinernen Blick, in dem sich bereits etwas Neues ankündigt.

»Voran, George!« sagte Bullivant und deutete, als George wieder auf seinen Beinen stand und offenbar weiterer Anweisungen bedurfte, in diese Richtung. »Voran auf dem engen und steilen Pfad! Schau nicht zurück; hinter dir dräut der Abgrund. Hefte dein Auge auf eine Zukunft ohne Schuld und Makel.«

»Dennoch wirft die Vergangenheit ihren Schatten«, bemerkte die Köchin, für deren Empfinden Bullivants Worte auf George schwerlich anwendbar erschienen.

Ein Laut entrang sich Miss Buchanan, und als Bullivant sich zu ihr kehrte, sah er sie mit verkrampften Händen und zusammengepreßten Lippen auf ihrem Stuhl, wie sie nach ihrem Taschentuch suchte. Als er begriff, was hier vorging, kam es bei ihm zu jenem jähen Umschwung der Gefühle, der so oft auf eine besonders gehobene Stimmung folgt. Er nahm eine Bibel, die in Reichweite lag, und hielt sie in der Hand, als er seine Ansprache an George fortsetzte.

»Aus diesem Buch werden wir jeder einen Absatz lesen, einer nach dem anderen. Das wird dir weiterhelfen. Ein Wort aus dem Buch der Bücher kann nie schaden. Wollen Sie Ihre Stelle auswählen, Miss Buchanan, und uns vorlesen? Wir werden dann Ihrem Beispiel folgen.«

»Nein, ich bin nicht hierher gekommen, um bei Andachtsübungen den Vortritt zu erhalten. Ich bin ein Gast, kein Zeremonienmeister.«

»Das ist zweifellos richtig«, sagte die Köchin. »Und eine Bibellesung ist im Augenblick wohl nicht ganz angebracht. George hat diesen Punkt noch nicht erreicht, und die Stimmung, in der wir alle uns befinden, hält sich doch zu sehr im Profanen. Wenn von der Bibel gesprochen wird, sollten die Worte aus dem Herzen kommen. Und was Miss Buchanan von uns erwarten darf, ist ein kleiner Imbiß und nicht die Zuweisung von Pflichten, deren sie auch so schon genug hat.«

»So ist es, Mrs. Selden«, stimmte Bullivant ihr zerknirscht zu. »Es war eine plötzliche und, wie ich einsehe, unüberlegte Anwandlung.«

George kam mit niedergeschlagenem Blick zum Tisch. Daß ein so Unwürdiger nun Nahrung aufnehmen sollte, machte ihn verlegen. Die Köchin teilte ihm wie immer zu, nur auf ihre Hausfrauenpflichten bedacht, und es drängte ihn, sich Klarheit über seine Zukunft zu verschaffen, bevor er sich dem Teller zuwenden wollte.

»Der Herr will mich also nicht sehen?« fragte er Bullivant, und es war wohl auch ein wenig Absicht, die seine Stimme versagen ließ.

»Er hat dich gesehen, George. Er sieht dich jetzt durch mein Auge. Ich bin sein Stellvertreter und als solcher berufen, für ihn zu handeln. Ich hätte es – das will ich dir ganz offen sagen, George – erniedrigend für ihn gefunden, sich mit dir auseinanderzusetzen und seine Gedanken mit Dingen zu belasten, die unter seinem Niveau sind. Darum habe ich angeboten, dies zu übernehmen, und ich hoffe, daß ich meine Aufgabe mit dem entsprechenden Nachdruck und in entsprechender Ausführlichkeit erfüllt habe. Natürlich bin ich nicht der Herr, und niemand ist sich mehr als ich dieser Tatsache bewußt.«

»Wir alle sind uns ihrer bewußt«, sagte die Köchin, indem sie vermied, Miss Buchanan anzublicken.

»Ich habe noch nicht alles gesagt«, fuhr Bullivant fort: »Hin und wieder habe ich mich daran erinnert, daß wir alle unrecht tun, und daß es keinen Unterschied machen muß, ob jemand in dem einen oder in einem anderen Fall der Versuchung erliegt, obwohl der Anlaß vielleicht nicht so wichtig ist. Ich habe nicht alles gesagt, was der Herr gesagt haben würde, weil ich es vielleicht nötiger habe als er, mich zur Ordnung zu rufen. Ich habe es dir nicht schwer gemacht, denn ich hoffe, daß auch uns nicht zuviel aufgebürdet wird. Aber ich vertraue darauf, daß meine Zurückhaltung dich nicht hindern wird, dein Leben der Buße zu weihen. Wenn ich darin versagt haben sollte, wäre das wirklich schlimm: Ich hätte vor dem Herrn, vor mir selbst und vor dir versagt, George.«

George murmelte, daß Bullivant sich in dieser Hinsicht nichts vorzuwerfen habe.

»Und damit, George, wollen wir die Sache auf sich beruhen lassen, im Vertrauen darauf, daß du dem Allmächtigen, dem Herrn und mir dankbar sein wirst. Gemeinsam haben wir uns bemüht, dir zu dienen – und ich gebrauche mit voller Absicht dieses Wort! – und dir zu helfen, aus deinem Leben, das du beinahe zerstört hättest, das Beste zu machen. Und um den Ernst dieser Stunde gerecht zu werden, bitte ich alle Anwesenden, während unserer Mahlzeit Schweigen zu bewahren. Miss Buchanan wird diesen Verstoß gegen die üblichen Umgangsformen wohl verzeihen, da ihr bewußt ist, daß hier gegen höhere Regeln verstoßen wurde. Und nun, Miss Buchanan, erlauben Sie mir, Ihnen zur Hand zu gehen.«

Miss Buchanan gestattete es mit einem schlechten Gewissen das sie, obgleich weniger auf ihm lastete, nicht minder drückte als George, der in dem anbefohlenen Schweigen dasaß und sich dem Gefühl hingab, daß der Tiefpunkt seiner Erniedrigung überschritten war. Nach dem Essen blickte er um sich, weil er nicht sicher war, ob er seinen normalen Umgang mit Miriam wieder aufnehmen durfte, und folgte ihr, als kein Einwand laut wurde, in die Spülküche.

»Ich werde auch dein Geschirr abwaschen.«

Miriam überließ es ihm und sah ihm gelassen zu.

»Wie denkst du über das, was ich getan habe?«

»Ich glaube, du hast Angst vor dem Herrn gehabt.«

»Hättest du dasselbe getan?«

»Ich glaube, mir wäre es nicht eingefallen.«

»Mir allein wäre es auch nicht eingefallen, aber ich habe gewußt, was die Jungen getan haben. Und wenn dich jemand darauf gebracht hätte?«

»Ich könnte niemanden töten außer mich selbst. Vielleicht hätte ich mich umgebracht.«

»Das wollte auch ich zuerst«, ging George eifrig auf sie ein. »Darum bin ich zur Schlucht gegangen. Aber dann fand ich –« Sein Eifer verebbte, als er zu dem Entschluß kam, seinen Herrn zu töten, und feststellen mußte, daß gründlicheres Überlegen offenbar nicht immer zu besseren Ergebnissen führt.

»Ich habe noch nie einen Menschen gekannt, der jemanden umgebracht hat.«

»In der Geschichte war das üblich«, sagte George und gab damit ein Beispiel, daß bescheidenes Wissen nicht ungefährlich ist.

»Nicht gewöhnliche Leute wie wir. Könige und so. Die haben damals nicht nur sich selbst umgebracht.«

»Wenn der Herr zu Tod gestürzt wäre, hätte man mich trotzdem entdeckt. Man hätte das Messer gefunden.«

»Das Messer hättest du nicht stehlen dürfen«, sagte Miriam, die dafür keinen Entschuldigungsgrund sah.

»Hast du nie etwas gestohlen?«

»Im Waisenhaus schon, aber nur Sachen zum Essen. Und nicht soviel, daß man es bemerkt hätte. Hier haben wir unser eigenes Geld und brauchen nicht zu stehlen.«

»Die wirklich schönen Sachen, die wir sehen, können wir nicht kaufen.«

»Wir können eine ganze Menge kaufen.«

»Ich frage mich, ob ich immer schlechter und schlechter werde.«

»Wahrscheinlich schon, wenn du nicht bald anfängst, dich zu bessern.«

»Vermutlich sollte ich mir ein Beispiel an dir nehmen und nicht an Menschen, die über mir stehen.«

»Was für einen Unterschied gibt es zwischen dir und mir?«

»Das kann George beantworten«, ertönte eine vertraute Stimme. »Antworte auf die Frage, George! Was ist der Unterschied zwischen dir und Miriam?«

»Sie ist besser als ich«, murmelte George.

»Damit offenbarst du uns nichts Neues«, sagte die Köchin.

George bot das Bild eines Mannes, der viel gelitten hat und bereit ist, noch mehr zu erdulden.

»Ich schlage vor, Mrs. Selden«, sagte Bullivant, »daß wir ab sofort nicht mehr auf Georges Vergangenheit anspielen. Es wird besser für ihn sein und vielleicht auch besser für uns, denn es ist nicht sehr erbaulich, die Schwächen eines anderen aufzudecken. Lassen wir ihn einen neuen Anfang machen, und wenn er das unbeschriebene Blatt abermals besudelt, wird er die Folgen zu tragen haben.«

»Und was ist mit den Blättern, die er schon besudelt hat? Sauberes Papier wird allmählich rar.«

»George, das wäre die nächste Frage, die an dich gerichtet ist.«

»Es war meine Schuld«, murmelte George.

»Worauf sich die Frage erhebt, ob man Miriam in seiner Gesellschaft lassen kann«, sagte Bullivant. »Was meinst du dazu, George?«

»Sie tut nicht, was ich sage.«

»Und wessen Fehler ist das, wenn man davon ausgeht, daß du der Ältere und ein Mann bist? Warum tut sie es nicht? Was für einen Grund hat sie?«

»Sie ist ein besserer Mensch.«

»Hast du das Gefühl, daß du ihr nicht schaden wirst, George?«

»Der Einfluß kommt immer von der Frau«, sagte die Köchin.

»Und wirst du für ihn empfänglich sein, George? Wirst du, wenn du schon nichts geben kannst, wenigstens profitieren?«

»Von jemandem in Miriams Stellung ist nicht viel zu profitieren.«

»Schon wieder dein alter Fehler, George! Begreifst du nicht, daß ein Licht im Hintergrund nicht minder hell scheint als an der Rampe? Daß der Kontrast es nur noch heller macht?«

»Unter Umständen leuchtet es auch gar nicht«, sagte die Köchin. »Darauf darf man sich nicht verlassen. Wirst du dich daran erinnern, Miriam, daß über die Lippen einer Frau kein Wort kommen darf, das nicht für jedermanns Ohren ist?«

»Ich bin sicher, daß die Worte von der anderen Seite kommen, Mrs. Selden«, bemerkte Bullivant. »Zumindest jene, auf die Sie sich beziehen.«

»George redet nicht viel«, sagte Miriam.

»Das ist immerhin etwas«, fand die Köchin. »Aber es gibt Dinge, die laut genug für sich sprechen.«

»Haben wir den Fall geklärt?« fragte Bullivant. »Sollen George und Miriam weiterhin miteinander verkehren? Was meint Miriam dazu?«

»Ich sehe nicht, wie man es vermeiden könnte«, sagte Miriam. »Wir beide müssen manchmal sprechen.«

»Daß du in einer Zwangslage bist, war mir klar«, sagte die Köchin.

»Wenn ich ihr geschadet hätte«, sagte George mit einem Blick zur Tür hin, »würde ihr Licht nicht so hell brennen, wie Sie es behaupteten.«

»Das war nicht so buchstäblich zu nehmen«, sagte die Köchin.

»Steht es dir an, unsere Worte zu zerpflücken, George?« fragte Bullivant.

»Wenn es die Nachsicht ist, die das bewirkt, müssen wir andere Saiten aufziehen«, meinte die Köchin. »Was George vermuten läßt, daß er den Mund voll nehmen darf, ist mir ein Rätsel.«

»Von Nachsicht merke ich nicht viel«, sagte George, freilich etwas unsicher.

»George!« verwies ihm Bullivant. »Wo du von Rechts wegen angezeigt gehört hättest und vielleicht jetzt schon hinter Schloß und Riegel säßest!«

»Wann tritt eigentlich die Schweigeregel in Kraft?« erkundigte sich Miss Buchanan. »Oder hat das Versprechen nur bis zum Nachtisch gegolten?«

»Wir vergessen unseren Gast, Mrs. Selden«, stellte Bullivant fest. »Und das wegen George, was keineswegs den bestehenden Prioritäten entspricht.«

George war wie auf Knopfdruck in Tränen ausgebrochen.

„Ich freue mich über dieses Zeichen innerer Bewegtheit, George", sagte Bullivant, die Episode auf eine Weise bewältigend, die sein Publikum sehr erleichterte. »So ungefähr habe ich es mir von dir erwartet. Zuviel war das nicht.«

»Dreistes Benehmen wäre hier fehl am Platz«, sagte die Köchin.

»Angst macht die Menschen zu allem fähig«, sagte Miss Buchanan. »George hat nicht gewußt, daß Mr. Lamb darauf verzichten wird, ihn sich vorzuknöpfen, und vielleicht wäre es George auch nicht erspart geblieben, wenn er nicht so weit gegangen wäre.«

»Sozusagen ins Extrem«, präzisierte die Köchin.

»Es stimmt, daß ich anders wohl kaum mit dieser Vertretung betraut worden wäre«, sagte Bullivant. »Daß George ins Extrem gegangen ist, hat sich offensichtlich zu seinen Gunsten ausgewirkt.«

»Nicht eben der wünschenswerte Erfolg«, stellte die Köchin fest.

»Das Gefühl, noch einmal gut davongekommen zu sein, ist manchmal heilsamer als die gerechte Strafe«, sagte Miss Buchanan.

»Nach diesem Prinzip bin ich vorgegangen«, sagte Bullivant, »als mich Zweifel erfaßte.«

»Bedanke dich bei Miss Buchanan für ihr Dazwischentreten, George«, sagte die Köchin. »Jetzt kann das Gras beginnen, darüber zu wachsen. Und es wird gut für uns alle sein. Wer Pech anrührt, besudelt sich.«

Die Senioren zogen sich zurück, und George ließ sich, als schwänden nun seine Kräfte, neben dem Spültisch nieder.

»Das ganze Dorf wird über mich herziehen.«

»Es kann auch sein, daß man lieber nicht davon redet«, meinte Miriam.

»Oh, die rühren gern Pech an und besudeln sich!« versicherte George in einem Ton, der nach seinem eigenen Beitrag zu den Gegebenheiten wohl kaum gerechtfertigt war.

»Ich glaube nicht, daß Mrs. Selden und Mr. Bullivant darauf zurückkommen werden.«

»Noch mehr wird ihnen dazu schwerlich einfallen. Ich bin deiner nicht würdig, Miriam. Sogar dafür bin ich zu tief gesunken.«

»Du bist nie über mir gestanden. Nur weil du es so gern gehabt hättest, hast du so getan. Das hat dich daran glauben lassen.«

»Dann war der Wunsch der Vater des Gedankens?« sagte George.

»Ja«, bestätigte Miriam. Daß ihre Worte genau so verstanden worden waren, wie sie es auszudrücken versucht hatte, überraschte sie.

Die Stimme der Köchin erhob sich und zeigte an, daß der Besuch sich verabschiedet hatte. George ging zur Tür und horchte. Als Bullivants Variation zum Thema ausblieb, schlich George auf Zehenspitzen über den Korridor und in die Küche. Der Blick der Köchin ruhte auf ihm, während sie ihr Lied zu Ende sang, ohne auch nur einer Strophe den Refrain vorzuenthalten.

»Na?« fragte sie schließlich.

»Sie haben wohl jetzt eine schlechte Meinung von mir, Mrs. Selden.«

»Sehr gut ist sie nie gewesen.«

»Aber Sie haben nicht auf mich heruntergeschaut.«

»Ich habe es nur insofern getan, als ich älter und klüger bin und mich in der Welt besser auskenne. Und ich kann mich nicht erinnern, daß du andere Gründe gehabt hättest, zu mir aufzublicken.«

»Glauben Sie, daß ich jemals über diese Sache hinwegkommen werde?«

»Mir steht keine Meinung zu«, sagte die Köchin, während ihre Hände tätig blieben. »Ich habe mich einmal geirrt. Das kann mir wieder passieren.«

»Sie finden, daß ich Ihre Aufmerksamkeit nicht verdiene?«

»Du bist tief unter die Stufe zurückgesunken, auf der ich dich meiner Anteilnahme und guter Ratschläge wert befunden hatte. Meine Mühe hat sich nicht gelohnt. Ich bin nicht oft an einer Aufgabe gescheitert, aber diesmal mußte ich diese Erfahrung machen.«

»Wenn ich aber jetzt anfange, mich zu bessern?«

»Wer einmal auf die schiefe Bahn geraten ist, kann nicht so leicht bremsen. Es hängt von dem Grad der eingetretenen Beschleunigung ab, und es könnte sein, daß du nicht mehr dagegen aufkommst.«

»Glauben Sie, daß Miriam ein besserer Mensch ist?«

»Es kommt nicht darauf an, was ich glaube: Das ist über jeden Zweifel erhaben. Was nicht heißt, daß man ihre Überlegenheit besonders rühmen müßte.«

»Hat es nur mit dem Charakter zu tun?«

»Im allgemeinen wohl schon, denn andere Vorzüge kommen selten hinzu. Ich nehme an, du dachtest an Intelligenz und Geschick?«

»Zählt es so viel, wenn jemand nur nichts Schlimmes tut?«

»Wie die Menschen sind, zählt es weniger, als es sollte. Und doch hängt alles davon ab, soviel ist sicher.«

»Sie glauben nicht, daß ich jemals aufsteigen könnte?«

»Du hast dich so hartnäckig in der Gegenrichtung bewegt, daß diese Frage wohl kaum angebracht ist. Und du wirst dich ein steiles Stück hochkämpfen müssen, um wieder auf deinen Ausgangspunkt zu gelangen.«

»Ich sehe, daß Sie keine Hoffnung für mich haben.«

»Auch Hoffnung nützt sich ab«, sagte die Köchin.

Elastischen Schrittes, die Hände in den Taschen, trat Bullivant ein. Sein Verhalten drückte aus, daß man zu einem normalen Alltagsleben zurückgekehrt sei und über gewisse Dinge schweigen werde.

»Miss Buchanan ist wirklich ein angenehmer Gast.«

»Sie dramatisiert nichts, nur weil sich die Gelegenheit bietet«, sagte die Köchin und fand dabei, daß auch sie sich daran hielt.

George, der ihre Meinung nicht teilte, verließ still den Raum. »Dabei hätte sie in eine peinliche Situation geraten können«, fuhr die Köchin fort, ohne ihre Arbeit zu unterbrechen. »Daß es für sie noch gut ausgegangen ist, hat sie allein sich selbst zu verdanken – Gast hin, Gast her...«

Bullivant fing zu summen an, und aus dem Nicken seines Kopfs und den Händen, die sich hinter seinem Rücken gefunden hatten, wäre zu schließen gewesen, daß seine Gedanken sich nicht mit den Worten der Köchin beschäftigten. Sie jedoch rügte ihn nicht ob seiner Unaufmerksamkeit, denn ein Blick auf ihn sagte ihr, daß ihm diesbezüglich nichts vorzuwerfen war.

XIII »Kälte, heißt es, stumpft die Sinne ab«, sagte Mortimer. »Ausgenommen von der Regel ist anscheinend das Temperaturempfinden. Was soll dieses klägliche Feuer, Bullivant?«

»Im Augenblick sparen wir Brennmaterial, Sir. Eine Art Rückfall – wie man ihn hin und wieder zu erwarten hat.«

»Wird es diesmal lange dauern?«

»Ich hoffe, daß es bald vorbei sein wird, Sir, selbst wenn ich dabei nur an unseren Herrn denke. Diesem Wetter ist er nicht gewachsen. Unempfindlich ist er nur gegen mildere Kälte. Auch ist seine Widerstandskraft durch die jüngsten Ereignisse, die unser Leben belastet haben, zu geschwächt. ›Ende gut, alles gut‹ ist keine der Wahrheiten, auf die man immer vertrauen kann. Von jeder Wunde bleibt eine Narbe.«

»Ein Königreich für ein anständiges Feuer! Ich will alles dafür wagen: Meinen Platz in diesem Haus, was immer ich mir von der Zukunft erhoffe – und andere Hoffnungen habe ich nicht. Geben Sie mir die Schaufel, Bullivant! Dies ist die Tat eines tapferen und freien Mannes!«

Bullivant, der beiden Aspekten nur beipflichten konnte, tat, wie ihm geheißen.

»Soll ich den Eimer nachfüllen, Madam?« erkundigte er sich im Bewußtsein, daß es gewissenlos wäre, diese Frage eben jetzt an Mortimer zu richten, bei Emilia.

»Irgendwann wird man ihn wohl nachfüllen müssen.«

»Und ein voller Eimer macht einen besseren Eindruck«, sagte ihr Neffe. »Man merkt nicht, daß wir ihn geleert haben. Füllen Sie ihn nicht bis zum Rand, dann sieht es aus, als hätten wir nur ein wenig herausgenommen. Ich möchte, daß der Augenschein trügt.«

»Und dementsprechend möchtest du dich verhalten«, stellte Emilia fest.

»Es könnte sein, daß der Herr dankbar ist, Madam, wenn man ihm hilft, zu sich selbst – zu seinem, wie man zugeben muß, bereits normalen Zustand – zurückzufinden.«

»Sie hängen sehr an Ihrem Herrn, Bullivant«, sagte Mortimer. »So richtig verstanden habe ich das nie.«

»Vielleicht, Sir, könnte ich dasselbe von Ihnen sagen. Für so etwas gibt es keine Erklärung, und vielleicht ist es nur darum so wichtig.«

»George hat sich in letzter Zeit nicht sehen lassen.«

»Nein, Sir. Ich hoffe, daß Sie ihn nicht vermissen.«

»Mir ist es nur aufgefallen. Sie haben ihn doch nicht gefeuert?«

»Nein, Sir. Für ihn hängt viel davon ab, daß er seine Vergangenheit bewältigt, und darauf müssen wir wohl oder übel Rücksicht nehmen. Im übrigen dürfte auf ihn zutreffen, daß sich der saure Wein am längsten hält.«

»Warum versteckt er sich dann?«

»Er hat Hemmungen, sich im Speisezimmer zu zeigen. Und ich begrüße solche Zweifel an der eigenen Vollkommenheit, sie sind viel besser als ein starkes Selbstbewußtsein. Darum zeige ich Verständnis für ihn und habe seine Aufgaben übernommen, soweit das notwendig ist.«

»Ich nehme an, er wird sich mit der Zeit wieder erholen?«

»Damit ist sicher zu rechnen, Sir. Sein Selbstvertrauen regt sich bereits, und das ist eine seiner Schwächen, die uns so zu schaffen machen. Anscheinend betrachtet er es als einen Aktivposten, und das ist natürlich unhaltbar. Mir ist wohler, wenn es für eine Weile ruhiggestellt ist. Und das läßt sich am besten erreichen, wenn er selbst ruhiggestellt ist.« Bullivant schloß mit einem Lächeln.

»Wie steht die Köchin zu ihm? Er kann das ja nicht ständig durchhalten.«

»Mrs. Selden richtet nicht, Sir, auf daß sie nicht gerichtet werde.«

»Sie meinen, es wäre eine Lebensaufgabe, George zu richten?«

»Man hätte wenig Zeit für anderes, Sir.«

»Wie hat Miss Buchanan die Sache aufgenommen, als sie bei Ihnen war? Für einen Besuch war der Tag nicht gerade günstig.«

»Die Voraussetzungen waren nicht die besten, Sir. Aber Miss Buchanan ließ es sich nur wenig anhaben. Offenbar besitzt sie eine Art von natürlichem Humor, man könnte es fast Leichtsinn nennen, den man kaum bei ihr erwarten würde, und das half ihr, die Situation zu bewältigen. Es ging sogar soweit, daß dadurch die Dinge, um die es ging, für George an Gewicht zu verlieren drohten.«

»Das hört sich an, als hätte ihr das bißchen menschlicher Umgang gut getan.«

»Wir dürfen uns zugut halten, daß er seinen Zweck erfüllt hat, Sir. Mehr als diesen Lohn verlange ich nicht.«

»Sie unterhalten sich nicht gern mit ihr?«

»Doch, das schon, Sir. Es bringt Abwechslung in unseren Alltag, dessen Regeln vielleicht ein wenig zu starr sind. Es waren nur die Umstände, die ihre Heiterkeit unangebracht erscheinen ließen.«

»Sie war auf ein nettes Plauderstündchen vorbereitet und kam in eine Atmosphäre, die nicht dazu angetan war.«

»Wie Sie richtig feststellen, Sir, bestand ein Mangel an innerer Übereinstimmung, den man ihr nicht zur Last legen kann.«

»Vielleicht wäre es gut, wenn man sie bald wieder einladen würde.«

»Ich nehme an, daß Mrs. Selden das schon in die Wege geleitet hat, Sir, um allfällige Versäumnisse nachzuholen.«

»War George dem Herrn dankbar?«

»Dankbar, Sir! George! Er war froh, daß die Angst von ihm genommen war, froh über alle Maßen: Das war offensichtlich. Aber was hat das schon mit Dankbarkeit zu tun? Vielleicht beurteile ich ihn ungerecht, Sir, weil ich ständig seine Fehler zu korrigieren habe: Und bei dieser Gelegenheit bin ich ihm wahrlich nichts schuldig geblieben.«

»Vertragen sich George und Miss Buchanan?«

»Ja und nein, Sir. Über ihre wechselseitigen Sympathien habe ich kaum nachgedacht. Aber es soll uns nichts Menschliches fremd sein, das ist schon richtig. Ich würde sagen, sie betrachtet ihn mit freundlicher Anteilnahme, weil er jung ist und nur begrenzte Chancen hat. Ob er sie überhaupt beachtet, möchte ich bezweifeln. Die Jugend neigt dazu, die reiferen Jahrgänge entweder zu ignorieren oder zum alten Eisen zu verweisen.«

»Mir gefällt, was ich über Miss Buchanan höre.«

»Ja, sie steht ihren Mann, Sir, ein ständiger Kampf mit dem Unvorhersehbaren. Davor muß man Respekt haben. Es wäre ein betrüblicher Gedanke, daß sie eine gegenteilige Erfahrung machen könnte.«

»Sie empfinden für sie keine persönliche Zuneigung?«

»Nun, ich entwickle mich darauf zu, und dasselbe kann man für Mrs. Selden sagen. Mißgeschick allein genügt nicht, um Miss Buchanans Wesen zu erklären, und darauf waren wir vielleicht nicht gefaßt. Man darf einen unglücklichen Menschen nicht für ausschließlich unglücklich halten. Sie waren es ja, Sir, der unter der harten Schale ein fühlendes Herz entdeckte.«

»Damit können wir immer rechnen.«

»Ja, Sir: Wie sich im Fall George gezeigt hat. Und ich habe

303

mein Bestes getan, an dessen Herz zu appellieren, obwohl nur wenig für sein Vorhandensein sprach.«

Horace kam herein und trat zum Feuer. Seine Miene hellte sich auf, als er es sah. Er setzte sich daneben und beugte sich mit ausgestreckten Händen vor. Bullivant wechselte einen Blick mit Mortimer und ging, um den Tee zu holen.

»Diese Kälte scheint kein Ende zu haben«, sagte Horace.

»Fast hätten wir vor ihr kapituliert«, berichtete sein Vetter, »aber ich habe uns dank meiner Geistesgegenwart gerettet, so daß wir nun von jener stillen Dankbarkeit erfüllt sind, wie man sie nach überstandenen Gefahren empfindet. Bringen Sie das Tablett zum Feuer, Bullivant! Die Wärme wird nicht vergeudet, wenn man sie auch fühlt.«

Bullivant deckte den Teetisch neben Horace und schaute dabei zu Mortimer, als würde er seinen Herrn damit überfordern.

»Etwas Heißes zum Trinken wärmt den Körper auf«, bemerkte Horace. Seine Stimme hatte einen seltsamen Klang, als überliefe ihn ein Schauer, und er sah nach einem Platz aus, wo er seine Tasse abstellen könnte, als fürchtete er, den Tee zu verschütten. Als hätte er nur darauf gewartet, nahm Bullivant ihm die Tasse aus der Hand.

»Du gefällst mir nicht, mein Guter«, sagte Mortimer.

»Ein Frösteln, Sir, als Folge der langwierigen Erkältung. Und dazu die anderen Belastungen«, sagte Bullivant. Er vermied, Horace dabei anzusehen.

»Er sollte lieber zu Bett gehen«, sagte Emilie. »Das würde Mrs. Lamb sagen.«

»Sobald ich Feuer gemacht habe, Madam, und das Zimmer nicht mehr so durchfroren ist«, sagte Bullivant auf dem Weg zur Tür. »Ich werde Glut aus der Küche holen.«

»Die Kohlen, die das Übel verhütet hätten, müssen es jetzt kurieren«, stellte Emilia fest. »Sparen ist anscheinend unmöglich.«

Horace lachte unsicher. Er streckte seine Hand nach der Tasse aus, zog sie aber wieder zurück. Sein Blick ruhte auf der zitternden Hand, als gehöre sie gar nicht zu ihm. Sein Vetter half ihm, und so sank er wieder in seinen Sessel, offensichtlich ein kranker Mann.

Als seine Frau zurückgekehrt war, schien seine Krankheit die ersten Phasen abgeschlossen zu haben. Ohne Eile, aber auch unbeirrbar entwickelte sie sich auf das nächste Stadium hin. Weniger überrascht als in Vorahnungen bestätigt nahm man zur Kenntnis, daß Horace krank, vielleicht sogar todkrank war.

Die Stimmung im Haus war gedämpft, geladen von zurückgestauten Gefühlen, zwischen Furcht und Hoffnung schwankend. Von den Kindern hielt man die Wahrheit fern, bereitete sie zugleich auf sie vor und nahm an, daß sie ohnedies schon alles wußten. Erschrocken und ungläubig wichen sie erst davor zurück, dann fanden sie sich einfach damit ab. Der Tod war ihnen nicht vertraut, zugleich aber etwas Fundamentales und nichts an sich Fremdes, selbst wenn er ihnen fremd war. Sie sorgten sich um den Vater, sorgten sich um ihre eigene Person und die anderen: Der Tod war eine Realität, die ihr eigenes Leben bedrohte, war etwas Wirkliches, das sie in sich trugen.

Die Kälte hielt an, lähmte die Natur. Mächtig brannten im Haus die Feuer. Die Angst vor der Kälte hatte ein anderes Gesicht bekommen; das Leiden unter der Kälte gehörte in eine ferne, seltsame, fast sündhafte Vergangenheit.

Horace rang nach Luft, fürchtete sich vor dem Tod, sah ihm ins Auge, betete um Rettung. In seiner Krankheit folgte nun eine Krise der anderen mit zwar abschwellender Heftigkeit, aber auch die Widerstandskräfte wurden schwächer. Die Tage vergingen, und in den Nächten gab es Stunden, die mehr als Tage zählten. Der befürchtete Zusammenbruch wurde hinausgezögert, und schon die Tatsache, daß der Tod noch zuwartete, wurde ein Anlaß zur Hoffnung.

Horace fühlte sein Ende nahe. Als das Fieber ihn verlassen hatte, schien seine Schwäche das Einzige, das ihm verblieb, und er glaubte, daß er nun Abschied zu nehmen habe. Wenn er seine eigene Stimme hörte, kam sie wie aus dunkler Ferne.

»Ich bin zu weit gegangen, um umzukehren. Ich habe einen Punkt erreicht, an dem es keine Wende mehr gibt. Jeder wird einmal dort stehen, obwohl es für mich noch früh ist. Aber es macht nicht viel aus: Die Menschen können mich entbehren. Mein Leben bringt ihnen nichts; sie haben Angst, daß ich ihnen ihr Dasein nur erschwere. Genau das war es, was ich mit meinen Bemühungen erzielte, und ich habe all meine Kraft darauf verwendet. Eine einzige Aufgabe habe ich noch zu erfüllen, dann kann ich einsam meines Weges gehen.«

Ein entschiedener Wille schwang in der tonlosen Stimme, und Charlotte trat an sein Bett. Dieser Wandel kam nicht aus Schwäche. War es ein letztes Aufbäumen?

»Du mußt noch ein wenig warten. Die Zeit läßt sich nicht drängen.«

»Nein, ich kann nicht warten. Das Warten würde mir zu lang. Bring die Kinder zu mir, damit ich von ihnen Abschied nehmen kann. Sie haben nicht viel, woran sie sich erinnern könnten. Das kann ich ihnen noch geben.«

»Du mußt warten, bis du wieder zu dir selbst findest«, sagte Emilia. »Du leidest, und dein Leiden wird sich ihnen mitteilen. Wenn du dich erst besser fühlst, wird ein Wort vieles aufwiegen, was du jetzt sagen könntest. Warte um ihretwillen.«

»Du brauchst mir in meiner letzten Stunde keine Predigt halten. Ich sterbe, aber ich bin noch nicht tot. Ich habe ein Recht, mich von ihnen zu verabschieden, und sie haben ein Recht, es zu hören. In meinem Haus bin ich der Herr, bis ich es verlasse.«

Dagegen ließ sich nichts erwidern, und Mortimer begab sich auf die Suche. Dann standen die fünf kleinen Gestalten um das Bett, fünf blasse Gesichter vor dem Gesicht des Leidenden, und aus ihnen sprach die Frage, ob das noch immer das Gesicht war, das sie kannten.

»Seid ihr alle da?« fragte Horace und schaute über sie hin, als könnte sein Blick sie nicht festhalten.

»Ja, Vater«, antwortete Sarah, und ihre Stimme schien ihm die Zunge zu lösen.

»Meine kleine große Tochter, ich habe dir nur eines zu sagen. Ich bitte dich nicht, es zu leugnen: Das Bündnis, das einen Vater mit seiner ältesten Tochter verbindet, hat es zwischen uns beiden nicht gegeben. Ich weiß, daß du es nicht gespürt hast. Aber jetzt, da ich aus dem Leben scheide, tut es mir von Herzen leid.«

Charlotte zog Sarah an sich und ließ Jasper vortreten.

»Jasper, mein Ältester, du hast an deinem Vater keinen Freund gehabt. Wenn ich weiterleben dürfte, würden wir unseren Weg zusammen gehen.«

»Ja, Vater«, entgegnete Jasper mit ruhiger, ganz normaler Stimme.

»Marcus, mein kleiner Sohn, ich habe wenig getan, um dir zu helfen und zu raten. Ich war nicht so stolz auf dich, wie du es verdient hättest. Ich habe dich allein gelassen.«

Marcus nahm die Worte schweigend auf. Er war nicht der Ansicht, daß sein Vater sich um ihn verdient gemacht hatte oder die Wahrheit nicht gesagt werden sollte.

»Tamasin, mein liebes Mädchen, du hast gewußt, daß du mir nahe standest. Wenn ich am Leben bliebe, würden es auch die anderen erfahren. So aber wird es zwischen dir und mir aufgehoben sein.«

»Ich will nicht zuhören«, sagte Avery und sah zu seiner Mutter auf. »Ich will nicht, daß der arme Vater so redet. Das ist alles so traurig, und er fühlt sich nur schlechter, wenn er es sagt. Ich mag nicht, daß er auch zu mir spricht.«

»Avery, mein Kleiner, ich habe nicht bedacht, wie hilflos du bist. Ich habe nicht darauf Rücksicht genommen. Aber ich habe angefangen, es zu begreifen, und ich hätte mich bemüht, es zu lernen. Erinnere dich an diese Worte, wenn du an deinen Vater denkst.«

Avery zog sich zu Charlotte zurück, beinahe fröhlich vor Erleichterung, daß der Augenblick vorüber war.

»Meine Kinder, ich mache euch zu Erben der Freiheit und der Lebensfreude. Wenn ich deswegen sterben muß, nehmt sie als mein Geschenk! Daß ich sie euch geben kann, macht mir den

Abschied leicht. Ich mißtraue mir selbst, so wie ihr mir miß-
traut.«

Emilia führte die Kinder hinaus, und Averys Stimme war
durch die einrastende Tür vernehmbar.

»Wird es besser für uns, wenn Vater stirbt? Werden wir es
besser haben, weil er tot ist? Er hätte doch leben und es selbst
tun können, das wäre das Beste gewesen. Angefangen hat er
doch schon. Warum kann er nicht leben und weitermachen?«

»Mein guter kleiner Sohn!« schluchzte Horace. »Wieviel habe
ich in meiner Achtlosigkeit gar nicht wahrgenommen! Aber vielleicht würde ich es auch weiter nicht bemerken. Ich kann nicht
an mich glauben.«

»Jetzt sind wir dran«, sagte Mortimer zu Charlotte. Er versuchte, eine etwas leichtere Tonart anzuschlagen. »Er kann uns
nicht übergehen.«

Wieder meldete sich die schwache Stimme.

»Ich habe nicht viel für dich getan, Mortimer, und du hast
nicht nur Gutes für mich gehabt. Aber das Unbegreiflichste an
meinem Abschied ist doch, daß ich dich zurücklassen soll.«

Charlotte wartete darauf, daß er sich an sie wenden würde,
aber ihr Gatte lag nun mit leerem Blick da, als wäre er gar nicht
anwesend, und sie wußte, daß er nichts hörte oder sah.

»Du wirst jetzt schlafen«, sagte Charlotte, und Horace sah
und hörte.

»Das werde ich«, sagte er und lächelte sie an. »Ich werde einen
langen Schlaf tun.«

Vorerst währte er nur kurz. Horace schrak plötzlich aus ihm
auf, schlief wieder ein, erwachte abermals und schlief weiter,
glitt dann hinüber zu seichterem Schlaf und halbem Wachen und
schließlich in einen Zustand, in dem sich Wachen und Schlaf nur
wenig unterschieden. Niemand wußte zu sagen, ob er gerade
wach war oder schlief, ob er freier atmete oder um Luft rang.
Man wußte nur, daß jeder Atemzug der letzte sein konnte.

Die Stille lastete in dem Raum wie ein Gewicht. Sollten sie anerkennen, daß etwas anders war, oder es ungläubig leugnen?

Vielleicht geschah eben das Unmögliche, und derjenige, der ihr Leben geformt hatte, verlor sein eigenes. Sie standen wie verloren herum, jeder für sich. Sie hatten nicht das Gefühl, daß der Herr des Hauses, der Gatte und Vater, der bewährte Freund im Sterben lag. Horace war es, der sterben sollte: jener Horace, der andere in den Tod treiben konnte, selbst aber gegen jede Gefahr immun war. Sie erinnerten sich, daß sie sich ausgemalt hatten, wie er um sie weinen würde, weinen vor Reue und Gram. Der Ankläger, der Zwingherr, der Beschützer sollte sie verlassen. Sie würden frei sein, ungeschützt, auf sich selbst gestellt. Die Verantwortung für ihre Schwächen, die sie verteidigt hatten, die Last ihres Lebens würden sie auf sich nehmen müssen.

Auf Anordnung des Arztes verließen sie das Krankenzimmer. Ruhe und Schweigen sollte herrschen. Kein lauter Schritt oder Atemzug durfte den Kranken stören. Sie gingen in das Eßzimmer, um die Entscheidung abzuwarten. Der Raum, in dem er und sie täglich beisammen gewesen waren, wurde wie selbstverständlich zur Fluchtburg. Alles würde bleiben, wie Horace es zurückgelassen hatte; seine Lebensart, die sie geprägt hatte, sollte noch ihren Tod überdauern.

»Was fühlen wir?« fragte Charlotte. »Was hätten wir vor zehn Jahren fühlen sollen? Dies kommt nun zu spät, oder es ist zu früh gekommen. Nach diesem langen Leben sollte er doch tot sein können. Aber du und ich werden ihm weiter dienen. Die Kinder werden weiter einen Vater haben.«

»Schade, daß man Gesprochenes nicht drucken kann«, sagte Mortimer.

»Es wird in unseren Herzen bewahrt sein. Wenn wir sterben, wird man es dort eingegraben finden. Und mehr noch: Es wird unser Leben bestimmen! Unser Leben gehört Horace, es ist sein ersessenes Eigentum. Es steht ihm von Rechts wegen zu.«

»Und was ist mit den Kindern?« fragte Mortimer.

»Ich lasse sie vorerst allein. Emilia ist bei ihnen. Wenn ich sie jetzt sehe, belaste ich sie zu sehr. Die Aufregung wird größer sein als ihr Schmerz, und das geht schnell vorbei. Aber bald werden auch sie ihrem Vater dienen. Mit den Jahren wird ihr Dienst leichter werden, aber du und ich müssen ihm bis zum Ende dienen. Das war unsere Lebensaufgabe, und sie wird es bleiben, solange unser Leben währt.«

»Eine demütigende Aussicht«, sagte Mortimer. »Wir sind Horaces geistige Sklaven. Wir gehören ihm, nicht uns selbst. Und wir haben uns eingebildet, daß wir einander gehören könnten! Ich würde gern wissen, ob er das durchschaut hat. Ich hoffe es für ihn – und das ist der äußerste Beweis meiner Knechtschaft.«

Bullivant kam herein und tat seine Arbeit, trotz der Gefühlsbewegung, die aus seiner Miene sprach.

»Das Leben muß weitergehen, Bullivant«, sagte Mortimer.

»Und Anteilnahme beweist sich nicht in der Vernachlässigung von Pflichten, Sir.«

»Das ist nicht die leichteste der Prüfungen, die wir zusammen bestanden haben.«

»Es ist, wie Sie sagen, die schwerste, Sir«, bestätigte Bullivant, als hätte Mortimer dies behauptet.

»Wir müssen den Gefahren, die auf uns zukommen, ins Auge sehen.«

»Das mag noch ein Nachspiel geben, Sir. Und bis dahin müssen wir dem Tag, der vor der Tür steht, entgegenwarten«, sagte Bullivant, mit seinen Gedanken bei einem Thema, das in seiner Welt alles andere überschattete. »Man wird die Zeremonien vornehmen müssen.«

»Sie werden uns zur Seite stehen, Bullivant, wenn es soweit ist.«

»Ich werde auf meinem Platz sein, Sir, das versteht sich von selbst. Und auch der Bursche wird seine Achtung bezeugen wollen, zumal man ihm nachsagt, er habe auch anderes bezeugt. Und Mrs. Selden wird, wenn ich es so ausdrücken darf, in ihrem Element sein. Ich halte zwar die Beteiligung an solchen Anlässen nicht für Frauensache, aber Mrs. Selden hat etwas in ihrem Charakter, das eine Ausnahme rechtfertigt. Die Mädchen hätten im Haus zu bleiben und nach den Angaben von Mrs. Selden alles für die Rückkehr der Trauergäste vorzubereiten. Mrs. Selden würde überdies schon jetzt um die Erlaubnis bitten, ihr Mitgefühl auszudrücken.«

»Wir werden uns jederzeit freuen, sie zu sehen.«

Als die Köchin eintrat, hatte sie über die Arbeitskleidung, die sie ungescheut trug, nur rasch die Schürze gebunden und machte auch aus ihrer Erregung kein Hehl.

»Wollen Sie sich nicht setzen, Mrs. Selden?« sagte Charlotte.

Bullivant rückte einen steifen Stuhl in angemessenen Abstand von der Familie, so daß jeder seinen gebührenden Platz hatte.

»Danke, Madam«, sagte die Köchin, als sie sich setzte.

»Nehmen Sie den anderen Stuhl, Bullivant«, sagte Mortimer.

»Nein, Sir«, lehnte Bullivant mit sanftem Nachdruck ab. »Wie ich sonst vor dem Herrn gestanden bin, so will ich jetzt vor seinem Stellvertreter stehen. Und ich vergesse auch nicht, daß die Damen anwesend sind. Auch er hätte das bedacht.«

»Wir alle sind in einer schlimmen Lage, Mrs. Selden«, sagte Charlotte.

»In jedem Winkel spürt man es, Madam, daß da etwas fehlt, wo vorher etwas war. So ist der Herr überall gegenwärtig.«

»Er weiß genau, daß er sich auf Sie verlassen kann.«

»Es gibt einen Punkt, Madam, in dem er und ich uns einig sind: Die Grundlage eines Hauses ist eine solide Küche. Und das Gefühl der Anerkennung spornt an. Je höher gestellt eine Person ist, desto besser sieht sie auch das, so wie alles andere. Es gibt eine Schwelle, an der ein solches Verständnis beginnt, und das ist dort, wo der Herr steht. Wie Sie seine Witwe sein werden, Madam, so werde ich seine Dienerin bleiben. Da wird sich nichts ändern.«

»Richten Sie auch den anderen aus, daß wir ihre Anteilnahme zu schätzen wissen, und sagen Sie ihnen, daß wir mit ihnen fühlen.«

»Ich werde das in der Form weitergeben, Madam, die der Stellung eines jeden entspricht: So wie sie mich gebeten haben, Ihnen zu versichern, daß sie sich Ihrer Trauer anschließen.«

»Unsere gnädige Frau muß auch an sich selbst denken, Mrs. Selden«, sagte Bullivant. »Darauf müssen wir Rücksicht nehmen. Ich bin jederzeit bereit, den Boten zwischen ihrer Sphäre und unserer kleinen Welt zu machen.«

Die Köchin kehrte in letztere zurück und fand sie bevölkert wie immer. Stumm und ruhig stand Miriam vor einem Sessel, in dem jemand weinte. Der Sessel gehörte Bullivant, und der darin weinte, wie man das schon bei anderen Gelegenheiten beobachtet hatte, war George.

»Er hat mir nie etwas angetan, aber ich habe an ihm sündigen wollen. Nie hat er zu mir darüber ein Wort gesagt. Nie hat er erfahren, wie dankbar ich ihm war.«

»Er hat Böses mit Gutem vergolten, George. Damit endete seine Beziehung zu dir«, sagte die Köchin. »Da es aus solcher Hand kam, mag es dich wohl überwältigen. Aber es sollte dich auch anspornen. Es wird dir eine Richtschnur auf deinem Lebensweg sein.«

»Und wenn du wirklich so dankbar bist, George«, sagte Bullivant, »wird es wahrscheinlich auch dem Herrn zur Kenntnis kommen, wie das in solchen Fällen geschieht. Und da wird er dir ins Herz sehen.«

George hob das Gesicht aus seinen Händen. Er war nicht sicher, daß sein Geisteszustand tatsächlich eine solche Prüfung empfahl.

»Abgesehen davon könntest du Mr. Bullivants Sessel räumen«, sagte die Köchin. »Wenn etwas ungehörig ist, ändern auch die Umstände nichts daran.«

»Hat der Herr viel getan, um andere Menschen glücklich zu machen?« erkundigte sich Miriam. Horaces Leben war in ihren Augen erfüllt und damit als einheitliches Ganzes zu betrachten.

»Glück ist nicht alles, worauf es im Leben ankommt«, entgegnete die Köchin, »und es ist auch nicht immer die Freiheit im Tun und Lassen, die es fördert. Er ist für ein Wohlergehen im wahren Sinn des Wortes eingetreten, vor allem seit seinem Gesinnungswandel.«

»Wie du siehst, George, hat sogar der Herr Selbstdisziplin geübt«, sagte Bullivant. »Das könnte für dich ein Beispiel auf höherer Ebene sein.«

»Menschen, die anderen zu befehlen haben, dürfen nicht die
Zügel schleifen lassen«, sagte die Köchin und dachte dabei auch
an sich selbst. »Sie werden selten richtig eingeschätzt, und vielleicht ist das auch so in Ordnung. Wir dürfen uns nicht anpassen,
um anderen zu gefallen.«

»Wie fühlt sich ein Mensch, wenn er so krank ist, daß er sterben muß?« fragte Miriam.

»Nun, mich selbst hat noch nie der Schatten des Todes gestreift«, erwiderte die Köchin in sachlichem Ton. »Einer solchen
Prüfung war ich noch nie ausgesetzt, obgleich ich dazu bereit gewesen wäre, ohne mich zu beschweren. Die Proben, auf die ich
gestellt wurde, waren langwieriger Natur. Aber ich kann mich
in einen anderen Menschen versetzen. Man hat mir nie vorwerfen können, daß ich das versäumt hätte.«

Miriam, die das von sich nicht behaupten konnte, sah noch
immer fragend drein.

»Wir vergessen dabei Ihre angegriffene Gesundheit, Mrs. Selden«, bemerkte Bullivant zerknirscht.

»Das läßt sich ertragen, ohne andere damit zu beschweren.
Und vielleicht verdanke ich dem sogar einiges. Bekanntermaßen
bewirkt Krankheit oft auch ihr Gutes.«

»Zu leicht nehmen wir es bei Ihnen als selbstverständlich hin.«

»Das ist vielleicht das größte Kompliment. Gewohnheiten
muß man ausbilden, solange die Dinge im Lot sind. Für manche
Leute ist Veränderung das Salz des Lebens, aber mir würde das
schal vorkommen.«

»Und womit sollten wir dann salzen?« zitierte Bullivant
fromm.

»Wir alle haben unseren Sommerurlaub«, erinnerte sich Miriam.

»Diese Unterbrechung genügt mir, um dem nächsten Jahr ins
Auge zu sehen«, sagte die Köchin.

»Wo hast du deinen letzten Urlaub verbracht, Miriam?«
fragte Bullivant, ganz in der Rolle eines Menschen, der Anteil
am Leben der anderen nimmt, während sein eigenes bar jeder
Hoffnung ist.

»Nirgends. Ich hätte nur ins Waisenhaus gehen können, und
da ist es hier doch besser.«

»Ich schaue schon auf das Mädchen«, sagte die Köchin. Miriam
sah keinen Anlaß, ihr zu widersprechen. »Und vielleicht ist das
doch nicht der Zeitpunkt, um sich über Urlaubspläne zu unterhalten. Es gibt wichtigere Dinge.«

»Gewiß, Mrs. Selden, und sie stauen sich rund um uns auf.
Die Stunde steht vor der Tür. Bitter wird uns das Wort im Mund
sein, und traurig die Pflicht, die wir zu erfüllen haben.«

»Was ich nicht vergessen habe. Aber ich nehme an, daß wir
unsere Anweisungen erhalten werden.«

»Durch meine Vermittlung, Mrs. Selden, und es mag dafür
nicht zu früh sein. Die männlichen Mitglieder des Haushalts werden teilnehmen, das heißt ich selbst, Mr. Mortimer und George,
jeder an seinem Platz. Das schwächere Geschlecht wird unsere
Rückkehr erwarten: Für Sie jedoch habe ich, da Ihnen eine Sonderstellung zukommt, ein gutes Wort eingelegt, und man hat
Ihrer Anwesenheit zugestimmt.«

»Nun, ›ein gutes Wort‹ ist eine merkwürdige Bezeichnung für
ein solches Anbringen«, sagte die Köchin in zunehmend laute-
rem Ton. »Aber es gibt, wie Sie andeuten, Argumente, die sich
nicht in den Wind schlagen lassen. So werde ich mich denn nicht
weigern, meine Stimme zu erheben, und sollte mir darüber das
Herz brechen.«

»Haben Sie vielleicht auch etwas geeignetes Schwarzes zur
Hand?« flötete Bullivant.

»Ich bin in der Lage, von Kopf bis Fuß in Schwarz zu erscheinen«, erwiderte die Köchin nicht ohne einen gewissen Stolz.
»Und mehr wird nicht verlangt. Wir wollen ja kein Schauspiel
bieten. Gut, daß man von Miriam nichts erwartet. Ich will hoffen, daß George dem Anlaß gerecht werden kann.«

»Ich kann ihm mit einigem aushelfen, Mrs. Selden«, versicherte Bullivant, indem seine Hände sich mit den Fingerkuppen begegneten.

»Ich bin froh, daß ich nicht gehen muß«, sagte Miriam.

»Für dich wäre keine Verwendung«, sagte die Köchin. »Es gibt keinen Grund, der dafür spräche. Froh zu sein berührt in diesem Zusammenhang freilich seltsam.«

»So geht nun dieses lange Kapitel zu Ende, Mrs. Selden«, sagte Bullivant. »Fünfundvierzig Jahre, vom Kind zum Manne, habe ich dem Herrn gedient, für ihn gesorgt, für ihn gearbeitet – sozusagen auch mit ihm gelitten. Und jetzt soll er auf der Bahre liegen, starr und steif, während ich voll des Lebens danebenstehe. Ich hatte mir vorgestellt, daß er mir das Geleit geben würde, der Herr seinem Diener, und ich weiß, daß er das getan hätte. Jetzt aber muß ich ihn begleiten. Für mich hat das keinen tieferen Sinn. Da ist nichts, woran ich mich halten könnte. Nicht einmal Mr. Mortimer sieht aus, als könne er befehlen, wie es der Herr getan hat. Ich trage es wie ein Mann, aber ein Mannesherz ist nicht von Stein.«

Miriam blickte mit tränenumflorten Augen auf Bullivant, George sah voll ehrfürchtigem Staunen zu ihm hoch. Das war also der wahre Bullivant! Und er, George, war berufen, unter so edlen Menschen zu wandeln!

Die Köchin ehrte die Rede mit einer Schweigeminute.

»Die Gnädige in Trauer wird alle rühren«, fuhr sie dann fort. »Und Miss Emilia wird eine eindrucksvolle, wenngleich unnahbare Figur machen. Ich sehe es schon vor mir. Getragen wird der Herr, nehme ich an, von seinen Pächtern?«

»So wird es geschehen, Mrs. Selden. Das ist eine Ehrenpflicht, die man ihm schuldet. Er hat gegeben und genommen, was von rechts wegen geboten war, und es läßt sich wohl feststellen, daß er sich an das gehalten hat, was ihm gebührte. Sie werden ihm diesen letzten Dienst erweisen als einem Menschen, der in jeder Beziehung über ihnen gestanden hat.«

»Ich hoffe, daß ich meiner Rolle gewachsen sein werde«, sagte die Köchin, und in dem Bild, das sie beschwor, sah Bullivant sie auf Flügeln des Gesanges, hochgetragen von anderen Stimmen.

»Zu unserer Zeit werden wir dem Herrn nachfolgen«, sagte er. »Wenn wir auch nicht den Tag und die Stunde wissen.«

»Ich habe nicht den Wunsch, in die Zukunft zu schauen«, sagte die Köchin. »Mir genügt, wenn ich den nächsten Schritt vor mir sehe.«

Ein Geräusch unterbrach die Stille.

»Die Eßzimmerglocke!« sagte Bullivant.

Die Köchin blickte auf.

»Einigermaßen unangebracht, würde ich sagen.«

»Das Leben muß weitergehen, Mrs. Selden. Ich folge dem Ruf meines Herrn, und sei es das letzte Mal. Mir bleibt, könnte man sagen, nichts anderes übrig.«

Abermals läutete die Glocke. Bullivant ging.

»Man kann Aufträge auch in Worten bestellen«, bemerkte die Köchin mit einem Blick auf Miriam, als wäre dies vielleicht nicht für ihre Ohren geeignet. »Und es gibt Anlässe, für die sie sich empfehlen würden.«

»Sie haben nicht selbst kommen können«, sagte Miriam. »Wie hätten sie es uns sagen lassen sollen?«

»George hätte in der Diele sein müssen«, entgegnete die Köchin. »Wir haben das übersehen – was unter den gegebenen Umständen verzeihlich ist.«

»Mir hat man nichts gesagt«, verteidigte sich George.

»Ich habe von einem Versäumnis gesprochen«, sagte die Köchin.

Bullivants Schritt war zu vernehmen, rasch und fest, und schon lag auch seine Hand auf der Türklinke.

»Das Dunkel lichtet sich, Mrs. Selden! Der Kelch ist an uns vorübergegangen! Vor uns liegt wieder die Zukunft. Der Herr ist gerettet! Der heilende Schlaf hat sein Werk getan. Bei entsprechender Pflege und Obsorge wird er wieder gesunden.«

Die Köchin erhob sich, ihr Blick brachte auch George und Miriam auf die Beine. Dann fiel sie auf die Knie, und auch diesem

Beispiel konnte man sich nicht entziehen, obwohl ihre Augen nun geschlossen waren. Ein einziges Mal, als Bullivant hinkniete, hob sie sie zu ihm, und er wußte denn auch seine Würde als Vertreter des männlichen Geschlechts, dem soviel in diesem Leben aufgebürdet wird, entsprechend zu wahren.

»So wollen wir den Dank, den wir schulden, dem aussprechen, dem er zukommt«, sagte er, indem er sich aufrichtete.

Die Köchin verweilte etwas länger auf den Knien, in einer persönlichen Zwiesprache von ungeklärtem Inhalt, und äußerte sich lobend, als sie sich erhob.

»Die Worte sind dem Anlaß gerecht geworden, ohne Anstand und Sitte zu verletzen.«

»Wir drücken unsere Dankbarkeit im selben Geist derselben Macht aus, Mrs. Selden«, versicherte Bullivant mit leisem Vorwurf, als wäre ein solches Urteil unter den obwaltenden Voraussetzungen einigermaßen unangebracht.

»Und kehren im selben Geist zu unseren alten Pflichten zurück«, sagte die Köchin und strich ihre Röcke zurecht. »Und dir, Miriam, würde ich empfehlen, einen ähnlichen Standpunkt einzunehmen. Gefühl ist oft nur ein Vorwand für eitle Genußsucht, so daß man ihm nicht nachgeben sollte.«

»Das heißt, George«, fiel Bullivant ein, »daß hier die Besserung ansetzen kann. Die Gelegenheit, nach der wir vergeblich aussahen, wird sich alsbald ergeben. Nütze sie zu deinem Besten!«

»Anscheinend erwartet man nur von Miriam und mir, daß wir mit allem fertig werden«, protestierte George, der sich in einem Zustand der Verwirrung befand und Ungeahntes auf sich zukommen sah, da man annahm, daß ihm das Leben seines Herrn mehr bedeute als sein eigenes Wohlbefinden.

»George«, sagte Bullivant, »ich gebe dich auf. Die Kluft zwischen uns ist nicht zu überbrücken. Zu lange habe ich mich erfolglos darum bemüht. Ich strecke die Waffen. Ich bekenne mich zu meiner Niederlage. Ab nun gehen wir getrennte Wege. Wenn wir auch Hand in Hand die tägliche Pflicht tun: Im Geist sind wir geschiedene Leute. Ich habe nicht bedacht, wie fern wir einander stehen.«

George, der diese Distanz immer übertrieben gefunden hatte, sah mit dem Gefühl, daß nun ein kritischer Punkt erreicht sei, wie Bullivant den Raum verließ. Dann wandte er sich zu der Köchin, beziehungsweise zu deren ihm zugekehrten Rücken, und schließlich zu Miriam, die sehr wohl wußte, daß die Köchin auch im Hinterkopf, obzwar nicht für George, ihre Augen hatte, und daher nichts zu erwidern wagte. Er begriff und schloß daraus, daß er in Zukunft auf sich allein gestellt sein würde.

Bullivant begab sich wieder ins Eßzimmer, ging auf Mortimer zu und drückte ihm die Hand.

»Ich habe noch nicht gesagt, was zu sagen ist, Sir. Es war zuviel für mich. Aber ich hoffe, daß mein Schweigen für sich gesprochen hat.«

»Auch ich bin solchen Situationen nicht gewachsen, Bullivant. Ich kann nur von mir dasselbe hoffen.«

»Wie es zu dem Umschwung gekommen ist, werden wir noch erfahren, Sir. Das hat seine Zeit. So wie die Genesung unseres Herrn.«

»Ich werde Ihnen alles erzählen, was ich weiß, Bullivant. Richtig begreifen kann ich es selbst noch nicht. Wir warten auf eine Nachricht, aber das ist nicht so wichtig. Alles konzentriert sich jetzt auf den Herrn. Aber die Erklärung wird uns schon noch gegeben werden.«

»Auch zur Weiterleitung an Mrs. Selden, Sir. Sie beschäftigt sich sehr mit Krankheiten, sowohl in physischer wie in metaphysischer Hinsicht. Und um so mehr, wenn es sich um unseren Herrn handelt.«

»Wir werden dafür sorgen, daß sie alles erfährt. Es ist gewiß ein seltener und ungewöhnlicher Fall. Wir hatten unsere Hoffnung fast aufgegeben.«

Man hatte Horace von allem abgeschirmt, wie es sein Befinden verlangte, und dabei erwartet, daß es sich nur verschlechtern könnte. Aber es kam anders. Seine Bewußtlosigkeit war nicht mehr dieselbe und tiefer. Die Atmung normalisierte sich wieder. Der namenlose Schwebezustand glitt allmählich in einen Schlaf hinüber. Schwach und staunend spürte Horace beim Erwachen, daß sein Körper sich wieder zu kräftigen begann. Während einiger Tage lag er bewegungslos und schweigend, zufrieden mit dem Abklingen der Schmerzen und der Aussicht auf ein Weiterleben nahm er wahr, wie sich das Haus um ihn regte. Dann sank die Krankheit zurück ins Vergangene, wurde zu einer Erinnerung und fügte sich zu anderen Erinnerungen.

Eine dieser Erinnerungen war der Abschied von den Kindern. Bedeutung schien er Horace nur im Hinblick auf den Tod zu haben, für sein Leben war er nicht wichtig. Horace hoffte, die Szene würde im Gedächtnis der Kinder verblassen, wußte aber auch, daß sie sich nicht auslöschen ließ, und stellte es der Zukunft anheim, ein drohender Schatten und zugleich eine Grundlage für sein Verhältnis zu ihnen. Es würde schmerzen, aber auch seine Wirkung tun.

Dann war es soweit, daß er auf dem Sofa im Eßzimmer lag. Er selbst hatte diesen Raum, in dem Zukunft und Vergangenheit sich verbanden, dafür gewählt. Von Einsamkeit und Schweigen hatte er nun genug gehabt. Der Zugwind, der Rauch und das Kommen und Gehen führten ihn in das Leben zurück, das er kannte, und festigten die Bande, die sich fast schon gelöst gehabt hatten.

Eines Morgens erschien George im Kielwasser von Bullivant, dem er ein Tablett nachtrug. Er hatte das Gefühl, daß das Eis noch recht dünn war, um ihn zu tragen, und warf einen verstohlenen Blick auf Horace, als er an ihm vorbeikam.

»Du brauchst vor mir keine Angst zu haben, George. Ich bin kein Geist, obwohl ich nahe dran war, einer zu werden.«

George blieb mit dem Tablett in der Hand stehen und starrte seinen Herrn an, wobei er dessen Worte auf einen Vorfall bezog, der dazu gepaßt hätte.

»Hast du noch nie jemanden gesehen, der sehr krank war?«

»Ja, Sir. Nein, Sir. Nein –: Nicht ganz so krank.«

»Hast du gefunden, daß du ohne mich glücklicher sein könntest?«

»Ja, Sir. Nein, Sir«, erwiderte George, indem er abermals Horaces Worte auf den damaligen Anlaß bezog. Was sein Herr durchgemacht hatte, beeindruckte ihn im Vergleich zu seinen eigenen Erfahrungen nur sehr wenig.

»Du hast von mir nicht mehr zu befürchten als ich von dir.«

»Nein, Sir«, sagte George, klammerte sich an sein Tablett und eilte, da er die in dieser Feststellung enthaltene Drohung nicht ganz verstand, zur Tür.

»Er benimmt sich, als hätte er ein Gespenst gesehen«, sagte Horace zu Bullivant.

»Er hat bei Ihren Worten, Sir, an damals gedacht, als er, wie wir wissen, Böses gegen Sie im Schild führte.«

»Oh, ich verstehe ... Der arme Junge!«

»Nun ja, Sir: Sie dürfen das sagen.«

»Ich habe ihn wegen seiner kleinen Diebereien so erschreckt.«

»Nun ja, Sir: Es war wohl nicht leicht, den rechten Ton zu treffen. Ermutigen konnte man ihn auch nicht.«

»Vermutlich findet er es unfair, daß ich dreimal so nah am Tod war und immer wieder davongekommen bin.«

»Der Herrn mit den neun Leben, Sir«, sagte Bullivant und lächelte. »Ich bin nicht sicher, ob er wirklich gar nichts taugt. Nicht daß ich noch irgendeine Hoffnung hätte, daß ich ihn nach meinem Muster formen könnte.«

»In dieser Hinsicht haben Sie ihn aufgegeben, nicht wahr?«

»Ja, Sir. Mit diesen Worten. Und in dieser Hinsicht, wie Sie es sagten.«

»Hat Ihr Entschluß ihn beunruhigt?«

»Nein, Sir, nicht für den Augenschein. Was ihn beunruhigt, sind irgendwelche Nachteile, die ihm drohen, oder das Wunschbild, das er von sich entworfen hat.«

»Und was ist dieses Wunschbild?«

»Nun ja, Sir: Irgend etwas völlig Unrealistisches.«

»Ich wußte nicht, daß er so großes Selbstvertrauen besitzt.«

»Nein, Sir, für eine solche Annahme besteht kein Grund.«

»Sie wissen nicht genau, was er sich vorstellt?«

»Nein, Sir. Ich habe mir nicht die Mühe gemacht, es herauszufinden. Was hätte das für einen Sinn? Es bringt nichts, wenn jemand ein fernes Ziel ins Auge faßt, aber vor den vielen täglichen Schritten, die zu ihm führen würden, zurückscheut. Überspringen lassen sie sich nicht.«

»Möchte er einmal eine Position wie Sie einnehmen?«

»Meine Position, Sir? Die Alten gehen, und die Jungen wachsen heran, aber das heißt nicht, daß die einen immer in die Fußstapfen der anderen treten. Und in diesem Fall wird dies vielleicht nicht geschehen.«

»Bestimmt nicht. Es gibt Menschen, die man nicht ersetzen kann, und einer davon sind Sie«, sagte Horace, beinahe glücklich über diese Schwäche, die seine Gefühle freisetzte und ihm Worte gab, sie auszudrücken. »Sie sind ein alter und erprobter Freund, Bullivant.«

»Danke, Sir. Das entspricht dem, was ich für Sie fühle, wenn man von dem übrigen absieht, das mein Beruf mit sich bringt.«

Bullivant ging zur Tür, und aus seinem Gesicht verschwand, was der Schmerz und die Freude an Spuren hinterlassen hatten. Als er zur Küche kam, traf er mit der Köchin zusammen.

»So schließt sich wieder unser Kreis, Mrs. Selden. Mag sein, daß wir nach dem Auf und Ab der letzten Tage eine gewisse Leere empfinden, aber das ist eine gesunde und heilsame Veränderung. Als solche müssen wir es betrachten.« Er brach ab, denn schon füllte sich das Vakuum.

Zu beiden Seiten des Feuers saßen George und Miriam in den Sesseln ihrer Vorgesetzten. Vielleicht war das von Bullivant festgestellte Phänomen schuld, daß sie deren Herannahen nicht bemerkten.

»Nun? Sollen wir vielleicht stehen, bis ihr euch zu erheben beliebt?« sagte die Köchin.

Die Frage brachte das junge Paar auf die Beine. Bullivant und die Köchin schauten auf die Sessel, als habe man ihnen übel mitgespielt.

»Nun? Sind die Sessel vielleicht kaputt?« fragte George.

Bullivant und die Köchin schienen nichts gehört zu haben.

»Bildest du dir ein, Miriam, daß du irgendwie befördert worden bist, weil der Tod unseren Herrn verschont hat?« erkundigte sich die Köchin.

Ohne sich dessen bewußt zu sein hatte Miriam tatsächlich das Gefühl gehabt, daß die gemeinsam mit ihren Vorgesetzten bestandenen Krisen sie zu ihnen emporgehoben hatten. Ihr Blick drückte aus, daß sie es nun begriff und zugleich wissen wollte, wie die Köchin dazu stand.

»Ich bin mir auch nicht klar, inwiefern Georges neue Flausen ansteckend sind«, fuhr die Köchin fort.

Die Pause, die sie einlegte, sollte Bullivant Gelegenheit geben, sich mit George zu befassen, blieb jedoch ungenützt.

»Hast du geglaubt, daß die Anfechtungen, die hinter uns liegen, dich irgendwelcher Rücksichten enthoben haben?«

»Nein«, entgegnete Miriam.

»Wie kommst du dann dazu, es dir hier auf einem Platz bequem zu machen, der dir nicht zusteht?«

»Ein Fall von geistiger Ansteckung«, sagte George.

»Ihr fühlt euch also beide zu Höherem berufen«, stellte die Köchin fest.

»Jeder wird genommen, wie er sich gibt, Miriam«, sagte Bullivant ernst. »Wenn ich George nicht beachtete, hat das nicht zu bedeuten, daß mir der Abgrund, der uns trennt, nicht bewußt wäre.«

»Eher das Gegenteil«, stellte die Köchin fest. »Und der Abstand, der zwischen mir und Miriam liegt, ist nicht geringer. Ich glaube, daß ich ihn ermessen kann.«

Miriam, die dessen sicher war, zeigte sich unbeeindruckt.

»Jemand ist am Fenster vorbeigegangen, Mrs. Selden«, sagte Bullivant. »Vielleicht Miss Buchanan?«

»Wer sonst?« meinte George.

An der Hintertür läutete die Glocke. »Das beantwortet Ihre Frage«, sagte die Köchin, indem sie durch einen Blick auf Bullivant klarstellte, um welche Frage es sich handelte. »Ihr Läuten höre ich schon aus Tausend heraus.« »Diese Mühe könnte man sich auch ersparen«, meinte George. Mit dem raschen Schritt eines Mannes, dem jede Unterbrechung willkommen ist, ging Bullivant zur Tür. Der Besuch schien nicht recht zu wissen, was ihn hergebracht hatte, und er enthob ihn solcher Zweifel.

»Sie haben sich in unsere Lage versetzt, Miss Buchanan, und Sie sind gekommen, um uns mitzuteilen, was eine Freundin unter solchen Umständen fühlt.«

»Und haben sich damit als solche erwiesen«, fügte die Köchin hinzu.

Miss Buchanan setzte sich, als wollte sie dies bestätigen: Was im gegebenen Fall auch wirklich zutraf.

»Wie leicht hätten Sie alles total aufgelöst finden können«, sagte die Köchin: »Ein Haus, in dem nichts mehr ist, wie es war.«

»Zum Glück aber finden Sie es anders vor«, fuhr Bullivant fort. »Der Engel des Todes hat an unsere Tür geklopft, ist aber doch vorbeigegangen.«

»Obwohl er es nie vermuten würde: Ich hätte Mr. Lamb vermißt«, sagte Miss Buchanan. »Ich war so sehr daran gewöhnt, ihn in der Kirche zu sehen.«

»Er nimmt Rücksicht auf Äußerliches«, stimmte die Köchin zu, »wie es sich gehört, wenn andere Menschen darauf achten.«

»Ich habe mir oft gedacht, daß er die Liturgie schon auswendig kann«, sagte Miss Buchanan, die aus eigener Erfahrung wußte, daß so etwas möglich war.

»Sie selbst können das auch, nicht wahr?« sagte George. »Es heißt, daß Sie nie in ein Buch schauen.«

»Ich wundere mich nur, daß die anderen noch immer ein Buch brauchen.«

»Als Reformierte hatte ich keine Gelegenheit, dies zu beobachten«, sagte die Köchin. »Aber es wäre auch mir etwas abgegangen. Es hätte mich geschmerzt, bei Tisch einen Esser weniger zu wissen.«

»Und für mich wäre beim Auftragen immer ein leerer Platz dagewesen«, sagte Bullivant: »Und in meinem Herzen auch.«

»Mr. Mortimer wäre den Kindern ein Vater geworden.«

»Nein, Miss Buchanan, das wäre er nicht«, widersprach Bullivant sanft. »Er hätte gewußt, was er unserem Herrn und ihnen schuldet. Er wäre, wie es unser Herr verfügt hat, ihr Vormund und Beschützer gewesen.«

»Er hätte sein Andenken hochgehalten«, fügte die Köchin hinzu.

»Eine Unterscheidung, die nichts besagt«, warf George ein.

Miss Buchanan schien dieser Feststellung zuzustimmen, die Köchin und Bullivant blickten drein, als hätten sie George nicht verstanden.

»Vermutlich hätten wir ihn als Mr. Lamb angeredet«, sagte Miss Buchanan, deren Gedanken nicht so sehr Horace als Mortimer galten.

»Mr. Mortimer war er. Mr. Mortimer ist er. Er wäre immer Mr. Mortimer geblieben«, sagte Bullivant. »Als Mr. Mortimer wird er ins Grab sinken: Ich kenne ihn gut genug, um das zu behaupten.«

»Und wir achten ihn darum nicht geringer«, sagte die Köchin.

»Wir malen uns noch immer Situationen aus, die nichts mit der Wirklichkeit zu tun haben, Miss Buchanan«, sagte George. »Unsere eigene Situation ist uns zu gleichgültig, als daß wir uns damit beschäftigen würden.«

»Unser Denken hat sich über diese Welt erhoben«, sagte die Köchin. »Das ist ein ganz natürlicher Fortschritt.«

»In ein paar Wochen werden wir vergessen haben, daß der Herr krank war«, sagte George. »Nichts wird sich deshalb verändert haben.«

Weder die Köchin noch Bullivant entgegneten darauf, vielmehr war der Köchin ihre vorangegangene Erwiderung nur versehentlich herausgerutscht.

»Auf mir lastet es wie eine Wolke, Miss Buchanan«, fuhr George fort. »Ich bin nicht zum Sklaven geboren.«

»Und wozu sonst?« fuhr die Köchin sofort dazwischen. »Etwa zu einem Herrn?«

»Das wollen Sie von mir wissen?« fragte George.

»Es hat sich so ergeben. Wir sind nicht verpflichtet, auf jedes unserer Worte zu achten.«

»Das wollen wir lieber vermeiden«, fand Bullivant. »Es wäre doch einigermaßen mühsam.«

»Und das wäre das Letzte, was Sie sich wünschen«, sagte George.

»Es gibt Gründe, die eine Anstrengung rechtfertigen«, stellte die Köchin fest. »Hier liegt kein solcher vor. Oder wir sind davon nicht überzeugt.«

»Aber Sie können mich nicht einfach ignorieren!«

»Nun, das war doch bereits ausgemachte Sache.«

»Warum lassen wir nicht Gras über das wachsen, was hinter uns liegt?« sagte Miss Buchanan. »Jetzt könnten wir einen neuen Anfang machen.«

»So ist es, Miss Buchanan«, bestätigte Bullivant, »und auch ich habe es so gesehen: Nur vermißte ich eine positive Reaktion.«

»Auch das braucht seine Zeit. Der Sauerteig wirkt nicht sofort.«

»Ich brauche Ihre Fürsprache nicht«, begehrte George auf. »So billig lasse ich mich nicht abspeisen. Und schon gar nicht von einer Person, die nicht einmal lesen kann!«

Schweigen trat ein.

Miriam hob ihren Blick und ließ ihn auf Miss Buchanan haften. Die Köchin wandte sich dem Herd zu und schien plötzlich etwas Wichtiges zu tun zu haben. Bullivant bückte sich, zupfte an seinen Schnürsenkeln und begann einen Fuß zu massieren, als gebe es dafür einen Anlaß.

»Jeder tut sehr beschäftigt«, sagte George. »Aber ich weiß, was ihr denkt! Ihr würdet gern wissen, wie ich es herausgefunden habe.«

»Deine krausen Gedankengänge interessieren uns nicht«, widersprach Bullivant. Er bemühte sich, mit den Fingern seinen Kragen zu lockern. »So tief wollen wir uns lieber nicht erniedrigen.«

»Wir halten uns lieber auf unserem Niveau«, sagte die Köchin.

»Ich will Ihre Neugier befriedigen«, sagte George in einem herablassenden Ton, der das, was folgte, allerdings nicht erwarten ließ: »Ich habe durch die Küchentür gehört, was Sie gesprochen haben.«

»Auf kürzeste Entfernung, würde ich schließen«, bemerkte dazu die Köchin.

»Für unsere Neugier ergibt sich daraus nichts, George«, stellte Bullivant betrübt fest. »Und überdies handelt es sich nicht um Neugier. Dein Verhältnis zu Türen ist uns einigermaßen klar. Es ist uns zur Kenntnis gelangt.«

»Und wir würden gern wissen, in welche Richtung du es weiter entwickeln möchtest«, fügte die Köchin hinzu. Man hörte heraus, daß sie noch immer erregt war.

»Auch Miss Buchanan hegt nun keine diesbezüglichen Zweifel«, sagte Bullivant. Er fand, daß nachgerade auch das Opfer einbezogen werden müßte.

»Vermutlich weiß es inzwischen das ganze Dorf«, nahm Miss Buchanan hierauf Stellung und drückte aus, was sie am meisten beschäftigte.

»Miss Buchanan«, sagte Bullivant. »Ich werde Ihnen die Wahrheit sagen – die reine Wahrheit und nichts als die Wahrheit, wie es sich gehört, wenn jemand ihr ins Auge sehen muß: Mr. Mortimer war es, der den Verdacht schöpfte, ausgehend von gewissen Beobachtungen in Ihrem Laden. Er erwähnte es mir gegenüber unter dem Siegel strenger Verschwiegenheit, um Ihren Verkehr mit uns nicht mit einem Risiko zu belasten, und wir haben in der Folge auch Mrs. Selden ins Vertrauen genommen. Mehr kann ich dazu nicht sagen. Was weiter geschieht, liegt bei George.«

»Was unter dem Siegel der Verschwiegenheit weitergegeben

wird, macht immer die Runde. So fängt alles an«, sagte Miss Buchanan, und der hilflose Blick, den sie auf George richtete, rührte an Bullivants Herz.

»War das ein männliches Benehmen, George? Das Verhalten eines Mannes, der um seine Pflicht gegenüber einer Frau und einem Gast weiß?«

»Du befriedigst doch so gern unsere Neugier«, sagte die Köchin. »Da hast du die nächste Gelegenheit.«

Miss Buchanan schaute zu Bullivant.

»Haben Sie es schon vor meinen anderen Besuchen gewußt?« fragte sie, und ihre Miene wurde nachdenklich, als sie sich an bestimmte Situationen erinnerte.

George blickte hoch, überlegte kurz und richtete sich auf seinem Stuhl auf.

»War das ein männliches Benehmen, Bullivant? Das Verhalten eines Mannes, der um seine Pflicht gegenüber einer Frau und einem Gast weiß?«

Eine Pause trat ein, und die Köchin wandte dem Herd den Rücken.

»Das wäre die nächste Gelegenheit, meine Neugier zu befriedigen«, sagte George.

»Seit wann sprichst du so zu Mr. Bullivant?« fragte die Köchin.

»War das ein männliches Benehmen, *Mister* Bullivant?« fragte George, indem er durch die Betonung den Zwiespalt zwischen Bullivants Worten und der Wirklichkeit hervorhob.

Bullivant und Miss Buchanan sahen einander in die Augen, und nach einer Sekunde knisternder Spannung brachen sie beide in ein unerwartetes Lachen aus.

»Manchmal reitet mich der Teufel, Miss Buchanan«, bekannte Bullivant zerknirscht. »In mir gibt es etwas, das mich gegen meine Natur handeln läßt. Immer wieder passiert es, daß ich so in peinliche Situationen gerate.«

»Und andere Leute mit hineinbringen?«

»Nun ja, Miss Buchanan: Ich hoffe, daß ich das eben noch vermeiden konnte. Ich kam dann doch zur Besinnung.«

Miss Buchanan lehnte sich auf ihrem Stuhl zurück.

»Ich komme mir vor wie eine Verbrecherin, die so lange unter der Furcht vor der Polizei gelebt hat, daß sie schließlich froh ist, wenn man sie einsperrt.«

»Sie eine Verbrecherin, Miss Buchanan! Ausgerechnet Sie, deren Leiden größer sind als Ihre Taten. Was für ein schreckliches Wort!«

»Es kommt nur auf ein reines Gewissen an«, sagte die Köchin. »Daraus beziehen wir unsere Stärke.«

»Aber nach unserem Geschmack ist es nicht«, sagte Miss Buchanan. Und das Leiden ist keine Empfehlung. Jedenfalls wird es nicht so verstanden.«

»Daß Sie es nicht offen zugaben, war ein Fehler«, stellte George mit männlicher Gebärde fest. »Nur darum haben Sie sich wie eine Verbrecherin gefühlt.«

»Ich freue mich, daß du dich zur Offenheit bekennst, George«, sagte die Köchin. »Und daß du dich dazu berechtigt findest, es so auszudrücken. Und daß du von diesbezüglichen Fehlern sprechen kannst, ohne zu erröten.«

»Er ist damit auf seine eigene Weise fertig geworden«, meinte Miss Buchanan in einem Ton, aus dem George heraushörte, daß er mit ihrer Freundschaft nicht mehr rechnen durfte.

»Miss Buchanan«, begann Bullivant vorsichtig: »Darf ich feststellen, daß mir in unseren Kreisen noch niemand begegnet ist, der sich so gut auszudrücken versteht wie Sie? Was man als Nachteil bezeichnen könnte, hat Ihnen nicht geschadet.«

»Und muß daher auch nicht so bezeichnet werden«, sagte die Köchin.

»Wer weiß, wie weit ich sonst vielleicht gekommen wäre?«

»Sehr weit, das liegt auf der Hand«, sagte die Köchin. »Und auch unter den gegebenen Umständen sind Sie ziemlich weit gekommen.«

»Haben Sie nie das Bedürfnis gehabt, diesem Mangel abzuhelfen?« fragte Bullivant. »In Ihrem Fall wäre das doch so einfach.«

»Ich bin und bleibe eine Analphabetin. Als Analphabetin werde ich sterben. Es ist zu spät, um daran etwas zu ändern.«

»Wir alle wissen, wonach Sie sich sehnen«, sagte Bullivant.

»Nein«, widersprach Miss Buchanan, die vor dieser Unterstellung ebenso zurückschreckte wie vor der Wahrheit, die sie enthielt. »Dummheit ist sich selbst genug. Es ist nicht nötig, auf dieser Basis etwas aufzubauen.«

»Es bestünde auch kein Anlaß, sich dessen zu rühmen«, sagte die Köchin. »Man würde finden, daß es ausschließlich Ihre eigene Angelegenheit ist.«

»Ich habe im Waisenhaus den Kindern die Buchstaben und die ersten Wörter beigebracht«, teilt Miriam in der unbekümmerten Art eines Menschen mit, bei dem auch solches zu seinen häuslichen Fähigkeiten gehört. »Ich war nämlich so langsam und geduldig. Mit mir haben die Nachzügler gelernt.«

Eine Pause entstand.

»Nun, das trifft auf Miss Buchanan nicht zu«, stellte die Köchin gelassen fest.

»Wer sonst sollte ein Nachzügler sein, wenn nicht ich?« fragte Miss Buchanan ebenso gelassen.

»Ich habe noch das Schreibebuch und die Fibel«, sagte Miriam. »Man hat gemeint, ich soll sie mitbringen für den Fall, daß ich sie für die Kinder brauchen kann. Aber dann hat man mich in die Küche gegeben.«

»Es wäre bestimmt nicht schlecht für dich, wenn du deine Grundkenntnisse auffrischen würdest«, erwog die Köchin. »Ich möchte nicht, daß du zurückfällst, weil du mir unterstellt bist. Ich habe davon keinen Ruhm. Miss Buchanan würde dich so bald eingeholt haben, daß es ein guter Ansporn für deine eigene Weiterentwicklung wäre.«

»Und als unsere Nachbarin fiele es Miss Buchanan leicht, hin und wieder herüberzukommen«, meinte Bullivant. »Für uns wäre das eine nette Abwechslung. Und als solche würde es auch nach außen erscheinen.«

»Und bald würde sie Miriam als Lehrerin ablösen«, sagte die Köchin. »Und genau das ist es, was ich mir, wenn Miss Buchanan einverstanden sein sollte, für das Mädchen wünsche.«

»Miriam als Lehrerin von Miss Buchanan!« sagte George. »Das ist wirklich eine verkehrte Welt!«

»Wir sind doch eben zu dem Schluß gekommen, daß das Gegenteil der Fall sein wird«, hielt ihm die Köchin vor.

»George«, sagte Bullivant und wandte sich plötzlich zu ihm: »Ich weiß nicht, ob ich so schwach oder so mutig bin: Soll ich dir noch eine Chance geben? Die Bedingung wäre, daß du, was Miss Buchanan betrifft, Stillschweigen bewahrst, sowohl hier im Haus wie außerhalb.«

»Ich habe niemandem etwas gesagt«, murmelte George und akzeptierte damit das Angebot, das er Bullivants Schwäche zuschrieb. »Nicht einmal Miriam.«

»Was in Anbetracht deiner Methoden nur natürlich gewesen wäre«, meinte die Köchin.

»Ich habe das zur Kenntnis genommen, George«, sagte Bullivant, der es für das beste hielt, auf seinem Kurs zu bleiben. »Und ich habe es als einen Gutpunkt für dich vermerkt.«

Ein schriller Ton war zu vernehmen. Die Eßzimmerklingel hatte geläutet. Bullivant erhob sich.

»Unser Herr! Der Ton, den ich nie wieder zu hören geglaubt hatte! Nun können wir wirklich alle persönlichen Meinungsverschiedenheiten vergessen. Es ist wieder wie früher.«

»Bullivant, das Feuer raucht«, sagte Horace. »Wann haben Sie den Schornsteinfeger hier gehabt?«

»Zum vereinbarten Termin, Sir. Pünktlich ist er, auch wenn er sonst nichts zu tun hätte.«

»Am Rost kann es nicht liegen.«

»Ganz gewiß nicht, Sir«, versicherte Bullivant und eilte kaminwärts. »Sonst hätte es nicht so gut gebrannt. Vielleicht hat etwas den Abzug verstopft.«

»Sie müssen nicht zurückfahren, als ob ein Tiger Sie angesprungen hätte«, meinte Horace.

»Nein, Sir«, erwiderte Bullivant, indem er einer zweiten Attacke ohne Wimpernzucken standhielt. »Es ist nur ein kleiner Ausbruch. Offenbar eine Laune des Windes.«

»Der Wind muß eine Frau sein«, fand Horace und schmunzelte.

»Ja, Sir, aber das trifft, wie mich mein Beruf gelehrt hat, auf vieles in der Welt zu. Und es tut nicht gut, sich dagegen aufzulehnen.«

Worauf Horace nur schweigen konnte.

Verlagsgemeinschaft Ernst Klett Verlag –
J. G. Cotta'sche Buchhandlung
Die Originalausgabe erschien unter dem Titel
»Manservant and Maidservant«
im Verlag Victor Gollancz Ltd., London
© 1947 Ivy Compton-Burnett
Über alle Rechte der deutschen Ausgabe verfügt
die Ernst Klett Verlage GmbH u. Co. KG, Stuttgart
Fotomechanische Wiedergabe nur mit
Genehmigung des Verlages
Printed in Germany 1988
Umschlag: Klett-Cotta-Design
Gesetzt im Bleisatz aus der 10/12 Punkt Palatino
bei Alwin Maisch, Gerlingen.
Im Buchdruck gedruckt beim Verlagsdruck, Gerlingen.
Die buchbinderische Verarbeitung führte
G. Lachenmaier, Reutlingen, aus.

CIP-Titelaufnahme der Deutschen Bibliothek

Compton-Burnett, Ivy:
Diener und Bediente: Roman / Ivy Compton-Burnett.
Aus d. Engl. übers. von Peter Marginter. –
Stuttgart: Klett-Cotta, 1988
Einheitssacht.: Manservant and maidservant ⟨dt.⟩
ISBN 3-608-95406-6